KB059154

타나카 유 지음
Llo 일러스트
신동민 옮김

전생했더니 검이었습니다

14

전생했더니 검이었습니다

"I became the sword by transmigrating" Story by Yuu Tanaka, Illustration by Llo

14

타나카 유 지음
Llo 일러스트
신동민 옮김

CONTENTS

"I became the sword by transmigrating"
Volume *14*
Story by Yuu Tanaka, Illustration by Llo

프롤로그 예전의 제라이세×지금의 제라이세

"놓쳐 버렸네. 전과는 완전 달라."

"있는 곳은 아니까 괜찮아."

"그럼 상관없지만."

"하지만 역사가 좀 바뀌었어."

"그야 내가 여러모로 움직이고 있으니까 조금은 바뀌어야지."

"바르보라 때는 네가 아무리 해도 안 된다고 했잖아. 전과는 방식을 바꾼 거야?"

"응. 전에는 프란 씨에게 마석병이 백 마리 이상 쓰러지지 않았을까?"

"이번에는 몇 마리뿐이었지."

"그래그래. 거기서부터 이미 다른 역사로 갈라졌다고 할 수 있어."

"하지만 완전히 다른 건 아냐."

"그렇지. 처음에 이 나라로 도망쳐 온 건 같지만."

"모험가를 물리치고 소동을 일으킨 것도 똑같나?"

"응. 다만 저번에는 사망자도 꽤 나왔어."

"이번에는 부상자뿐이라고?"

"제로스리드 씨로서는 미적지근하지."

"성격은? 네가 아는 전과 바뀌었어?"

"으음. 글쎄. 아무튼 어쩔 거야? 붙잡아 갈 거야?"

"어떻게 할까~. 전에는——아니, 물어보면 시시하지. 으음. 어

7

느 쪽이든 제로스리드 씨는 귀중한 마인화의 성공 사례이니 슬슬 연구하고 싶어."

"맞아 맞아. 전에도 새로운 발견을 여러 가지 해서 재미있었어!"

"역시 제로스리드 씨가 필요해~. 그래! 신형 실험을 하자!"

"마인석 말하는 거야? 그건 여러모로 어렵지. 요즘도 70퍼센트 는 폭주하고."

"뭐, 소동이 좀 일어날지도 모르지만⋯⋯."

"그것도 재미있을 것 같아!"

"그런 거지!"

"문제는 자치구 중에서도 학원 근처에 잠입한 경우겠지? 그 하 이 엘프는 만만하지 않아."

"괜찮아! 그쪽에도 사람은 넣어놨으니까! 한둘은 쓰고 버려도 상관없잖아? 제로스리드 씨가 더 귀중하니까."

"그렇지! 제로스리드 씨네를 위해서라면 좀 요란하게 저질러도 괜찮아. 지금의 나."

"기대되기 시작했어! 예전의 나!"

""아하하하하하!""

제1장 **국경 넘기**

"기분 좋아."

"윙!"

프란은 불어오는 바람에 눈을 감지도 않고 오히려 기분 좋은 듯이 바람을 쐬고 있었다.

경매에서 낙찰한 마도구와 바람 마술을 병용한 덕분에 강풍이 미풍 정도로 억제되고 있기 때문일 것이다. 주변에는 엄청난 바람이 쌩쌩 휘몰아치고 있어서, 직접 쐬면 가벼운 프란은 날아갈지도 모른다.

최대화한 울시의 속도는 그만큼 엄청났다. 하루 걸린다고 들은 거리를 한 시간 만에 주파했다. 산도 큰 강도 숲도 공중 도약으로 뛰어넘었고 가로막는 마수는 간식거리밖에 되지 않았다. 멈춰 서는 일도 없이 엇갈리며 물어 죽였다. 주워 먹기의 극치다.

"우물우물."

"맛있어?"

"윙!"

소재를 벗겨낼 필요도 없는 마수들이라서 딱히 상관없다.

울시가 잡식인 건 알고 있지만, 이상한 연기를 내뿜는 이끼 같은 마수나 진흙 같은 색의 슬라임 등 도저히 먹을 수 있을 것 같지 않은 마수도 덥석덥석 먹어치울 줄이야. 내 감정에도 먹을 수 있다고 표시되지 않는 녀석들이다. 이제 상위 마수가 된 울시라면 사람이 먹을 수 없는 마수라도 상관없는 거겠지.

"울시, 어느 게 맛있어?"

"웡?"

잠깐, 프란? 먹을 셈이야? 배탈 나! 아니, 하지만 잔소리를 너무 하는 건 프란을 못 믿는 것처럼 보이려나? 애초에 프란은 이제 어엿한 모험가야. 뭘 먹을지 스스로 결정할 수 있어.

"상태 이상 무효가 있으니까 독이 좀 있는 정도면 먹을 수 있어."

"워, 웡?"

괘, 괜찮겠지? 역시 말리는 게……. 아냐 아냐, 잔소리 많은 검은 언젠가 짜증 나게 여겨질지도 몰라. 그래그래, 반항기에 들어갈지도 모르는 나이야. 프란의 입에서 "스승, 짜증 나. 요즘 냄새도 나고" 같은 말을 들으면 마음의 내구도가 순식간에 제로가 될 거란 말이지!

"스승? 왠지 떨고 있는데?"

『아, 아무것도 아냐.』

"흐음."

왠지 미묘한 눈으로 나를 보고 있는데? 화난 느낌은 아니고, 질렸나? 아니면 내 기분 탓인가? 일단 분위기가 미묘하니 어떻게든 화제를 바꿔야지.

『오? 봐, 봐봐! 다음 도시가 보이기 시작했어! 저게 크란젤 왕국 최후의 도시, 디디안이야! 저 도시에도 명물이 있대!』

"명물?"

〈가축화된 마수의 치즈가 유명합니다〉

『엄청 맛있대.』

"오."

"워후!"

후, 주의가 명물로 향했나. 실제로 울시의 속도라면 이미 베리오스 왕국에 들어가지 않은 게 이상했지만 우리는 아직 크란젤 왕국에 있었다. 도중에 모든 도시와 마을에 들러 명물 요리를 먹은 탓이다.

요리법을 배우거나 마음에 들어 하룻밤을 묵는 사이에 일주일이나 지났다.

급한 여행은 아니니 프란의 직성이 풀리도록 내버려 두자. 오히려 목적지로 서둘러 가는 게 시시하다. 여행도 즐기지 않으면 아깝다. 프란이 전투 이외에도 다양한 경험을 하기를 원하고 말이다.

치즈로 유명한 디디안은 국경 근처 도시답게 외벽은 높고 출입 체크도 엄격하다고 했다. 변경이라 도시에 들어오려 하는 사람이 줄을 서 있다는 느낌은 아니었지만, 문지기가 중장비를 갖춘 데다 성문 옆 대기소의 기척을 합치면 다섯 명이나 있었다.

경계를 받지 않도록 성문 앞에서 내린 우리는 천천히 걸으며 다가갔다.

시선의 강도로 저쪽의 경계 수준이 올라간 것을 알 수 있었다. 대형견 크기의 늑대를 데리고 다닌다고는 하나 어린아이인 프란에게도 이 정도 경계를 보일 줄이야……. 이 부근은 그렇게 치안이 안 좋은가?

"디디안에 온 걸 환영한다. 모험가니?"

"응. 이거 모험가 카드."

경계는 하고 있어도 고압적이지는 않다. 프란을 깔보는 기색도 없고 오히려 아주 정중했다.

하지만 카드를 본 직후에 태도가 확 변했다.

"래, 랭크 B 모험가님이셨군요!"

"오오! 그 흑뢰희 님이 이런 곳에!"

크란젤 왕국 내에서는 이미 프란의 이름이 어느 정도 퍼진 듯했다. 일반 시민은 몰라도 상인이나 일부 병사에게는 알려졌다고 생각하는 편이 좋을 것이다. 특히 소문이나 정보에 밝은 도시의 문지기 병사는 알고 있을 확률이 높을지도 모르겠다. 수속은 바로 끝나고 우리는 대환영 상태로 도시로 들어갔다.

성문을 지나 처음 눈에 들어온 것은 문지기 병사와 마찬가지로 완전 무장한 경비병들이었다.

아무리 국경 도시라고는 하나 역시 숫자가 많은 것 같았다.

하지만 분위기가 삼엄한 이유는 바로 판명됐다. 처음에 들른 노점에서 있었던 일이다.

"아가씨! 디디안 명물인 치즈를 잔뜩 넣은 빵이야! 하나 어때!"

프란의 얼굴과 같은 크기의 거대한 빵을 팔고 있었다. 겉은 딱딱하지만 손으로 찢으면 안은 부드럽다고 한다. 엄청나게 맛있어 보였다.

"응. 다섯 개 줘."

"오, 호기로운데! 잠깐 기다려."

아저씨가 자루에 빵을 집어넣었다. 대량 구매가 가끔 있는지 익숙한 모습이었다.

"아가씨, 차림을 보니 혹시 모험가인가?"

"응."

"그거 대단하군. 덩치도 작은데 열심히 하네. 이 도시에 온 건 처음인가?"

"아까 도착했어."

"그런가 그런가! 이 도시는 어때?"

"병사가 많아."

"아아, 그거 말이군."

노점 아저씨가 말하기로는, 몇 달 전 이 부근에서 유명한 수배범이 목격되어 그걸 붙잡기 위해 경비병과 영지군까지 출동했다고 한다. 하지만 그 군세는 단 한 명의 수배범에게 일방적으로 격퇴당했다는데.

"백 명 정도 되는 병사가 순식간에 괴멸당했어. 그런 위험인물이 숨어 있을지도 모른다고 해서 요즘에는 이런 분위기야."

"그렇구나."

병사 100명을 혼자서 괴멸시키다니, 꽤나 흉악범이로군. 그야 영주도 내버려 둘 수 없을 만하다. 다만 그런 것치고는 위화감이 좀 있었다.

"……병사들이 별로 진지하지 않던데?"

그렇다, 숫자는 모였지만 병사들에게 각별하게 살기 어린 모습은 없었다. 불성실한 건 아니지만 아무래도 수배범을 붙잡으려 하는 열의는 부족한 것 같았다.

"뭐, 사망자는 안 나왔으니까."

"죽은 사람이 없어? 군대가 괴멸됐는데?"

"욍?"

"그게 말이지. 큰 부상을 입은 녀석은 있어도 한 명도 죽지 않았다더군. 그 탓에 병사는 별로 진지하지 않은 것 같아. 영주님으로서도 이만큼 병사를 증원했다는 실적을 원하는 것뿐 아니겠어?"

백성을 지키기 위해 최선을 다했다는 어필을 하고는 있어도 그 수배범을 붙잡는 건 내키지 않는다는 뜻인가. 어차피 어설픈 전력을 부딪쳐봐야 격퇴당할 뿐일 테니 말이다.

"거 참, 상당히 흉악한 남자라는 소문이 있어서 처음에는 패닉 상태였는데 말이야. 수배범을 노리는 모험가도 늘어나서 치안이 나빠지기도 했고. 다만 최근에는 모습을 봤다는 얘기도 들리지 않고 병사가 늘어난 덕분에 치안도 향상됐어. 오히려 이대로 발견되지 않고 있어주는 편이 고마울 정도야."

"흐음. 저기, 그 수배범은 어떤 녀석이야?"

"혹시 붙잡으려는 건가? 아서."

프란의 얼굴을 보고 수배범에 강한 흥미를 품고 있다는 것을 알아본 걸까? 프란의 표정을 읽을 줄이야, 제법이군. 아니, 초면인 상대라도 알 수 있을 만큼 프란이 의욕을 보이고 있다는 뜻일 것이다.

"잘 들어. 그 녀석의 이름은 제로스리드. 지금까지 몇 백 명이나 죽인 엄청난 실력의 용병이라더군. 신참 모험가가 붙잡을 수 있는 상대가 아냐."

"제로스, 리드? 제로스리드가 이 주변에 있어?"

"아, 그래."

아니, 잠깐만. 그건 진짜 이상하다. 병사 100명이 싸워서 사망자가 나오지 않았다고? 전원이 학살됐다면 몰라도 한 명도 죽이지 않다니, 말도 안 된다. 제로스리드는 상관없는 사람까지 마구 죽이는 남자인데. 진짜인가?

〈진짜일 확률, 19%〉

그렇겠지. 뭐, 범죄자라고는 하나 유명인인 건 변함없다. 제로 스리드 행세를 하는 가짜가 나타나도 이상하지는 않았다.

"외모는?"

"온몸이 흉터투성이인 거인이라는데……. 이봐, 진짜 쫓을 셈 이야?"

"글쎄?"

"……뭐, 상관은 없지."

프란의 대답을 듣고 아저씨는 프란이 얼버무렸다고 생각한 모 양이다. 쓴웃음을 지으며 빵이 든 자루를 건네줬다.

하지만 지금 대답은 프란의 본심이었다.

프란의 안에는 확실히 제로스리드를 미워하는 마음이 있다. 물 론 키아라는 복수하지 말라고 했다. 그렇기에 적극적으로 쫓으려 고 하지는 않겠지만, 근처에 있으면 이야기는 별개다. 진짜가 아 닌 것 같고 이 부근에 남아 있을 것 같지도 않지만 무시할 수도 없었다.

『울시의 코로 쫓아볼까?』

근처에 숨어 있다면 쫓을 수 있겠지만 몇 달 전 사건 후 바로 이 부근에서 떠났다면 역시 냄새는 남아 있지 않을 것이다. 뭐, 그 제로스리드가 진짜라면 말이지만.

"응! 울시!"

"윙윙!"

"아가씨도 작은 멍멍이도 너무 무리하지 마!"

"괜찮아."

울시는 원래 커다란 늑대거든요!

『우선 도시 수색을 할까?』

"응. 울시, 부탁해."

"웡!"

이리하여 프란과 울시는 수배범 찾기를 시작했지만…….

"우물우물. 없어."

"휭! 와구와구."

진짜 수배범 찾고 있는 거야? 숨겨진 노점을 찾고 있는 거 아니지?

"킁킁킁킁."

"울시, 어때?"

"끄응……."

디디안 시내를 돌아다니며 음식을 먹으면서 울시의 코로 제로 스리드를 찾았다. 만약 시내에 있다면 울시의 코에서 도망치기란 불가능에 가깝다. 녀석과는 몇 번이나 싸워서 울시가 그 냄새를 기억하고 있기 때문이다.

그러나 결과는 허탕이었다. 본인의 냄새는커녕 잔향조차 없었다. 이 도시에 숨어 있을 가능성은 전혀 없다고 해도 좋을 것이다.

『할 수 없지. 어차피 불분명한 정보였어.』

"응."

프란으로서도 밑져야 본전이라는 식이어서 그렇게까지 실망하지 않은 모양이다. 애초에 먹으며 돌아다니는 김에 하는 시점에서 기대하지 않는다고 말하는 것과 같다.

『그래서 어쩔 거야? 치즈는 대량으로 샀는데, 이 도시에서 하룻밤 묵을래?』

"됐어. 다음 도시로 갈래."

『괜찮겠어?』

"응. 치즈는 질렸어."

그런 이유로? 하지만 아까부터 치즈와 상관없는 요리를 산다고 생각은 하고 있었다. 아침부터 주구장창 너무 먹어서 벌써 질린 모양이다. 뭐, 치즈는 그렇게 대량으로 먹는 음식이 아니니 말이다.

『다음 도시는 이제 베리오스 왕국이야. 그 전에 국경이 있어. 정식 루트로 입국하지 않으면 나중에 귀찮아져.』

"알았어."

이 세계의 국경은 애매하다. 선이 그어져 있지도 않고 벽 등으로 구분되어 있지도 않다. 관문을 무시하려고 마음먹으면 쉽게 실행할 수 있다.

게다가 사이가 양호한 국가끼리는 통행에 특별히 제한이 없는 경우도 많은 모양이지만, 이제부터 향할 베리오스 왕국은 달랐다. 이 세계에서는 톱클래스로 출입국 관리가 엄중한 것이다.

가도 전체에 관문이 설치되어 있고 감시소도 많은 데다 관문을 통하지 않고 입국한 것이 들통나면 상당히 높은 입국세를 문다고 한다. 그뿐 아니라 입국 수속을 하지 않은 상태로 죄를 저지르면 경범죄라도 중죄로 다스리는 경우가 많다고 한다.

이건 이웃 나라인 레이도스 왕국에서 잠입하는 스파이에 대항하기 위한 조치라서 경우에 따라서는 신병을 구속당할 가능성도 있는 듯했다.

　국경을 제대로 통과하면 그렇게까지 호된 일은 겪지 않을 테니 우리가 그렇게 신경 쓸 이유는 없겠지.

　"그럼 갈게."

　『어? 지금 당장?』

　"응."

　어지간히 치즈에 질린 모양이다. 그러고 보니 오늘 먹은 카레의 토핑에도 치즈를 요청하지 않았다. 프란도 좋아하고 싫어하는 게 있었던 건가. 아니, 치즈가 싫을 리는 없으니까 완전 좋아하느냐 아주 좋아하느냐 보통으로 좋아하느냐 정도의 차이겠지만.

　『그럼 관문으로 가자. 울시의 다리라면 어떻게든 오늘 안에 국경을 넘을 수 있을 거야.』

　"웡!"

　"응."

　힘이 넘치는 울시와는 반대로 프란은 별로 좋아 보이지 않는 얼굴이다. 치즈를 너무 먹은 데다 제로스리드를 발견한 일로 기분이 좀 가라앉았나 보다.

　『어, 얼른 출발하자.』

　"워, 웡."

　하늘에서 바람을 쐬면 가라앉은 기분도 올라가겠지.

　그로부터 한 시간 후.

　물건 구입이나 모험가 길드에서 출국 보고 등을 마친 우리는 관문에 도착해 있었다.

『저게 크란젤 쪽 관문이네.』

"성채?"

"뭥?"

『뭐, 관문 겸 성채일 거야.』

프란이 말한 대로 관문이라기에는 상당히 크고 장엄했다. 오히려 관문으로서의 기능보다 베리오스 왕국을 견제하는 의미가 더 큰 것 같았다.

『저 관문 앞에 있는 산길을 넘으면 베리오스 왕국인가 봐.』

"흐음."

크란젤 왕국과 베리오스 왕국의 국경선은 일부는 강이지만 이 부근은 산이었다. 산봉우리를 국경선으로 정한 모양이다.

그중에서 산과 산 사이를 지나가듯이 가도가 설치되어 있고 관문은 그 가도 중간에 존재했다. 국경선상이 아닌 건 관문이 성채로서의 기능을 가지고 있기 때문일 것이다.

설령 우호국이라 해도 한쪽만이 성채를 짓는 걸 허락할 리가 없다. 한쪽이 관문이라는 이름의 성채를 지으면 다른 한쪽도 같은 짓을 할 터다. 그리고 최대한 상대 나라에 가까운 곳에 성채를 짓고 싶을 터였다.

그러나 쌍방이 같은 생각을 하면 국경선을 끼고 두 성채가 서로 인접하게 될 수도 있다. 그래서 대개의 경우 국경에서 어느 정도 범위 안에 건조물을 짓지 않는다는 조약이 국가끼리 체결되는 경우가 대부분이었다. 뭐, 이건 디디안의 경비병에게 들은 이야기를 읊은 거지만.

『우선 크란젤 왕국 쪽에서 출국 수속을 밟자. 그 후 고개를 넘어 베리오스 왕국 쪽 관문에서 입국 수속을 밟아. 좀 성가시지만 어쩔 수 없어.』

"알았어."

『일단 이 부근에서 내리자. 이대로 울시를 타고 접근하면 분명 엉뚱한 오해를 살 거야.』

위험한 마수가 공격해왔다고 생각하기라도 하면 괜히 시간을 잡아먹을 것이다.

"웡웡!"

살짝 긴장하며 국경으로 향했지만 수속은 아주 순조로웠다.

수배범을 경계했던 디디안보다 훨씬 편했던 거 아닌가?

애초에 우리밖에 없어서 기다리지도 않았고 모험가 카드가 있어서 번잡한 수속도 없었다. 출국 이유도 "모험"이라고 대답하면 그것으로 끝이었다.

여기를 지나는 사람은 상인이나 모험가밖에 없기 때문에 그들도 한가한 듯했다. 앞서 사람이 지나간 것은 5일 전 대상이 마지막이었다고 한다. 그야 환영할 만한가.

뭐, 프란이 진짜 랭크 B 모험가인지 조금 의심한 것 같지만 모험가 카드가 진짜라는 걸 알자 꼬치꼬치 묻지도 않았다. 모험가 중에는 신상을 묻는 걸 싫어하는 사람도 많고 진짜 랭크 B면 화를 내게 해서는 안 되기 때문일 것이다.

울시에 관해서는 종마증도 있고 크기도 최소로 줄여서 전혀 문제가 되지 않았다. 관문을 통과하는 데 5분도 걸리지 않은 것 같다.

오히려 베리오스 왕국으로 입국하기가 더 힘들지 않을까? 크란젤 왕국의 병사들에게 소동을 일으키지 말라는 충고를 들었다. 어디든 나가는 것보다 들어가는 게 더 힘들다.

『그러면 잠시 동안 걸어가자. 울시의 모습을 여기서 보이면 여러모로 혼란을 부를 테니까.』

"웡."

"응."

적대하는 게 아니라고는 하나 국경에 괜한 긴장을 주는 짓은 좋지 않을 것이다.

대형견 크기로 변형한 울시와 함께 프란이 고개를 오르기 시작했다. 다만 고개라 해도 그렇게까지 험하지는 않았다. 완만한 언덕이라 일반인이라도 반나절 정도면 빠져나갈 수 있다고 한다.

마수가 출몰한다는 이야기도 있지만 병사들이 밤낮으로 사냥을 하고 있어 기껏해야 위협도 F의 마수까지만 출몰하는 듯했다. 일단 확인된 것 중에서 가장 강한 마수는 위협도 D라고 했지만 그 녀석도 몇 년에 한 번 목격될 뿐이었다.

위협도 D 마수와 마주치지 않는 한, 프란과 울시라면 고개를 넘는 데 반나절도 걸리지 않을 것이다.

아니, 지금의 프란과 울시라면 위협도 D 마수라도 상대가 안 되려나?

이미 저녁이지만 야영을 한다 하더라도 내일 아침에는 저쪽 관문에 도착하겠지.

그럴 터였지만…….

『설마 플래그였던 건가?』

21

"응?"

『아니, 아무것도 아냐. 그보다 저거 어쩌지?』

"구할래!"

고개 정상 부근에서 여행객이 습격받는 현장과 맞닥뜨렸다. 게다가 위협도 D 마수인 스톰 와이번에게.

"욜시, 가자!"

"크릉!"

순식간에 진지한 얼굴이 되어 달려가는 프란.

고개 정상에서 스톰 와이번에게 공격받고 있는 건 여성 삼인조였다. 모험가인 줄 알았지만 아무래도 아닌 듯했다. 한 명은 모험가라고는 생각할 수 없는 기사풍 전신 갑옷이고, 다른 두 사람의 장비품도 묘하게 기품이 있었다. 안 좋게 말하자면 장비 과다다. 귀족님의 모험가 놀이? 그런 느낌이다.

"카나 아가씨! 제가 녀석을 끌어들이겠습니다! 그 사이에 도망치십시오!"

"……큭! 쉐러! 가요!"

"하, 하지만 디안 님이……!"

"우리는 걸리적거려요!"

카나라는 10대 초반으로 보이는 소녀가 주인인 모양이다. 귀족인지 부잣집 딸인지는 알 수 없지만 이 상황에도 공포로 제정신을 잃지 않고 행동하려 하고 있었다. 제법 장래성이 있어 보이는군. 쉐러라는 스무 살 정도 되는 여성이 종자고 전신 갑옷의 디안이 호위일 것이다. 투구 때문에 디안의 얼굴은 보이지 않지만 목소리로 젊은 여성이라는 건 알 수 있었다.

디안은 자신이 미끼가 되어 주인들을 도망치게 하려는 모양이다.

하지만 저 디안이라는 여자가 절그럭 절그럭 금속 소리를 울려서 와이번을 끌어들인 게……. 음, 뭐 됐다. 일단 구하자.

『녀석의 주의는 완전히 저 여기사에게 쏠렸어. 단숨에 해치우자.』

"응! 위로 전이!"

『그래!』

"울시는 여자들을 지켜!"

"윙!"

스톰 와이번은 위협도 D 마수 중에서도 약한 편이다. 전투력이나 스테이터스만이라면 위협도 E 클래스였겠지만 그 비행 능력이 성가셔서 D로 랭크됐을 뿐이었다. 공격을 맞출 수단이 있다면 그렇게까지 강한 상대는 아니다.

"핫!"

"캬오오오──."

전이 후 순식간에 마력의 흐름을 확인해 마석이 있는 곳을 특정한 프란은 그곳으로 나를 찔러 넣었다. 목덜미에 있는 마석이 뚫려 스톰 와이번이 순식간에 숨이 끊어졌다.

아래쪽에 있는 디안에게 피해가 가지 않도록 그대로 수납하자 마치 와이번은 처음부터 없었던 것 같은 정숙이 자리를 지배했다.

"어?"

세 소녀들이 얼빠진 얼굴로 이쪽을 올려다보고 있었다. 어느새 옆에 있는 울시도 눈치채지 못했나 보다.

"괜찮아?"

"네, 네에. 구해주셔서 감사합니다……."

공중에서 내려온 프란이 아직 넋이 나간 소녀들에게 말을 걸자 주인인 가장 어린 소녀가 재빨리 반응했다.

제비꽃색의 자연스러운 머리에 보라색 눈동자가 아름다운 미소녀다. 입고 있는 드레스 아무도 질 좋은 것이다. 고귀한 태생인 건 틀림없다고 생각하지만 감정해도 귀족인지 아닌지는 알 수 없었다.

본인이 작위를 가지지 않은 영애인 경우 칭호로는 아무것도 표시되지 않기 때문이다.

"저기, 지금 건 당신이?"

"응. 쓰러뜨려서 수납했어."

"그러신가요. 감사합니다."

소녀가 머리를 숙일 무렵 겨우 다른 두 사람도 움직이기 시작했다.

"사, 살았다. 감사한다."

"감사합니다…… 히익! 느, 늑대!"

"아니, 어느새!"

겨우 옆에 있던 울시를 알아차린 모양이다. 여기사가 다급히 검을 들이댔다.

"그건 내 동료야. 괜찮아."

"그, 그런가? 이렇게 흉악해 보이는 늑대를? 믿을 수 없군……."

"윙!"

여기사의 중얼거림을 들은 울시가 그 자리에서 강아지 크기로 변형해 엎드렸다. 그것을 보고 적의가 없다고 이해했는지 겨우 세 사람의 어깨에서 힘이 빠졌다.

보라색 소녀가 프란을 향해 머리를 숙였다.

"감사합니다. 저는 카나. 이쪽 두 사람은 쉐러와 디안. 제 동료예요."

"랭크 B 모험가인 프란."

"어머, 당신은 모험가인가요?"

"응."

프란이 이름을 밝힌 직후 카나 일행이 삼인삼색의 반응을 보였다. 카나는 진심으로 놀랐고, 쉐러는 어째선지 공포스러운 표정을 지었으며, 디안은 혐오감을 그 얼굴에 띠었다.

그녀들이 모험가에게 좋은 감정을 품고 있지 않은 건 확실한 듯했다. 그것을 느꼈는지 프란은 서둘러 그 자리를 떠나려고 했다.

스스로 트러블을 피하려 하는 분별을 익혔구나. 참 기쁘다.

"그럼 갈게."

『뭐, 이 녀석들이라면 다른 몬스터는 괜찮을 거야.』

감정해보니 세 명의 기초 실력은 그럭저럭 높았다. 디안뿐만 아니라 카나와 쉐러도 레벨이 30이나 됐다. 아마 파워 레벨링을 했겠지만 단순히 그뿐만은 아닌 듯했다. 카나는 불 마술과 물 마술을, 쉐러는 회복 마술을 쓸 수 있었다.

그리고 디안도 실력이 그럭저럭 있었다. 아무리 그래도 하늘을 나는 스톰 와이번과 싸울 정도의 실력은 없지만 이 부근에서 와이번 이외의 적에게 고전할 일은 없을 것이다. 그렇다면 서로 불쾌한 경험을 하며 굳이 버티고 있을 이유도 없지.

프란이 떠나려 하자 쉐러와 디안은 노골적으로 안심하는 기색을 보였다. 그러나 그녀들의 희망을 박살낸 것은 다름 아닌 주인인 카나였다.

"기, 기다리세요!"

"응?"

"저기, 가능하면 호위를 부탁드릴 수 있을까요?!"

카나가 놀라운 발언을 했다. 프란 이상으로 그녀의 종자들이 더 놀란 듯했다.

"아니! 아가씨! 이 녀석은 모험가입니다!"

"하지만 아까 힘을 봤잖아요?"

"모험가는 돈만 밝히는 야만인입니다! 언제 배신당할지 모릅니다!"

심한 말을 하는군. 프란의 기분이 급강하하는 것도 무리는 아닐 것이다. 그러나 그 프란의 앞에서 주종 관계의 말다툼이 계속됐다.

"하지만 다시 저 마수가 나타났을 때 대처할 수 있나요……?"

"그, 그건……. 아니, 할 수 있습니다! 목숨을 바쳐서라도 아가씨를 보내드리겠습니다!"

"그렇지 않아요. 나는 당신이 죽지 않기를 바라요, 디안."

"저는 이래 봬도 영광스러운 적기기사단의 일원! 죽을 각오는 이미 돼 있습니다!"

어쩌지. 이제 완전히 프란은 잊어버렸군. 애초에 받는다고 하지도 않았는데.

『내버려 두고 갈까?』

'음───.'

『어? 이 녀석들하고 같이 갈 생각이야?』

'……카나는 죽게 하고 싶지 않아.'

아무래도 또래에 모험가를 무시하는 기색도 없고 부하의 몸을 걱정하는 카나에게는 호감을 가진 모양이다. 하지만 디안에게는 분노를 느끼고 있는 것도 확실하겠지.

『어쩌지?』

'……조건에 따라서 고용돼도 돼.'

『그래?』

일단 두 사람의 말싸움이 수습되기를 기다릴까.

디안의 모험가 혐오는 상당하군. 얼마나 믿을 수 없는지, 주로 호소하는 그 말은 이미 욕이었다. 그녀의 말을 종합하면 모험가는 신의라고는 요만큼도 없는 수전노이자 자기중심적인 범죄자 예비군. 그런 이미지다.

다만 디안 자신이 그런 경험을 한 게 아니라 전해 들은 듯했다. 말의 이곳저곳에서 그런 느낌이 전해져왔다. 카나도 그런 이야기는 아는 듯했지만 스스로 본 적이 없어서 절반만 믿는 모양이다.

진심인 디안과 반신반의하는 카나. 두 사람의 이야기는 평행선을 달렸지만 어떻게든 끝났나 보다.

여전히 거만한 디안이 내심 화가 난 프란에게 말을 걸었다.

"이봐, 모험가."

"왜?"

"동행을 허가한다."

우와, 뭐야, 이 녀석. 프란의 짜증이 가속하는 것을 알 수 있었다. 그 눈이 살짝 가늘어졌다.

"얼마 낼래?"

"돈을 뜯어내겠다는 건가!"

아니, 무슨 소릴 하는 거야? 모험가를 호위로 고용하는 게 공짜일 리 없잖아? 그러나 디안은 프란을 더욱 매도했다.

"이러니까 모험가라는 건……!"

"모험가를 호위로 고용하는 데 보수가 필요한 건 상식이야."

"카나 아가씨의 옥체를 지키라고 하는 거다! 명예로운 일일 텐데!"

어디의 누군지도 밝히지 않았는데 명예? 모험가를 미워해서 폭주하고 있는지도 모르지만 너무나도 듣기 거북한 말이었다.

"기사는 명예로 배가 불러? 대단하네. 하지만 모험가는 공짜로 안 움직여."

프란의 말이 길다. 이건 화가 난 증거다. 프란의 분노를 느꼈는지 카나가 앞으로 나서서 머리를 숙였다.

"죄송합니다. 저희는 모험가의 상식을 잘 몰라요. 얼마를 내면 될까요?"

"아가씨! 그만두십시오!"

카나의 사죄를 듣고 디안이 비명을 질렀다. 하지만 카나는 날카로운 시선을 자신의 호위에게 보냈다.

"입 다물어요, 디안."

"아니……! 어째서입니까!"

"자신의 가치관을 타인에게 강요해서는 안 돼요. 기사와 모험가의 가치관은 달라요. 같은 기사끼리, 귀족끼리라도 다르니까요……."

"……그것은……."

"저기. 그쪽에서 얘기하기만 할 거면 이제 가도 돼?"

아아, 이제 슬슬 프란도 포기한 것 같다. 하지만 프란의 말에 디안이 뭔가 말하기 전에 카나가 다시 머리를 숙였다.

"죄송합니다. 그래서 얼마면 될까요?"

"음……."

"흥. 어차피 비싼 금액을 뜯어내려는 거겠지. 좋다, 자."

프란이 뭔가 말하기 전에 디안이 가죽 주머니를 프란의 발밑에 던졌다. 이 녀석, 학습 능력이 없는 건가? 카나가 아주 불쾌한 듯이 너를 노려보고 있는데?

프란이 가죽 주머니를 주워 열어보니 안에는 2000골드 정도 들어 있었다.

"하룻밤이다. 파격적이지?"

단순히 같이 있는 것뿐이라면 그것으로 충분할지도 모른다. 하지만 호위로 고용한다면 전혀 부족했다. 이 돈으로 고용할 수 있는 건 기껏해야 랭크 E 이하의 모험가일 것이다.

프란은 랭크 B 모험가다. 하룻밤이지만 그런 푼돈으로 고용할 수 있을 리가 없었다.

프란도 역시 참을 수 없는 모양이다. 돈을 주우라는 태도보다 그 액수에.

이게 결정적으로 프란의 기분을 상하게 만들었을 것이다. 말하자면 너희는 그 정도 가치밖에 없다고 단언한 셈이니 말이다.

"약자를 지키고 마수를 사냥하는 영광스러운 일을 세속적이고 비열한 돈과 바꾸는 자들은 돈만 내면 목숨을 내던지잖아?"

혹시 프란을 일부로 화나게 해 교섭을 결렬시키려 하는 건가? 아니면 그렇게까지 모험가가 싫은 건가? 하지만 프란이 그런 사정을 헤아려줄 이유도 없다.

프란은 가죽 주머니를 살짝 세게 디안의 발치에 다시 던지고 입을 열었다.

"부족해."

"말도 안 돼! 하룻밤이다. 고작 하룻밤에 얼마를 내라는 거냐!"

"나는 랭크 B 모험가. 이 정도로 고용할 수 없어. 의뢰비는 모험가에 대한 평가의 증거야. 내가 그 정도 가치밖에 없다면 교섭은 결렬이야."

"……흥. 돈에 몸을 파는 모험가다운 말투로군. 그러면 얼마를 내면 된다는 거냐!"

아, 이제 흠씬 패서 입을 막아도 되지 않을까? 프란은 용케 참고 있군. 살기가 새어 나오려 하는 걸 억지로 누르고 있다고.

"나를 고용하려면 있는 돈 전부를 내."

"마, 말도 안 돼! 웃기지 마라! 그러면 이후 우리가 여행을 할 수 없게 되지 않나!"

"웃기는 거 아냐. 나를 고용하지 말든지 있는 돈 전부를 내든지. 한쪽을 골라. 알았지?"

"뭐?"

"돈은 세속적이고 비열하잖아? 내가 전부 받아줄게. 정말 싫어하는 돈을 정말 싫어하는 모험가에게 전부 떠넘길 수 있어."

"우, 웃기지 마라!"

"웃기는 거 아냐. 아니면 세속적이고 비열한 돈이 사실은 소중

해? 기사인 주제에 거짓말한 거야? 아아, 너는 거짓말쟁이인 거지? 거짓말쟁이 가짜 기사? 네가 기사가 될 수 있는 건 분명 잔챙이만 있는 나라일 거야. 잔챙이 기사만 있는 허접한 나라."

아, 엄청 열받았다. 아마 하고 싶은 말을 전부 해서 상대를 화나게 할 생각일 것이다. 교섭을 결렬시킬 생각인 건 프란 쪽이었습니다.

"큭……. 우리 나라를 무시하지 마라!"

"먼저 무시한 건 그쪽이야. 누군지 모르겠지만 모험가를 무시하지 마. 자기가 더 바보인 주제에."

"바, 바보가 아니다! 무슨 근거로! 학식도 없는 모험가 따위가 기사를 무시하지 마라!"

"바보를 바보라고 했을 뿐이야. 주인의 말에도 따르지 않고, 고용하려던 상대를 화나게 해서 죽을 뻔한 것도 몰라. 진짜 바보야."

"뭐?"

프란의 말에 디안의 눈이 점이 됐다. 그녀의 머릿속에서 '죽어? 어째서'라는 의문이 소용돌이치고 있는 것을 알 수 있었다. 그사이에 프란이 순식간에 그녀의 뒤로 돌아 들어갔다.

"지금 죽었어."

그리고 뒤에서 말을 걸었다. 갑자기 목소리를 듣고 디안의 등줄기가 움찔 떨렸다.

"……!"

프란의 움직임을 전혀 쫓아가지 못했다는 사실에 서로의 실력 차이와 이 상황의 불리함을 이해한 걸까. 디안은 파랗게 질린 채 그 자리에서 엉덩방아를 찧었다. 지금까지는 프란이 머리를 숙이고 있던 탓에 얼굴이 보이지 않았겠지만, 시선이 내려가서 눈이 마주쳤다.

"……."

"힉……."

겨우 그 눈에 소용돌이치는 프란의 분노를 감지한 건가.

디안이 잠긴 비명을 흘리면서 몸을 크게 움츠렸다. 업신여기고 무시하던 상대가 압도적인 강자라는 사실에 변함은 없다. 그리고 지금 현재 적대하고 있다. 그것을 깨달았는지, 눈꼬리에는 희미하게 눈물이 맺히고 그 입이 미세하게 떨리고 있었다.

프란도 진심으로 죽일 생각은 없겠지만…….

"……."

아니, 진짜 안 죽이는 거 맞지? 아니면 나의 상상 이상으로 화나서 살의를 억누를 수 없는 건가?

그렇다면 막아야 하나? 하지만 프란이 죽이기로 결정했다면 등을 밀어주는 게 검인 나의 임무 아닐까?

『아―, 프란 씨? 주, 죽일 거야?』

'……위협한 것뿐이야.'

그렇겠죠. 다만 나까지 좀 걱정할 만큼 지금의 프란에게서는 폭력적인 기세가 새어 나오고 있었다. 죽일 생각이 없다는 것을 알고 가슴을 쓸어내리는 듯한 기분으로 안도한 직후, 카나가 프란과 디안의 사이에 끼어들었다.

"거기까지 하세요. 디안, 당신이 잘못했어요. 듣는 나도 불쾌해요. 이제 말하지 말아요."

"아, 아……."

호오. 여자 호위에게 주의를 주는 척하면서 프란에게서 감쌌군. 게다가 자신이 압력을 받는 위치에 들어왔는데 그 표정에 변화가 없다. 이 아가씨, 좀 하는데?

"……흥."

프란은 기분 나쁜 듯이 코웃음을 쳤지만 나는 안다. 카나의 배짱에 감탄한 것 같다.

"정말 죄송합니다. 디안에게는 나중에 일러두겠습니다. 이 이상 당신에게 불쾌한 말은 하지 않게 하겠으니 부디 화를 거두어 주지 않으시겠어요?"

"…….."

프란이 위압을 풀고 카나와 마주 섰다. 역시 이 소녀만은 특별하군. 디안이 몰리는 장면을 보고 있던 쉐러는 기절할 것 같은 얼굴을 하고 있는데 카나의 얼굴에는 공포조차 없다. 참고 있다고 해도 훌륭했다. 사죄의 말에도 거짓은 없고 말이다.

"그래서 어쩔 거야? 가진 돈 전부 낼래? 안 낼래?"

"그거 말인데요……. 조금 깎아주시지 않겠어요?"

"응?"

"솔직히 말씀드리면 저희는 지금 가진 돈으로 어떻게 해서든 세나르까지 가야 해요."

'세나르?'

『그게 말이야…….』

〈베리오스 왕국 서부에 위치한 도시. 향하고 있는 마술 학원의 근처에 존재합니다〉

내가 생각하려 하는데 알림이 얼른 가르쳐줬다.

'오오. 그렇구나.'

"여기서 가진 돈을 전부 드리면 여비에 불안이 좀 생겨서요……."

재미있군. 그만한 위압감을 냈던 프란을 지켜봤는데도 불구하고 교섭하려 하는 건가. 게다가 불쌍하게 눈을 올려 뜨는 빈틈없는 전개다.

나는 프란의 입가에 옅게 웃음이 떠오른 것을 놓치지 않았다. 아마 디안의 추태를 보고 걱정이 사라지고 카나에 대한 흥미만 남았을 것이다. 겁내지 않고 가격 흥정을 하는 카나를 재미있어 하고 있는 모양이다.

"당신이 강한 건 알았어요. 분명 아주 많은 돈이 필요하겠죠. 하지만 저희가 낼 수 있는 것은 이 정도예요. 이것으로 다음 관문까지 동행해주시겠어요?"

그렇게 말하고 내민 가죽 주머니에는 금화가 들어 있었다. 전부 해서 3만 골드가 넘었다. 재미있는 건 의외로 적정하다는 점이었다.

몬스터의 레벨이 낮은 곳을 랭크 B 모험가가 하룻밤 호위하게 되면 이 정도 가격일 것이다. 아니, 그녀들에게 어느 정도 전투력이 있고 야영 준비도 할 수 있다면 오히려 너무 많이 받는 걸지도 모른다. 그걸 아는지 모르는지……. 다만 이로써 그녀가 결정적으로 프란의 마음에 든 건 확실했다.

"알았어. 그 대신 그 녀석은……."

"물론이에요. 더 이상 험담은 하지 않게 할게요."

"응. 그럼 받아들일게."

"감사합니다!"

자, 가는 길이 어떻게 될까? 트러블의 향기가 물씬 풍기는데……. 뭐, 프란이 스스로 받은 일이니 나는 힘껏 서포트하면 되나.

그렇게 카나 일행의 호위를 받아들인 프란이었지만 바로 날이 저물고 말았다.

그녀들과의 실랑이로 시간을 너무 잡아먹은 모양이다.

결국 도중에 야영을 하게 됐다.

『뭐, 여기라면 샛길로 가는 통행에 방해되지 않으니 괜찮을 거야.』

"응."

이 고개는 완전한 외길이 아니다. 몇 십 갈래나 되는 샛길이 있고 각각 다양한 곳으로 이어져 있으며, 그중에는 레이도스 왕국으로 이어지는 길도 있는 모양이다. 당연히 관문이나 망루로 감시를 하고 있어서 자유로운 통행은 할 수 없지만 말이다.

우리는 야영할 장소를 정하고 대지 마술로 마물막이용 벽을 생성해 방어 진지를 구축해갔다. 와이번 이외의 마수라면 이 벽으로 충분히 막을 수 있을 것이다.

"이, 이 정도 마술이……."

"마, 말도 안 돼……!"

프란이 만든 진지를 보고 디안과 쉐러가 얼이 빠져 있었다.

프란이 강력한 전사인 건 알았지만 마술 실력이 이 정도일 줄은 몰랐을 것이다. 높이 10미터 가까운 벽이 높아져 가는 광경을 카나 일행은 숨을 삼키고 지켜보고 있었다. 울시의 최대화를 봤을 때보다 놀란 거 아닌가?

여행 도중의 분위기는 생각보다 나쁘지 않았다.

완전히 마음이 꺾인 디안과 아직 프란에게 공포를 품고 있는 쉐러가 말을 거의 하지 않았기 때문이다. 반면 카나는 프란에게 적극적으로 말을 걸었다.

야영 중, 프란에게서도 울시에게서도 조금 떨어진 곳에서 기척을 죽이듯이 가만히 있는 디안이나 쉐러와 반대로 카나는 프란의 옆에 앉아 카레맛 수프에 입맛을 다시고 있었다.

역시 쉐러가 맛을 먼저 보기는 했지만 프란이 꺼낸 얼핏 변변찮은 요리를 불만도 없이 먹었다. 뭐, 겉모습은 볼품없지만 마수 고기와 향신료를 듬뿍 쓴 고급 요리이니 말이다.

그리고 카나는 꼬치구이 등을 그대로 먹는 게 즐거운 모양이다. 그 밝은 표정은 연기가 아닐 것이다.

"프란 씨는 모험가인 거죠?"

"응?"

"저와 비슷한 나이로 보이는데, 이 나이에 그 정도 모험가는 드물지 않나요?"

"음……. 있어."

"그런가요……. 저기, 프란 씨는 왜 모험가가 됐나요?"

디안과 쉐러처럼 부정적인 감정은 없는 듯하지만 모험가에 대해 흥미는 있나 보다. 그렇게 드문 존재인가? 어떤 도시든 몇 명은 있을 텐데. 아니면 전혀 본 적이 없을 만큼 곱게 자랐나? 그런 것치고는 마술을 쓸 수 있고 야영에 불만도 부리지 않는 등 씩씩했다.

"강해지기 위해서야."

"강해지는 건가요? 기사나 병사를 지향하면 안 되는 건가요?"

"어린아이는 무리야."

"그런가요……. 저기, 모험가 일은 힘들지 않나요?"

"왜?"

카나의 질문을 들은 프란은 진심으로 이상하다는 듯이 되물었다.

"저와 비슷한 나이에 그렇게 강해지려면 엄청나게 힘들었던 거 아닌가요?"

"……강해지고 싶어서 모험가가 됐어. 그래서 다치거나 강한 상대와 싸우는 걸 괴롭다고 생각한 적은 없어."

"그, 그런가요……."

프란의 올곧은 눈빛을 받고 카나는 압도된 듯이 눈을 피했다. 서로의 가치관이 너무나도 다르다. 서로 이해 못 하는 건 아니지만 만난 지 하룻밤 만에 모든 것을 이해하기는 무리일 것이다.

카나에게는 지옥 같은 나날로 보여도 프란에게는 둘도 없는 시간들이었을 터다. 반대로 프란도 카나를 이해할 수 없다. 분명 좋은 곳의 영애에게는 그녀들만 이해할 수 있는 괴로움이 있겠지.

사람은 그런 존재다.

"모험가 일은 마수나 도적을 쓰러뜨리는 거죠? 그리고 상인이나 여행객의 호위를 하고요."

"응? 아닌데?"

"네? 그런가요?"

어? 아냐? 나도 놀라운데?

하지만 프란에게는 프란이 상상하는 모험가상이 분명하게 있었다.

"모험가의 일은 모험이야."

"모험?"

"그래. 모험하는 게 모험가."

"도적을 잡거나 마수를 사냥하는 건요? 모험가들이 하는 것 아닌가요?"

"해. 얼마 전에 들른 마을에서도 제로스리드라는 수배범을 모험가들이 붙잡으려다 도리어 당했다고 들었어."

프란의 말에 디안이 강하게 반응했다.

"제로스, 리드……!"

시비를 건 것은 아니다. 그녀는 제로스리드의 이름을 중얼거리며 눈을 크게 뜨고 있었다.

"알아?"

"아니…… 들은 적이 있을 뿐이다…….."

그런 것치고는 묘한 긴장감이 있었던 것 같은데……. 제로스리드는 다른 나라에서도 엄청나게 날뛰었다니까 알지도 모르겠군.

"?"

프란은 고개를 갸웃거렸지만 바로 흥미를 잃었나 보다. 카나와의 대화로 돌아갔다.

"수배범을 붙잡는 건 사실은 기사나 병사가 하는 일이야."

"어, 어머. 듣고 보니 그러네요."

"하지만 그쪽에서 해주지 않아서 모험가가 할 뿐이야."

으음, 프란과 의견이 같은 모험가는 그다지 많지 않을 것 같은데. 프란이 말하는 모험이란 마경이나 던전에 들어가 싸우는 것

전체를 가리킬 터다.

그리고 도적이나 마수를 쓰러뜨리는 치안 유지는 본래 기사단의 업무라고 말한다. 하지만 그건 경계선이 상당히 애매했다. 던전 안에서 마수와 싸웠으니 밖에서도 싸울 수 있고, 도적과 싸우는 것도 그 연장선상이라고도 생각할 수 있기 때문이다.

프란의 말에 카나는 놀랐지만 가장 격한 반응을 보인 것은 디안이었다. 이번에는 분명하게 프란을 노려보는군.

"……하, 하지만 힘을 가진 자에게는 사람들을 지킬 의무가 있을 것이다!"

"그래?"

"그렇다! 힘에는 의무가 따른다!"

"흐음, 잘 모르겠어."

"디안."

카나가 제지했지만 디안의 말은 멈추지 않았다.

"너, 너는 그 정도 힘을 가졌으면서 약자를 보고 아무것도 생각하지 않는 건가? 학대받는 자를 구하려고 생각하지 않는 건가!"

"생각하는데? 그래서 너희도 구했어."

"……지금 잘 모르겠다고…….."

"응? 구하고 싶으니까 구해. 그것뿐이야. 내가 약해도 구하고 싶으면 구하려고 해. 너는 자신이 강하니까 사람을 구해? 약하면 버려?"

"그, 그것은……."

"기사는 임무가 아니면 사람을 안 구해? 눈앞에서 공격받는 사람을 안 도와?"

"그런 짓은……! 적기사는——."

"디안! 조용히 해요!"

"……큭! 죄, 죄송합니다……."

카나에게 한 소리 들은 디안이 창백한 얼굴로 입을 다물었다.

그건 그렇고 어려운 문제다. 나는 힘의 의무라는 생각을 좋아하지 않는다. 강자를 이용하기 위한 약자의 이기적인 논리. 혹은 힘에 취한 강자의 교만이라고 생각하기 때문이다.

프란의 경우에는 그런 어려운 생각은 하지 않겠지. 애초에 눈앞에 곤란한 사람이 있으면 이유를 생각할 새도 없이 일단 도우니 말이다. 자신이 한 말대로 구하고 싶어서 구한다. 그것뿐이다.

만약 상대가 열받는 녀석이라면 태연하게 버리거나 구하고 터무니없는 보수를 요구할 것이다.

이것 역시 모험가와 기사의 차이라고 말할 수 있을지도 모른다. 기사는 이른바 세금으로 먹여 살려지는 사람들이며, 그런 의무와 권리에 대해 입단 때부터 주입을 받을 것이다. 아, 오귀스트가 있던 시절의 알레사 기사단처럼 부패한 쓰레기 기사단이 아니라면 말이다.

다만 '월급만큼 일해!'로는 사기도 오르지 않고 자부심도 유지할 수 없다. 그래서 약자의 구제라든가 정의를 위한 봉사처럼 기사들의 의욕을 올리기 위한 표현이 쓰이는 것이겠지.

그와 같은 교육이 지나치게 되면 디안 같은 기사가 생기는 것이다.

반면 모험가는 전부 자기 책임이다. 즉 손에 들어온 힘도 자신의 힘이니 자신을 위해 쓴다는 생각이 당연할 터다.

"디안의 편을 들려는 것은 아니지만, 모험가 중에는 도적 같은 행동을 하는 사람도 있다고 들었어요."

"기사한테도 귀족한테도 쓰레기는 있어. 너희 나라에는 나쁜 사람이 없어?"

"그건…… 그러네요. 맞는 말이에요. 나쁜 기사나 귀족도 있는 걸요."

카나는 프란의 말을 듣고 고개를 깊이 끄덕였다. 뭔가 짚이는 부분이 있는 모양이다. 생각해보면 아가씨가 이런 곳을 소수로 여행하는 것도 부자연스러우니 사연이 있을 것이다.

"그러면 모험가는──."

"음──."

모험가에 상당히 흥미가 있는지 카나의 질문은 잘 때까지 끊임없이 계속됐다.

카나 일행을 구한 다음 날.

"보인다, 저게 관문이야."

"벌써요? 아주 빠르네요."

"응. 울시는 대단해."

일출과 함께 출발한 프란 일행은 두 시간도 지나지 않아 베리오스 왕국 쪽 관문에 도착하려 하고 있었다. 울시의 등에 전원을 태우고 달렸기 때문이다. 흔들리지 않도록 조금 천천히 달려도 엄청난 속도였다.

도중에 마주친 마수는 접근하는 녀석만 해치우고 나머지는 무시했다. 카나 일행의 신변의 안전이 최우선이니 말이다. 어찌 되었든 간에 호의 의뢰를 받아들였으니 완벽하게 처리해야 한다.

"이대로 가면 소동이 일어나. 일단 내릴게."

"알았어요."

"……이만한 마수를 사역할 수 있는 건가?"

"무, 무리예요. 들은 적이 없어요."

디안과 쉐러는 울시의 등 위에서 줄곧 창백해져 있었다.

아무리 사람을 따라도 거대한 마수라는 점만으로 두려운 모양이다. 게다가 디안은 프란을 화나게 만들었으니 말이다. 언제 지시를 받을지 모른다고 생각하기라도 했던 것 같다.

쉐러는 프란의 실력을 파악했기 때문에 줄곧 디안의 곁에 있었다. 아무래도 디안이 실례되는 말을 해서 이 이상 프란을 화나게 하지 않도록 하려고 생각한 모양이다. 덕분에 조용해서 다행이었다.

"그럼 가볼까요."

"응."

프란을 선두에 세우고 관문으로 향했다. 심사가 상당히 엄격하다던데 무사히 통과할 수 있을까?

베리오스 왕국의 관문도 크란젤 왕국의 관문과 막상막하로 컸다. 유사시에는 마수나 적군을 막아야 해서 성채로서도 지어졌기 때문이다.

성채 안에서 활로 겨누고 있군. 다만 이건 불량배나 적병이 여행객으로 위장했을 경우의 대비일 것이다. 명확한 살의는 느껴지지 않았기 때문에 나도 프란도 그냥 무시했다.

"정지! 네 명인가?"

"응."

"신분증을 이쪽으로 제시해라."

"알았어."

"알겠습니다."

들은 대로 신분증을 꺼내 병사에게 건넸다. 예상대로 처음에는 놀랐지만 모험가 카드가 진짜라는 것을 알자 그 뒤에는 특별히 문제없이 입국을 허가했다.

역시 고랭크 모험가라는 지위는 대단한 듯했다. 베리오스 왕국으로서도 국내에 강한 모험가가 늘어나는 건 이익이 되니 거부할 이유가 없을 것이다.

"이쪽 세 명은 함께 왔나? 그쪽 소녀와는 별도인가?"

"프란 씨는 어제 고용한 호위 겸 길 안내입니다."

"흐음, 몰리 상회? 들은 적이 없는데……."

"작은 상회라서요."

어라? 카나 일행이 왠지 의심받고 있는 것 같다. 카나는 상회 주의 딸이었나 보다. 그렇군, 듣고 보니 그 배짱은 상인 같았다. 다만 그런 것치고는 기품이 있는 것 같기도 한데.

대상회의 영애라면 이해할 수 있지만, 많은 정보를 머리에 넣고 있을 입국 관리관이 들은 적이 없는 작은 상회의 딸이 저런 기품을 익힐 수 있을까? 아니, 엄격한 교육을 받았다면 이해할 수 있기는 한데…….

그리고 디안의 존재가 의문이다. 그녀는 기사라고 밝혔는데 직업은 검사로 되어 있었다. 즉 직업이 기사가 아니라 신분이 기사라는 뜻일 것이다.

상회의 호위가 그렇게 소개를 한다고? 물론 단순히 기사를 동경할 뿐일 가능성은 있을 것이다. 그러나 분명하게 적기기사단이라는 둥 적기사라는 둥 말을 했을 텐데.

해고된 뒤에 상회에 고용됐을 가능성도 있지만, 그랬다면 기사라고 계속 소개를 했을까?

'스승, 카나네 어떡해?'

『으음……. 잠시 상황을 지켜보자.』

'알았어.'

여차하면 우리는 상관없다고 주장해야 한다. 스파이 혐의를 받으면 베리오스 왕국에서 자유롭게 움직일 수 없게 될지도 모르니까.

"상회의 소재지는?"

"크란젤 왕국의 항구 도시. 더즈예요."

"상회 주인의 이름은?"

"레이몬드 몰리."

"베리오스 왕국에 온 목적은?"

"특별 자치구입니다."

"……으음."

이 남자, 입국 관리관은 사실 거짓말 간파 스킬을 가지고 있어 레벨은 낮지만 상대가 거짓말을 하면 위화감 정도는 느낄 터였다. 그러나 그 스킬에 반응이 없었는지 아직 납득이 가지 않는 얼굴로 카나 일행 세 명을 보고 있었다.

오랜 경험으로 수상한 건 알지만 스킬이나 신분증은 그녀들에게 수상한 부분이 없다는 것을 보여주고 있었다. 나도 허언의 이치를 썼지만 카나의 말에 거짓은 없었다. 역시 크란젤 왕국 상회의 영애인 걸까? 더즈라면 우리도 방문한 적이 있는 북쪽 항구 도시다.

질문을 하던 관리관이 상사 같은 남성과 소곤소곤 의논하고 있다. 내게는 들리지만.

"어쩔까요?"

"저 소녀는 크란젤 왕국의 모험가인가?"

"네."

"크란젤 왕국의 모험가 길드에서 호위를 고용했다면 그 신분은 길드에서 증명됐다고 봐도 좋아. 그리고 목적지는 특별 자치구. 그러면 상관없네."

"괜찮으시겠습니까?"

"그곳이라면 말이야. 다만 진짜 자치구에 들어갔는지 나중에 조회를 잊지 말게."

"넷!"

이거 카나에게 이용당했나? 모험가를 호위로 데리고 있으면 누구든 모험가 길드에서 의뢰를 냈다고 생각할 것이다. 즉 모험가 길드가 수상한 인물이 아니라고 인정한 셈이 된다.

속은 건 아니지만 역시 카나는 만만치 않군.

결국 그 이상은 붙잡히는 일 없이 네 사람은 국경을 넘는 데 성공했다. 뭐, 더 붙들어둘 순 없었겠지.

그리고 목적지가 특별 자치구라는 것도 넘어간 이유인 듯했다. 특별한 자치구답게 베리오스 왕국 내에서도 다른 국적 취급을 받는 모양이다. 그쪽에 떠넘기겠다는 생각도 있을 것이다.

관문을 빠져나가 잠시 걸은 시점에서 카나와 마주 보는 프란. 디안과 쉐러는 떨어진 곳에서 지도를 확인하고 있었다.

"의뢰는 여기까지야."

"네. 호위 감사했습니다. 그리고 울시 씨 덕분에 생각지도 못하게 일찍 베리오스 왕국에 들어올 수 있었어요."

"저기."

"뭔가요?"

"디안은 기사야?"

프란도 실은 신경 쓰인 모양이다. 나와 마찬가지로 관문에서 발이 묶이고 싶지 않아서 가만히 있었을 것이다.

"……그래요. 제 신원이 신경 쓰이나요?"

"응? 딱히?"

"네?"

"모험가는 과거를 신경 쓰지 않아."

모험가 중에는 온갖 이유로 과거를 버린 사람도 많다. 그 과거를 파고드는 건 금기다. 그들 속에서 지내는 동안 완전히 그 정신이 몸에 익은 듯했다. 뭐, 원래 신분에 무관심한 면도 있지만.

"그보다 걱정됐어."

"걱정이요?"

"응. 디안은 자신이 기사라고 태연하게 말했고 복장도 기사야."

앞으로도 카나의 신분을 수상하게 생각하는 사람은 그 밖에도 나올 것이다. 프란은 순수하게 카나를 걱정하고 있었다. 역시 이 강한 소녀에게 흥미를 품고 있는 듯했다.

"아아, 그런 건가요……. 그녀는 아버지의 연줄로 빌렸을 뿐 완전한 제 신하는 아니에요……. 처음에는 갑옷을 벗기고 모험가 차림을 하게 하려 했지만 아무래도 싫어해서요."

모험가에게 엄청난 편견을 품고 있는 것 같으니 할 수 없다. 프란에게 청묘족 흉내를 내라고 하는 것과 똑같은 제안이다. 죽어도 거부할 것이다.

"그리고 융통성이 없어서 시야가 좁은 부분은 있지만 실력은 그럭저럭 있어요. 어느 정도 강한 여성은 찾는 것도 힘드네요."

디안처럼 성격에 결함이 있는 인재라도 귀중한 여성 호위인 건 사실이다.

"관문에서는 가만히 있어주셔서 감사했어요."

카나가 다시 깊이 머리를 숙였다. 확실히 그 자리에서 프란이 괜히 끼어들었으면 카나 일행은 궁지에 빠졌을지도 모른다.

디안의 수상함. 프란을 고용한 건 국경을 넘은 다음부터인 점. 크란젤 왕국 측 국경을 넘은 사람은 우리 전에는 대상(隊商)이 5일 전에 있었을 뿐이라는 점.

어느 것 하나를 꼽아도 카나 일행의 신상을 수상하게 여기기에는 충분할 것이다.

"딱히."

"후후. 당신을 만난 건 제게 정말 행운이었어요. 다시 만나요."

"응. 또 봐."

이별은 담백했다. 둘 다 돌아보지 않고 갈림길을 각각의 방향으로 나아갔다.

그냥 보내도 괜찮을까?

카나 일행과 헤어진 후 나는 신경 쓰였던 의문을 프란에게 던져봤다.

『왜 카나를 그렇게까지 마음에 들어 했어?』

나쁜 사람이라고는 할 수 없지만 만만치 않고 방심할 수 없는 타입이었다. 입국에 유리해지도록 프란을 이용하거나 보수를 깎거나 했지. 호의를 품을 이유가 있었나?

지금 생각하면 디안의 실례되는 발언을 강하게 제지하지 않았던 데에도 뭔가 이유가 있었던 게 아닐까 하는 생각이 든다. 프란의 됨됨이를 살핀다든가 말이다.

『명백하게 프란을 이용하려 한 건 알고 있었잖아?』

"응. 하지만 넘어가지 않았어."

『뭐, 그건 그렇기는 한데…….』

"카나. 동갑이야."

『그러고 보니 그랬지.』

혹시 그것만으로? 하지만 프란에게는 더 큰 이유가 있었던 모양이다.

"그리고 흑묘족을 모욕하지 않았어."

『아아, 그런 건가.』

"응. 디안도 모험가를 무시하기는 했지만 흑묘족을 무시하지는 않았어."

실제로 지금까지 한 여행에서 만나 사이가 좋아진 사람들이라 해도 흑묘족 소녀라는 시점에서 아주 놀랐다. 놀라는 방식에는 두 가지 패턴이 있었지만.

가장 많은 건 흑묘족이라는 약한 종족의 소녀가 모험가를 하는 것에 대한 놀람.

다음이 흑묘족이라는 종족이면서 강자의 기운을 띠고 있는 것에 대한 놀람.

어느 쪽이든 흑묘족이라는 종족에 대한 무시가 있었다. 모멸이나 악의는 없어도, 흑묘족이 약한 종족이고 전투에 적합하지 않다는 것을 상식으로 생각하고 있었다는 거다.

프란에게 그건 아주 안타까운 일이었다. 슬프기도 했었을 것이다. 하지만 카나도 디안도 쉐러도 한 번도 흑묘족을 약자로 여기는 발언을 하지 않았다. 어린 여자애라는 점이나 모험가인 점에 대한 모욕은 있었지만 그뿐이었다. 특히 카나. 생각해보면 종족, 나이, 신분. 그녀는 어느 것도 신경 쓰지 않은 듯했다. 오히려 경의마저 느꼈을 정도다.

"카나는 재미있어. 모험가가 되면 좋겠는데."

『호오?』

이건 프란으로서는 꽤나 칭찬하는 말이다. 고압적인 귀족이 평민에게 "네가 귀족이라면 영지도 평안하다"라고 말한 수준.

"카나는 약해."

『뭐, 마술사로는 하 중에 상 정도려나?』

"하지만 나를 무서워하지 않아. 만만치 않을 것 같았어."

강한 모험가끼리는 마주치는 순간 역량을 서로 측정하는 경우가 있다. 투기를 부딪치거나 가벼운 페인트를 응수해 상대의 힘을 확인하는 것이다. 일반인에게는 살기를 부딪치고 무기를 뽑으려 하는 것처럼 보였다 해도 일류 모험가끼리라면 화근은 남지 않는다. 그리고 상대를 인정하면 대등한 상대로 어울린다.

모험가의 그것과는 또 달랐지만 프란은 카나를 관찰하고 대등한 상대로 인정한 듯했다. 전투력 이외의 부분에서 프란의 심금을 울리는 뭔가를 가지고 있었을 것이다.

동갑에 모험가인 것도 흑묘족인 것도 얕보지 않고, 압도적인 힘을 보인 자신에게 겁을 먹지도 않고 대하며 이용하려고까지 한 카나. 생각해보면 그릇이 상당한가?

"카나는 재미있어."

『뭐, 프란이 그렇게 말한다면 상관없어.』

"응!"

결국 왠지 마음에 들었다는 거겠지.

카나 일행의 기척이 느껴지지 않게 됐을 무렵 프란은 커진 울시에 올라탔다. 슬슬 울시가 엄청난 속도로 날아도 국경에서는 보이지 않을 거리일 것이다.

『여기서 마술 학원까지는 아무 일 없으면 5일 정도 걸려.』

"울시라면 더 빨라."

"웡!"

그건 그렇지만 처음 온 나라이니 도시 몇 군데도 봐두고 싶다.

『프란은 어쩌고 싶어?』

"맛있는 명물."

"웡웡!"

『그것도 있었지.』

모험가 길드에 얼굴도 비춰두고 싶고 국내 정세도 들어두고 싶다. 특히 크란젤 왕국, 레이도스 왕국과의 관계를. 전쟁에 휘말리고 싶지는 않다. 경우에 따라서는 프란의 행선지를 억지로 바꾸더라도 멀어져야 할 것이다.

"그 밖에 뭔가 있어?"

"웡?"

『……어른에게는 여러 가지 있어.』

"오오, 그렇구나."

울시의 크기도 그다지 거대하게 하지 않는 편이 나을 것이다. 어떤 소문이 날지 모른다.

결국 울시에게 망아지 크기로 변화하게 해 여기서 가장 가까운 마을로 향하기로 했다. 그 뒤에는 큰 도시로 가는 거다.

다만 그 마을에서는 특별히 성과를 올리지 못했다. 국경에 가장 가까운 마을이어서 역참 마을처럼 발전했을 줄 알았지만 완전히 농촌이었기 때문이다.

모험가 길드 지부에는 전직 E 랭크 영감이 혼자 있을 뿐이었다. 마음씨 좋은 영감이라 음식을 나눠주자 이것저것 가르쳐줬지만. 한 시간 정도 더 간 곳에 호수가 있고 그 부근에 큰 도시가 있다고 한다. 여행객 대부분은 마을을 지나쳐 그 도시로 간다나.

『호숫가 도시라.』

"기대돼."

『그러고 보니 큰 호수를 본 적은 없었지?』

"응."

"웡."

프란도 울시도 호수 자체는 처음 보는 게 아니다. 크란젤 왕국 안에도 작은 호수라면 얼마든지 있었기 때문이지만, 지금부터 갈 곳은 규모가 다르다. 반대편 호숫가가 보이지 않는다고 하니 비와호와 비슷한 크기일 것이다. 어쩌면 그보다 넓을지도 모른다.

"울시, 서둘러!"

"윙윙!"

『이봐, 호수는 안 도망가.』

"생선."

"윙!"

아, 그러고 보니 큰 담수어가 명물이라고 했지. 잉어 같은 건가?

"생선 카레."

담수어가 카레와 맞을까? 잉어 카레나 장어 카레가 있던가? 본고장 특산물로 없지는 않을 것 같은데……. 본고장 카레에는 피시 카레가 있을 테지만 내가 만드는 건 일본식 카레란 말이지.

『프란, 한마디 해두겠는데. 카레에 어울리지 않는 식재료도 존재해.』

"괜찮아. 카레는 최강이야. 뭘 넣어도 맛있어."

위험하다, 프란의 카레에 대한 신뢰감이 장난 아니다. 바, 반드시 맛있는 담수어 카레를 만들어야 해!

내가 레시피를 생각하는 사이에도 울시는 호쾌하게 하늘을 계속 달렸다. 조금 더 천천히 가도 되는데, 그런 내 바람도 헛되이 순식간에 목적지에 도착하려 하고 있었다.

"보인다. 커다란 웅덩이."

『호수야.』

"바다 같아."

『아니, 호수.』

훨씬 앞쪽에 보이는 것은 키아라젠이라는 도시다. 작아 보이지만 그건 호수가 크기 때문일 것이다. 가까이 가보니 규모가 상당한 것을 알 수 있었다.

별명은 호반의 소녀. 듣자 하니 호수가 보이는 광장에 호수의 정령을 새긴 조각이 서 있고, 그게 관광 명소라고 한다. 도시의 건물이 흰색을 기조로 해 아름답기도 해서 호반의 소녀라는 애칭으로 불리고 있다는 모양이다. 프란은 흥미 없는 것 같지만.

소녀라는 말을 듣는 곳답게 상당히 아름다운 광경이다. 햇빛을 반사해 파랗게 빛나는 수면과 그 주위에 선 흰 건물들. 파란색과 흰색의 대조가 선명했다.

커다란 호수 위를 작은 어선들이 오가는 모습은 노동의 고귀함을 느끼게 했다.

"……크다."

"워후……."

경치보다 밥 콤비도 이 경치에는 감동하는 바가 있는지 입을 반쯤 벌리고 호수를 바라보고 있었다. 아름다운 경치를 사랑하는 감성이 조금이라도 있어서 나는 기쁘다. 뭐, 1분도 걸리지 않았지만.

"생선."

"웡!"

『알았다 알았어. 그럼 도시로 가볼까.』

"응."

키아라젠에는 순조롭게 입장했다. 잠시 줄을 섰지만 5분도 걸리지 않았을 것이다. 전쟁의 영향으로 사람이 적어졌나 했지만 대부분의 여행객이 배를 타고 호수 쪽에서 도시로 들어온다고 한다.

육로를 이용하는 건 얼마 안 되는 행상이나 모험가뿐이었다.

『프란.』

"……응?"

『군것질은 적당히 하고 모험가 길드에 가자.』

"우물."

『입에 음식을 넣은 채 대답하는 건 예의가 아냐!』

그보다 도시에 들어오고 30초 만에 노점으로 향할 줄이야…….
위험해. 프란의 여행 목적에 군것질이 확실히 추가됐어. 돈은 있
지만 마음껏 군것질을 하는 건 교육적으로 그렇잖아? 절대로 낭
비하지는 않겠지만.

『으음.』

"왜 그래, 스승?"

『아무것도 아냐. 프란은 참 잘 먹는다고 생각했어.』

"흐흥."

왜 의기양양한 표정을 짓지? 귀엽다는 말을 들어도 전혀 반응
하지 않으면서. 애초에 많이 먹는다는 말이 칭찬하는 말인가?

『그래서 뭘 샀어?』

"이거."

『호오. 생선 튀김이구나.』

겉모습은 붕어나 금붕어에 가까울 것이다. 담수어답군. 요리 방
법은 단순해서, 내장을 제거하고 그대로 기름에 튀겼을 뿐이다.
비늘조차 제거하지 않았다.

『맛은 어때?』

"짠데?"

『……그 밖에는?』

"진흙 맛이 좀 나."

전형적으로 밑준비가 부족한 민물고기일 것이다. 그러나 프란은 그렇게 말하며 생선 튀김을 열심히 먹어치웠다.

"오드득오드득한 건 좋아."

『아아, 식감이 좋다는 거야?』

"응."

튀겨진 비늘 부분이 마음에 든 듯했다. 맛은 그저 그래도 이렇게 마음에 들 수도 있구나.

프란은 다 먹고 바로 노점으로 돌격해 생선 튀김을 사서는 물어뜯었다.

"!"

『왜, 왜 그래?』

"이거 맛있어."

눈을 크게 뜨고 굳어버린 프란에게 무슨 일이 있는 줄 알았더니 확실하게 맛있는 튀김을 만난 모양이다.

"와구와구!"

『울시도냐.』

프란이 먹고 있는 것은 이 거리에 있는 거의 모든 노점이 제공하는 생선 튀김이다. 사용하는 생선도 똑같아서 보기에는 다른 노점과 차이를 알 수 없었다.

하지만 프란과 울시가 말한다면 틀림없을 것이다.

『정답인 노점이었구나. 밑준비나 간이 잘 됐어?』

"돌아갈래!"

"윙!"

『아, 잠깐만!』

프란과 울시가 뛰어서 온 길을 되돌아가 어느 노점으로 돌격했다. 용케 여기서 살 생각이 들었군.

그 노점은 파리가 날리고 있었다. 게다가 노점이 아주 엉망이다. 포장은 벗겨졌고 포렴은 색이 바래 초라했다. 이 겉모습 때문에 손님이 안 오는 걸까, 손님이 오지 않아서 초라해진 채로 두는 걸까. 적어도 나라면 이 가게는 고르지 않을 것이다.

"어라? 또 와준 거야?"

판매원은 금발 하프 트윈 소녀였다. 귀족의 피라도 섞였다고 생각할 만큼 아름답고 부드러운 금발에 하얀 피부. 생선을 그 자리에서 튀겨 파니까 기름이 튀어 피부가 거칠어지지 않으면 이상하다고 생각하지만 소녀의 피부에는 얼룩 하나 없었다.

하지만 이 소녀를 목표로 손님이 쇄도하는 일은 없을 것이다. 검은 수건 같은 안대로 두 눈을 가리고 있었기 때문이다. 한쪽 눈이라면 몰라도 두 눈이다. 외모가 아름다운 만큼 눈을 숨기는 듯한 그 안대의 이상함이 두드려졌다. 그러나 프란은 그런 것은 전혀 신경 쓰지 않고 생선을 주문했다.

"웅! 여기가 제일 맛있어. 냄새에는 거짓이 없었어."

"윙!"

"고마워."

소녀는 살짝 웃고 가볍게 머리를 숙였다. 아무래도 프란과 울시는 코로 이 노점을 고른 모양이다. 튀김용 기름이 다른 곳과 다른 건가? 재사용하지 않고 성실하게 교체하고 있을지도 모른다.

"전부 줘."

"어?"

"전부 먹고 싶어."

"저기, 여기에 있는 걸 전부 달라는 거야?"

"응. 튀겨주면 그것도 살게."

『야야, 사재기는 안 돼. 영업할 수 없어지잖아.』

가게는 단순히 매상만 좋으면 되는 곳이 아니다. 단골을 위해 어느 정도는 남기지 않으면 가게의 평판으로 이어진다.

그러나 소녀는 그저 기뻐하고 있었다.

"고마워. 그럼 빨리 튀길게."

생각해보니 여기만 인기가 없었지. 전부 파는 건 소녀에게 행운일 수밖에 없을지도 모른다.

『그건 그렇고 대단하네.』

소녀는 눈이 보인다고 생각할 만큼 유려한 동작으로 생선 튀김을 만들어갔다. 생선을 손질하는 동작도, 기름에서 건지는 타이밍도 완벽했다. 그뿐만이 아니다. 프란에게 돈을 받은 소녀는 그것을 살짝 만진 것만으로 은화인지 동화인지 판별해 거스름돈을 거슬러줬다.

신경 쓰여서 감정해보고 그 의문은 해소됐다.

이름 : 렌 나이 : 24세

종족 : 인간

직업 : 요리사

상태 : 결손 · 두 눈

Lv : 25

생명 ; 84 마력 : 101 완력 : 30 민첩 : 41

스킬 : 예민 청각 2, 바람 마술 4, 기류 시각 2, 기척 감지 2, 지팡
이술 2, 반향정위 4, 마력 시각 5, 물 마술 2, 요리 4, 마력 조작

장비 : 떡갈나무 지팡이, 수정의 옷, 마력의 안대, 마력의 목걸이

시각을 보완하기 위한 스킬을 다수 소지하고 있었다. 스킬 구
성으로 보아 원래 마술사였을 것이다.

"……."

『!』

뭐지? 지금 순간 렌의 눈이 나를 봤어? 아니, 눈은 보이지 않
을 테지만……. 마력 시각으로 내가 마검이라는 걸 안 건가? 신
기한 감각이다. 나라기보다 검에 깃든 나의 영혼을 꿰뚫어 본 것
같은데……. 아니, 그럴 리 없지.

다만 시력을 잃은 만큼 다른 부분이 아주 민감한 듯했다. 그녀
의 앞에서는 방심하지 말도록 주의하자.

"이 위에 얹어줘."

"큰 접시네. 알았어."

"응."

프란이 꺼낸 큰 접시에 렌이 튀긴 생선을 척척 담아갔다.

그 손놀림에 망설임은 없었고 생선이 무너지는 일도 없었다.
상상 이상으로 주위에 대해 파악하고 있는 거겠지. 최종적으로는
서른 마리 정도를 쌓아 올렸다.

"이게 전부야."

"응! 맛있어 보여."

"웡!"

"많이 사줘서 고마워."

렌이 그렇게 말하고 오른손을 내밀었다.

프란이 반사적으로 그 손을 마주 잡자 렌은 왼손을 올려 꼭 쥐었다. 그대로 위아래로 붕붕 흔들었다.

기쁜 건 알지만 묘하게 허물이 없지 않나? 프란은 싫어하지 않지만 노점에서 이렇게까지 친근한 사람은 처음 봤다. 생선을 판게 아주 기쁜가 보다.

"내가 이 노점을 시작한 이래로 최고 매상이야!"

"응. 또 올게."

"고마워. 또 봐."

그리고 렌의 노점을 뒤로했지만 어째선지 그녀가 줄곧 보고 있는 듯한 느낌이 들었다.

『이것 참……. 기분 탓인가?』

"스승?"

『저기, 누군가가 지켜보고 있진 않지?』

"응……?"

"웡……?"

내 말에 프란과 울시가 순간 자세를 잡았다. 하지만 바로 고개를 갸웃거렸다. 주위의 기척을 살펴도 아무것도 느껴지지 않기 때문일 것이다. 역시 내 기분 탓인가.

『미안. 내 착각이었던 것 같아.』

"응?"

"윙?"

『정신 차리고 모험가 길드로 가자.』

"알았어."

내 말에 모험가 길드로 향했지만 도중에도 그 안대 소녀가 신경 쓰였다.

『그 소녀, 내가 감정을 쓴 걸 알아차린 건가?』

"렌?"

『어.』

내 착각이라고 생각했지만 역시 뭔가가 걸렸다.

"그럼 대단하네."

애초에 우리는 그 평원에서 한 수행으로 은밀 능력이나 은폐 능력을 상당히 강화했다. 감정을 발동시키는 기색도 이전보다 제어하고 있다. 그야말로 고레벨 감정 감지라도 가지고 있지 않으면 들키지 않을 자신이 있을 만큼.

아만다조차 아주 집중하지 않으면 눈치채지 못했을 정도니 말이다. 게다가 눈치챘다 해도 기껏해야 '보였나?' 하는 위화감을 주는 정도였다.

내가 본 바로 렌은 그렇게 강하지는 않았다. 감각을 갈고닦았지만 움직임은 아마추어보다 약간 나은 정도였고 마력도 낮았다.

솔직히 말해서 그 정도 실력의 상대에게 들킨다고는 생각할 수 없었다. 실제로 그녀의 스킬에 감정을 완벽하게 알아차리는 스킬은 없었고, 강자처럼 감이나 감각으로 어떻게든 알아차릴 가능성은 낮은 스테이터스였을 터였다. 그랬을 텐데——.

『……자신이 없어.』

마랑의 평원에서도 잔뜩 연습했는데 말이야. 디아스의 말을 잊은 건 아니다. 다만 그건 왕족에게 감정을 시도하면 불경죄가 될지도 모른다고 충고를 한 것뿐이다. 감정을 쓰지 말라고 한 게 아니다. 오히려 제대로 쓰라는 충고였다.

그 충고에 따라 최대한 안전해 보이는 상대에게 감정을 써서 연습해 갈 생각이었는데……. 역시 렌이 신경 쓰인다. 한동안 인간을 상대로 감정 연습을 하는 건 미룰까.

그런 생각을 하고 있는데 눈 깜짝할 사이에 모험가 길드의 간판이 보이기 시작했다.

"이리 오너라."

"네, 모험가 길드에 어서 오세요!"

키아라젠의 길드에 들어가자 접수원 누님이 웃으며 맞아줬다. 앞뒤가 다르지 않은 듯한, 나쁘게 말하면 덜렁거릴 듯한 여성이었다. 외모로 프란을 얕보는 기색도 없으니 프란으로서는 고마운 타입의 접수원일 것이다.

"의뢰──는 아닌가?"

"의뢰를 보러 왔어."

"역시 모험가구나. 혼자니?"

"응."

"어라? 근데 이상하네."

"뭐가?"

"너, 상업선단에 붙어서 온 건 아니지?"

"상업선단?"

"모르니? 혹시 외국 사람이야?"

"응."

"그렇구나. 상업선단이란 건 말이지——."

누님이 설명해줬다. 상업선단이란 비비안호를 유람하는 대선단이다. 아아, 비비안호란 이 이 거대한 호수를 말한다.

작은 나라보다 큰 호수의 부근에는 커다란 마을이나 도시가 몇개나 존재하고 상단은 거기를 정기적으로 돌아다니고 있다고 한다. 그들의 사업은 다양하게 뻗어 있어서, 특산품 등을 사들여 파는 교역. 모험가나 여행객을 이동시키는 발. 위험한 호수 중앙부에서 실시되는 어업이나 소재의 매입. 더 나아가 서커스나 음유시인 등과 오락을 제공하고 의사에 의한 정기 검진까지 실시한다고 한다.

"그렇게 많이 배에 태울 수 있어?"

"한 척이 아니거든. 그렇지 않으면 선단이라고 불리지 않겠지?"

"그럼 배가 잔뜩 있어?"

"응, 잔뜩 있어. 정확한 수는 모르지만 대형선이 열 척 이상. 중소형 배가 50척 이상은 있으려나."

"호오."

그거 대단하군. 거기까지 가면 조그만 마을보다 사람이 많을 것이다. 물 위의 대형 캐러밴 같은 것을 상상하고 있었지만 규모가 더 클지도 모른다.

"벌써 몇 백 년이나 전부터 이 호수를 돌고 있어."

"오. 누가 시작했어?"

"그게 재미있어. 거짓인지 진실인지 알 수 없지만 이 비비안호는 옛날에는 바다였대."

"바다가 호수가 됐어?"

바다라니……. 그야 바다로 착각할 만큼 크지만 호수잖아? 옛날에 바다와 이어져 있었다 해도 거리가 상당히 있는데?

"원래는 작은 호수가 있었고 그 호수와 바다가 합쳐져 큰 호수가 됐다는 이야기야. 비비안호는 그 작은 호수의 이름이 계승된 거래."

"무슨 소리야?"

"으음. 나도 자세히는 모르는데, 천재지변으로 호수와 바다가 이어지고 그 뒤에 또 무슨 일이 일어나서 여기와 바다를 분리해 지금의 호수 형태가 됐다던데?"

바다와 호수를 떨어뜨리는 뭔가라니, 그게 뭔데? 천재지변이라 해도 엄청난 규모잖아?

"그때 호수 쪽에 남겨진 무역선이 마물로부터 몸을 지키기 위해 모인 게 상업선단의 시작이라고 상단의 상인이 말했어."

"그대로 쭉 호수에 있는 거야?"

"그야 기껏 여기로 온 배를 내버려 둘 수는 없잖아? 그대로 있어도 안 이상하지 않을까?"

배는 비싼 물건이라 그것만으로 한밑천이다. 외양을 항해할 수 있는 교역선쯤 되면 짐보다 훨씬 비싸다. 교역선의 선장들이 선주인지 고용됐는지는 알 수 없지만, 배를 내버려 두고 나라로 돌아간다는 선택지는 없었을 것이다.

하지만 살려면 일을 해야 한다. 수적이 되지 않을 만큼의 양심이 있었는지, 짐이 적어서 도적 사업을 할 수 없었는지는 알 수 없지만 그들은 마을들을 항구로 생각하고 교역을 시작했다.

운송, 어업, 호위, 오락, 교역, 의료. 돈 벌 방법을 다양하게 생각했을 것이다.

그 결과 지금의 사업상단이라고 불리는 형태가 되어갔다 해도 이상하지는 않았다.

"그래서 상업상단에는 이 근방의 신참 모험가가 많이 타고 있어. 짐 운반 등의 안전한 일도 있고 선배 모험가의 일을 보고 배울 수도 있거든."

이 호수 주변에서 신참은 우선 상업상단에서 수행을 하는 게 모험가들의 상식이 됐을 정도라고 한다.

"그래서 너 정도 나이의 모험가는 상업선단인 경우가 꽤 많아."

"아하."

어린 모험가가 많은 곳인 건 희귀할지도 모른다. 다만 생명의 위험이 적고 선배 모험가의 지도도 받을 수 있다면 의외로 나쁘지 않은 직장일지도 몰랐다.

"선단도 흔쾌히 받아줄 거고."

"그래?"

"처음에 잘해주면 성장했을 때 상업선단의 단골이 되지 않겠어? 강하게 자라면 호위로 고용해도 좋고. 모험가의 지지를 받는다는 건 큰 무기인걸."

"그렇구나."

탈지 타지 않을지는 몰라도 한번 봐보고 싶군. 프란도 같은 생각인가 보다.

"그 상업상단. 어디로 가면 볼 수 있어?"

"어머, 흥미가 생겼니?"

"응."

"글쎄. 본대는 지금 시기라면 동쪽에 있을 거야. 아무리 그래도 정확한 위치는 알 수 없지만. 분대라면 일주일에 한 번은 오기는 해."

"분대?"

"여러 척의 소형선으로 마을을 도는 상업상단의 분대를 말해. 특정 항로를 도는 선단과 달리 의뢰 같은 일로 여러 곳을 돌고 있어."

방향 전환을 재빨리 할 수 있는 소형 상대라는 느낌인가. 그건 그렇고 동쪽이라. 이 도시는 호수의 정남쪽에 위치하고 있다. 여기서 동쪽이라면 우리가 향할 마술 학원이 있는 방향과도 일치했다.

마술 학원은 호수에서 떨어져 있지만 그 주변의 자치구가 호수와도 접해 있다고 한다. 이거 대선단을 볼 기회가 있을지도 모르겠다.

"얘, 혼자서 크란젤 왕국에서 온 거니?"

"응. 근데 어떻게 크란젤이란 걸 알았어?"

"그야 레이도스에는 모험가가 없는걸. 그렇다면 이 주변에 올 외국 모험가는 크란젤 왕국에서 온 사람밖에 없어."

"그렇구나."

"너 정도 나이의 아이가 혼자서 오는 건 처음이지만. 하지만 상업선단에 소속되는 건 좋다고 생각해. 1년만 있으면 어엿한 모험가가 될 수 있을 거야."

"응? 딱히 소속 안 될 거야."

"어라? 흥미를 가진 거 아니었어?"

"큰 배를 보고 싶을 뿐이야."

"아, 그런 거구나. 하지만 생명의 위험이 없어서 꼭 추천해. 상업선단 안에 길드 지부도 있으니까 랭크업도 할 수 있고."

배 안에 길드 지부? 대단하네. 움직이는 대상회 정도가 아니라 움직이는 도시였나 보다.

"랭크 G나 F인 아이도 잘하면 1년에 1 랭크업 할 수 있어. 모험가를 기르는 노하우가 쌓여 있어서 안전하게 성장할 수 있으니까."

즉 모험가를 기르기 위해 단계를 밟아 일을 배정한다는 건가? 그건 확실히 좋은 제도일지도 모른다. 다른 지부라면 어린아이의 사망률이 높은 곳도 있고. 상업선단에 묶일지도 모르지만 이 부근에서 활동한다면 오히려 그 연줄은 플러스일 것이다.

"그러니까 상업상단에 소속되는 걸 추천해. 소개장이 필요하면 써줄게."

"됐어."

"가끔 너처럼 강한 체하고 고집부리는 애도 있지~. 하지만 언니의 조언은 순순히 듣는 게 좋아."

"됐어."

"정말! 고집부리기는! 좋은 곳이니까 괜찮아! 한번 소속돼봐."

"……거기 가면 강해질 수 있어?"

누님의 강요에 졌는지 프란이 담담하게 질문을 해봤다. 상대에게 악의가 전혀 없이 선의로 말하고 있다는 것을 알았기 때문일 것이다. 어떤 곳인지 정도는 들어보기로 한 모양이다.

"그럴 수 있지. 1년만 있으면 F 정도라면 순식간이니까."

누님이 여러 설명을 해줬지만 프란의 마음에 드는 건 하나뿐이었다.

효율 좋은 교육이나 채취 명소 정보의 공유라든가는 프란의 입장에서 보면 아무래도 좋았다.

"F는 됐고 더 위. 랭크 A는?"

프란에게 중요한 건 그것뿐이었다.

"아니, 아무리 그래도 B나 A 정도 고위 모험가가 되면 성에 안차서 배에서 내리는 사람이 많은 것 같은데…… 하지만 랭크 C인 사람은 꽤 많다고 했어."

"그럼 나는 됐어."

"어라? 어째서?"

"이거."

명백하게 프란이 신참이라고 생각하는 누님에게 프란이 모험가 카드를 보였다.

"……? 늘 보는 검은 카드와 색깔이……"

모험가 카드는 G, F가 동색이고 E, D가 검은색. C B의 경우에는 은색이 된다. 이 길드에는 랭크 D 이하의 모험가밖에 없는지 프란이 꺼낸 랭크 B 모험가 카드가 익숙하지 않은 듯했다.

"어어어? 지, 진짜? 진짜지? 응, 진짜! 진짜야아아!"

"시끄러워."

겨우 이게 진짜라는 것을 알자마자 누님이 절규했다. 직후 부동자세를 취했다.

"죄, 죄죄, 죄송했습니다! 무시하는 말을 했습니다!"

"응?"

"죄, 죄송합니다!"

혹시 전에 좀 놀았나? 그건 그렇고 엄청나게 두려워하는 것 같다. 실력을 보이지도 않았는데 이렇게까지 심하게 반응하는 건 처음이로군.

"어버버……."

알기 쉽게 동요하고 계시군. 이거 말을 제대로 못 들을 것 같다.

"어버버버버……!"

혼란 상태인 채로 수십 초가 지났을 때 길드 안쪽에서 사람이 다가오는 기척이 났다.

기다리고 있으니 잘 만든 옷으로 몸을 감싸고 은발 머리를 올백한 아저씨가 모습을 보였다. 길드 마스터인가? 명백하게 모험가 출신이라는 것을 알 수 있는 몸이다.

"무슨 일이 있었지?"

"어버버버…… 길드 마스터어!"

"이, 이봐! 어이! 달라붙지 마!"

"저! 큰 실수를 저질렀어요오오오!"

"무, 무슨 짓을 한 거야!"

5분 후.

"우리 바보가 미안한 짓을 했군."

집무실에서 길드 마스터가 머리를 숙이고 있었다.

외모는 산뜻한 아저씨 같은데 말투가 거칠어서 갭이 있었다. 그 몸에서 나오는 기척은 틀림없이 고랭크 모험가의 것이었다.

"고랭크는 좀처럼 안 오거든. 타국의 랭크 B를 직접 보고 패닉에 빠진 모양이야. 계속 신입 물이 안 빠진다 말이지. 저래 봬도 작년보다는 나아진 거지만."

"고랭크가 적어? 강한 마수가 나오면 어떡해?"

"나오는 일은 거의 없지만, 그 경우에는 내가 나서거나 상업선단에 지원을 의뢰하지."

선단 자체는 정해진 루트를 돌지만 작은 배를 이용하면 며칠 만에 각 도시로 향하는 게 가능하다고 한다. 아까 이야기에 나온 분대일 것이다.

각 도시의 모험가로 어떻게든 버티며 상업선단의 도움을 기다린다. 그것이 감당할 수 없는 사태가 발생했을 때의 기본 방침인 모양이다. 그래서 이 지역의 고위 모험가 대부분은 상업선단에 있는 길드에 소속되어 그때마다 각 도시로 흩어져 일을 한다고 한다.

"랭크 B 이상은 거의 없지만."

"그래?"

"그렇게 고레벨이 되면 다른 지역으로 옮기는 경우가 많아. 랭크에 맞는 의뢰도 적으니까."

이 부근에서 고랭크라 하면 랭크 C 모험가를 가리킨다고 한다. 게다가 그들에 대한 대응은 마스터가 하고 있어서 접수원은 고랭크 모험가와 접한 적이 별로 없는 듯했다. 그게 패닉에 빠진 이유인가.

"뭐, 요즘 모험가가 좀 줄고 있기는 해. 상주할 수 있는 중급 모험가를 파견할 수 없는지 상단선단과 교섭하고 있는 중이야."

"……무슨 일 있었어?"

"짐작하는 대로 귀환하지 않는 모험가가 늘었어. 큰 사건도 없는데 방심한 녀석이 늘었을지도 모르지만…… 다른 이유일 가능성도 있어. 긴장을 늦출 수가 없군."

의뢰를 나가 돌아오지 않는 모험가가 늘고 있는데 명확한 이유는 알 수 없다. 그야 긴장을 늦출 수가 없겠지. 길드 마스터가 어딘가 지친 분위기를 내고 있는 것도 그 탓이리라.

"그래서 프란은 이 뒤에 어쩔 거지? 저 바보한테 상업선단 얘기를 들은 것 같은데, 흥미 있는 건가?"

"음……. 조금 있지만 가야 하는 곳이 있어서 나중에 가볼게."

"그런가. 그 흑뢰희가 이 주변에서 활동해준다면 대환영인데 말이야."

"날 알아?"

"하하하하. 이 대륙의 길드 마스터 중에서 아가씨의 이름을 모르는 녀석은 없어. 그 디아스가 눈여겨보고 있잖아? 애초에 아가씨를 랭크 B에 올릴 때 이런저런 말이 나왔으니까 말이야."

그러고 보니 고위 모험가가 되려면 길드 마스터의 추천과 각 지부의 승낙이 필요했다. 그래서 길드 상층부에는 프란의 이야기가 퍼졌을 것이다.

"그런데 실제로 마주하니 터무니없군……. 진짜 흑묘족인가? 내 강자 감지 스킬이 이렇게 경고를 울리는 것도 오랜만이야……. 이래 봬도 전 랭크 B인데."

그것도 어쩔 수 없다. 확실히 이 길드 마스터도 꽤 강하지만 프란의 경우에는 지금마저도 랭크 사기 상태. 그는 프란을 살짝 관찰하고 쓴웃음을 짓고 있었다.

"여기에 온 건 이 나라의 정보를 알고 싶어서야."

"아아, 크란젤에서 베리오스로 막 들어온 건가."

"응. 이 나라와 다른 나라의 관계는 어떻게 돼?"

"그렇군. 우선 베리오스와 크란젤의 관계는 어중간한 느낌이라고 해야겠지."

서로 레이도스 왕국이라는 군사 대국과 접하고 있고 과거에도 큰 분쟁이 없는 사이다. 어느 쪽이 쓰러지면 다음은 레이도스의 표적이 될 것을 알고 있기도 하기 때문에 느슨하게 연계를 하며 다양한 면에서 서로 융통한다. 그런 관계가 오래 이어지고 있다고 한다.

"나라 상층부의 이상은 상대국과 레이도스가 같이 망해 어부지리를 얻는 거겠지. 하지만 그게 어려운 일이라는 것도 이해하고 있어."

현재 레이도스 이외에 위협이 될 세력도 없고 어느 나라의 위협 덕분에 귀족들이 외부를 공격하라고 말을 꺼내는 일도 없다. 전쟁만 일어나지 않는다면 국내 정세는 안정되어 있다고 해도 좋았다.

나는 전생의 삼국지를 잠시 떠올렸다. 명군사 제갈공명이 주군인 유비에게 헌책했다는 천하삼분지계다. 맞서는 나라 셋이 서로 견제함으로써 아무도 움직이지 못하게 되어 안정이 찾아온다는 유명한 책략. 질버드 대륙의 북부는 크란젤, 레이도스, 베리오스의 세 나라에 의해 우연히 그 상태가 된 듯했다.

"뭐, 크란젤은 좀 흔들리고 있는 것 같지만 거기도 대국이야.

갑자기 쓰러질 리도 없어. 베리오스 왕국으로서도 거기가 망하면 곤란해."

서로에게 스파이를 보내고는 있지만 서로가 망하는 건 두 나라로서도 적극적으로 바라지 않았다.

"요즘 베리오스에서 크란젤에 뭔가 지원이 있을 거야. 뒤에서 은밀하게."

"그렇구나. 그럼 레이도스와는?"

"지금도 잠시 말했지만 최악이야."

몇 백 년 전부터 몇 번이고 전쟁한 사이여서 국민감정도 나쁘다. 솔직히 말하자면 적국이라고 생각하는 국민이 많다고 했다.

"다만 침략을 받을 위험성은 낮다고 생각하고 있어."

"어째서?"

"자치구가 있으니까."

특별 자치구. 마술 학원이 있다는 곳이다. 위치로는 베리오스 왕국의 서쪽에 있어서 레이도스가 침략을 한 경우에 자치구는 반드시 통행로가 될 것이다.

"아무리 상대가 전설에 나오는 하이 엘프라 해도 국토의 10퍼센트에 필적하는 땅을 선뜻 빌려줄 리가 없잖아? 거기에는 방파제의 의미도 있는 거야. 실제로 자치구의 장인 위날렌 님과 국가 사이에는 여러 계약이 오갔다더군."

"계약?"

"나도 자세히는 모르지만, 유사시 참전하는 것이나 마술 학원에서 만들어진 기술을 국내에 우선 공개하는 것 등이 약속돼 있다고 해."

그리고 국가 측도 다양한 특권을 위날렌에게 제공했다.

"특별 구역의 자치. 이게 제일이야. 납세 의무의 면제나 범죄자 인도 거부권 등 여러 가지를 인정받고 있는 모양이야. 그리고 비비안호의 통치에도 참견할 권리가 있다더군."

"저 호수도 하이 엘프 거야?"

"아니, 전권이 있는 건 아니라고 하지만 개발 등에 참견하는 정도의 권한은 있다고 해. 듣자 하니 이 호수에는 정령이 살고 있고 그 정령을 화나게 하면 나라가 멸망할 위험이 있다나. 그 정령을 화나게 하지 않도록 감시하는 역할이 있다는 거야."

"나라를 멸망시키는 정령?"

어디서 들은 이야기다. 클림트의 바람의 대정령이다. 혹시 물의 대정령이 여기에 사는 걸까? 그렇다면 화나게 하는 건 위험하겠지.

바람의 대정령이 폭주해서 소국이 멸망할 뻔했다니까.

"상업선단 녀석들도 불평하고 있어. 배를 늘리거나 새로운 선로를 결정할 때마다 나라나 자치구에 보고할 의무가 있어서 성가시다고."

실제로 그런 정령이 이 호수에 살고 있는지 살고 있지 않은지는 아무도 모른다.

다만 하이 엘프인 위날렌이 말했으니 그렇겠다고 인식하고 있을 뿐이다.

"하이 엘프를 화나게 해도 안 되니까 거스르지는 않겠지만."

제2장 **비비안호**

"이 부근?"

『아마도. 울시는 알겠어?』

"워웅?"

『역시 식물이라 기척도 없나.』

"워후……"

우리는 지금 키아라젠의 길드 마스터에게 의뢰를 받아 영초 채취를 하러 와 있다.

이 부근의 모험가 길드에는 특유의 재미있는 시스템이 있다. 다른 길드에서 나오는 의뢰를 다른 곳의 길드에서 받을 수 있는 시스템이다. 반대로 의뢰 보고를 다른 길드에 해도 상관없다. 채취 등의 납품 의뢰에 한정되지만.

그것도 상업선단이 있는 덕분이었다. 배를 타고 아이템을 운반해 다른 길드에 소재를 납품할 수 있다. 주로 분대라고 불리는 소형 상선이 대응하는 모양이다.

지금 찾고 있는 영초는 호수의 바닥에서 자라는데 주위에 마수가 있어서 좀처럼 채취할 수 없다고 한다. 그걸 채취해 이 앞에 있는 도시에 납품하면 키아라젠에 보내는 시스템이었다.

『뭐, 잠수해보면 알겠지. 바람의 결계를 펼게. 프란과 울시는 마수에 대비해.』

"알았어."

"웡!"

『그럼 가자.』

호수에 잠수했다. 거기는 놀랄 만큼 아름다운 세상이었다.

우선 거대한 호수라고는 생각할 수 없을 만큼 투명도가 높았다. 문명에 오염되지 않은 이세계의 호수이기 때문일까? 호수 바닥 전체에 자란 녹색 수초가 미약한 물의 흐름에 흔들거리고 있었다. 게다가 거기에는 알록달록한 꽃이 피어 있었다.

생전에 매화마름이라는 물속에서 작은 흰 꽃을 피우는 식물을 본 적이 있다. 하지만 이쪽은 그것과는 비교도 되지 않을 만큼 크고 지상의 식물과 다르지 않은 생김새였다.

각종 물고기가 녹색 융단 위를 헤엄쳐 돌아다니고 새우나 거북 등의 수중 생물이 꽃들 사이에서 얼굴을 내밀었다. 낯선 생물은 이세계의 생물일 것이다.

비치는 햇빛은 수면에서 퍼져서 지상보다 부드럽고 곱게 흔들리고 있었다. 그 한들한들 변화하는 빛이 이 공간의 환상적인 분위기를 더욱 고조시키고 있었다.

순간 여기가 마수가 생식하는 위험한 장소라는 것도 잊고 우리는 그 광경에 넋을 잃고 말았다.

『엄청나네.』

'응.'

'웅.'

프란과 울시를 감동시켰으니까 대단한 곳이다.

하지만 그 감동의 시간도 오래가지는 않았다.

"크아아아아아아!"

『쳇. 손님인가.』

투명도가 높다는 건 이쪽을 노리는 상대에게도 잘 보인다는 뜻이다.

'커다란 도마뱀이야.'

『악어라고 해!』

나는 잘난 듯이 그렇게 말했지만 악어도 아니었다.

얼굴은 악어와 닮았고 온몸에 단단한 비늘이 돋은 점도 똑같았다. 하지만 몸의 형태는 굳이 따지자면 바다표범이나 바다사자 등에 가까울 것이다. 헤엄치는 데 특화된 지느러미형 팔다리가 몸의 좌우에 두 쌍씩 총 8개가 나 있었다. 공룡을 좋아하는 사람이라면 지느러미가 여덟 개 있는 모사사우루스라고 하면 통할까? 몸길이는 3미터 정도이니 크기는 악어와 비슷할 것이다.

'저게 레이크 머더야?'

『그렇겠지.』

위험한 이름의 이 마수야말로 영초 채취를 방해하는 강적이라고 한다. 위협도는 E. 뭐, 물속의 마수는 싸우기 어려워서 위협도가 높게 설정되는 경향이 있다.

감정했지만 스테이터스만 보면 위협도 F 정도일 것이다. 수영 스킬이 유달리 높은데, 이건 수중 몬스터라면 특이한 일이 아니다. 솔직히 저랭크 모험가라도 방법만 틀리지 않는다면 싸울 수 있을 것이다.

다만 한 마리라면, 이라는 주석이 붙지만. 이 레이크 머더는 반드시 열 마리 이상의 무리로 행동하며 연계해 사냥한다. 더욱이 위험해지면 바로 뿔뿔이 도망치는 탓에 박멸도 하기 어려운 모양이다. 실제로 우리를 향해 오는 레이크 머더는 서른 마리 이상 될 것이다.

그뿐 아니라 약하지만 물 마술에 의한 원거리 공격도 갖추고 있어서 이 호수에서 가장 미움받는 마수였다. 피해 숫자도 단연 가장 많다고 한다.

고블린이나 오크와 마찬가지로 토벌 의뢰가 항상 나올 정도다.

『우선 저쪽을 정리할까.』

'응. 영초나 다른 꽃을 다치게 하고 싶지 않아.'

『그럼 별로 요란하지 않은 기술로 가자.』

'그렇게 할게.'

'윙!'

무, 무려 프란에게서 꽃을 다치게 하고 싶지 않다는 말이 나올 줄이야……! 나 엄청 감동했어요! 이 말을 들은 것만으로 이곳에 온 보람이 있네요!

'울시! 가자!'

'워엉!'

프란이 빛 마술로 섬광을 날렸다. 시야를 가리거나 먼 곳에 신호용으로 쓰는 술법이지만 이번에는 강렬한 빛으로 한순간이라도 그림자를 만들기 위해 썼다.

거기에 울시의 암흑 마술이 작렬했다. 그림자를 매개로 한 구속 마술로, 그림자 잇기나 그림자 묶기라고 불리는 그런 느낌이다. 지금 쓴 건 그림자에서 어둠을 생성해 상대에게 휘감아서 움직임을 봉쇄하는 술법이었다.

프란이 빛 마술을 올리고 싶다고 말했을 때는 놀랐는데, 이게 울시의 암흑 마술과 놀랄 만큼 상성이 좋았다. 특히 임의의 장소에 그림자를 생성할 수 있는 건 상당한 장점일 것이다. 자기 나름대로 생각해 그 결론에 이르렀으니까 우리 프란은 천재가 틀림없다.

『좋아, 뒤는 맡겨!』

울시의 마술로 팔다리가 묶여 수면에 떠올라 발버둥 치고 있는 레이크 머더 무리. 나는 형태 변형으로 도신을 여러 개로 나누고 각각을 따로 움직여 모든 마석을 꿰뚫어 갔다.

그 직후에 시체를 수납하면 순식간에 박멸 완료다.

고기는 냄새가 나서 먹을 수 없다고 하지만 가죽은 방어구로 수요가 있고 머리의 박제도 호사가에게 인기가 높다고 한다. 그리고 상설 의뢰도 달성했다. 박멸은 랭크 E 의뢰지만 이 부근에서 미움받고 있는 마수를 박멸했다는 실적이 된다. 달성해서 손해는 없을 것이다.

『그럼 병에 잘 듣는다는 영초를 채취해볼까. 빨갛고 가시가 돋은 풀이래.』

'……저건?'

『오, 확실히 빨가네. 가시는…… 있어. 이게 틀림없어. 뿌리째로 채취하자.』

'저쪽에도 있어.'

『좋아, 한동안 갈라져서 캐자. 있으면 있는 만큼 필요하다고 했으니까.』

'알았어.'

『울시는 주위를 경계해.』

'웡!'

프란에게서 조금 떨어져 더 깊은 곳에 난 붉은 영초를 채취해 갔다. 염동으로 들어 올려 끌어당기기보다 도신을 나눠 주위로 뻗어서 닿은 것을 수납하는 편이 간단했다.

프란과 울시도 채취를 열심히 하고 있었다. 울시가 호수 바닥을 걷어차 둥둥 떠서 돌아다니며 마수를 경계하고 그 옆에서 프란이 웅크려 앉아 있었다. 투명도가 높아서 마치 지상에 있는 것처럼 보이기도 했다. 그런데도 프란의 옆을 작은 물고기 무리가 가로지르는 광경은 참으로 신기했다.

이대로 찾고 찾고 찾아주겠어! 라고 생각하고 있는데 갑자기 인기척이 났다. 그쪽을 보니 호수면을 작은 배가 나아가는 모습이 보였다. 누군가가 영초 채취를 하러 왔나 보다.

잠시 관찰하니 배에서 첨벙, 하고 물속으로 뛰어들었다.

어린아이. 갈색 머리에 몸집이 작은 소년이었다. 아마 프란 또래일 것이다. 레이크 머더의 구역으로 알려진 곳에 혼자 온 건가?

그 모습을 시야에 넣자 저쪽도 기척을 지우고 있던 프란과 울시를 눈치챈 모양인지 놀라서 눈을 동그랗게 뜨고 있었다. 너무 놀라는 거 아닌가? 싶을 만큼 눈이 크게 뜨였다. 경악이라는 말은 이 소년을 위해 있을지도 모른다.

"부글!"

"부글?"

"부그글!"

잠시 멍하니 있다가 바로 정신을 차렸는지 이번에는 이쪽을 엄청나게 노려보기 시작했다. 고개를 갸웃거리는 프란에게 강한 적의를 보냈다.

프란은 채취 장소를 어지럽힌 탓에 화내고 있다고 생각한 모양이다. 자신이 손에 들고 있던 영초를 가만히 소년에게 내밀었다. 거리는 상당히 있지만 프란의 의도는 전해졌을 것이다.

그러나 소년의 적의는 사라지지 않았다. 오히려 적의가 늘어난 듯해서, 프란을 노려보는 그 눈에 살의마저 깃들어 있는 것 같았다.

어딘가에서 때려눕힌 적이 있나 싶었지만 프란도 기억나지 않나 보다.

『마치 부모의 원수라도 보는 듯한 눈인데.』

'……몰라.'

『뭐, 생각해도 모르겠으니 좀 주의하자.』

'응.'

친족이 흑묘족에게 살해당했다든가 하는 이유인가? 아니면 프란이 쓰러뜨린 적의 자식이라거나? 그렇지 않다면 초면에 이 정도의 적의는 이해할 수 없었다.

노려본다고 해서 배제할 수도 없다. 저쪽도 그 감정은 그렇다 치고 여기서 우리와 적대할 생각은 없는 듯했다.

감정을 억누르듯이 표정을 풀고 프란에게 눈인사를 했다. 그리고 이쪽에서 등을 돌리고 채취를 시작했다. 울시의 모습을 봤을 테지만 거기에 겁먹는 기색은 없었다. 역시 이쪽의 정보를 알고 있는 건가?

뭐, 서로 간섭하지 않고 조용히 채취를 진행하면 될 것이다. 그러게 생각했지만 좀처럼 편하게는 흘러가지 않았다. 우리는 채취하던 손길을 멈추고 자세를 잡았다. 고속으로 접근해오는 커다란 기척을 포착했기 때문이다.

〈고속으로 접근하는 생명 반응이 있습니다〉

『진짜 있던 건가!』

'레이크 킬러!'

사실 이 장소에서는 레이크 머더의 상위종인 레이크 킬러의 목격 정보가 있었다. 다만 멀리서 봐서 다른 마수와 착각한 게 아니냐고 여기고 있었다고 한다.

우리도 확실히 나타난다고 들은 게 아니라 어디까지나 소문으로 들었을 뿐이었다.

아직 모습은 멀리서밖에 보이지 않지만 마력의 질이 명확하게 달랐다 그야말로 고블린과 하이 오우거 정도 차이일 것이다. 크기는 다섯 배 가까이 크지만 그 힘은 열 배 정도가 아닐 만큼 강한 모양이다.

더 두꺼워진 비늘과 피하지방은 물리적인 공격을 튕겨내고 마술로 몸에 두른 물의 방패는 마술에서 그 몸을 지킨다. 거대한 이빨은 쉽게 사람의 몸을 물어뜯고 물 마술은 작은 배를 쉽게 가라앉힌다. 몸이 커져서 물의 저항도 늘어났을 텐데 헤엄 속도가 상승한 건 물 마술을 구사하기 때문일 것이다.

그 위협도는 한 마리에 C. 비비안호에서는 최강 수준의 마수였다. 그야말로 이 호수에서도 몇몇 파티만 제대로 대처할 수 있을 정도다. 소년이 아니라 프란을 노리고 있는 듯했다. 프란이 더 맛있게 보이는 건가?

'빨라!'

생각 이상의 속도다. 어뢰처럼 물속을 돌진하는 레이크 킬러의 모습은 이미 프란의 눈앞에 있었다. 사람을 한 입에 삼킬 수 있을 정도로 큰 입을 벌리면서 기세대로 돌진해왔다. 나라고 해도 주춤할 정도의 압력.

그러나 프란은 겁먹지 않고 냉정하게 반격을 시도했다.

"크오오오오오오!"

'핫!'

카아아앙!

레이크 킬러의 입을 피하면서 교차하듯이 나를 휘둘렀지만──.

『얕아! 아직 못 베었어!』

'응!'

프란은 그 목을 갈라 치명상을 입힐 생각이었을 것이다. 하지만 레이크 킬러는 물의 방패와 비늘로 참격을 비껴내 대미지를 최소한으로 줄였다. 지느러미 조금 위에 얕은 상처를 냈을 뿐이다. 어지간한 프란도 자세가 잡히지 않는 물속에서는 사정이 다른 듯했다.

지금의 일합으로 프란이 강하다는 걸 깨달았는지, 레이크 킬러는 놀랍게도 아직 도망치지 않고 있던 소년에게로 그 공격 방향을 돌렸다. 악어와 비슷한 그 입가가 입맛을 다시듯이 일그러졌다.

먼저 도망치게 해야 했어! 지금부터 소년이 도망쳐도 늦어!

내가 그런 생각을 하는 동안 소년은 도망치기는커녕 자세를 잡고 있었다. 호수 바닥을 두 발로 디디고 허리에 찬 검의 자루로 손을 뻗었다.

이봐! 싸울 셈이야?! 움직임을 보면 소년이 아직 저랭크라는 것을 알 수 있었다. 솔직히 말해서 이길 수 있을 리가 없었다. 여기에 혼자 오는 것도 그렇고 프란을 노려보는 것도 그렇고 얼마나 말썽꾸러기인 거야!

하지만 소년이 검을 뽑는 것보다 빨리 옆에 있던 울시가 그 옷깃을 물어 수면으로 부상시켰다.

"우읍?!"

소년은 놀라고 있지만 무모한 행위로 죽는 것보다는 나을 것이다. 울시에게 물리는 공포를 한껏 맛보면 된다.

"크오오!"

모습이 완전히 사라진 울시와 소년을 포기했는지 레이크 킬러의 시선이 다시 이쪽을 향했다. 불쾌해 보이는 건 쉽게 해치울 수 있을 것 같은 사냥감을 놓쳤기 때문이겠지.

『또 온다!』

"응!"

프란은 다시 나를 잡았다. 마술은 쓰지 않으려나 보다. 저 거구를 해치울 정도로 위력이 있는 마술을 날리면 영초에 영향이 생길 가능성이 있기 때문이겠지.

"크오오오오오오!"

'왠지 돌고 있어.'

『회전해 충격력을 올리는 거야!』

악어가 보이는 데스 롤링처럼. 레이크 킬러가 그 온몸을 고속으로 회전시키고 있었다. 그 몸은 격렬한 소용돌이에 둘러싸이고 물속의 모래나 수초가 무시무시한 기세로 휘말려 올라갔다.

『전투가 길어지면 영초가 전멸할 거야!』

'다음으로 결정지을게.'

지금의 레이크 킬러는 회전력이 더해져서 충격력도 방어력도 상당히 올라갔지만, 프란은 정면에서 맞설 생각인 듯했다.

힘을 뺀 상태로 그 몸을 레이크 킬러의 앞에 드러냈다. 옆에서 보면 완전히 무방비한 상태. 레이크 킬러의 이빨이 프란의 어린 몸을 갈라 그 피와 살이 아름다운 호수를 더럽힐 것으로 보인 그 찰나——.

프란이 조용히 나를 뽑았다.

너무나도 우아하고 정숙으로 가득한 참격. 그럼에도 신속(神速)이다. 동의 극치인 신속의 검섬과 정의 극치인 기척 없는 행동. 그게 양립된, 그야말로 검술의 극치인 듯한 일격이었다.

나 자신조차 휘둘러지는 동안에 겨우 프란이 참격을 날렸다고 인식했을 정도다.

이것을 물속에서 펼쳤으니, 지금의 프란이 수행으로 실력을 얼마나 올렸는지 알 수 있는 일격이었다.

소리도 없는 참격은 물을 가르며 레이크 킬러를 베고 호수 바닥에 깊숙이 흔적을 남겼다.

직후 레이크 킬러는 수압을 못 이기고 그 몸 한가운데부터 깔끔하게 갈라져 갔다. 프란의 좌우를 레이크 킬러였던 고깃덩이가 피를 뿌리며 지나쳤다.

'응. 이겼어.'

『좋은 일격이었어! 역시 프란이야.』

'흐흥.'

프란이 의기양양한 표정을 지었는데, 그것이 허용될 만큼 분명한 승리였다. 지금은 얼마든지 의기양양해도 된다.

일단 수면으로 올라갔다. 소년이 어떻게 됐는지 신경 쓰이기 때문이다.

"울시, 괜찮았어?"

"웡!"

"……"

작은 배 위에는 강아지 크기의 울시와 불쾌한 기색의 소년이 앉아 있었다.

여전히 프란을 노려보는군. 쓸데없는 짓을 했다고 생각하기라도 하는 건가?

"……갈래."

"……흥."

이 꼬맹이! 인사 한마디 안 하냐! 내가 속으로 화를 내고 있자 프란은 아무 일도 없었다는 듯이 작은 배에서 떨어졌다. 공중 도약을 써서 스킵하듯이 수면을 걸었다.

『저 꼬맹이, 바래다주지 않아도 괜찮을까?』

'……허리에 찬 검. 저거 왠지 이상해.'

『허리에 찬 검?』

프란이 말하는 건 소년이 뽑으려 했던 검일 것이다. 희미하게 마력이 느껴지니 마도구일 테다. 다만 감정한 느낌으로 그렇게까지 강하지는 않았는데…….

프란은 뭔가 위화감을 느낀 듯했다. 내 감정을 속일 정도의 위장 능력을 가진 마검이라는 건가? 그렇다면 엄청나게 고위 검이다.

어쩌면 울시에게 도움을 받을 것도 없이 레이크 킬러에게 이길 자신이 있었던 건가?

그렇다면 완전히 쓸데없는 참견을 했군.

"저 검, 어떤 검일까?"

프란의 목소리에는 어딘가 들뜬 울림이 있었다. 소년의 태도에
대한 분노는 없고 순수하게 그 힘이나 능력에 흥미가 있는 듯했
다. 어엿한 전투광으로 자랐구나.

다음 날.

『와, 운이 좋았네!』

"응."

『설마 상업선단이 마침 입항한 걸 보다니.』

호숫가를 경쾌하게 달리는 울시의 등에서 목격한 것은 아주 거
대한 배 몇 척이 호수 기슭에 정박하는 광경이었다.

모든 배가 일제히 항구에 들어갈 수 없어서 며칠에 걸쳐 순서
대로 항구를 이용한다고 한다.

키아라젠의 바보 양(이름은 못 들었다)이 말한 대로 크고 작은
것을 다 합치면 50척이 넘을 것이다. 저만큼 밀집했는데 잘도 배
끼리 안 부딪치는군.

이 도시는 세프텐트.

호숫가에 몇 개 존재하는 도시 중에서도 특히 큰 도시 중 하나
라고 한다. 상업선단 본대의 기항지 중 하나라고 들어서 좀 기대
하고 있었는데……. 정말 마주칠 줄은 생각 못 했다.

"울시, 위에서 볼래."

"웡웡!"

울시가 공중 도약 스킬을 써서 단숨에 하늘로 달려 올라갔다.

『오, 위에서 보니 북적북적하네.』

"응."

장관이기 이전에 배가 너무 많아서 압도되고 말았다. 다만 가장 큰 배의 크기를 위에서 보니 잘 알 수 있었다. 대형선 중에서도 유달리 크고 기함으로 보이는 배는 그야말로 성채 같은 크기였다.

아마 전체 길이가 150미터가 넘을 것이다. 폭도 30미터 정도는 되지 않을까? 강한 마력 반응이 있는 것을 보아 마도추진기를 싣고 있는 듯했다. 아니, 선체에서도 마력이 느껴진다. 혹시 마술로 강화한 건가? 아니면 마법 나무처럼 특수한 소재를 썼을지도 몰랐다.

아무리 그래도 호화 여객선과는 비교할 수 없지만 이전에 본 적 있는 카페리보다는 훨씬 크다.

배의 숫자와 크기에 흥분했는지 프란이 울시를 재촉했다. 가까이서 보려는 건가 보다.

지금 상태로 다가가면 늑대 마물이 공격해온다고 생각할 수도 있으니 말이다.

"마을로 가볼래."

"웡!"

『세프텐트의 모험가 길드에 납품하는 김에 상업선단에 대해 물어보자.』

"응."

세프텐트로 들어가니 많은 사람으로 북적거리고 있었다. 카아

라젠보다 큰 도시이기는 해도 크기가 몇 배씩 차이 나는 것도 아
닌데, 그 번화함은 하늘과 땅 차이였다.

상업선단의 효과일까. 크란젤 왕국의 왕도 못지않은 인파다.
축제라도 하고 있나 싶은 수준이었다.

"우물우물."

"와구와구."

『이대로 곧장이야.』

인파 탓에 전혀 시야가 트이지 않는 프란을 내가 유도했다. 다
행히도 모험가 길드는 높은 건물이어서 지붕을 표지 삼아 나아가
면 헤맬 염려는 없었다.

인파와 좋은 냄새를 풍기는 포장마차. 희귀한 노점이나 그 호
객 행위에 방해를 받으면서도 어떻게든 모험가 길드에 도착했다.
하지만 안도 바깥에 뒤지지 않을 만큼 북적였다.

"사람이 잔뜩 있어."

『상업선단에 타는 모험가들인가 봐.』

상업선단의 모험가들이 기항지에서는 배에서 내려 의뢰를 처
리한다고 했을 터다. 젊은 모험가가 많은 것도 키아라젠에서 들
은 이야기와 일치했다.

『줄이 엄청나네…….』

인원에 비해 카운터의 숫자가 완전히 부족했다. 일단 임시 카
운터를 증설했지만 그래도 부족한 듯했다. 이렇게 붐비는 건 1년
에 몇 번뿐이니 늘릴 것까지는 없다고 생각하는 거겠지.

『할 수 없지. 줄 서자.』

"응"

울시는 그림자에 들어가게 해서 다행이다. 여기선 어떤 크기라도 방해가 되니까.

하지만 줄을 선 프란에게 주위에서 시선이 집중됐다. 어쩌면 전원이 프란을 보고 있을지도 몰랐다. 어디를 가도 주목받는 데는 익숙하지만 들어온 순간부터 전원이 빤히 보는 일은 아무리 그래도 드물다.

'⋯⋯왜지?'

『아, 생각해보니 여기에 있는 녀석들은 우리 외에는 전부 아는 사이야.』

처음 보는 프란이 눈에 띄는 건 어쩔 수 없을 것이다. 하지만 딱히 나쁜 짓을 한 것도 아니다. 당당하게 있으면 된다.

외지인이라고 해서 그게 죄도 아니니 말이다. 시비 걸면 날려버리겠다고 생각하고 있는데 결국 아무도 말을 걸지 않았다.

순조롭게 프란의 차례가 왔다.

상업선단의 모험가들은 생각했던 것보다 예의가 바른가 보다. 아니, 좁은 배 안의 같은 멤버로 의뢰를 처리하니 멍청한 녀석은 자연히 도태되거나 교육될 것이다.

접수원 여성이 살짝 당황한 기색으로 프란에게 질문했다.

"저기, 이 길드는 처음이신가요?"

"응. 어떻게 알았어?"

"상업선단의 모험가라면 알 수 있도록 엠블럼을 달고 있으니까요."

자세히 보니 주위 녀석들은 모두 은색 배지를 달고 있군. 저게 그 엠블럼일 것이다. 그리고 이 길드의 접수원이라면 프란이 여기의 모험가가 아닌 것도 알 수 있다는 건가.

"응. 아까 왔어."

"그러신가요. 그러면 어떤 용건으로 오셨나요?"

"의뢰 달성 보고. 납품과 토벌. 납품은 이거."

프란은 키아라젠에서 받은 의뢰서를 접수원에게 제출했다. 그러자 누님이 놀란 얼굴로 그것을 받았다.

"어머, 비수초의 납품 의뢰인가요. 최근 부족해서 소량이라도 감사합니다. 여기에 내어주시겠어요?"

"전부?"

"네."

『아, 프란 잠깐──.』

"알았어."

우수수수수!

아, 오랜만에 저질렀네. 아마 프란을 신참으로 봤겠지. 아이템 주머니는 생각하지도 못하고 한두 개 정도라 여긴 건가. 하급 모험가가 우연히 얕은 여울에 사는 비수초를 발견해 가져온 적이 있어서, 그 무리와 똑같을 거라 생각한 듯했다.

"어, 어어?"

"이게 전부야."

"대, 대체 몇 개인가요 이거!"

"200개 정도?"

〈정확히는 208개입니다〉

너무 많이 캤다고는 생각해. 하지만 의외로 많이 자라고 있었고 얼마나 필요한지 못 들었거든. 그 근방에 자라던 비수초는 모두 캐 왔다.

그곳은 레이크 머더 무리가 나오고 수심도 꽤 깊었으니 채취가 어려워 누구의 손도 닿지 않았나 보다.

"자, 잠깐 기다리세요!"

접수원 누님이 살짝 패닉 상태다. 허둥대고 있다. 그리고 모험가들의 시선이 엄청나다. 놀람, 질투, 평가, 그다지 온화하다고는 말할 수 없는 분위기가 길드 안에 감돌고 있었다.

어쩌지?

이거 트러블이 되려나?

접수원 누님이 곤란한 얼굴로 허둥대고 있는데 우리 뒤에 줄 서 있던 나이 많은 모험가가 그녀에게 말을 걸었다.

"루루. 일단 숫자를 세어 처리를 하는 건 어때? 비수초는 비슷한 풀도 없으니까 가짜는 아니겠지."

"그, 그러네요!"

"부족한 이 영초의 매수는 최우선 사항이야. 우리도 처리가 끝날 때까지 기다리지. 어때?"

이 댄디한 모험가는 이 안에서도 발언력이 있는지 그의 말을 들은 다른 모험가들도 동조하듯이 고개를 끄덕였다.

"아, 네. 물론이에요."

"부탁해."

어떻게든 될 것 같군. 고마워, 댄디 아저씨! 하지만 안심하는 것도 잠시, 댄디 아저씨가 말을 걸었다.

"너는 이 부근 모험가가 아니구나?"

"응 여행 도중에 우연히 들렀어."

"그런가…… 매너 위반이라는 걸 알고 굳이 묻지. 저 대량의 비수초는 어디서 채취한 거지? 가르쳐준다면 정보료를 내지."

"장소?"

"그래. 비수초 부족은 항상 이 지역 사람을 골치 아프게 하는 문제거든. 새로운 채취 포인트가 발견됐다면 상당한 낭보야."

그렇군. 신참으로밖에 보이지 않는 프란이 대량 채취할 수 있는 난이도 낮은 채취 포인트를 발견했다고 생각한 모양이다.

"딱히 상관없어."

"저, 정말인가?"

"응. 이제 안 갈 거니까."

"고맙군!"

그렇게 말하고 고개를 숙인 남성은 바로 지도를 꺼냈다. 호수를 중심으로 이 지역을 나름대로 자세히 표현한 지도다.

하지만 유감스럽게도 이미 알려진 곳이에요.

"어디인지 알겠나?"

"응. 여기."

프란이 가리킨 곳은 키아라젠과 세프텐트의 중간에 위치한 작은 섬의 약간 서쪽이었다. 키아라젠에서는 별 모양 섬에서 100미터 떨어졌다고 들은 곳이다.

키아라젠의 길드 마스터는 프란이라면 이곳에서도 채취가 가능하다는 것을 알고 난도가 높은 곳에서 채취하도록 의뢰했다.

"어? 여기는 레이크 머더의 둥지가 있을 텐데……?"

"쓰러뜨렸어."

"뭐? 쓰러뜨려? 네가?"

"응."

프란이 고개를 끄덕이자 다시 모험가들이 술렁였다. 이번에는 아까보다 부정적인 분위기가 더 강했다.

"아니, 가르쳐주고 싶지 않으면 가르쳐주고 싶지 않다고 말하면 돼. 거짓말을 해도 바로 알 수 있으니까."

"응? 거짓말 아냐."

"레이크 머더뿐만이 아니야. 레이크 킬러까지 있다는 소문까지 있었을 거야."

"그것도 쓰러뜨렸어."

"뭐어? 흑묘족인 네가 레이크 머더 무리를 전멸시켰다고?"

"……응."

명백하게 흑묘족을 아래로 보는 발언에 프란의 목소리가 한 톤 낮아졌다.

"그, 그럼 레이크 머더의 소재는 있겠지? 레이크 킬러의 소재도! 쓰러뜨렸으니까 있을 거 아냐."

댄디 아저씨도 화가 났군. 고함을 지르지 않은 데는 감탄했지만 프란이 화가 났거든? 이 뒤에 나올 말에 따라서는 피를 보게 될 거야.

댄디 아저씨는 자신의 명운이 프란에게 달려 있다는 것도 알지 못하고 더 격하게 말했다.

"꺼내보지 않겠어? 거짓말이 아니라면 할 수 있겠지?"

"여기서?"

"그래."

프란이 주위를 둘러보니 모든 모험가가 심각한 얼굴로 이쪽을 보고 있었다. 아아, 완전히 거짓말쟁이로 찍혔군.

댄디 아저씨라고 불렀지만 철회다. 말투는 정중하지만 많은 사람으로 둘러싸고 있는 상황에서는 명령과 다름없으니 말이다. 모험가가 모험가에게 하는 행위로는 상당히 추한 부류에 들어갈 것이다. 명백하게 프란을 아래라고 무시하고 있기 때문에 본인들도 눈치채지 못하고 '거짓말쟁이에게는 따끔한 맛을 보여주자' 같은 생각을 하고 있는 게 훤히 보였다.

흑묘족이라서 무시받았다. 프란은 그것을 알아차리고 기분이 더 안 좋아졌다.

"……."

"가만히 있지 말고 뭔가 말이라도 하는 건 어때?"

나도 열받았어. 일을 저질러도 오케이다. 안 말려.

"알았어."

그리고 아까 이상의 비명이 나왔다.

길드 중앙에 레이크 머더가 산이 되어 쌓였기 때문이다. 게다가 거기에 레이크 킬러도 더 얹어졌다! 두 동강이 났지만 그래도 충분히 컸다.

나는 어젯밤에 살과 내장을 제거하고 온몸을 가죽 한 장으로 처리했다. 머리는 달려 있어서 꽤나 박력이 있을 것이다.

머더 서른 마리분의 가죽 위에 거대한 킬러가 실린 광경은 그야말로 압권이었다.

"꺄아아악!"

"우와앗!"

아, 산이 무너졌네. 거대한 킬러 가죽에 깔려서 모험가들이 비명을 질렀다.

"이거면 돼?"

"어, 어……?"

큰 소동이 벌어진 길드의 안을 엄청난 비린내가 둘러쌌다. 처리했다고는 하나 날것이라 어쩔 수 없다. 하지만 꺼내라고 한 건 그쪽이야!

"이제 믿어?"

"거, 거짓말이지……."

"거짓말 아냐."

"우아……."

말을 잃은 접수원과는 대조적으로 방 안에 있던 모험가들이 일제히 떠들기 시작했다.

"어차피 어디선가 샀겠지!"

"그런 짓을 할 의미가 어딨는데!"

"그래도!"

어쩌지. 수습이 안 된다. 역시 말리는 게 나았을지도……. 접수원 누님들도 어떻게 할지 몰라 이번에는 다 같이 허둥대고 있다.

'그냥 다 날려버릴까?'

『어?』

'조용히 시키는 게 일이 빨라.'

호, 호전적이야! 해결책이 너무 난폭하지 않아? 나중에 분명히 지나쳤다는 소리를 들을 거야.

다만 프란이 이제 귀찮아진 것 같으니 가볍게 전격을 먹이는 정도라면 괜찮나?

내가 고민하고 있는데 이 소동을 들었는지 길드 안쪽에서 자그만 노파가 나타났다. 굽은 허리와 얼굴에 새겨진 깊은 주름. 상당히 고령으로 보였다.

하지만 보통내기가 아니다. 보면 안다. 분명히 길드 마스터일 것이다. 입고 있는 로브는 상당히 강력한 마도구이고, 무엇보다 본인의 마력이다. 그 안쪽에 흐르는 강하고 막힘없는 마력은 그녀가 일류 마술사라고 가르쳐주고 있었다.

"이건 뭐지? 얘, 루루. 무슨 일이 있었던 게냐!"

"아, 마스터. 저기, 이건 이 아이가……."

"이것 참……. 왜 이런 곳에 이명 소유자가 있는 게냐?"

노파가 눈을 살짝 부릅떴다. 한 번 본 것만으로 프란의 정체를 간파한 모양이다.

"여행 도중이야."

"고맙지만 생각을 좀 더 해줬으면 좋겠는데 말이다."

"저 녀석들이 나빠."

"그야 알지. 지금 한 말은 단순한 불평이야."

무슨 일이 있었는지 대략 상상할 수 있었는지 일단 접수원들에게서 사정을 들었다. 그리고 더 깊은 한숨을 내쉬었다.

"이 길드에는 멍청이와 옹이구멍밖에 없는 게냐……. 한탄스럽구나. 한 번 보면 평범한 사람이 아닌 걸 알 수 있는데."

"죄, 죄송합니다……."

"뭐 됐고, 그건 처리해둬. 스위프트, 너도 돕는 거야. 따지고 보면 네가 이 애의 실력을 몰라본 얼간이라서 그런 거니까."

"아, 네."

"그리고 다른 얼간이들……."

노파가 노려보자 모험가들이 몸을 움찔거렸다. 작은 몸에서 엄청난 위압감이 흘러나오고 있었기 때문이다.

"이번에는 이 애가 실력자였으니까 너희가 멍청이라는 사실을 드러내는 걸로 끝났는데……. 그렇지 않았다면 린치 일보 직전의 행위야. 나중에 전원에게 페널티를 부과할 테니까 각오해둬!"

"그, 그럴 수가!"

"저, 저희는 거짓말을 하는 줄 알고……."

"입 다물어! 얼간이 같은 놈들아! 반성이 부족하구나? 각오해 둬! 그래, 스위프트. 너는 다른 녀석들보다 죄가 무거워. 경우에 따라서는 강등이야!"

"아, 네……."

"머저리들, 다음에 비슷한 짓을 저지른다면……. 흥. 기대해."

거, 거기서 말을 끊는 거야? 어떤 벌이 주어지는 거지? 모험가들은 침을 꿀꺽 삼키고 몸을 떨고 있었다.

모험가들은 열받지만 좀 가엾어졌군. 화내는 할머니에게는 그만한 박력이 있었다.

"너는 이쪽이야, 흑뢰희."

"응."

할머니가 프란을 흑뢰희라고 부른 순간 그때까지와는 질이 전혀 다른 웅성거림이 일어났다. 한마디로 말한다면 경악일 것이다. 프란의 이명은 베리오스 왕국에까지 알려졌나 보다.

프란과 길드 마스터가 안쪽 방에 들어간 순간 억눌려 있던 비명이 일제히 터져 나왔다. 귀를 기울이지 않아도 프란에 대해 수

군대고 있는 것을 알 수 있었다.

저런 애가 강할 리가 없다는 의견이 많은 가운데 냉정한 모험 가들이 길드 마스터가 틀릴 리가 없다고 말하고 있는 듯했다. 그 럼에도 나이 어린 모험가들이 자신들이 더 강해 보인다고 떠들어 서 비웃음을 사고도 있었다.

"시끄러운 녀석들이라서 미안하구나. 그리고 참아줘서 고맙다."

"괜찮아."

"나는 여기의 길드 마스터. 모험가들에게는 질 할멈이라고 불 리지."

"나는 프란. 랭크 B 모험가."

일단 모험가 카드를 보였지만 질 할멈은 힐끗 봤을 뿐이었다.

"안다. 흑묘족이 여기까지 오는 건 너밖에 없으니까. 외모도 들 은 이야기와 똑같아. 그래서 여행 도중이라고?"

"마슬…… 마술 학원에 갈 거야."

마술을 잘못 말한 프란, 귀여워. 좀 더 부끄러워해 줬다면 더 귀여웠겠지만, 프란에게는 특별히 그럴 일도 아닌지 아무렇지 않 게 다시 말했을 뿐이다.

길드 마스터도 그냥 넘어간 모양이다.

"마술 학원? 설마 입학하는 게냐?"

"아냐. 의뢰를 받았을 뿐이야."

"그러냐. 뭐, 그곳은 전투 기능만 가르치는 곳이 아니니 너 정 도 나이라면 입학해도 좋다고 생각한다만."

"모험하는 게 더 강해질 수 있어."

"뭐, 강요는 안 해. 아까 꺼낸 비수초는 키아라젠에 확실히 보

99

내두마. 다만 이 부근도 그게 부족한데, 다른 길드에서도 나눠도 되겠니? 의뢰는 복수 달성 대우를 해주마."

"응. 필요한 곳에서 나누면 돼."

"고맙다. 살았어."

질 할멈이 확연하게 안도한 표정을 지었다. 어지간히 부족했나 보다.

"레이크 킬러와 머더의 가죽도 팔아주겠니?"

"좋아."

"저만큼 깨끗한 가죽이니 웃돈을 주마."

"고마워."

"그럼 잡담은 이쯤 하고 좀 진지한 얘기를 해도 될까?"

이런, 역시 방으로 부른 건 이유가 있었나.

"너를 랭크 B 모험가라고 믿고 한 가지 부탁하고 싶은 의뢰가 있어. 받아주겠니?"

"의뢰?"

"그야 너라면 간단한 내용이다. 크크크."

프란은 내켜 하는 것 같은데, 어떤 의뢰지? 좀 무서운데!

'커.'

『가까이 가보니 상상 이상으로 크게 느껴지네.』

질 할멈에게 의뢰를 받아달라고 부탁받은 다음 날.

프란의 모습은 소형선 위에 있었다. 옆에는 길드 마스터인 질 할멈도 있었다.

목적지는 항구에서 100미터 정도 떨어진 곳에 정박하는, 모험가선이라고 불리는 중형선이었다.

중형선이라 해도 집 한 채보다 훨씬 크다. 우리가 타고 있는 보트 같은 소형선과 비교하니 그 차이를 더욱 이해할 수 있었다.

처음에는 울시를 타고 가려고 했지만 패닉이 일어난다는 이유로 질 할멈이 말렸다. 확실히 선단에 소속된 전원에게 알리는 방법이 아닌 이상 마수의 습격으로 착각할 우려가 있을 것이다.

배가 밀집해 있는 이곳에서 패닉이 발생하면 도시 한복판 이상으로 피해가 늘어날 가능성이 있었다. 그야말로 도망치려 한 배가 다른 배에 부딪혀 침몰하는 일이 진짜로 일어날 수도 있다.

"저기에 모험가 길드가 있어?"

"그래, 여차할 때 빨리 돌도록 대형선이 아닌 게다."

"길드 지부만 있는 배?"

"모험가용 숙소나 훈련장. 그리고 해체장에 무기점도 있지. 모험가에게 필요한 게 전부 모여 있는 배라고 생각하면 돼."

"그럼 모의전을 하는 것도 그 훈련장이야?"

"그래. 맞다."

질 할멈이 프란에게 한 의뢰는 모험가와 모의전을 해달라는 것이었다.

이유는 상업선단의 모험가들에게 바깥세상이 넓다는 것을 느끼게 하기 위해서다.

이 지역의 모험가는 다른 지역에 비해 비비안호 주변에서 나고 자라 그대로 모험가가 된 사람이 많다. 다른 지역이라면 실력을 올리기 위해서나 자신에게 적합한 난이도의 던전 등을 찾아 여행을 하는 자가 많을 것이다. 여행이라고 할 만큼 거창한 게 아니라도 던전이나 마경에 흥미가 있으면 젊을 때는 나름대로 거점을 옮기는 게 당연했다.

그러나 상업선단을 중심으로 지역에서 모험가를 길러온 결과, 놀랄 만큼 정착 모험가의 수가 늘어난 것이다. 지역 밀착형 모험가 길드라고 하면 될까? 지역 출신이어서 예의가 바르고 암묵적인 규칙도 제대로 알고 있다니, 참 좋은 일이다.

하지만 너무 친해져서 생기는 폐해도 있다는데. 특히 문제인 게 저랭크 모험가의 위기감과 경쟁심이 부족한 점이라고 한다.

많은 모험가가 아는 사이고 상위 모험가들은 자신이 어릴 때 동경하던 영웅들이다. 그 탓에 모의전에서 져도 '～씨에게 졌으면 어쩔 수 없다'고 생각해 분해하지도 않는 사람이 많다고 한다.

경쟁심은 상대의 발목을 잡는 적개심도 되지만 절차탁마를 촉진하는 효과도 있다. 이 지역에는 그 경쟁심이 결여됐다는 뜻인가 보다.

"얄미운 녀석들을 힘껏 때려눕혀줘. 다른 지역 사람에게 얕보이고 싶지 않은 건 어디든 마찬가지니까."

"응. 알아."

"오, 그러니?"

"나도 흑묘족이 얕보이는 게 싫어."

"아아, 확실히 거기에 가까운 감정일지도 모르겠군. 히히히. 네 실력을 본 녀석들이 놀라는 모습이 지금부터 기대되는구나. 마음도 몸도 엉망으로 만들어줘."

질 할멈, 성격이 나쁘군. 하지만 동감이다. 프란에게 진 모험가들은 상당히 충격을 받을 것이다. 소녀이자 외지인이자 흑묘족이고 강해보이지 않는다.

음, 나라면 울겠지. 원망할 거라면 그걸 알고 프란에게 의뢰한 질 할멈을 원망해줘. 프란에게 봐주게 하면 된다고? 하하, 당연히 무리지.

이야기를 하는 사이에 순식간에 모험가선에 도착했다. 접선한 작은 배에서 모험가선 쪽에 대진 계단으로 올라갔다. 빈번하게 오르내리기 때문에 계단을 갖춰놓은 거겠지.

『겉모습은 보통 배네.』

"응."

"웡."

마스트에 모험가 길드의 깃발이 달려 있는 것 외에는 이 근처에 정박한 중형선과 모습이 거의 다르지 않았다. 그러나 안에 들어가고 그것이 착각이라는 걸 알았다. 모험가 길드의 접수 로비가 그대로 선내에 존재했던 것이다. 그곳에는 많은 모험가가 모여 있었다. 활기도 대단했다.

상당한 숫자의 모험가가 세프텐트에 상륙했을 텐데 그래도 아직 이만큼이나 타고 있군.

질 할멈에게 이끌려 선내로 발을 들이자 모든 모험가의 시선이 이쪽으로 향했다. 나름대로 실력 좋은 모험가들이 평가하듯이 프란을 관찰하고 있었다.

의아한 표정을 짓는 사람도 많았다. 질 할멈을 보고 프란을 보고 그 뒤로 시선을 주고 있는 듯했다.

질 할멈이 모의전을 하기 위해 외부 모험가를 데려온다는 소식은 이미 알려져 있을 것이다. 프란의 상대는 이 길드에서도 손꼽

히는 실력자. 그 상대쯤 되면 나름대로 고위 모험가일 터다. 그러나 실제로는 무슨 일인지 작은 소녀가 함께 왔다.

실력을 간파할 수 없는 모험가들의 입장에서 보면 의미를 알 수 없는 듯했다. 많은 사람들이 '왜 소녀가?'라며 의아해하고 있는 것을 알 수 있었다. 질 할멈이니까 일부로 그랬겠지.

"용케 왔군, 할멈."

"그쪽이야말로 마중 나오느라 고생이야, 영감."

질 할멈과 마찬가지로 몸집 작고 주름 가득한 할아범이 접수대 앞에서 맞아줬다.

질 할멈과 마찬가지로 작지만 그 안에서 발산되는 기세는 상당했다. 움직이는 것조차 놀라울 만큼 등이 굽었는데 상당히 강해 보였다. 젊을 때는 대단한 실력의 전사였을 것이다.

이 영감이 이곳의 길드 마스터가 틀림없었다.

"나는 바르피란. 여기의 길드 마스터다. 바르 할아범이라고 불러라."

"알았어."

말은 퉁명스러웠지만 그 악수는 정중했다.

"그러면 오늘 설명을 해야 하니 이쪽으로 와라. 환영한다."

"고마워."

바르 영감이 프란을 아무렇지 않게 받아들였다는 점에서 모의전 상대임을 안 걸까. 고랭크 모험가들은 납득한 듯이 고개를 끄덕였고 하급 모험가들에게서는 놀라는 목소리가 솟아났다.

곧바로 납득하지 못한 얼굴의 청년이 프란과 마스터들 앞을 가로막았다.

"바르 할아범. 그게 오늘의——."

"바보 같은 놈!"

"힉."

"특별히 이쪽 의뢰에 응해준 모험가에게 그 태도는 뭐냐! 예의도 모르는 거냐!"

바르 할아범에게 고함을 듣고 엉덩방아를 찧은 젊은이를 동료가 도와 일으켰다.

"나중에 소개할 거다. 실력도 파악 못 하는 멍청이는 입 다물고 있어!"

"하, 하지만……."

"애초에 내가 정중하게 맞이한 건 나름대로 중요한 상대이기 때문이라는 걸 모르는 거냐? 그런 것도 눈치 못 채는 멍청이는 들어가!"

이것도 질 할멈이 말했던 너무 편해져서 생긴 폐해인가? 길드 마스터와 손님의 대화를 방해하고 얕보는 태도로 접근하는 건 제재의 대상일 것이다. 크란젤 왕국에서 만난 엘리언트였다면 갈가리 찢겨도 이상하지 않았다. 프란의 힘을 보고 한껏 콧대가 꺾여줘.

계단을 내려가며 바르 할아범이 자세한 내용을 다시 설명해 줬다.

"그럼 싸우는 건 한 번이면 돼?"

"그래. 압도적인 힘으로 때려눕혀 콧대를 꺾어줘. 아주 엉망으로."

"히히, 연약한 놈들에게는 좋은 약이 될 게야."

바르 할아범은 팔을 휘두르며 상당히 과격한 말을 했다. 질 할멈도 즐거워 보였다.

"괜찮아?"

프란은 두 사람의 말을 듣고 고개를 살짝 갸웃거리며 되물었다. 이거 할아범 할멈 콤비는 모르겠지만 의욕이 꽤나 가득한데.

"아까 녀석들을 봤지? 아무래도 얼이 빠져서 말이야."

"응석을 받아줘서 그런 거잖아?"

"뭐, 부정은 안 해. 여기는 아무래도 생명에 위험이 있는 의뢰가 적으니 말이야."

"말은 아무리 해도 완전히는 안 전해지니까."

"그렇지. 요즘 모험가가 행방불명되는 사례가 늘고 있는데, 아나?"

"전에 들른 마을에서 들었어."

"그것도 얼이 빠진 게 원인이 아닐까 해. 평소 하는 일이라고 방심하다 불의의 사태에 대처하지 못하는 경우가 있을 수 있어."

"나도 그건 신경 쓰였어. 우리 길드에서도 너무 뭉친 녀석들이 조금씩 늘어났으니까."

프란을 둘러싸고 따지려 한 것도 질 할멈이 말하는 현상의 하나일 것이다. 자신들의 암묵적인 규칙을 전혀 의문스럽게 생각하지 않고 타인에게 밀어붙이려 한 것이다.

확실히 우려해야 할 사태겠네.

"꼭 뼈저리게 깨닫게 해줘."

"히히히, 부탁한다."

둘은 이 길드의 상위 실력자를 엉망으로 만듦으로써 다른 모험가들도 기합을 다시 넣기를 원했다. 힘의 차이를 보이는 것뿐이라면 그 밖에도 방법은 있다고 생각하지만……. 모험가에게는 이게 가장 확실하기 때문일 것이다.

"다만 몇 가지 주의점이 있어. 우선 힘 조절 문제."

"죽이지만 않으면 되잖아?"

"아니, 아무리 그래도 재기불능 정도의 부상은 곤란해! 노, 농담이지?"

"응?"

"어이, 할멈……."

바르 할아범의 관자놀이에서 땀이 뚝 떨어지는 모습이 보였다. 이제야 프란이 외모 이상으로 위험하다는 것을 이해한 모양이다.

"이미 부탁했어."

"그, 그렇지. 일단 미래가 있는 모험가야. 후유증이 남는 부상은 최대한 피하고 싶어."

"알았어. 최대한 조심할게."

"반드시! 조심해줘!"

"응. 맡겨줘."

"……진짜로 부탁한다."

괜찮아. 프란이 조절을 잘못하면 내가 막을 테니까. 뭐, 최대한은.

"그리고 요란한 마법은 쓰면 안 돼."

"어째서? 결계가 있잖아."

"아니, 선내이기 때문이야. 불 마술이나 뇌명 마술을 쓰면 배에 피해가 커."

"과연."

프란의 이명의 의미를 알기 때문에 하는 충고일 것이다.

"일단 결계로 강화는 했지만 네가 전력으로 마술을 날리면 절대로 못 버텨."

"지나치면 손해 배상 청구가 가니까 주의해야 해."

『프란, 절대로 배를 부수지 마!』

'알았어. 최대한 조심할게.'

『절대로! 절대로야!』

어떻게 생각해도 마도선이니 기관부에 피해라도 가면 청구액이 얼마나 나올까…… . 무조건 지나치지 않도록 해야지!

"그리고 종마가 있지? 그 녀석을 지금 부를 수 있나?"

"울시."

"웡!"

"오오, 전혀 몰랐어! 어둠 마술을 가졌나! 게다가 이건…… ."

"다크니스 울프? 아니, 다른가? 강해 보이는 건 알겠는데…… ."

상대가 인간형이라면 오랜 경험으로 어느 정도 힘을 감지할 수 있을 것이다. 몸에 막힘없이 흐르는 마력이나 행동이나 시선 등 판단 재료는 많다. 프란이 마력을 억제하고 있어도 강자라고 파악할 수 있는 사람이 있는 건 그 때문이다. 뭐, 간단히 말하자면 모험가의 감이 되겠지만.

다만 이 두 사람은 늑대형 마수에 대해서는 그렇게까지 잘 모르는 듯했다. 진화해서 마력의 은폐가 더 능숙해진 울시의 힘을 측정할 수 없는 모양이다.

"울시, 아주 강해."

"호오? 프란이 그렇게 말할 정도인가? 그거 좋군. 그러면 그 늑대도 싸워줬으면 좋겠어."

"웡웡!"

"울시가 하겠대."

"고맙군. 이 부근에는 강한 짐승형 마수가 별로 없어서 말이야. 꼭 마수의 무서움을 알게 해주고 싶어. 모험가의 치우침은 여차할 때 치명적이니 말이야."

"치우침?"

"그래. 이 부근의 모험가는 좋게 말해서 비비안호나 그 주변의 전문가야. 나쁘게 말하자면 너무 민감해."

이 주변에서 필요한 기능만 연마해서 다른 지역 던전 등에 가면 그다지 활약하지 못하는 경우가 많다고 한다. 여기 길드에서 랭크 C가 된 남자가 레벨 E 던전에서 손도 못 쓰고 죽은 일도 있다나.

그렇게 되자 모험가들도 외부로 나가려고 하지 않게 됐다. 그건 지역에 나쁘지 않은 일이어서 문제시되지는 않았다.

다만 그런 일이 오래 이어지자 베리오스 왕국 내에서 비비안호 주변에서 활동하는 모험가를 낮게 보게 됐다. 호수 위라면 도움이 되지만 다른 곳에서는 한 랭크 아래로 생각해라. 그런 말을 듣고 있다고 한다.

"그게 분해서 어떻게든 해야겠다고 생각했지만 좀처럼 잘 풀리지는 않더군."

"그래서 울시가 협력해주는 건 정말 고마운 일이야."

질 할멈이 그렇게 말하며 울시를 쓰다듬었다.

"그건 그렇고 아름다운 짐승이로군······. 이거 실은 랭크가 터무니없는 거 아닌가?"

"글쎄?"

"······뭐, 배만 부수지 않으면 돼."

"괜찮아. 그치?"

"웡웡!"

"그럼 슬슬 훈련장으로 가볼까."

"응."

"웡!"

배 아래층에 있는 훈련장은 나름대로 넓은 방이었다. 그야말로 체육관 정도는 될 것이다. 천장은 낮지만 돌아다니기에는 충분했다.

거기에 수많은 모험가들이 모여 있었다. 50명은 거뜬히 넘을 것이다. 모의전을 하는 상대는 한 명뿐이지만 구경꾼이 모였나 보다. 다만 질 할멈은 불만스러워 보였다.

"적지 않아?"

"할 수 없잖아. 긴급 의뢰가 나와서 꽤 빠져나갔어."

"뭐, 그분의 의뢰는 어쩔 수 없나······"

이래 봬도 예정보다는 적은 듯했다. 모험가들을 관찰하고 있는데 구경꾼 중에서 한 남자가 다가왔다. 이 중에서 명백하게 한 단계 위의 힘을 가진 모험가다.

『강하네.』

스테이터스는 랭크 C 상위 정도? 코르베르트보다는 꽤 약하지만 그만큼 물 마술이나 수중 행동 계통의 스킬, 함정 감지 등 밸

런스가 잡혀 있었다. 전투력 이외의 평가가 높은 올라운더라고 할 수 있을 것이다.

"여, 안녕하세요. 저는 랭크 B 모험가인 로브렌이라고 합니다."

"응. 나는 랭크——."

"이런, 이름만 말해줘."

"? 알았어. 나는 프란."

"그래, 오늘은 여러모로 배우려고 하니 잘 부탁해."

"응."

내밀어진 손을 마주 잡는 프란. 흑발의 산뜻한 미남이지만 나쁜 녀석은 아닌 듯했다.

"그건 그렇고 길드 마스터. 그녀의 정체를 굳이 숨긴 의미가 있나요? 저 이외에도 몇 명은 눈치챘어요."

"눈치 못 챈 녀석들이 태만한 거다. 정보를 얻는 귀도, 상대를 보는 눈도 썩었다는 거니까!"

"하하, 엄격하네요."

"웃을 일이냐! 뭐, 저랭크들은 됐다. 미숙한 꼬맹이들에게 정보를 잘 활용하는 머리는 기대 안 해! 하지만 C, D 중에도 프란을 얕보는 녀석들이 많은 게 문제야! 오랫동안 미지근한 물에 몸을 너무 담그고 있어서 감각이 둔해졌어!"

"뭐, 요 20년 동안 큰 사건도 없었으니까요~. 얼마 전 있던 현상금 소동은 흐지부지됐고요."

"실실거리지 마라! 에이스인 네가 그러니까 비비안호의 모험가도 무시당하는 게야! 왕도 녀석들한테 소금쟁이라는 소리를 듣는 거란 말이다!"

"일리 있는 말이지 않습니까."

"크으으."

"자자, 신경 써봐야 어쩔 수 없어요. 공존하고 있잖아요."

로브렌은 진심으로 신경 쓰지 않는 모양이다. 아무래도 상당히 대범한 성격인가 보군. 반면에 바르 할아범은 성급한 타입이니 당연히 맞지 않을 것이다.

아니, 할아범이 일방적으로 혈압을 올리고 있는 느낌인가?

뭐, 됐다. 그보다 신경 쓰이는 점이 있었다.

"이 사람이 상대야?"

"아니, 아니야. 이 녀석은 에이스니까."

즉 로브렌이 지면 아무리 그래도 충격이 너무 크다는 판단을 내렸을 것이다. 희생물로 뽑힌 모험가는 너무 가엾은 거 아닌가? 그렇게 생각했지만 이번 상대는 지원제로 뽑혀서 기꺼이 이름을 댔다고 한다. 그렇다면 져도 자업자득이겠군.

"이놈들아! 모의전을 시작한다! 구경꾼들은 벽 쪽으로 붙어!"

"꾸물거리지 마! 얼른 움직여!"

할멈과 할아범에게 모험가들이 재촉받았지만 남자 한 명만 훈련장 중앙에 서 있었다.

엄숙한 표정을 한 용맹한 남성이다. 감색 머리를 짧게 자른 The 바다의 남자라는 느낌이 전사다. 뭐, 여기는 호수지만 말이다.

"소인은 다골이라는 랭크 C 모험가요. 프란 님, 오늘은 잘 부탁하오."

"응. 잘 부탁해."

"한 수 배우겠지만 실망시키지 않도록 힘껏 노력하겠소이다!"

외모대로 단단한 무인 타입이로군. 90도 인사에서도 고지식함이 전해져왔다.

감정해보니 창 기술이 높았다. 창성술, 창성기를 가졌고 작살술, 투척 등의 레벨도 높았다. 나아가 신기한 스킬로 '물수제비뜨기'라는 것이 있었다. 아무래도 공격을 물속으로 날릴 때 물의 저항을 약화시키는 것인 듯했다. 역시 호수 특화형이다.

"그러면 부탁드립니다!"

"응!"

"준비는 됐겠지? 그러면 시작!"

"하아아아아앗!"

바르 할아범의 신호와 거의 동시에 다골이 움직이기 시작했다. 첫 공격부터 죽일 기세다. 그것을 나로 튕겨내며 프란은 웃었다. 다골도 웃고 있었다.

"하하하! 대단하군!"

"좋은 일격이야."

순간 시선이 부딪치자 격렬한 공방이 시작됐다. 다골은 진심으로, 프란은 상황 파악이라는 차이는 있지만 양쪽 모두 즐거운 듯했다.

또한 때때로 섬뜩한 장면도 있었다. 그건 다골이 쓰는 창의 형상 때문이다. 끝에 작살처럼 크게 거꾸로 난 날이 달려 있어서 찌른 뒤에 당기면 작은 낫처럼 다루는 것도 가능했다.

이 무기 특유의 이런 움직임은 지금까지 본 적이 없어서 몇 번인가 프란에게 스칠 때가 있었다.

"재미있어."

"오오! 흑뢰희님에게 그런 말을 듣다니, 정말 영광이외다!"

다골이 전투하며 영창을 시작했다. 움직이며 마술을 쓸 줄이야, 역시 이 녀석은 실력이 상당해! 아직 레벨 때문에 B에는 이르지 못했지만 스킬 단련을 매일 계속하고 있을 것이다. 그 숙련도는 상당했다.

그러나 프란과 맞부딪칠 수 있는 레벨은 아니다. 마지막에는 창이 검에 튕겨 나가 승부가 났다. 다골은 만족스럽게 웃고 있지만 벽 쪽의 구경꾼들은 넋이 나간 상태다. 납득하는 건 프란의 실력을 간파할 수 있었던 한 줌의 실력자들뿐일 것이다.

이로써 의뢰는 달성인가? 아니, 울시도 모의전을 하라고 했던가.

그러자 정숙이 지배하는 훈련장 중앙으로 한 남자가 걸어 나왔다.

"그럼 다음은 내 차례인가. 거기 있는 늑대와 싸워도 되겠습니까?"

"웡?"

랭크 B 모험가인 로브렌이다. 놀랍게도 자신도 모의전을 하겠다고 말을 꺼냈다. 지명받은 건 울시.

"울시랑 싸우고 싶어?"

"네."

"로브렌! 기다려라!"

크게 당황한 건 바르 할아범이었다. 엄청나게 초조해하고 있다.

"너는 물러나 있어!"

"하지만 이번에는 그 늑대와 누군가가 할 것 아닙니까? 그러면 저라도 상관없을 겁니다."

"안 된다!"

모험가들은 지금도 망연자실한 상태다. 여기서 로브렌까지 지면 어떤 사태가 일어날지 예상이 가지 않았다. 그러나 로브렌이 물러설 기미는 없었다.

"저도 짐승형 마수와 싸운 경험은 적으니까 꼭 경험해두고 싶습니다. 그리고 제가 지는 편이 다들 놀라겠죠."

로브렌의 말에 다골과 사람들이 놀라는 표정을 지었다. 이 중에서 최강인 로브렌이 패배를 전제한다는 것을 믿을 수 없나 보다.

"로, 로브렌 님도 이길 수 없다는 말씀이십니까?"

"저 늑대, 제 실력을 발휘하면 상당히 강할 거야."

"응, 울시는 강해."

"웡!"

바르 할아범과 질 할멈에게 톱으로서 자각이 부족하다고 혼났기 때문일까? 굳이 지는 모습을 보여서 후배들에게 자극을 주려고 생각한 모양이다.

"네가 지면……. 체면이라는 게 있잖느냐."

바르 할아범은 역시 동의하지 않았다. 하지만 본인은 여전히 가벼운 태도였다.

"강한 상대에게 지는 건 누구에게나 있는 일이잖아요? 그걸로 손상될 체면이라면 처음부터 필요 없어요."

아무렇지 않게 웃으며 창을 드는 로브렌. 울시도 의욕 가득하게 나섰다.

"부탁합니다."

"윙!"

다골을 비롯한 베테랑뿐만 아니라 겨우 회복한 젊은 모험가들도 진지한 눈으로 훈련장을 바라보고 있었다. 다만 그 눈에는 기대도 컸다. 로브렌이라면 다골의 원수를 갚아 주리라고 믿고 있을 것이다.

"로브렌! 말을 들어!"

"시끄러운 영감이로군! 사내가 한다고 했어! 하게 냅둬!"

"큭…… 하지만…….."

"흥. 그러면 모의전을 시작한다! 준비는 됐지? 그럼 시작!"

"으라압!"

로브렌의 찌르기로 막이 올랐다. 질 할멈의 개시 신호를 듣고 덮쳐들기 시작한 거다. 울시를 위라고 인식하고 있기 때문인지 그 공격은 인정사정없었다. 목을 노린 날카로운 일격. 하지만 그래도 울시에게는 맞지 않았다. 몸을 비틀어 찌르기를 피했다.

"크릉!"

"좋은 움직임입니다! 그러면 이건!"

"워후!"

"으랴아아압!"

울시도 그렇지만 로브렌도 고기동 타입의 전사다. 격렬하게 위치가 뒤바뀌며, 어지러운 고속 전투가 펼쳐졌다. 이제 하급 모험가들은 모습을 제대로 쫓고 있는지도 의심스러웠다.

서로에게 마술을 쓰지 않는 건 주위에서 구경하고 있는 모험가들에게 피해가 가지 않기를 바랐기 때문일 것이다. 초고속으로 움직이는 그들이 마술을 난사하기 시작하면 피하지 못하는 녀석이 더 많을 것 같으니 말이다.

하지만 차츰 로브렌의 움직임이 둔해져 갔다.

울시의 속도를 쫓아가기 위해 무리를 했나. 어깨로 숨을 몰아쉬고 있었다.

"후우우우우……."

로브렌이 창을 들고 마력을 모으기 시작했다. 한계가 찾아오기 전에 스스로 발을 멈추고 승부에 나설 생각인가 보다. 울시는 바닥이나 천장을 박차고 로브렌의 주위를 뛰어다니고 있었다.

정과 동. 서로의 전법은 달라도 일격필살을 노리고 있는 건 똑같았다.

긴장감이 서서히 높아져 가는 것을 알 수 있었다.

"……하아압! 샤프 스러스트!"

"크아아아!"

뒤로 돌아간 로브렌이 울시에게 창을 들이댔다. 속도와 정확도를 겸비한 필살의 일격이다.

진다는 것을 알아도 일부러 질 생각은 조금도 없겠지. 그러면 보고 있는 모험가들이 알아차릴지도 모른다. 본 실력으로 싸우다져서 위기감을 심어주는 게 목적이다.

섬광 같은 찌르기가 울시의 머리에 박혔다. 그 창끝이 울시의 입 안을 관통──하지 못했다.

울시가 마력을 두른 이빨로 창끝을 물고 있었던 것이다. 그대로 고개를 흔들어 로브레의 창을 던졌다.

힘의 흐름을 억지로 변화시켜서 로브렌은 자세가 살짝 무너져 있었다. 불과 한순간의 틈이기는 하지만 1대1 모의전에서는 치명적이었다.

틈을 놓치지 않고 울시가 강렬한 몸통박치기를 날렸다.

"크헉!"

크게 튕겨 나가 땅에 쓰러지는 로브렌. 대미지는 크지 않겠지만 그가 떨어뜨린 창을 주워 다시 자세를 잡는 일은 없었다. 두 손을 올리고 항복 포즈를 취했다.

"이거 대단하네요. 제 패배입니다."

"웡!"

쉽게 패배를 인정한 로브렌을 보고 모험가들이 술렁거렸다. 하급 모험가들은 비명을 지르고 있군.

"최근에는 좀 나태해졌는데, 이거 다시 단련해야겠군요."

로브렌의 목적은 이 말을 진실미가 있는 상황에서 모험가들에게 들려주는 것이었다. 전투를 좋아하는 타입이 아닌 것 같으니 패배가 확정된 모의전을 무리하게 계속할 생각은 없을 것이다. 쾌활하게 웃는 로브렌과는 대조적으로 아직 웅성대는 모험가들을 향해 질 할멈이 소리를 질렀다.

"자. 이로써 모의전은 끝났다. 해산해!"

하지만 많은 모험가들은 훈련장에 남은 채 뭔가를 이야기하기 시작했다. 격렬한 모의전을 보고 기세가 올라간 모양이다. 그리고 프란의 주위에는 고랭크 모험가가 모여 있었다.

"역시 대단하오! 아니, 상상 이상이었소!"

"그래그래. 대단해~. 같은 랭크 B라고 하는 게 부끄러워질 정도야."

둘러싸이는 프란. 그러나 프란은 기쁜 듯했다. 이런 커뮤니케

이션은 신선할 것이다. 아주 모험가다우니 말이다.

선배들의 분위기는 하급 모험가들에게도 영향을 준 듯했다. 어두운 분위기는 떨쳐버리고 누구나 강해지고 싶다고 이야기하기 시작했다. 분명 앞으로 있을 단련에도 정성을 쏟을 것이다. 열기에 둘러싸인 훈련장에서 모험가들이 어깨동무를 하고 쾌활하게 노래하기 시작했다. 듣자 하니 이 호수에 있는 정령을 찬양한 노래로, 호반의 소녀의 노래라고 한다.

요약하면 오른쪽 눈이 자수정이고 왼쪽 눈이 에메랄드 같은 신비한 눈동자를 가진, 금발에 피부가 하얀 순진한 소녀의 모습을 한 정령이 이 호수를 지키고 있으며, 참 고맙다는 내용의 가사였다.

노래하는 사이에 기세가 더 올랐는지 바르 할아범이 외쳤다.

"좋아! 연회다——."

"멍청한 소리 하지 마, 영감! 멍청이들도 언제까지 소란 떨고 있을 거야!"

더 큰 소동을 부리려는 모험가들에게 고함을 지른 것은 우뚝 선 질 할멈이었다.

"일하러 돌아가, 멍청이들아!"

몸집 작은 노파라고는 생각할 수 없는 고함 소리와 위압감이 자리의 공기를 순식간에 지배했군. 할머니에게 날카로운 눈빛을 받은 모험가들은 일제히 흩어져갔다.

"프란, 너는 이쪽으로 와."

"응!"

"프란! 이번에는 고마웠다. 곤란한 일이 있으면 의논하러 와라.

다음에는 내가 도와주마!"

"고마워, 바르 할아범."

연회 기회를 놓쳐서 살짝 풀이 죽은 프란은 질 할멈에게 이끌려 회의실 같은 곳으로 와 있었다.

"뭐냐 너. 혹시 저 바보들과 더 소동을 피우고 싶었던 게냐?"

"응…….'

"하아. 얼핏 본 느낌으로는 도저히 저 바보 녀석들과 맞을 것처럼 보이지 않은데……. 역시 고랭크 모험가라는 거냐?"

질렸다는 듯이 고개를 젓는 질 할멈. 그건 프란이 외부의 고랭크 모험가처럼 괴짜라는 뜻인가? 질 할멈은 쓴웃음을 짓고 있었지만 그 눈빛은 부드러웠다. 결국 그녀도 바보 녀석들이 싫지 않을 것이다.

"그럼 이번 의뢰는 고마웠다. 이쪽으로서도 만족했어."

"응."

예상외로 에이스를 때려눕혔지만 그것도 포함해 만족한 모양이다.

보수 이야기를 나누고 의뢰 종료 인증을 받았다. 이제 보수를 받으면 끝이다.

『맞다, 할멈한테 한 가지 묻고 싶은 게 있었어.』

나는 영초 채취 때 만난 살기 소년에 대해 질 할멈에게 묻게 했다. 처음에는 모르는 듯했지만 특징을 꼽아가자 짚이는 데가 있는 모양이다.

"그 애인가? 우리 길드에서 사상 최연소로 랭크 E가 된 천재라고 불리고 있지. 올해로 열세 살이었던가?"

확실히 다른 모험가들이 열여섯 살 이상이었던 것에 비하면 아주 어리다. 하지만 역시 프란에게 살기를 날린 의미를 모르겠다. 자신 이상으로 평가를 받고 있는 상대를 싫어하는 건 이해한다. 얄밉다든가 질투심, 단순히 분노하는 마음이라면 이해할 수 있지만…….

"살기를 느꼈어."

"흐음……. 초면 아닌가?"

"응."

"그 애의 과거를 들은 적이 없어서 모르겠군. 이 부근에서 행동하고 있을 테니 직접 물어보는 건 어떠냐?"

결국 다시 한번 만날 수밖에 없는 듯했다.

"이름은?"

"시에라다. 가명이겠지만."

"……가명이야?"

"사연 있는 가명이야. 모험가라면 드물지도 않잖아?"

"그건 그래."

가명의 살기 소년, 시에라. 정체가 뭐지?

간장 **시에라×????**

『파트너. 실망했어?』

"미안, 아저씨. 냉정함을 잠시 잃었어."

『설마 내 힘을 쓰려고 할 줄은 몰랐어. 그 소녀가 말하고 다닐 거라고는 생각하지 않지만, 네게 레이크 킬러를 해치울 정도의 힘이 있다는 걸 들키면 나쁜 의미로 눈에 띌 게 틀림없어.』

"그렇겠지. 아저씨를 노리는 녀석이 나올지도 몰라."

『뭐, 그 프란이라는 소녀와는 여러모로 인연이 있으니 말이야……. 다만 그건 예전 프란이고 지금의 프란과는 초면이야. 그걸 잊지 마.』

"알아. 이쪽 프란에게 죄는 없다며. 다만 도저히…….."

『짜증을 억누를 수 없었던 건가?』

"응."

『마음은 이해하지만 그 소녀와는 또 만날 거야. 전과 같다면 위날렌과 함께 이 호수로 돌아올 거다.』

"마술 학원 관계자로서 말이네."

『그래 매년 이 시기에 학원은 특별한 과외 수업을 비비안호에서 하지.』

"……위날렌은 로미오를 데려올까?"

『확실해. 그 빌어먹을 엘프는 전에도 로미오를…….』

"아저씨. 참아. 살기가 나와."

『쳇.』

"사실은 제라이세 일행을 막는 게 가장 좋은데."

『아무리 찾아도 안 보이니 말이야.』

"호수 중앙에 드나들고 있는 건 틀림없어."

『하지만 우리는 출입할 수 없어. 가디언이 지키고 있지.』

"응. 결국 상대가 어떻게 나오는지 기다려야 한다는 거네."

『답답하지만.』

"……일단 영초를 채취하자. 이 의뢰를 달성하면 랭크업이야."

『그렇지. 정보 수집도 조금은 하기 쉬워질 거야.』

"전과는 달라. 그러기 위해 힘을 길러왔어."

『아아. 그렇지. 다음에야말로…….』

"응. 이번에야말로."

"『지켜 보이겠어.』"

제3장 레이디 블루

모의전 의뢰를 받은 다음 날.

상업선단을 떠난 우리는 곧장 북동쪽을 목표하고 있었다. 마술 학원으로 일직선으로 가는 루트다.

『설마 결과적으로 상업선단에 관여하게 될 줄은 몰랐어.』

"응. 굉장했어."

"웡!"

『나도 그만한 숫자의 배가 한곳에 모여 있는 건 처음 봤어.』

출발할 때 다시 비비안호를 봤지만 역시 컸다. 어쩌면 진짜 비와호를 훨씬 넘어설지도 모른다.

뭐, 진짜 비와호를 본 적이 없어서 실제로 어떤지는 알 수 없지만. 새가 되는 콘테스트 때 이따금 전경이 비치는 걸 본 적은 있지만…….

아무튼 건너편이 보이지 않을 만큼 거대한 건 확실했다.

"웡웡!"

"울시! 더 팡팡 튀어!"

"웡웡!"

울시가 호수면을 스치듯이 달리며 일부러 수면에 닿아 물을 튀겼다. 대량의 물이 팍팍 흩날려서 프란도 나도 흠뻑 젖었다. 하지만 프란은 이게 즐겁나 보다. 울시에게 더 하라고 재촉했다.

"오, 무지개!"

"워엉!"

물놀이를 하며 떠든 뒤에는 북쪽을 향해 하늘 여행을 했다. 베리오스 왕국은 산이 많은 나라여서 나름대로 고저차가 있고 조금 나아가기만 해도 풍경이 확 바뀌어서 즐거웠다.

"……?"

즐거운 하늘 드라이브 도중에 프란이 멀리 상공에 있는 구름 저편을 빤히 응시했다.

『왜 그래?』

"저거, 뭐야?"

『저거? 아아, 드디어 왔구나! 저건 부유도야.』

프란이 발견한 건 일반 구름보다 훨씬 상공에서 배회하는 거대한 구름 덩어리였다. 아니, 그 안에 뜬 섬 그림자를 보고 있을 것이다.

"부유도……."

『그래.』

사령술사 장과 함께 탐색한 그 부유도와 같지만, 이쪽은 던전이 아니다. 알레사의 모험가 길드에서 분명하게 조사해왔다.

"던전이 아니라면 강한 마수는 없어?"

『아니, 그렇지 않아. 저기는 S급 마경 천룡의 침상. 이 세상에서 최강 클래스인 랭크 A 마수가 사는, 세계에서 톱클래스로 위험한 곳이야.』

그렇다. 오히려 던전보다 위험한 곳이라고 할 수 있었다.

어떤 원리인지는 알 수 없지만 저 부유도에서는 항상 대량의 물이 폭포가 되어 흘러 떨어지고 있다.

섬에 도달한 사람의 이야기로는 폭 100미터 정도 되는 강이 섬

가장자리에서 대지를 향해 떨어지고 있다고 한다. 하지만 그 물들이 대지에 닿는 일은 없다. 그 전에 수증기가 되어 흩어지는 것이다. 지구에도 엔젤 폴이라는 용소가 없는 폭포가 있는데, 그것과 같은 원리일 것이다.

저 부유도를 둘러싼 구름은 그 폭포가 구름이 되어 생성됐다. 그리고 그 구름 안에 용종 중 하나인 천룡이 살고 있다.

"천룡?"

〈네. 대략 열 마리 정도의 생식이 확인되었습니다〉

하지만 그 천룡들이 이 나라에 피해를 준 적은 거의 없다. 애초에 지상에서는 살 수 없는지 구름보다 아래로는 내려오지 않는다. 천룡의 침상에 침입한 모험가와의 전투 때 천룡이 쏜 브레스가 대지에 쏟아져 가도를 파괴한 적이 있는 정도라고 한다.

『과거에 토벌된 기록이 거의 없어서 실제로 어디까지 강한지는 모르는 것 같지만.』

위협도 A라고 하는 건 다른 용종이 위협도 A에 랭크되어 있기 때문이다. 같은 용이니 일단 A로 해둔 것이다.

그래서 천룡의 침상에는 랭크 A 이상의 모험가만 들어가는 게 허가된다. 뭐, 절반 이상은 섬으로 상륙하기 전에 운해에 생식하는 마수에게 떨어진다지만.

그리고 상륙했다 해도 모험가 태반은 천룡에게 도전하지 않는다. 그들의 목적은 부유도에 몇 개 존재하는 굴이라고 한다. 그 굴에서 빠진 비늘이나 다시 난 수염 등을 채취해 도망친다. 그게 모험가들의 목적이다.

여러 천룡에게 공격받을 가능성이 있는 데다 여차할 때 도망칠

127

곳도 없다. 솔직히 말해서 모험가에게 압도적으로 불리한 곳일 것이다. 거기서 천룡들과 싸우는 건 자살행위밖에 되지 않는다.

『운이 좋으면 구름 밖을 나는 천룡이 보인대.』

"진짜?"

『어.』

"어떤 모습이야?"

『몸길이 200미터 정도 되는 길쭉한 뱀 같은 모습이래.』

그렇다. 용이라는 존재는 드래곤과 달리 동양식 용이다. 드래곤을 훨씬 뛰어넘는 마력을 가지고 있고, 드래곤이 전사 타입이라면 용은 마술&스킬 타입이라고 할 수 있었다. 비슷한 종류의 상위 마수이기는 하지만 그 생태는 크게 다르다고 한다.

『금색 비늘이 나 있어서 맑은 날에는 반짝반짝 빛나 보인대.』

"음…… 안 보여."

"윙…….""

『뭐, 진짜 희귀하다고 하니까. 이 나라 동부에 있는 동안에는 어디서든 저 거대한 구름이 보인다니까 운이 좋으면 천룡도 보일 거야.』

"응."

천룡의 침상을 올려다보며 프란과 울시는 나아갔다. 줄곧 올려다본 탓에 나아가는 속도가 조금 떨어진 데다 이따금 고도 유지에 실패해 프란이 울시에게서 떨어질 뻔하기도 했다. 게다가 천룡은 보이지도 않았고.

그래도 프란과 울시는 즐거운가 보다. 그런 실패도 신선하게 느껴지는 듯했다.

수행 후 힘이 남아도는지 프란은 살짝 전투광 경향을 보이고 있다. 이렇게 느긋하게 웃을 수 있는 분위기는 중요할 것이다.

『오, 도시가 보이기 시작했어.』

"저기가 마술 학원이야? 크다."

『아냐 아냐. 마술 학원은 안쪽 탑이 있는 부근이야. 그래도 크기는 하지만. 앞에 있는 건 일반 도시야.』

마술 학원을 둘러싸듯이 도시가 발달한 모양이다. 학원 도시라고 부르기도 한다고 한다.

『저게 마술 학원을 거느린 도시, 레이디 블루야.』

"블루? 안 파란데?"

『푸른 숙녀. 즉 세계 최강의 대해 마술사인 하이 엘프 위날렌을 찬양하는 이름이야.』

"그렇구나."

한 사람의 이름이 도시에 붙을 만큼 유명하고 대단하다는 거니까, 프란이 실수하지 않기를!

내 불안과는 반대로 울시는 마을로 쭉쭉 다가갔다.

상공에서 내려다본 레이디 블루는 상상 이상으로 북적거리는 도시였다. 거미집처럼 좁은 길이 방사형으로 뻗어서 도시 계획을 완전히 무시한 구조다. 위에서 길을 기억하려고 했지만 잽싸게 포기했다. 이미 아주 좁은 미로의 순서를 기억하는 것과 같았다.

안에 들어가니 그 복잡함은 상상 이상이었다. 대로를 얌전히 걸어가면 주요 시설에는 도착할 수 있겠지만…….

『저기, 전에도 완전히 같은 실패를 한 것 같은데?』

"응?"

『크란젤의 왕도에서도 메인 스트리트를 벗어나서 헤맸잖아?』

"맛있는 냄새가 났어."

"워웁!"

내 말에 그렇게 대답하는 프란의 손에는 와플 같은 구움과자가 들려 있었다. 울시는 세 개를 한 번에 먹고 씹는 중이다.

처음에는 평범하게 대로를 나아갔다. 하지만 프란이 맛있는 냄새를 맡아서 갑자기 길을 벗어나고 말았다. 그 근원인 구움과자 가게를 발견한 것까지는 괜찮았는데 말이야.

크란젤 왕국의 왕도도 상당히 헤매기 쉬웠지만 이쪽도 만만치 않은 미로였다. 다만 건물의 분위기가 다른 탓에 도시의 이미지는 꽤 달랐다.

지중해풍인 크란젤 왕국과 비교하면 이쪽은 고색창연한 영국풍이라고 하면 좋을까? 뭐, 영국에 간 적은 없으니까 완전히 주관적 느낌이지만.

TV의 비틀즈 특집에서 소개된 리버풀의 번화가나 교외의 시골 마을이 이런 분위기였던 것 같다. 붉은 벽돌을 많이 쓴 건물이 줄지어 있고 그 안에 숲이나 시내가 남아 있는 풍경은 어딘가 그리운 느낌이 들었다. 다만 지금은 정체 모를 향수에 젖어 있을 때가 아니지만 말이다.

『완전히 길을 잃었네.』

"응."

『구움과자 가게 할머니한테 길 물어봤지?』

"물어봤어."

『왜 그 길로 안 가?』

"이쪽이 재미있어 보여."

『아아, 그래.』

"응!"

몸을 눕히지 않으면 지나갈 수 없는 작은 길이나 노인은 도중에 힘이 다할 만큼 길고 좁은 계단이나 나무를 이용해 만들어진 녹색 터널이나, 아무튼 어린아이의 마음을 부추기는 곳이 많단 말이지. 프란도 울시도 신이 나서 도시를 탐색하고 있었다. 어느새 스스로 길을 잃었다고 해도 과언이 아닐 것이다.

『뭐, 서두를 필요도 없으니 상관은 없지. 일단 모험가 길드에 가고 싶지만 그것도 꼭 가야 하는 건 아니니까.』

그리고 나도 조금은 탐색이 즐거워지기 시작한 참이다. 이 부근은 연립주택 타입의 건물이 줄고 단독주택이 많은 지구지만 각 집의 정원이 잘 꾸며져서 보고 있기만 해도 즐거웠다. 잉글리시 가든식 정원이 어느 집에나 있었다.

시내를 산책하며 나아가는데 프란이 갑자기 걸음을 멈추고 앞쪽을 가리켰다.

"스승, 저거."

『왜 그래, 프란?』

"저 건물 굉장해."

프란이 보고 있는 것은 조금 앞에 있는 특징적인 모습의 건물이다. 그렇군, 저건 확실히 굉장해.

3층짜리 단독주택이지만 지붕에서 나무가 나와 있었다. 지붕을 푸르게 만든 게 아니다. 어떻게 봐도 지붕에 구멍이 뚫리고 거기서 거목의 상부가 나와 있었다.

자세히 보니 3층이나 2층의 창문 일부에서는 그 나무의 것으로 보이는 가지가 튀어나와 있었다. 저 건물 안을 거대한 나무가 세로로 관통하고 있는 건가?

다만 우리가 놀란 건 그뿐만이 아니었다. 무려 정원에 빨래가 걸려 있었다. 아무래도 평범하게 사람이 살고 있나 보다.

우리는 그 집에 다가가 봤다. 그러자 거기서 또 놀라운 발견을 했다.

놀랍게도 부지의 입구에 '녹색 고목정'이라는 간판이 걸려 있었던 것이다.

아무래도 여관인 모양이다. 영업하고 있는 건 아니겠지? 그도 그럴 게, 이 건물에 묵을 수 있나?

"울시, 가보자!"

"웡!"

『아, 잠깐만!』

프란과 울시는 눈을 빛내며 여관으로 돌격했다. 아직 어떤 곳인지도 잘 모르는데!

"오오."

"워후."

프란과 중형견 크기의 울시는 정원 한가운데서 나란히 거목을 올려다봤다. 녹나무와 비슷한 나무지만 그 가지와 잎의 넓이는 이미 여관의 지붕보다 넓어서 지붕이 또 하나 있는 듯했다.

한동안 보고 만족했는지 프란은 여관 문을 열었다. 손질이 잘 돼 있지만 아주 오래된 나무문이다.

"오오."

그리고 이제 몇 번째인지 모를 감탄의 소리를 냈다.

"안에도 나무가 있어."

『그야 그렇지. 뭐, 놀라는 마음도 이해는 가.』

나무줄기는 상상 이상으로 굵었다. 그럭저럭 넓은 여관인데 절반은 나무줄기에 점거돼 있다. 중앙에 떡 버티고 있는 거목과 그 뿌리 주위를 마치 우드 덱처럼 둘러싸고 있는 마루. 마루판의 형태가 울퉁불퉁한 건 뿌리의 성장에 맞춰 그 모양으로 잘랐기 때문일 것이다.

완전히 거대 수목을 우선하고 있는 듯했다.

"어라, 손님인가?"

"누구야?"

"누구냐니, 너야말로 누구냐?"

"프란. 모험가."

"하하. 그렇구먼."

여관 입구에 서 있던 프란과 울시에게 말을 걸어온 것은 한 몸집 작은 엘프 노파였다. 어느새? 처음부터 있었나?

"나는 이 여관의 주인이란다. 묵을 게냐?"

"응! 하룻밤!"

『아니, 여기 묵을 거야?』

'응!'

아직 모험가 길드도 못 찾았는데…….

프란은 이 재미있는 여관이 상당히 마음에 든 듯했다.

그건 그렇고 엘프 노인은 처음 봤을지도 모른다. 들은 이야기인데, 엘프는 그 긴 인생의 태반을 젊은 모습으로 지내고 마지막

133

100년 동안 인간과 마찬가지로 노화를 한다고 한다. 그렇게 되면 대부분의 엘프는 틀어박혀 오랫동안 수면에 들어간 뒤, 자는 것처럼 숨을 거둔다.

노파에다 인간의 도시에서 일하고 있는 경우는 상당히 드물지 않을까?

"저녁과 아침 식사를 포함해서 500 골드야."

"알았어."

"그리고 주의할 게 있단다. 이 큰나무님에게 상처를 입히면 쫓아낼 거야. 알았지?"

큰나무님이라. 뭔가 특별한 나무인가? 프란이 물어보니 놀랍게도 정령이 깃들어 있고, 이 노파는 그 정령과 계약을 맺었다고 한다.

"나쁜 짓을 하지 않으면 상냥한 분이야."

"정령, 나도 만날 수 있어?"

"글쎄다. 만날 수 있을지도 모르고 만날 수 없을지도 몰라. 뭐, 착하게 있으면 어쩌면 만날 수 있을지도 모르지."

"알았어. 착하게 있을게."

"호호오, 그거 좋은 마음가짐이야."

그 후 안내받은 방은 생각했던 것보다 평범했다. 깔끔한 침대에 간단한 인테리어. 또한 걱정했던 것처럼 방 안에 나뭇가지가 덮여 있는 일도 없었다.

멋으로 정령이 깃들어 있는 게 아니라 여관에 맞춰서 성장하는 방향 등을 큰나무 자신이 조정하고 있다고 한다. 그 덕분에 객실에는 큰나무의 가지가 들어오지 않았다.

뿌리가 두꺼워지는 건 어쩔 수 없는 듯하지만.

"좋은 방이야."

"윙!"

『꽤 마음에 든 것 같네.』

"응! 마치 숲속에 있는 것 같은 좋은 냄새가 나."

순박한 프란에게 도시 안이면서 숲의 기척이 있는 이 여관은 마음 편한 곳일지도 모른다. 침대에 앉아 숨을 크게 들이마시고 있었다.

『여기가 마술 학원인가…… 크다고 할까, 높네.』

"뾰족해."

"윙."

녹색 고목정에 방을 얻은 후 우리는 다시 마술 학원을 찾고 있었다.

처음에는 모험가 길드에 갈 생각이었지만 생각 외로 학원이 가깝다는 것을 알았다.

숙소를 나선 우리는 일단 높은 곳에서 도시를 바라보고자 했다. 그리고 500단 이상은 되는 좁은 계단을 올라 그 앞에 있던 높은 광장에서 레이디 블루를 바라봤더니, 마술 학원이 놀랄 만큼 가까이에 보였다.

헤매는 동안 마술 학원에 가까이 간 듯했다. 숙소에서 마술 학원까지 직선거리로 3, 40미터 정도밖에 되지 않을 것이다.

거기서 학원에 갈 때까지 또 헤매는 바람에 시간은 꽤 걸렸지만.

위로 가면 5분도 걸리지 않았겠지만……. 뭐, 탐색이 순조로워서 프란도 올시도 만족했으니 괜찮다.

이 도시는 와플이 명물인지 온갖 가게를 발견했다. 설마 맛이 단 것뿐만 아니라 달지 않은 생지에 햄이나 치즈를 끼운 것까지 있을 줄은 몰랐다.

이거 레이디 블루에 있는 동안에 다양한 가게를 발굴해보는 것도 재미있을 것 같다. 여유가 생긴다면 나도 만들어볼까?

참고로 프란이 먹고 싶다고 했던 담수어 카레. 살짝 변종 하나와 직설적인 것을 하나 생각해봤다. 호수 주변에는 담수어 종류가 풍부해서 재료가 손에 들어왔으니 말이다.

첫 번째는 장어 카레다. 이 나라에서 싸게 샀던 산초를 강하게 쓰고 달착지근하게 만든 장어구이를 올려봤다. 히츠마부시풍 카레? 좀 지나쳤다는 생각도 들었지만 프란은 맛있게 먹었다. 역시 카레는 최강이었나 보다.

또 하나인 잉어 카레도 뭐 아무렇지 않게 먹었지만, 피시 카레니 말이다. 신선함도 없고 진흙 냄새를 제거하려다 지나치게 맵게 만들었는지 이쪽은 올시에게 더 히트했다. 좀 더 개량의 여지가 있을 것이다.

『일단 입구를 찾아보자.』

"응."

우리가 지금 서 있는 곳은 마술 학원을 둘러싼 외벽 앞이다. 그곳에서도 마술 학원 안에 줄지어 선 키 큰 탑들이 잘 보였다. 마치 빌딩처럼 가늘고 키 큰 탑이 열 개 이상은 보일 것이다. 안쪽으로 가면 더 있을지도 모른다.

성이나 성채와 같은 군사 시설 이외에 이렇게 높은 건물은 드물지 않을까. 처음에는 좁은 부지를 효과적으로 이용하기 위해서 인가 했지만 아무래도 아닌 듯했다.

아무튼 아무리 걸어도 문이 보이지 않는다. 돌이켜보면 도시 밖에서 이 도시를 봤을 때 약 4분의 1 정도는 마술 학원이 차지하고 있었을 터다. 도시라고 부를 수 있는 규모를 자랑하는 레이디 블루의 4분의 1쯤 되면 웬만한 도시보다 훨씬 넓을 것이다.

도중에 들른 키아라젠보다 마술 학원의 부지가 더 넓은 것 같았다.

"……올라갈까? 그러면 사람이 올지도 몰라."

"윙."

일부러 불법 침입을 해서 경비병을 부른다는 건가? 프란 씨! 과격해! 역시 힘이 남아도는 건가? 하지만 프란이 그렇게 하고 싶다면 그래도 되려나? 싫증 난 것 같고 확실히 어디까지 이어져 있는지도 모르니…….

아니, 아무리 그래도 위험하지. 앞으로 잠시 동안 신세를 질 곳이니 문제는 일으킬 수 없다.

『아, 안 돼!』

"안 돼?"

『안 돼!』

"알았어."

왜 안 된다는 말을 듣고 웃는 거지? 아주 희미하지만 웃고 있는 거지?

『아무튼 안 돼! 안 되는 건 안 돼!』

처음부터 트러블 메이커로 찍히면 활동하기 힘들어져!

그리고 이 벽은 평범한 벽이 아니다. 마력의 기척이 있었다. 언뜻 보기에 경보 마술인 듯했다. 프란도 그렇게 판단하고 일부러 경보를 울려 사람을 부른다는 지나치게 장난스러운 작전을 제안했을 것이다.

그러나 마력 통제 SP를 손에 넣은 내게는 그 외의 마력이 감지되고 있었다. 경보 마술은 눈속임이고 그 마력 뒤에 뭔가 다른 마술이 은폐되어 있는 듯했다. 아무리 그래도 어떤 마술인지는 알 수 없지만 확실히 성가신 일이 일어날 것이다. 적어도 우리 스스로 시험해볼 마음은 들지 않았다. 여기서는 꾸준히 걷는 게 나았다.

『그런 거야. 프란 군.』

"응. 알았어."

그렇게 벽을 따라 터덜터덜 걷자 겨우 벽 이외의 것이 보이기 시작했다. 다만 정문은 아닌 듯했다.

"스승, 저거?"

『아무래도 입구가 아닌 것 같은데……. 왜 저렇게 작지?』

겨우 도착한 마술 학원의 문은 벽의 거대함에 비해 놀랄 만큼 작았다. 쪽문이라고 생각할 정도다. 아니, 실제로 거기에 가까운 거겠지.

『아무래도 뒷문에 온 것 같네.』

사용인이나 직원이 외출할 때 쓰는 뒷문으로 보였다.

"어떡해?"

『뭐, 정문으로 가도 되지만 일단 여기서 대응해주는지 해주지 않는지 말을 걸어보자. 아아, 아리스테아의 소개장은 꺼내놔.』

"알았어."

『울시는…… 뭐, 그대로 있어도 되려나.』

"응."

그림자에 들어가 있는 것보다 처음부터 모습을 보이는 편이 좋을 것이다. 나중에 소개하는 수고도 덜 수 있다.

"이리 오너라."

『여기서는 실례합니다, 라고 해야지!』

"실례합니다."

뒷문이라고는 하나 수위는 있다. 그래서 일단 그 사람에게 말을 걸어보기로 했다.

"어라? 무슨 일이니?"

친절해 보이는 아저씨다. 수위가 이렇게 태도가 부드러워도 되나 싶지만 그만큼 직원에 대한 지도가 빈틈없다는 뜻일 것이다.

"의뢰를 받아서 왔어."

"호오? 모험가니? 외부에 위탁하는 건 드문 일인데……."

"응?"

"이런, 미안하다. 그래서 어떤 의뢰니?"

아무래도 여기서 전하는 듯했다. 프란이 아리스테아의 소개장을 수위 아저씨에게 건넸다.

"모의전 의뢰. 여기에 이것저것 적혀 있어."

"실례할게. 어디 보자…… 어어?"

아저씨가 소개장을 읽고 놀라고 있다. 뭐, 어쩔 수 없다. 저기에는 학원장이 찾던 모의전 교관을 할 인재를 찾았으니까 소개장을 들려 보냅니다, 같은 내용이 적혀 있기 때문이다.

139

프란을 보고 설마 모의전 교관이라고는 생각하지 못했겠지.

게다가 저기엔 아리스테아의 이름도 적혀 있을 터다. 아리스테아는 이 마술 학원의 교직원으로 지위가 있는 모양이니, 마술 학원에서 만든 봉투와 편지지에다 그녀의 서명이 있으면 분명하게 대응해줄 터였다.

"저기, 모험가 카드는 가지고 계십니까?"

"가지고 있어. 여기."

"살펴보겠습니다."

카드를 꼼꼼하게 확인한 후 수위 아저씨는 뒷문 옆에 있는 작은 창문을 열고 반대편에 있는 누군가와 이야기하기 시작했다. 그리고 프란에게 물었다.

"이 소개장을 잠시 맡아도 되겠습니까?"

"응. 괜찮아."

"그러면 실례하겠습니다."

그리고 아저씨는 소개장을 작은 창 너머로 건네고 프란에게 카드를 돌려주면서 여기서 잠시만 기다려달라고 했다.

"일단 저로서는 최종 판단을 내릴 수 없어서 좀 더 높은 사람이 올 겁니다. 잠시만 기다려주십시오."

태도가 많이 바뀌었군. 방금까지는 아이를 대하는 태도였지만 지금은 완전히 손님 대접을 하고 있다.

소개장을 돌려받고 문 앞에서 기다렸다. 자, 어떤 사람이 올까?

그로부터 5분 정도 멍하니 있자 문 안에서 남성이 모습을 보였다.

"아, 선생님. 저분입니다."

"여어, 기다리게 했네. 네가 아리스테아의 소개장을 가져왔다는 모험가니?"

"응."

"봐도 될까?"

"알았어."

"호오……."

나타난 것은 경박한 느낌의 형씨였다. 하프 엘프라서 실제 나이는 많겠지만 어떻게 봐도 10대 중반의 경박남으로밖에 안 보이는군. 아리스테아의 소개장을 읽고 있지만 그 경박해 보이는 분위기 탓에 대충 훑어보는 것처럼 보이기만 했다.

"흐음……. 뭐, 됐어. 일단 이쪽으로 와."

다 읽은 뒤의 태도도 경박해 보였다. 수위의 태도로 보아 진짜 높은 사람인 것 같아서 얌전히 따랐지만.

남성에게 안내를 받아 뒷문을 통과했다. 그 맞은편에는 천장이 높은 통로가 나 있었다. 외벽 자체가 상당히 두꺼운지 그곳을 빠져나가기 위한 통로는 약간 터널 같았다.

프란을 안내해주는 남성을 뒤에서 관찰해봤다. 마력은 높지만 발놀림은 완전히 아마추어. 전형적인 연구자 타입일 것이다. 얼마나 높은지는 알 수 없지만 선생님이라고 불렸지? 적어도 교직원인 건 틀림없는 듯했다.

"나는 코르탄디르. 편하게 코르트라고 불러."

"모험가인 프란. 이쪽은 울시."

"웡!"

"늑대형은 좋지. 순종적이고 전투에 좋고 색적에 좋고 밤에 모포 대신으로도 좋으니까."

"울시는 최고야."

"웡웡!"

"하하, 사이가 좋아 보이네."

그렇게 웃는 코르트를 따라 터널을 빠져나갔다. 그러자 그곳에는 상상 이상으로 넓고 흥미로운 광경이 펼쳐져 있었다. 부지 안에는 잔디나 연못뿐만 아니라 숲이나 높은 바위산 등이 존재했다. 훈련이나 실험에 쓰는 듯했다.

더 안쪽을 보니 놀랍게도 높이 10미터 정도의 설산이 보이는 게 아닌가. 마력이 느껴지니 마술로 생성했거나 유지하고 있는 거겠지만……. 역시 마술 학원이로군.

숲 앞에는 아름다운 연못이 있고 수로가 더 안쪽으로 이어져 있는 것을 알 수 있었다. 숲 안쪽에는 더 큰 연못이 있을지도 모른다.

더 나아가 그 부자연스러운 자연물들 중앙에 거대한 건조물이 자리하고 있었다.

밖에서 본 수많은 탑은 모두가 통로나 건물로 이어져 있었고, 그것들은 사실 아주 거대한 한 건조물을 구성하는 일부분에 불과했던 모양이다.

"호오."

"꽤 대단하지? 지금도 개축이 계속되고 있어서 매년 건물이 넓어지고 있어. 처음에는 저기에 보이는 살짝 작은 탑에서 시작됐지."

코르트가 가리킨 곳은 수많은 탑들의 중앙에 있는 유달리 낡고 허름한 탑이었다. 높이는 15미터 정도일까? 원래는 무슨 색인지 알 수 없을 만큼 거무스름한 벽과 그 절반쯤을 뒤덮은 담쟁이넝쿨. 창문은 작아서 내부의 상황을 들여다볼 수 없었다.

그 낡은 탑만은 거대 시설과 이어져 있지 않고 독립해 조용히 서 있었다.

마술 학원이 처음에는 저렇게 작았나? 갑작스러워서 믿을 수가 없네.

"오, 언제 지어졌어?"

"듣자 하니 2000년 이상은 지났다고 해. 원래는 학원장님의 연구소였다더라."

하이 엘프의 연구소라. 그렇다면 수수한 겉모습으로 판단할 수 없을 것이다. 상태를 보존하는 마술이 걸려 있을 테고 안에서는 어떤 엄청난 연구가 진행되고 있을지 알 수 없다.

"뭐, 저기는 기본적으로 출입금지야. 학원장님이나 허락받은 사람만 들어갈 수 있지. 그보다 우리는 이쪽이야."

"응."

코르트가 안내해준 곳은 터널의 출구 바로 옆에 있는 작은 건물이었다. 아니, 학원을 본 뒤라서 작게 보이지만 이곳 역시 3층짜리의 그럭저럭 큰 건물일 것이다.

"수위 대기소지만 이것저것 조사하는 마도구도 있거든. 일단 모험가 카드가 진짜인지 조사할 건데, 괜찮지?"

"응. 상관없어."

"미안해. 나는 전투력은 낮지만 마력은 느낄 수 있거든. 네가 보통 사람이 아닌 건 알지만 반대로 그런 인물을 검사도 하지 않고 통과시킬 수는 없어."

그렇군. 잔챙이라면 오히려 아무래도 상관없지만 실력자는 확실하게 검사가 필요하다는 건가.

코르트가 몇 번인가 본 적 있는 수정에 프란의 모험가 카드를 댔다. 모험가 길드 등에 놓여 있는 카드 리더기 같은 마도구다. 그것으로 확인은 완료된 모양이다.

"자, 고마워. 이로써 증명은 됐어."

"응? 벌써 끝났어?"

"응. 맞아."

"편지가 진짜인지 아닌지 확인 안 해?"

나도 그건 신경 쓰였다. 애초에 추천장이 가짜라면 프란이 모험가인지 아닌지는 상관없지 않나? 필적 감정이나 찍혀 있는 도장이 진짜인지 아닌지 등 조사할 게 많잖아?

그런데 코르트는 가볍게 훑어봤을 뿐이었다. 입구에서 일단 건네줬지만 시간적으로는 짧았다. 그 짧은 시간에 필적이나 지문 등을 감정한 건가?

하지만 코르트는 소개장을 프란에게 돌려주며 명랑하게 웃었다.

"아하하. 미안 미안. 소개장 확인은 이미 끝났어. 그건 특별한 종이거든. 약품을 살짝 끼얹으면 진위를 판명할 수 있어."

저 소개장에 쓰인 종이는 이 학원에서 아리스테아용으로 만들어진 특별한 것이라서 이미 확인했다고 한다.

"소개장이 진품이고 모험가 랭크도 높아. 문제없잖아? 남은 건 면접인데……."

면접? 그, 그런 것까지 있는 건가. 아니, 세계 유수의 매머드 학교에 임시라고는 하나 교관으로 고용되는 것이다. 오히려 당연하겠지.

하지만 괜찮을까……? 면접시험은 프란이 제일 약한 장르인데. 아니, 궁정 작법 스킬을 펼치고 뒤에는 내가 지시한 대로 따라 대답하게 하면 어떻게든 되려나?

폼으로 취업 빙하기에 내정을 받은 게 아니란 말이지. 뭐, 너무 옛날 일이라서 당시 공부한 면접의 ABC는 이미 절반 이상 잊어버렸지만. 그래도 프란보다는 나을 터다. 언제든지 와보시지!

그런 식으로 기합을 넣고 있었지만 면접이 실시되는 건 오늘이 아니라고 한다.

"미안해~. 면접은 학원장님이 하셔야 하지만 잠깐 볼일로 학원 밖에 나가셨거든. 내일이나 모래에는 돌아오실 거야."

"학원장? 하이 엘프인?"

"그래그래. 지금 학원에 안 계셔."

학원장이 직접 면접하는 건가! 이렇게 큰 학교의 교장쯤 되면 분명 엄청 바쁠 것이다. 그야 사전에 도착 일시를 알리지 않았으니 이런 일도 있겠지.

"알았어. 그럼 어떻게 하면 돼?"

"숙소는 어디니? 만약 숙소가 없으면 이쪽에서 준비할 건데."

"이미 정했어."

"오, 어디야?"

"녹색 고목정."

프란이 그렇게 말하자 코르트가 놀란 얼굴을 했다.

"뭐어? 거, 거기야?"

"왜 그래?"

"그게 말이야. 거기 여주인은 성미가 까다로워서 마음에 들지 않으면 묵게 하지 않는 걸로 유명해. 용케 방을 잡았구나?"

"평범한 할머니였어."

"윙."

프란에게도 울시에게도 상냥한 엘프 노파였는데? 사람을 착각한 거 아닌가?

"그, 그런가……. 뭐, 뭐어 됐어. 학원장님이 돌아오시면 사람을 보낼게."

"알았어."

이로써 면접만 통과하면 정식으로 학원의 교관이 된다. 딱히 반드시 교관이 되고 싶은 건 아니지만 왠지 시험받는 느낌이 들어서 나도 프란도 살짝 진지해지기 시작했다.

『다음은 모험가 길드네.』

"응. 저기, 모험가 길드는 어디에 있어?"

"모험가라면 길드에 보고도 필요한가. 설명이 좀 어려우니까 지도를 그려줄게."

"부탁해."

지도는 고맙다. 이 도시에 익숙해질 때까지는 진짜 헤맬 것 같으니 말이다.

그려준 지도는 상당히 상세했다. 역시 교사. 큰길과 뒷골목 양쪽을 망라했고 표시한 건물도 알기 쉬웠다.

모험가 길드까지는 큰길을 이용하면 바로지만 프란과 울시는 역시 도전자였다. 학원을 나서서 1분도 지나지 않았는데 스스로 뒷골목으로 돌입해 탐험 느낌으로 점점 나아갔다. 지도가 있다고 너무 길에서 벗어나면 또 미아가 된다?

이 도시는 어디를 가도 아름다워서 걷는 게 즐거운 점도 프란과 울시가 어슬렁어슬렁 옆길로 새는 원인일 것이다. 송사리 같은 작은 물고기가 헤엄치는 수로가 흐르고 골목에 면한 집들은 식물 화분을 벽에 걸고 있었다. 대문에 휘감긴 담쟁이덩굴이 꽃을 피워서 아름다운 나비를 끌어당기기도 했다. 정말 아름다운 광경뿐이었다.

그리고 학원에 가까운 곳이라서 그런지 뒷세계 사람의 기척을 조금도 느낄 수 없었다. 학원에서 수상한 녀석들을 배제하고 있는 건가?

이따금 나타나는 노점에서 군것질을 하며 나아가자 큰길로 나왔다. 여기서 모험가 길드로는 정말 바로 갈 수 있을 것이다. 지도상으로는 지금 있는 곳에서 100미터도 떨어져 있지 않았다.

그러나 길드 같은 건물이 보이지 않았다.

모험가 길드의 건물은 대개 다른 것보다 커서 멀리서도 보이는데 말이다. 지도를 믿고 걸어가자 바로 모험가 길드를 찾았다. 간판도 달려 있으니 틀림없을 것이다.

하지만 모험가 길드의 건물을 보고 프란과 울시가 고개를 갸웃거렸다.

"왠지 평범한데?"

"윙."

이 도시에서 특수한 건조물을 이것저것 봐서 모험가 길드에도 과도한 기대를 품고 있었나 보다. 하지만 모험가 길드의 외관은 이 도시에서는 지극히 당연한 벽돌 건물이었다. 아무리 그래도 크기는 두 배 가까이 크지만, 그렇다고 해서 특별히 거대한 것도 아니었다. 비슷한 건물은 여기저기 있었다.

『일단 안에 들어가 보자.』

"응."

"웽!"

길드의 문을 지나가니 안도 역시 평범한 구조였다. 바닥도 천장도 벽도 접수 카운터도 어디에나 있는 구조였다. 어느 도시에나 있는 평범한 모험가 길드라고 해도 좋을 것이다.

모험가가 어떤 의뢰를 받을까 고민하거나 소재 채취 금액을 올리려고 접수원을 상대로 불필요한 교섭을 하고 있는 것도 다른 모험가 길드와 같았다.

다만 프란의 눈길을 끄는 사람들이 한 무리 있었다.

"어린아이?"

『프란보다는 연상이겠지만……. 마술 학원 학생이겠지.』

가죽으로 만든 나름대로 좋은 외투를 걸친 소년 소녀들이다. 외투의 어깨에는 소용돌이치는 파도를 의장화한 엠블럼이 달려 있었다. 저 엠블럼은 본 기억이 있었다. 마술 학원의 깃발이나 뒷문에 그려져 있었을 터다.

소년 소녀 중엔 카운터에 줄 서 있는 사람도 있고 의뢰표를 보고 있는 사람도 있었다. 마술 학원의 외투를 입지 않았다면 평범한 신참 모험가라고 생각했을 것이다. 마술 학원의 학생이 모험가를 하고 있는 건가.

그게 가능한가? 아니, 저렇게나 당당하게 외투를 입은 채로 있으니 허락을 받았겠지.

『학원생이 왜 모험가를 하고 있는지는 모르지만.』

경험치 벌기? 용돈벌이? 아니면 필드 워크 같은 건가? 뭐, 프란이 교관이 되면 알 수 있으려나.

'의뢰, 이상한 게 잔뜩 있어.'

『이상하다기보단 도시 안의 의뢰가 많은 것 같아. 잡무도 많고.』

'저거 유령 퇴치래.'

『고스트를 말하는 건가? 왠지 좀 다른 뉘앙스인 것 같은데……』

거대한 도시지만 심부름이나 잡무 계통의 의뢰가 아주 많았다. 전투 계통도 있다. 쥐 퇴치나 까마귀 퇴치. 그리고 폐가에 출몰하는 유령 퇴치나 사람의 생피를 빠는 괴물 퇴치 등 진짜로 퇴치 상대가 존재하는지 의심스러운 의뢰도 붙어 있었다. 의뢰비도 엄청 적고.

'행방불명된 지인 찾기?'

『의문의 괴인에게 납치당한 게 틀림없다라……』

'이쪽은 수상한 사람을 붙잡아라?'

『밤마다 도시를 배회하는 의문의 괴인을 붙잡아달라?』

레이디 블루는 의문의 괴인 붐인가? 그 밖에도 의문의 괴인 관련 의뢰가 몇 개나 있었다. 목격 정보도 검다는 것 외에는 외모도 목격 장소도 전부 달랐다. 저렴한 의뢰비를 봐도 길드가 진지하지 않다는 것을 바로 알 수 있었다.

『일단 길드에 인사를 해두자.』

지나가는 것뿐이라면 몰라도 한동안 이 도시에 있을 생각이다. 뭐, 교관 시험에 떨어지지 않는다면 말이지만. 합격해 교관이 되는 경우 고랭크 모험가인 프란은 지역 길드에 체류를 신청할 필요가 있었다. 절대적인 의무는 아니지만 장려되고 있다. 여차할 때 고랭크 모험가가 있는 곳을 알고 있느냐는 중요하다는 뜻일 것이다.

"저기."

"네, 모험가 길드에 어서 오세요. 무슨 용무이신가요?"

"응 한동안 이 도시에 머물지도 몰라서 인사하러 왔어. 이거 카드."

"아아, 그런 건가요. 그러면 카드를 보겠습니다."

접수원 누님이 프란에게 카드를 받고 순간 놀란 얼굴을 했다. 하지만 바로 영업용 미소를 되찾았다.

"사, 상급자를 불러올 테니 잠시 기다리세요."

"알았어."

분명히 고랭크 모험가 흉내를 내는 신참 모험가라고 생각하며 대응했겠지? 그래도 거의 미소를 거두지 않고 대응한 건 대단하다. 최근 이런 첫 대화로 그 접수원이 베테랑인지 아닌지 알게 됐다. 저 사람은 중견쯤 될 것이다.

그대로 접수대 앞에서 기다리는데 뒤에서 다가오는 기척이 있었다. 접수대로 향하나 했더니 그대로 프란의 뒤에서 걸음을 멈췄다.

"저기요?"

"응?"

말을 걸어온 것은 금발 미소녀였다. 프란보다 나이는 조금 위일 것이다. 마술 학원의 외투를 걸치고 허리에는 강한 마력을 내는 검을 차고 있었다.

『우, 우오오오오! 금발 드릴! 금발 드릴 씨야!』

그 소녀는 이른바 금발 세로롤이었다. 이렇게 가까이서 본 건 처음이다. 게다가 고압적인 아가씨 같은 분위기까지 있었다.

『금발 드릴에 이마가 보이는 스타일! 지, 진짜냐! 오호호호, 라고 웃어주지 않으려나?』

그 높은 완성도에 나도 모르게 소리를 지르고 말았군.

'스승? 왜 그래?'

『아, 아니, 머리 모양이 말이야…….』

'머리? 금발?'

『아, 아무것도 아냐. 좀 드문 머리 모양이라서 놀랐을 뿐이야.』

'흐음.'

프란은 전혀 흥미가 없는 듯했다. 아니, 당연하다. 이쪽 세계에 와서 집사와 메이드를 봤을 때 이후로 가장 큰 흥분을 하고 말았군.

감정하니 열여섯 살. 이름은 캐로나 리발이라고 적혀 있으니까 진짜 귀족의 영애일 것이다. 음, 이 헤어스타일에 평민이라면 벌을 주려던 참이었다.

능력적으로는 랭크 E 모험가 정도일까. 불 마술과 물 마술을 다루지만 둘 다 레벨이 3밖에 되지 않고 근접 전투력은 낮았다. 그래도 생활 마술이나 기척 감지, 생존 등 밖에서 활동하는 데 최소한의 스킬은 소지하고 있네. 그건 다른 학원생도 마찬가지로, 전원이 서바이벌에 도움이 되는 스킬을 익혔다. 마술 학원에서 가르쳐준 건가?

랭크 E라 해도 조만간 더 위로 올라가는 게 확정된 E라는 느낌이었다. 뭐, 마술을 쓸 수 있는 인재는 어디서든 귀하게 여기니 말이다.

"뭐야?"

프란이 살짝 경계하듯이 금발 드릴 씨에게 시선을 돌렸다. 캐로나가 적의를 가지지 않은 건 알지만 그녀의 목소리에는 살짝 가시랄까, 미묘한 어이없음 같은 게 포함되어 있었던 것이다.

"뭐야? 가 아니에요."

프란의 말에 금발 드릴 씨가 한숨을 내쉬었다.

"학원생이 모험가 길드에서 의뢰를 받을 때는 외투 착용이 의무화되어 있어요. 그 상태로는 학칙 위반이에요."

아무래도 프란을 마술 학원의 학생이라고 착각한 모양이다. 그리고 학칙 위반을 한 것으로 보인 프란에게 주의를 주기 위해 말을 건 듯했다.

"외투는요?"

"없어."

그야 학원생이 아니니까 가지고 있지 않지만 말을 더 해야지? 마치 지금은 가지고 오지 않은 것처럼 들리잖아.

"그러면 이대로 넘어갈 수는 없어요. 일단 학원으로 돌아가요."

역시 오해했다. 길드에서 데리고 나가려고 하는지 금발 드릴 씨가 프란의 팔을 잡았다. 악의가 있지는 않아서 프란도 뿌리칠까 말까 고민하고 있는 듯했다.

일단 그 자리에서 버티고 저항했다.

"으."

"으음? 힘이 제법 세네요! 저항하지 말고 얌전히 따라와요. 알았죠? 나중에 혼난다고요."

금발 드릴 씨는 알아듣지 못하는 아이를 보는 눈빛이다. 여기서 고함치지 않는 것을 보아 의외로 착한 사람일지도 모른다.

"……흐읍."

"……크으으."

프란과 드릴 씨가 말없이 힘겨루기를 하고 있는데 길드 안쪽에서 한 남성이 모습을 드러냈다. 외모는 20대 후반의 미형 남성이다. 뭐, 엘프라서 외모로 나이는 알 수 없지만 나름대로 경험을 쌓은 건 틀림없는 듯했다.

전사로서의 기량도 확실한 데다 그 몸에 간직한 마력은 웬만한 마술사보다 훨씬 높았다. 나아가 기척도 능숙하게 지워서 만능으로 능력이 높아 보였다.

남성은 잰걸음으로 접수대에 다가와 접수원에게 소곤소곤 말을 걸었다.

"긴급 사태 알림이 울렸는데 무슨 일 있었나?"

아무래도 접수대에서 무언가를 하면 길드 마스터의 방에서 소리가 울리는 장치가 있는 모양이다. 강도가 들었을 때 편리할 것 같다. 모험가 길드에 들이닥칠 얼빠진 강도가 있을 것 같지는 않지만.

"실은 고랭크 모험가님이 체류 보고를 하러 오셔서요."

"호오? 랭크는?"

"B입니다."

"어디에 있지?"

"거기 있는 아이입니다."

프란을 타이르기 위해 한 번 손을 뗀 드릴 씨와 돌아간다, 안 돌아간다 하며 문답을 하고 있는 프란을 가리키는 접수원. 그리고 길드 마스터는 순식간에 무슨 일이 일어나고 있는지 이해한 모양이다.

"이봐, 잠깐 괜찮나?"

"어? 저기, 누구신가요? 저희는 좀 바빠서요."

"아니, 나는 이 아이에게 잠시 볼일이 있어."

"……어떤 용건이시죠? 저는 이 아이의 보호자예요."

드릴 씨가 프란을 감싸듯이 앞으로 나섰다. 상급생으로서 하급생을 지키려는 거겠지. 길드 마스터는 외모만은 젊은 남자로 보이니 왠지 수상해 보였나 보다. 어린 모험가에게 시비를 거는 불량 모험가라고 생각하기라도 한 건가? 하급 모험가라면 길드 마스터를 만난 적이 없는 게 당연할 것이다.

"보호자? 그래?"

"……아냐."

"어?"

프란이 순간 고민한 건 드릴 씨에게 미안했기 때문일 것이다. 자신의 부족한 말주변 탓에 왠지 헛수고를 하게 만든 데다 길드 마스터와 이상하게 얽히게 했으니 말이다. 프란에게 외면받은 캐로나는 가엾을 만큼 얼빠진 얼굴이었다.

"그렇겠지. 나는 키나바로. 이 길드의 마스터를 맡고 있다."

"네?"

"응. 모험가인 프란."

"어어?"

"설마 이명의 소유자를 볼 줄이야. 환영한다."

"어어어어어어어?"

너무 놀라서 멍하니 있는 금발 드릴 씨에게 프란이 고개를 꾸벅 숙였다.

"미안해."

미안, 금발 드릴 씨. 프란네가 계단을 올라갈 때도 줄곧 우두커니 서 있네. 그런 그녀에게 전송을 받으며 프란은 집무실로 향했다.

"자, 앉아."

"⋯⋯응."

"아아, 방금 본 남 잘 챙겨줄 것 같은 아가씨에게는 나중에 따로 말해줄 거니까 신경 쓰지 마."

초면인데도 프란의 울적한 표정을 읽은 모양이다. 역시 길드 마스터가 될 만해. 관찰력이 엄청나다. 반대로 내가 들킬 가능성도 높다는 뜻이기도 하지만.

"화 안 났어?"

"하하하. 오히려 나는 그 아가씨가 마음에 들었는데? 자신의 후배를 위해 수상한 사람 앞에 나서는 일은 좀처럼 없어. 뭐, 착각한 거지만. 그건 그렇고――."

길드 마스터가 찬찬히 프란을 관찰했다.

"판단을 할 수 없는 사람 입장에서 보면 연약한 수인 소녀로 보일지도 모르겠어. 방어구도 겉모습으로는 성능을 알기 힘들고."

확실히 아무것도 모르면 하늘거리는 천으로 만든 장비로밖에 보이지 않을지도 모른다.

"마검은 확실히 눈에 띄지만……. 신입 중에는 속거나 허세를 부려서 겉모습만 화려한 막검을 장비하고 있는 녀석도 많고. 그렇게 보이는 경우도 있을지도 몰라."

즉 캐로나는 프란을 보고 모험가를 동경하는 마술 학원의 하급생이 겉모습만큼은 어엿한 막검을 장비하고 모험가가 되려 했다고 생각한 건가. 완전히 이상한 녀석으로 봤잖아!

"그래서 소문 자자한 흑뢰희 프란이 이런 곳에 무슨 일이지? 장기 체류 예정이 있다면서?"

이 사람, 말투는 상당히 껄렁대지만 잘생긴 엘프가 이런 말투를 하자 잘생김이 올라가니 신기하다. 불량스러운 미남 엘프로밖에 안 보인다. 엘프는 치사해.

"마술 학원에서 교관을 할 거야."

"호오?"

"그럴지도 몰라."

"뭐? 그럴지도 모른다는 건 아직 정식으로 결정되지 않았다는 거야?"

"응."

"무슨 소리지?"

프란이 경위를 대충 설명했다. 지인이 마술 학원의 관계자인 것. 그 지인이 마술 학원에서 모의전 교관을 할 인재를 찾고 있었다는 것. 그리고 프란이 권유를 받아 소개장을 들고 레이디 블루까지 온 것.

"그렇군. 그런 거였나."

"오늘 학원에 갔는데 학원장이 없어서 면접은 다음에 보래."

프란의 말을 듣고 길드 마스터가 신음했다.

"학원 면접은 꽤 엄격해."

"그래?"

"그래. 이 도시의 모험가 중에도 학원 지정 모험가는 서른 명 정도밖에 없으니까."

"학원 지정?"

"그래, 마술 학원의 학생을 인솔하는 걸 인정받은 모험가야."

마술 학원의 학생들 일부는 모험가로 활동하는 것을 인정받는다. 기능이나 성적 등이 일정 수준에 이른 학생만이 모험가 길드에 등록하는 것을 허락받는 모양이다.

게다가 의뢰를 받는 데는 더 엄격한 규칙이 있었다. 우선 랭크 E 이상의 의뢰는 학생 혼자서는 받을 수 없다. 마술 학원이 지정하는 모험가가 따라가는 게 절대 조건이라고 한다.

학생을 불필요하게 죽게 하지 않기 위한 조치일 것이다. 그 마술 학원의 학생을 인솔하는 자격이 있는 모험가를 학원 지정 모험가라고 부르는 듯했다.

이 학원 지정을 받으면 학생을 인솔할 의무가 생기는 대신 매년 일정한 보수가 학원에서 나온다. 이게 상당한 액수인지 레이디 블루의 모험가들이 탐내는 일이라고 한다.

"모험가 등록이 허락된 학생은 학원 쪽에서 엄격한 심사를 받고 합격한 녀석들이라서 문제 행동을 일으키는 녀석은 아주 적어."

그래서 인솔이라 해도 버릇없는 꼬마의 시중이 아니라 신입 모험가에 대한 지도에 가깝다고 한다. 게다가 마술을 쓸 수 있고 배울 생각이 있는 우수한 신입 모험가다. 그럼에도 불구하고 의뢰와 따로 고액 보수까지 받게 되면 인기가 있어도 이상하지는 않을 것이다.

다만 누구든 학원 지정 자격을 받을 수 있는 건 아니다. 중요한 학생을 맡기는 일이어서 학원으로서도 상당히 엄정하게 심사를 본다고 한다. 성격, 능력을 비롯해 가족 구성이나 과거의 임무 이력 등도 조사하고 최종적으로는 학원장의 면접에 합격한 모험가만이 학원 지정 모험가가 될 수 있다.

특히 학원장의 면접은 엄격하기로 유명한 모양이다.

"소개장이 있어도 쓸 수 없다고 판단하면 가차 없이 쫓아내. 이전에 나라에서 받은 소개장을 들고 면접에 온 귀족이 쫓겨나서 문제가 된 적이 있어. 어찌어찌해서 그 가문은 소멸했지만……."

잠깐만! 소멸했다고 했어? 어찌어찌라니, 무슨 일이 있던 거야!

"그 사람은 무섭다고."

"학원장을 알아?"

"그야 그렇지. 나는 모험가 길드의 마스터에 엘프라고."

생각해보면 당연했다. 같은 유력자에 같은 종족. 친분이 없을 리가 없었다.

프란이 학원장의 인품을 물어봤다. 그러자 길드 마스터는 팔짱을 끼고 얼굴을 찌푸렸다.

"평소에는 부드러운 사람이지만 화나면 무서워. 절대로 화나게 하지 마."

"알았어."

길드 마스터는 어지간히 학원장——하이 엘프 위날렌이 무서운가 보다. 한심한 얼굴로 프란에게 다짐을 받고 있었다.

"강해?"

"당연하지. 하이 엘프야."

"대해 마술사라고 들었어."

"그래. 세계 제일의 대해 마술사야. 이전에 스탬피드를 일으킨 중급 던전을 혼자서 없앤 적이 있어."

게다가 그때 위날렌은 입구에서 움직이지도 않았다고 한다. 놀랍게도 남아도는 마력으로 계속 물을 생성해 던전 내부 전체를 수몰시켜 마수를 질식사시켰다나.

사흘 동안 끊임없이 마술을 쓴 모습은 압권이었다고 한다.

"그 밖에는 어떤 걸 할 수 있어? 엘프니까 정령 마술?"

"글쎄?"

"응? 몰라?"

"그 사람 수준이 되면 대해 마술로 대개는 어떻게든 하거든. 근접 전투를 하는 모습이나 정령 마술을 쓰는 모습은 본 적이 없어. 감정도 안 통하고."

"감정 차단을 갖고 있어?"

"아니, 단순히 격이 압도적으로 높은 탓에 감정이 안 통하는 거야."

내가 신검을 감정할 수 없는 것과 마찬가지일 것이다. 몇천 년이나 살고 있는, 랭크 S 모험가를 능가한다는 말까지 듣는 실력자. 확실히 감정은 어려울지도 모른다.

"학원장을 맡고 있는 사람답게 아이를 좋아하기로 유명해. 프란이라면 문제없다고는 생각하는데."

그 후 이 부근 명물에 대한 이야기 등 가벼운 잡담을 나누고 우리는 길드 마스터의 집무실을 뒤로했다. 길드 마스터로서도 프란의 성격을 확인하고 싶은 듯했다.

"진짜 학원장을 화나게 하지 마."

"응. 알았어."

"……부탁했다?"

불안한가 보다. 어떤 소문이 돌아다니고 있는 거지?

"이봐, 학원에 고용된다는 건 길드의 의뢰는 받을 수 없다는 거야?"

"으음? 아직 몰라."

"그야 그런가. 네 수준의 모험가가 있어 준다면 이것저것 부탁하고 싶은 의뢰도 있는데 말이야."

"왠지 이상한 의뢰뿐이었어."

"이상해? 아, 유령 퇴치에 괴인 퇴치를 말하나? 뭐, 그건 신경쓰지 않아도 돼. 7대 불가사의 같은 게 가끔 붐이거든. 학원 안에서도 유행하고 있고. 착각하거나 잘못 본 게 대부분이야."

"대부분? 그럼 가끔 진짜도 있어?"

"이 도시에는 마술 학원이 있잖아? 그곳에는 연구 시설도 있고 이상한 연구도 여럿 하고 있어. 가끔 실험동물이 도망치거나 이상한 현상이 일어나는 경우도 있지."

그런 경우에는 학원 측이 해결에 나서서 결국 프란 같은 고위 모험가가 나설 자리는 없다고 한다.

"뭐, 무슨 일이 있으면 일단 보고해줘. 부탁해. 진짜로."

끈질기게 다짐을 받는 길드 마스터의 전송을 받으며 1층으로 돌아오니 다가오는 사람이 있었다.

"저기……."

"응?"

프란에게 말을 걸어온 것은 아까 본 금발 드릴, 캐로나 씨다. 그 얼굴은 살짝 굳어진 것처럼 보이기도 했다.

"아까는 죄송했습니다. 고랭크 모험가님인 줄 모르고 큰 무례를 범했어요."

접수원 누님에게 프란이 진짜 고위 모험가라는 이야기를 듣고 사과하는 모양이다. 자존심이 높아 보이는 귀족 영애인데 망설임 없이 그 자리에서 깊이 머리를 숙였다. 그런 면은 제대로 교육을 받은 듯했다.

"딱히 화 안 났어."

"저, 정말인가요?"

"응."

프란이 그렇게 대답하자 노골적으로 안도한 얼굴을 했다. 고위 모험가는 하급 모험가 입장에서 보면 괴물일 테니 말이다. 설령 겉모습이 어려도──오히려 어려서 고위 모험가에 오른 프란은 그녀에게는 진정한 의미로 괴물일지도 모른다.

"길드 마스터도 칭찬했어."

"네? 저를 말인가요?"

"응. 후배를 위해 수상한 사람의 앞을 가로막는 건 대단하다고."

"그건 저기……."

캐로나는 곤란한 얼굴로 고개를 숙였다. 착각해서 프란을 하급생 취급 한 점이나 길드 마스터의 얼굴을 모르고 수상한 사람 취급 한 점을 놀리고 있다는 생각도 들고, 칭찬받아 기쁘다는 마음도 있을 것이다. 어느 쪽이든 아무 말도 할 수 없는 건 틀림없다.

『프란, 화제를 바꾸는 게 낫겠어.』

"? 내가 학원 학생으로 보였어?"

"죄송합니다. 완전히 학칙을 모르는 기초학과생인 줄 알아서요……."

"기초학과생?"

"아, 네. 마술 학원에는 다양한 학과가 존재하는데, 어떤 학생이든 처음에는 기초학과에서 마술 습득을 목표합니다."

마술 학원답게 처음에 반드시 마술을 습득시키는 모양이다. 여기서 뭐든 좋으니 마술을 습득하면 반년에 한 번 있는 진급 기간에 새로운 학과를 고르는 게 허락되고, 3년 이내에 기초학과를 졸업하지 못하면 퇴학된다고 한다. 그건 마술 학원이니 어쩔 수 없을 것이다.

"기초학과에 재적하는 동안에는 모험가 길드에 등록하는 게 금지되어 있어요."

마술도 쓰지 못하는 진짜 아마추어인 어린아이만 있을 테니 당연한 조치다.

그러나 마술 학원의 학생이 모험가 길드에 드나든다는 소문만 듣고 제대로 설명도 듣지 않은 채 모험가 길드에 돌격하는 기초학과생이 매년 있는 모양이다.

"고집을 부려서 길드에 폐를 끼치는 학생도 있어요."

학원 학생이 모험가 길드에 폐를 끼치면 그건 학원 전체의 평판을 떨어뜨리는 일이 될지도 모른다. 마술 학원의 학생이라는 점에 긍지를 갖고 있는 그녀의 입장에서 보면 그건 용서할 수 없는 일인 듯했다.

완전히 선도위원이나 학생부 같은 역할을 맡고 있다고 생각했는데 단순히 참견인 듯했다. 그 뒤에도 학칙을 지키지 않는 학생의 실수담을 이것저것 들려줬다. 드물게 프란도 얌전히 이야기를 듣고 있군. 이렇게 진지하게 남의 이야기를 듣다니!

"어이, 슬슬 시간이야."

"지금 갈게요. 저기, 이번에는 정말 죄송했습니다. 저는 이만 실례하겠습니다."

"응."

"제가 할 수 있는 일이 있을지는 모르겠지만 곤란한 일이 있으면 힘이 되어드릴게요. 한 주에 한 번은 모험가 길드에 얼굴을 비추거든요."

"알았어. 고마워."

"그럼."

동료에게 불린 드릴 씨는 마지막에 한 번 더 머리를 숙이고 길드에서 나갔다.

그것을 배웅하면서 프란이 내게 말을 걸었다.

'스승.'

『왜?』

'스승이 재미있는 머리 모양이라고 한 의미, 이해했어.'

『응?』

'움직일 때마다 머리가 통통거렸어.'

『얌전히 얘기를 듣고 있나 했더니 머리에 집중했던 거냐!』

'그건 재미있어.'

캐로나에게는 들키지 않았던 것 같고 좋은 인상을 줬으니 상관없지만.

'이제 뭐 해?'

『학원에도 길드에도 갔으니 특별히 가야 할 곳은 없어.』

'그럼 밥! 맛있는 밥 찾을래!'

'웡!'

이 도시에 들어오고 나서도 줄곧 밥을 먹었던 것 같은데…….
아직 부족한가 보다.

『또 걸으면서 가게를 찾을 거야?』

'흐흥. 비책이 있어.'

『비책?』

'응. 지금까지의 내가 아냐.'

『호오?』

프란이 우쭐한 얼굴이다. 드물게 전투 이외 부분에서 머리를 써서 맛있는 밥집을 찾기 위한 방법을 생각한 모양이다. 어쩌려는 거지? 울시의 코를 이용하는 건 아니겠지?

내가 의문스럽게 생각하고 있는데 프란이 천천히 접수대로 다가갔다.

"저기."

"아, 네. 무슨 일이세요?"

"맛있는 가게를 가르쳐줘."

"네?"

진지한 얼굴로 다가온 프란에게 중요한 이야기나 클레임이라도 있다고 생각했을 것이다. 식당을 추천해달라는 말을 듣고 눈을 동그랗게 뜨고 있었다. 그러나 바로 정신을 차리고 정보를 가르쳐줬다.

『야, 프란. 이게 비책이야?』

'맞아. 모르면 아는 사람한테 물어보면 돼.'

엄청나게 우쭐한 얼굴! 하지만 커뮤니케이션에 약한 프란에게는 큰 진보인가?

『자, 장하네, 프란.』

"흐흥."

"왜, 왜 그러세요?"

"응? 아무것도 아냐."

"그러신가요. 여기에 가게가 있는 곳을 적어뒀습니다."

"고마워."

"웡!"

누님에게 감사 인사를 하고 모험가 길드를 나선 프란과 울시는 입수한 정보를 바탕으로 레이디 블루 관광을 즐겼다.

"이 앞에 맛있는 찜 가게!"

"웡!"

『그건 그렇고 엄청 자세하게 적혀 있네. 지도가 없었다면 완벽하게 헤맸을 거야.』

접수원 누님은 이 도시에서 태어난 사람인지 숨은 맛집이나 관광 명소를 숙지하고 있었다. 지도에는 어떻게 돌면 효율 좋게 돌 수 있는지 설명까지 적혀 있었고, 맛있는 노점이나 맛있는 레스토랑을 도는 사이에 경치가 좋은 고지대나 신기한 건물 등을 거쳐 갔다.

이거 돈을 내야 했던 거 아닌가? 웬만한 관광 안내와 비교해도 손색이 없는 수준인데?

누님 덕분에 도시를 충분히 즐기다가 다른 도시와 다른 점을 몇 가지 눈치챘다.

"여기도 깨끗해."

"웡."

『이쪽을 지켜보는 녀석도 없네.』

아무리 좁은 뒷골목을 지나고 변두리로 가도 이른바 슬럼 같은 곳이 없었다. 소득 때문에 빈부격차는 있겠지만 어느 일정 수준을 밑도는 분위기는 나지 않았다.

당연히 위험한 분위기를 몸에 두른 음성 조직의 구성원 같은 사람도 만나지 않았다. 협박을 하는 양아치와도 마주치지 않았고 시비를 걸어 이쪽의 주머니를 넉넉하게 해주는 깡패도 없었다.

나아가 그런 범죄 조직이 적은 영향인지 도시 전체에 보이는 병사나 기사의 숫자도 적었다. 없는 건 아니지만 다른 도시에 비하면 절반 이하일 것이다.

『치안이 좋다는 건가?』

"응. 애들도 많아."

『그러고 보니 그럴지도 모르겠네.』

치안이 나쁜 도시에서 어린아이의 모습을 보는 일은 적다. 최악의 사태를 생각해서 밖에서 놀지 못하게 하기 때문이다. 하지만 이 도시에는 어디를 가도 어린아이가 있었다.

어른 없이 뒷길을 뛰어다니거나 놀고 있는 걸 보면, 안전하게 지낼 수 있다는 뜻일 것이다.

숙소로 돌아가는 길에, 맛있는 가게를 소개받은 답례로 구움과자를 모험가 길드에 가져다줬더니 치안이 좋은 이유를 들었다.

지극히 단순하게 위날렌이 범죄 조직이나 범죄자를 차례로 없앴을 뿐이었다. 그러다 어느새 어떤 조직도 이 도시에 관여를 하지 않게 됐다고 한다.

위날렌의 방식은 과격해서, 예를 들어 마약 상인이 있다고 치자. 그러면 그 상인뿐만 아니라 배후의 조직과 유통에 관련된 조직, 제조에 관련된 조직 등을 전부 부숴버린다고 한다.

그게 귀족이나 타국이라 해도 상관없이 말이다.

그 과격한 대처 탓에 수도 없이 외교 문제로 고민하게 된 베리오스 왕국은 어느덧 거국적으로 자치구를 지키게 됐다. 위날렌이 멋대로 날뛰는 것보다 예산을 할애해 자치구를 지키는 편이 낫다는 것이다. 아니, 어쩌면 그렇게 되도록 위날렌이 움직인 건가?

아무튼 레이디 블루는 지금까지 가본 어떤 도시보다도 치안이 좋은 곳이었다.

'아만다 같아.'

『비슷한 건 확실해.』

그러고 보니 아리스테아의 입에서 마술 학원 이야기가 나왔을 때 옆에 있던 아만다는 아무 말도 하지 않았지. 아만다와 위날렌이라면 아는 사이라도 이상하지는 않다고 생각하는데…… 뭐, 아는 사이라면 그때 뭔가 말을 했을 테니 안면은 없을 것이다.

『어떤 사람일까?』

아무튼 화를 내게 해서는 안 되는 사람인 건 틀림없는 것 같았다.

내가 위날렌에 대한 경계심을 새롭게 다지는 동안 프란과 울시는 다른 것을 생각하고 있던 듯했다. 묘하게 두리번거리고 있다. 그렇게 신기한 곳은 이 부근에는 없는 것 같은데?

"괴인이 없어."

"윙."

『찾고 있었던 거냐!』

생각해보면 이런 재미있어 보이는 상대에게 흥미를 보이지 않을 리가 없었군.

목격 정보에 의하면 최대 5미터. 작은 경우에는 1미터 정도. 지붕 위를 깡충깡충 뛰어다니는 경우도 있으며 도마뱀처럼 벽에 붙어 이동하는 경우도 있고, 사람의 생피를 빨거나 동물을 먹는 경우도 있다고 한다. 눈이 붉다든가 뿔이 났다든가 긴 송곳니가 있다든가, 다양한 특징이 적혀 있었지. 뭐, 어린아이가 생각한 가공의 괴인이라는 느낌이다. 모든 사례에 공통된 건 온몸이 시커멓다는 것뿐이었다.

프란과 울시는 조금은 기대하고 있었나 보다.

『이렇게 찾아도 안 보였으니 쉽게는 못 찾을 거야.』

"응······."

솔직히 괴인이 수상하다기보다 소문이 혼자 걸어 다니고 있을 뿐일 것이다. 다만 조금 신경 쓰인 점이 있었다. 도시를 돌아다니고 있으면 때때로 사령 속성의 마력을 느끼는 경우가 있었던 것이다. 정말 희미해서 눈치챈 건 우연에 가깝다. 이렇게 약하니 상당히 하위 사령이 남긴 거겠지.

어쩌면 의뢰에 나오는 유령이 있을 가능성은 있을지도 모른다. 이렇게 큰 도시니까 하수도나 어디에 잔챙이 영이 숨어 있어도 이상하지는 않을 듯했다.

알레사에서 쓰러뜨린 은밀 언데드를 떠올렸지만 잔류 마력이 너무나도 약했다. 마력 감지로도 울시의 코로도 뒤를 쫓을 수 없으니, 어떻게 생각해도 잔챙이 영이 돌아다닌 뒤라고밖에 생각할 수 없었다. 보고하려 해도 증거가 없고 말이다.

『일단 돌아가자. 배고프잖아.』

"응."

"윙!"

다양한 정보도 입수했으니 여관으로 돌아가 몸을 쉬자. 몸은 몰라도 새로운 장소에서는 정신적인 피로도 있을 터다.

하지만 프란과 울시가 여관으로 돌아간 건 해가 완전히 진 뒤였다. 여관이 있는 곳은 지도에는 실려 있지 않아서 엄청나게 헤맸다. 밝을 때라면 길을 기억했겠지만 어두워지자 분위기가 바뀌었다. 잘난 듯이 프란네에게 길을 지시하다가 완전히 틀렸을 때 둘의 시선이란……. 그야말로 눈보라가 따로 없었다.

겨우 여관에 돌아온 프란과 울시는 할머니가 준비해준 저녁을 허겁지겁 먹고 있었다.

"와구와구!"

"우걱우걱!"

『맛있어?』

"응!"

그렇게 군것질을 한 뒤인데 저녁도 야무지게 맛보며 먹을 수 있나 보다. 프란도 울시도 위가 크구나. 그리고 요금을 특별히 추가로 낸 것도 아닌데 당연히 울시의 식사까지 내줬다.

메뉴는 동물용이 아니라 프란과 똑같이 평범하게 염분이 듬뿍 들어간 메뉴였다. 일본의 옛날 어머니처럼 동물의 건강을 신경 쓰지 않는 스타일인지, 울시가 강력한 마수라는 것을 알아보고 같은 식사를 내준 건지 미묘했다.

식사 메뉴는 밀과 감자를 이겨서 만든 뇨키 같은 파스타에 치즈를 얹은 것과 간 고기가 들어간 토마토 수프. 그리고 빵, 스카치 에그, 샐러드다.

울시의 몫은 크고 깊은 접시에 함께 담겨 고양이밥 상태지만. 아니, 이렇게 다양하게 섞여 있으면 이미 고양이밥도 아닌가. 겉모습은 아주 별로지만 울시는 맛있게 먹고 있다. 의외로 맞는 조합인 모양이다.

"……흐음."

아아, 프란은 섞지 마! 버릇없으니까! 그런 부러운 눈으로 울시를 보지 마. 확실히 맛있어 보일지도 모르지만!

"내 요리는 어떠냐?"

"맛있어!"

"웡!"

"그거 다행이구먼. 부족하면 말해라. 아직 잔뜩 있으니."

그 후 전혀 사양하지 않고 세 번이나 추가를 한 프란에게 할머니는 싫은 내색 한 번 하지 않고 대응했다. 오히려 기쁜 듯이 곱곱빼기를 내줬을 정도다.

그건 그렇고 이렇게 먹어도 괜찮나? 추가 요금을 내야 하나?

아마 프란과 울시가 10인분 정도는 먹은 것 같은데……. 하지만 할머니는 프란과 울시의 폭식을 신경 쓰는 기색도 보이지 않았다. 프란네를 싱글거리며 보고 있는 그 모습은 손자를 귀여워하는 할머니로밖에 보이지 않았다.

"참 잘 먹는구먼."

"맛있었어."

"그러냐. 식후에 약초차는 어떠니?"

"마실래."

"알았다."

상당히 써 보이는 진녹색 차지만 프란은 맛있게 마시고 있다. 오히려 산뜻한 향기가 마음에 든 듯했다. 프란은 차를 마시며 거대한 고목을 올려다봤다. 뭐, 올려다본다고 해도 그 시선은 천장에서 막혔지만.

한동안 조용히 나무를 응시하던 프란이 갑자기 입을 열었다.

"저기, 이 나무에는 정령이 깃들어 있어?"

"그렇지. 녹나무의 정령님이야."

"왜 그런 나무 주위에 집을 지었어?"

"말하면 좀 길어질 텐데——."

할머니가 자기 신고대로 엄청나게 긴 설명을 해줬다. 도중에 프란이 싫증 낼 뻔했지만 염동으로 의자에 붙잡고 몰래 달콤한 과자를 수납에서 꺼내주며 어떻게든 다 듣게 했다.

간단히 정리하자면 원래 여기에는 정령이 깃든 나무가 있었다. 그야말로 현재로는 수령이 3000년을 넘어 이 도시에서도 정령이 깃든 고목으로 유명하다고 한다. 하지만 1500년 정도 전에는 정령이 깃든 나무라고는 생각하지 않고 단순히 이상한 마수(魔樹)라고 인식했다고 한다. 그리고 당시 이 주변에 살던 연금술사나 약사가 수액이나 나뭇가지와 잎, 껍질을 무리하게 채취해 약해지고 말았다.

그것을 구한 게 이 숙소의 창업자인 엘프와 그 엘프의 상담을 받았던, 이제 하이 엘프가 된 위날렌이다.

방식은 단순해서, 이 장소를 사들여 누구도 정령수에 간섭을 할 수 없도록 주위를 둘러쌌다. 여관이 된 건 나무에 깃든 정령이 사람을 관찰하는 것을 좋아했기 때문이라고 한다.

그 결과 정령이 인정한 사람만을 묵게 하는 색다른 여관이 됐다는데.

그로부터 1500년이 지나 지금은 창업자의 손녀인 할머니가 맡고 있다고 한다. 1500년이나 이어졌는데 아직 3대라니……. 역시 장수하는 엘프다.

"그럼 나도 정령에게 인정받은 거야?"

"그렇지. 애초에 정령님이 인정하지 않으면 숙소 안에 못 들어와."

그랬던 건가. 우리는 정령을 느낄 수 없어서 전혀 몰랐다. 역시 정령은 신기한 존재로군. 그리고 다시금 그 무시무시함도 이해할 수 있었다. 만약 공격 능력을 가진 정령이 이쪽을 노렸다 해도 어디까지 감지할 수 있을지 알 수 없었다.

공격을 시도하면 아무리 그래도 알 거라고 생각한다. 하지만 정령이 숨을 죽이고 가만히 있으면 발견하는 건 불가능에 가까울 것이다.

그 후 프란과 울시는 식사에 대한 감사 인사를 하고 방으로 돌아갔다. 그때도 줄곧 주변을 두리번거렸다. 기분은 이해한다.

『정령을 찾고 있는 거야?』

"응! 보고 싶어!"

"웡!"

3층에 있는 방에 돌아올 때까지 정령수의 가지 사이나 작은 구멍을 들여다봤다. 결코 만지려 하지 않는 건 상처를 입히지 말라고 말을 들었기 때문일 것이다.

다만 그런 행동으로는 정령을 발견하지 못해서 결국 포기하게 됐다.

『알림은 어때?』

〈가칭 알림은 정령을 감지할 수 없습니다〉

알림이라도 안 되나. 재능의 유무가 절대 조건인가 보군.

"정령······."

"워웅······."

프란도 울시도 아쉽다는 듯이 잠자리에 들었다. 최근의 프란과 울시는 함께 침대에서 자는 게 일과가 됐다. 울시가 소형으로 변할 수 있게 돼서 문제없어졌기 때문이다.

"잘 자. 스승."

『응, 잘 자.』

"······쿨."

여전히 잠드는 게 빨라! 눈을 감고 10초 만에 잠들었군. 근데 울시는 이 자세로도 괜찮나? 울시는 프란의 두 팔과 두 다리에 단단히 붙잡혀 완전히 온몸 베개 상태가 됐다. 엄청나게 괴로워 보인다. 아니, 울시의 자는 얼굴은 행복해 보인다. 프란도 기분 좋게 숨소리를 내고 있으니 둘 다 만족스러운 듯했다.

그런 둘의 자는 얼굴을 관찰하고 있는데 프란이 갑자기 눈을 떴다. 내 기척이 방해가 됐나?

하지만 침대에서 벌떡 일어난 프란의 시선은 내가 아니라 어째선지 방 입구 쪽을 향하고 있었다.

『왜, 왜 그래, 프란.』

"윙?"

프란이 갑자기 몸을 일으켜서 침대에서 굴러 떨어진 울시도 사태를 이해하지 못하고 고개를 갸웃거리고 있었다.

"……시선을 느꼈어."

『시선? 울시는 느꼈어?』

"윙…….."

"그런 것 같아."

"윙?"

프란치고는 꽤 애매하다. 이상한 꿈이라도 꿨나? 나도 울시도 감지하지 못했는데……. 스킬을 전력으로 써서 기척이나 마력을 찾아봤지만 우리와 할머니 이외의 기척을 여관 안팎에서 감지할 수 없었다.

물론 작은 벌레 등의 기척은 있었지만 그 기척을 감지한 정도로 프란의 눈이 떠졌다고 생각하기도 어렵다. 예를 들어 벌레의 눈을 통해 먼 곳을 보는 마술이나 스킬이 있다 해도 그 잔재는 틀림없이 느껴질 터다. 여관 안에는 그런 위화감도 없었다.

『어쩌면 정령일지도 모르겠어. 사람을 관찰하는 걸 좋아한다고 했고.』

"그렇구나."

그 뒤에는 프란도 우리도 기척을 감지할 수 없었다.

결국 프란은 다시 침대에 누웠다.

"……잘 자."

『그래. 잘 자.』

"정령……."

아무래도 프란이 푹 잘 수 있는 건 좀 더 뒤가 될 것 같았다.

프란이 정령 같은 것의 기척을 느낀 다음 날.

『프란. 잠이 부족해 보이는데 괜찮아?』

"괜찮아."

정령의 기척을 줄곧 찾고 있었던 모양이다. 결국 그 뒤에는 아무것도 느끼지 못한 것 같지만.

눈을 비비면서도 아침을 먹는 손은 멈추지 않는 모습이 진짜 고양이 같았다.

아침 식사는 갓 구운 빵과 고기가 들어간 야채수프. 그리고 과일이 올라간 미트볼 같은 간 고기 요리 곱빼기 등 상당히 무겁지만 프란과 울시는 기꺼이 먹고 있었다.

"아직 졸린 게냐?"

"응……."

"무슨 일이 있었니? 잠자리가 나빴다면 바로 고치마."

"시선을 느꼈어."

"호오?"

프란이 어젯밤 느낀 시선에 대해 가르쳐주자 할머니는 기쁜 듯
이 웃었다.

"정령님의 마음에 들었구나."

"그래?"

"그래. 그렇지 않으면 상대가 알아차릴 만큼 열심히 보지 않아."

이 여관에 묵으려면 정령에게 인정을 받아야 하지만 그렇다고
정령의 마음에 든 건 아니라고 한다. 묵는 게 허락된 사람 중에서
도 아주 일부가 정령의 마음에 든다고 한다. 정령, 츤데레였던 거
냐! '묵는 건 허락해주지만 마음을 허락한 건 아니니까!' 같은 느
낌? 경우에 따라서는 모습을 본 숙박객도 있는 모양이지만 아주
소수라고 한다.

"어떻게 하면 정령의 마음에 들 수 있어?"

"글쎄? 착한 아이로 있으면 되지 않을까?"

으음, 모르겠군. 착한 아이라니……. 정령수에 장난을 치지 않
고 할머니와 사이좋게 있으면 되는 건가?

그렇게 아침 식사를 하고 있는데 숙소의 입구가 열렸다. 들어
온 것은 남성 엘프였다. 오오, 엘프인데 미남이 아냐! 전에 거미
집을 함께 탐색했던 수수한 엘프인 프리온이 떠올랐다. 엘프라도
얼굴이 그럭저럭 생긴 녀석이 꽤 있구나.

"저기, 여기 프란 씨라는 모험가가 묵고 있다고 하던데요……."

"응?"

새 손님인가 했더니 프란에게 볼일이 있는 듯했다. 그 남성은
프란을 발견하자 웃으며 다가왔다.

"그 모습, 프란 씨이신가요?"

"그쪽은?"

"아아, 죄송합니다. 저는 마술 학원의 직원입니다."

오, 그렇다면?

"오늘 아침 일찍 학원장님이 돌아오셨습니다. 그래서 프란 씨의 면접을 할 날짜를 여쭤보기 위해 왔습니다."

"날짜?"

"네. 학원장님은 오늘이든 내일이든 상관없다고 하시는데, 어쩌시겠습니까?"

역시 위날렌이 돌아온 모양이다. 그건 그렇고 오늘이라도 상관없구나. 언제 오라고 할 줄 알았는데 이쪽의 사정을 우선해준 듯했다. 아니, 그렇게 생각하게 해놓고 며칠씩 기간을 미루면 실격인 건가?

'스승, 오늘도 돼?'

뭐, 우리는 바로 갈 거지만.

『상관없을 거 같아.』

여기서 내일로 한다 해도 어차피 도시 탐색 정도밖에 할 일이 없으니 차라리 빠른 게 나을 것이다.

"오늘로."

"알겠습니다. 그러면 시간은 지정하시겠습니까?"

"이쪽에서 정해도 돼?"

"네."

"그럼 밥 먹으면 갈게."

"알겠습니다. 학원장님께는 그렇게 전하겠습니다."

떠나가는 엘프를 배웅하며 프란이 중얼거렸다.

"지금 온 사람도 정령님의 인정을 받은 거야?"

정령의 허가가 없으면 들어올 수 없다는 숙소에 아무렇지 않게 들어온 엘프가 신경 쓰인 듯했다.

"엘프는 정령 마술을 쓸 수 있으니 이 숙소에 들어올 수 있지."

"오, 엘프 대단해."

"아가씨도 조만간 익힐 수 있을지도 몰라."

"열심히 할게."

정령 마술을 쓸 수 있는 마수는 희귀할 테니 프란이 자력으로 익히는 편이 빠를지도 모르겠군.

들뜬 프란은 평소보다 아침을 많이 먹고 숙소를 뛰쳐나갔다.

『오늘은 절대로 지각하면 안 되니까 군것질은 없어.』

"응. 알아. 내게 맡겨. 절대로 헤매지 않을 작전이 있어."

『호오?』

프란도 오늘은 딴짓을 할 수 없다는 것을 이해하고 있는 듯했다. 그뿐 아니라 길을 잃지 않기 위한 비책이 있는 모양이다.

『믿음직스러운데!』

그렇게 생각했던 시기가 제게도 있었습니다.

"영, 차."

"웡웡!"

『너무 무리하지 마!』

프란의 작전은 '길을 헤맨다면 애초에 길로 가지 않으면 되잖아!' 작전이었던 것이다. 갑자기 뛰어오른다 싶더니 집들의 지붕을 밟고 일직선으로 마술 학원을 향하기 시작했다.

위병에게 들키면 확실히 수상한 사람 취급을 당할 것이다. 불심 검문을 당하면 면접에 늦잖아!

다만 평소에 행실이 좋은 덕분일까, 은밀 스킬이 작동해준 걸까. 우리는 누구에게도 발견되지 않고 마술 학원에 도착했다. 하늘에서 내려온 소녀를 보고 수위들이 놀라고 있군. 그들은 프란이 무슨 짓을 했는지 모르니 문제없을 것이다.

이야, 스릴 있었어.

오늘도 뒷문으로 실례했다. 정문으로 갈까 했지만 프란의 얼굴을 아는 수위가 있는 편이 이야기가 빠르다고 생각했기 때문이다.

이러다 정문으로 돌아가라는 지시를 받으면 따를 생각이었지만 바로 코르트를 불러줬다. 애초에 뒷문으로 예고 없이 외부인이 오는 경우는 적은지 모습이 보인 시점에서 이미 코르트를 부른 듯했다.

"여어. 또 보네."

"응."

"학원장님 방으로 안내할 테니까 따라와."

어제와 마찬가지로 터널을 걸으며 코르트에게 주의 사항을 들었다.

"학원장님은 온화한 사람이지만 학원에 적대적인 상대에게는 가차 없어. 화나게 하지 않도록 조심해."

"알았어."

모두가 입을 모아 화나게 하지 말라고 하는군. 반대로 말하면 나름대로 화나기 쉬운 사람이라는 뜻인가?

『프란, 절대로 실수하지 마.』

'응.'

179

몇 번인지 모를 내 주의에 프란이 고개를 끄덕였다. 상대는 하이 엘프이고 처음부터 적대할 마음은 없다. 하지만 세상에는 무슨 일이 일어날지 알 수 없다.

어제도 지나간 터널을 빠져나갔지만 이번에는 수위 대기소에는 가지 않았다. 코르트의 시선은 안쪽에 있는 한 높은 탑으로 향해 있었다. 저곳으로 가나 본데, 교사로 안내하는 건가.

건물 주위에는 드문드문 학생의 모습이 보였다. 어제는 없었는데, 시간대 탓인가? 쉬는 시간일지도 모른다.

모험가 길드에서 만난 캐로나 일행과 같은 외투를 걸친 학생이나 마술사 같은 로브를 입은 학생이 많았다. 그런 학생들을 멀리서 관찰하고 있으니 저쪽에서도 이쪽을 관찰하고 있다는 것을 알 수 있었다. 학원 외투를 걸치지 않고 교사에게 이끌려 걷고 있는 프란은 아주 눈에 띄었다.

"신입생인가?"

"하지만 저 장비는?"

"모험가 중에서 이 학교 학생이 되는 사람도 있잖아."

"그야 그렇지만……."

많은 학생의 시선 속에서 프란이 갑자기 그 발걸음을 멈췄다.

"어라? 왜 그래?"

"…….."

안내역인 코르트가 놀라서 고개를 돌렸다. 하지만 프란의 귀에는 들리지 않았을 것이다. 지금의 프란의 의식은 안쪽 건물에서 나오는 인물에게만 향해 있었다.

"……왜 여기에……?"

나도 놀랐다.

어째서 이런 곳에 저 녀석이 있는 거지? 그리고 황급히 프란을 말리려 했지만——.

"각성……! 섬화신뢰!"

『기다려! 프란!』

늦었다. 프란은 이미 임전 태세로 달려나갔다.

프란이 흑뢰를 뻗치며 학원 부지를 일직선으로 돌진했다.

방금까지는 설렌 표정으로 학원을 관찰하던 프란의 얼굴은 분노와 증오로 심하게 일그러져 있었다. 소리가 울릴 만큼 강하게 이를 악물며 증오스러운 남자의 이름을 중얼거렸다.

"제로스……리드!"

그 목소리에는 엄청난 살의가 담겨 있었다. 그러나 그 살기는 전혀 밖으로 흘러나가지 않았다. 당연히 각성과 섬화신뢰를 사용해서 주위에는 대량의 마력이 새어나가고 있었지만, 거기에 살의가 동반되느냐 마느냐로 노리는 대상——제로스리드가 눈치챌 때까지는 아주 약간의 틈이 생긴다.

격정에 지배당해도 전투에 임하는 프란은 냉정했다.

냉정하게 제로스리드를 죽이기 위해 행동하는 것이다.

"검신화!"

『크으……!』

위험하다. 프란은 상상 이상으로 이성을 잃었다. 내게 사용해도 되냐고 확인도 하지 않고 검신화를 쓸 줄이야! 평소의 프란이었다면 절대로 말도 안 돼!

이러면 이제 멈추지 않을 것이다. 그 눈은 그저 오로지 정면에 있는 흉터투성이 거인에게 향해 있었다.

어째선지 사기가 옅어졌지만 확실히 그 안쪽에서 사기를 느낄 수 있었다. 저 모습에 이 사기. 틀림없이 제로스리드다.

미칠 듯한 살의를 담은 프란의 시선을 눈치챘는지 제로스리드의 얼굴이 겨우 이쪽을 향했다.

아니, 우리가 초고속의 영역에 들어가서 느리게 보일 뿐 아직 프란이 각성하고 눈 몇 번 깜빡일 정도의 시간밖에 지나지 않았다.

하지만 이미 피아의 거리는 절반 이하다.

프란에게서 마력이 솟아나 온몸에 둘러진 흑뢰의 밀도가 높아졌다. 제로스리드가 눈치챈 것을 깨닫고 은밀성보다 속도를 중시하기로 했을 것이다.

그리고 전속력으로 달려간 프란이 그대로 흑뢰로 변했다.

"흑뢰전동."

흑뢰화한 상태로 초고속 이동한 프란이 다시 나타난 곳은 제로스리드의 뒤였다.

"죽어!"

억눌려 있던 프란의 살기가 흘러넘쳤다. 이 정도 살기를 내는 프란은 나도 처음 본다.

그리고 그 살기의 배출구를 원하듯이 참격이 날아갔다.

프란의 거친 감정과는 반대로 그 공격은 조용하고 아름다웠다. 검신화에 의해 최적화된 검섬은 공기를 가르는 소리조차 제쳐두고 일직선으로 제로스리드의 목덜미를 포착했다.

이건 절대로 못 피한다. 분명히 잡았다.

검신화 상태의 프란이 그렇게 확신한 게 내게까지 전해졌다.

제로스리드는 프란의 살기를 느끼고 반응했다. 이쪽을 돌아보려고 머리가 살짝 움직인 것을 알 수 있었다. 하지만 이제 와서 그런 움직임을 하는 건 프란의 기습에 대해 반응이 늦었다는 뜻이다.

지금부터 무슨 짓을 하든 제로스리드가 이 공격을 막을 확률은 제로였다. 스킬이나 마술을 발동하려 해도 이미 늦었다.

내 도신이 제로스리드의 목으로 빨려 들어가 그 살을 갈랐다.

그 감촉이 전해져온 순간──퍼어어어어엉!

"컥!"

『크아악!』

나와 프란은 옆에서 덮친 충격에 튕겨 날아갔다.

그렇게 위력이 있었던 건 아니다. 하지만 공격을 펼친 순간을 노린 탓에 완전히 균형을 잃고 말았다. 이 타이밍을 노렸다면 그 판단은 완벽했다.

프란은 옆으로 날아가며 공중에서 몸을 틀어 무난하게 지면에 착지했다.

의문의 공격은 누구 거지? 이상하게도 공격받을 때까지 우리는 그 근원을 감지하지 못했다.

지금은 안다. 제로스리드의 조금 뒤. 거기에 뭔가가 있다.

그러나 나는 그 정체를 파악할 수 없었다. 마력과 기척의 치우침, 공기의 흐름 등으로 거기에 어떤 존재가 있는 건 알겠는데…….

프란은 이해한 듯했다. 그 눈은 분명하게 제로스리드의 뒤에 있는 존재를 응시하고 있었다. 혹시 보이는 건가? 그러나 프란의 눈은 바로 제로스리드에게 돌아갔다.

『프란?』

"갈게."

『어?』

일말의 망설임도 없이 프란이 다음에 선택한 행동은 다시 공격하는 것이었다. 우리를 공격해온 의문의 상대를 무시해서라도 제로스리드를 쓰러뜨릴 생각인 듯했다.

아니, 장벽을 둘러서 공격을 막으려는 것 같다. 상대의 정체를 파악한 건가?

"치잇! 이 꼬맹이는!"

"아아아아!"

어느새 그 몸에 두른 흉악한 살기를 숨기지도 않고 검신화 상태의 프란이 제로스리드에게 달려들었다.

"하앗!"

"제장!"

첫 공격에 왼팔을 날렸지만 그 감촉이 이상했다. 명백하게 살과는 달랐다. 단단한 물질이었던 것이다. 거기서 떠올랐다. 그러고 보니 키아라의 마지막 공격이 제로스리드의 왼팔을 절단했었는데, 아직도 재생되지 않았나 보다. 의수 같은 거였겠지.

사인에게 신 속성은 치명적인 듯했다. 지금의 나는 검신화의 효과로 신 속성을 두르고 있다. 이건 빈말이 아니라 기회다.

지금의 나를 제로스리드에게 맞히면 치명상을 줄 수 있을지도 모른다.

하지만 이 공격도 잘 풀리지는 않았다.

아까 그 보이지 않던 충격과는 달리 이번에는 나도 느낄 수 있었다. 갑자기 프란과 제로스리드의 사이에 한 평 정도 크기의 수막이 펼쳐진 것이다. 마력의 장벽이 펼쳐졌다고 생각할 만큼 농밀한 마력이 실려 있었다.

그러나 프란은 상관하지 않고 달려들었다. 수막째로 벨 생각일 것이다.

그 순간 수막이 대폭발을 일으켰다.

"커헉⋯⋯!"

『프란!』

수막은 엄청난 양의 물을 마술로 억지로 압축한 것이었다.

그 압축이 단숨에 풀린 결과, 압도적인 양의 물이 순간적으로 넘쳐흘러 마치 대폭발을 일으킨 것처럼 보인 것이리라.

물의 맹위에 휘말려 빠질 뻔한 프란을 전이로 구출했다. 그러나 나는 알고 있었다. 물에 빠질 뻔했음에도 프란의 얼굴은 제로스리드가 있는 쪽을 향하고 있었다는 것을.

아직 포기하지 않았던 것이다. 하지만 솔직히 내가 이제 한계였다. 이 이상의 전투는 위험하다.

『프란, 미안. 나는 더 이상⋯⋯!』

〈개체명 스승의 내구도의 한계까지 남은 시간 8초〉

"큭!"

우리의 말을 듣고 겨우 자신이 검신화를 사용한 걸 떠올렸을 것이다. 프란은 황급히 스킬을 해제했다.

"미안⋯⋯ 스승⋯⋯."

『지금은 됐어!』

울먹이는 얼굴의 프란이지만 내 상태는 아무래도 좋다.

엄청난 압력이 주위를 덮고 있었다. 제로스리드가 아니다. 어째선지 제로스리드가 내는 압력은 대단하지 않았다. 마치 싸울 마음이 없는 듯했다.

압력의 근본은 제로스리드의 뒤에 있는 건물에서 나온 사람이다.

그 흉악한 위압감을 받고 프란의 온몸에 소름이 돋는 것을 알 수 있었다.

"누구지? 내가 사랑하는 학원에서 실수하는 나쁜 아이는?"

프란의 온몸에 소름이 끼칠 정도의 압력을 내는 것은 금발의 아름다운 엘프 여성이었다.

얼굴만 보면 엘프 소녀가 얼굴을 찌푸리고 있을 뿐이지만 쏘아지는 위압감은 마치 용이라도 앞에 두고 있는 듯했다.

"……으."

아까 본 물은 이 여자와 같은 마력을 띠고 있었다. 검신화의 은혜를 받고 있는 나의 내구도를 모두 깎고, 프란의 필살의 일격을 간단히 막은 그 마술은 이 여자가 쓴 것이 틀림없었다.

감정하지 않아도 이 엘프가 누구인지 알 수 있었다. 무시무시한 마력에 '내가 사랑하는 학원'이라는 말. 그리고 너무나도 강력한 대해 마술. 프란이 저도 모르게 그 이름을 중얼거렸다.

"위날렌……?"

"그래. 내가 위날렌이야. 흐음……. 귀여운 아가씨인데, 혹시 네가 프란이니?"

"응."

"가능하면 다르게 만나고 싶었는데……. 들어야 하는 말이 이

것저것 있지만──우선 벌을 받아야지."

"!"

위날렌이 그렇게 말하고 프란을 응시한 순간 폭력적인 위압감이 프란을 둘러쌌다.

지금까지 그녀가 내고 있던 것은 살짝 새어 나온 마력의 조각에 불과했다. 그녀에게는 위압하고 있다는 생각조차 없었을지도 모른다.

위날렌이 진심으로 위압했을 때, 거기에는 물리적인 압력마저 동반되어 있었다. 마치 우리 주위의 중력이 몇 배나 된 것 같은 착각마저 느껴졌다.

"미안해. 적대 행위를 한 인간에 대한 벌은 내 생각만으로는 멈출 수 없어. 괜찮아, 죽지는 않아."

그렇게 말하고 살짝 고개를 젓더니 위날렌이 뭔가를 중얼거리기 시작했다.

"특별 보호 대상 학생의 보호자 겸 임시 직원에 대한 적대 행위. 나, 수호자 위날렌의 이름으로 외부인에 의한──아니, 그럼 안 되지. 너무 지나쳐. 특별 직원 내정자에 의한──그래도 안 되나? 그럼 특별 직원 내정자 겸 단기 편입 예정자에 의한 적대 행위에 대처를 개시한다. 이래도 보통 벌보다는 강하지만……. 뭐, 저걸 죽일 뻔했으니까."

명백하게 주위의 공기가 달라졌다.

마력이 이 일대를 둘러싼 것을 알 수 있었다. 그 마력에서 적의나 악의는 느껴지지 않았지만 양은 막대했다. 게다가 주위에서 위날렌을 향해 마력이 흘러 들어갔다. 어떠한 강화가 펼쳐졌을 것이다.

하지만 당사자인 위날렌은 아주 의욕이 없는 것처럼 보였다. 내뿜는 위압감이나 말과는 정반대로 그 얼굴에서는 의욕이 그다지 느껴지지 않았다. 오히려 전투를 하고 싶지 않은 것처럼 보이기도 했다.

"일단 구속시킬게. 얼마든지 저항해도 되지만 나하고만 싸워. 그게 너를 위해서도 좋아. 먼저 말해둘게. 학원 안이라면 나는 최강이야."

"……."

그녀는 자신을 노려보는 프란에게 유감스럽다는 듯이 한숨을 토했다.

"의욕이 가득하네. 귀찮아. 하지만 할 거면 안 져. 신수창조──아쿠에리어스."

위날렌의 말과 함께 강한 마력이 담긴 물덩어리가 생성됐다. 게다가 이 물덩어리는 희미하게 신 속성을 띠고 있다. 신수창조라는 스킬은 그 이름대로 신 속성을 가진 물을 생성하는 스킬일 것이다. 그것을 대해 마술 아쿠에리어스로 조작하는 것이다.

아쿠에리어스는 주위의 물을 조작하기만 하는 하위 대해 마술이지만 상급자가 쓰면 천변만화한다고 모험가 길드의 자료에 적혀 있었다.

즉 위날렌이 쓰면 엄청난 효과를 발휘한다는 뜻이다.

그건 금세 증명됐다. 놀랍게도 물덩어리에서 신 속성과 마력을 느낄 수 없게 된 것이다. 그러나 위기 감지는 여전히 최대한의 경종을 울리고 있었다.

속성을 잃은 게 아니라 아쿠에리아스의 효과로 기적을 은폐한 거겠지. 얼핏 보면 단순한 물 마술이지만, 그 실태는 강력한 마력과 신 속성을 내포한 초절정 마술. 필살기에도 정도가 있다.

이로써 내 내구도가 단숨에 깎인 이유도 알 수 있었다. 저 수막도 신수였고, 우리는 대처조차 하지 못하고 걸린 것이다.

"그럼 갈게."

다음 순간 물덩어리가 탄환처럼 쏘아졌다. 프란은 물러나 회피했지만 앞지르듯이 새로운 물덩어리가 생겨났다.

"칫!"

프란이 물덩어리를 베어버리려 했고――.

"!"

『성가시네!』

튕겨 나갔다. 순간적인 공격이었다고는 하나 웬만한 중급 마술 정도는 양단할 수 있을 만한 참격이었는데……. 물덩어리를 가르지 못하고 반대로 내가 크게 튕겨 나가고 말았다.

공중 도약을 써서 몸을 비틀어 어떻게든 물덩어리를 피한 프란. 거기로 다시 물덩어리가 쫓아왔지만 프란도 다시 반격 자세를 갖추고 있었다. 공기 발도술 자세다.

"하아아아앗!"

"어머?"

이번에는 위날렌이 놀랄 차례였다. 공기 발도술에 두 동강 난 물덩어리를 보고 눈을 크게 뜨고 있었다. 이번에도 나를 튕겨내고 프란과 함께 날려버릴 생각이었을 것이다.

"설마 이 정도일 줄이야……. 대단한 애네. 훌륭해. 아아, 어째서 싸워야 하는 거야…….”

역시 위날렌은 싸우고 싶지 않은가 보다. 그러나 어떤 강제력
이 작용하고 있는지 전투를 계속해야 하는 듯했다.

『프란. 감정으로는 이름밖에 안 보여! 뭘 할지 몰라!』

“그러면 속공으로 쓰러뜨릴게. 이번에는 이쪽 차례야!”

“이번에는 빛 마술? 다재다능하네!”

프란이 빛 마술, 솔라 레이를 날렸다. 흉악한 빛의 분류가 위날
렌을 집어 삼키나 싶은 직후 방해를 한 건 역시 그 수막이었다.

광선이 수막에 차단돼 흩어져갔다. 하지만 이건 어떤 의미에서
예상했다. 오히려 섬광에 의한 눈속임과 방어로 의식을 돌리는
게 목적이었다.

“……흑뢰전동──천단.”

프란은 빛 마술을 유지하며 흑뢰전동으로 뒤로 돌아갔다.

그리고 혼신의 공격을 펼쳤다.

프란의 목적은 처음부터 접근해 펼치는 천단이었다.

평범한 상대라면 반응하지 못하고 베인 뒤에 눈치챌 정도의 신
속이다. 하지만 위날렌은 당연하다는 듯이 대응했다.

“빠르네!”

제로스리드에게 검신화 상태로 공격을 시도했을 때와 마찬가
지로 수막이 프란의 앞을 막았다. 아까는 대량의 물의 흐름에 온
몸이 휩쓸려서 참격을 펼치지도 못하고 끝났다.

그러나 한 번 본 기술이다. 프란은 그 대처법도 당연히 생각
했다.

‘스승!’

『그래..』

솔직히 말하자면 여기서 위날렌에게 저항하는 게 정답인지 나는 알 수 없었다. 제로스리드와 달리 원한이 있지도 않고 죽이고 싶지도 않다. 오히려 객관적으로 보면 비전투원이 많은 곳에서 갑자기 검을 뽑아 전투를 시작한 우리가 잘못했을 것이다.

위날렌에게서는 살기가 느껴지지 않으니 얌전히 붙잡히는 편이 나중을 위해서 좋을 것 같기도 했다.

다만 프란이 의욕이 있고 위날렌에게서는 저항해도 된다는 언질도 받았다. 이 상태에서 저항 없이 붙잡혀봐야 프란은 납득하지 못할 것이다. 그렇다면 제대로 싸우고 후련해지는 편이 낫다.

그리고 나 역시 이렇게까지 일방적으로 당하고 생각하는 바가 없지는 않았다.

프란의 검으로서 나는 프란에게 승리를 바쳐야 한다.

나는 프란의 구호에 맞춰 디멘션 시프트를 발동했다. 물의 흐름에 의한 카운터는 충격에 맞춰 자동으로 발동하는 설정일 것이다.

디멘션 시프트를 사용 중인 우리는 쉽게 수막을 빠져나갔다. 그리고 위날렌에게 닿는 순간 술법을 해제했다.

실체를 되찾음으로써 수막에 닿아 카운터가 발동했다. 폭발하듯이 생성된 엄청난 물의 흐름에 날아가면서도 프란은 다부지게 웃고 있었다.

이번에는 확실히 반응이 있었던 것이다.

"시공 마술까지……!"

위날렌의 오른쪽 옆구리에서 붉은 액체가 흘러나오고 있었다.

프란의 천단이 위날렌의 옆구리를 베었다.

"상상 이상으로 강해……. 고전다운 고전을 한 게 몇백 년 만이지?"

위날렌이 신음하더니, 바로 미안하다는 듯한 얼굴로 사죄의 말을 했다.

"미안해. 내가 저항해도 된다고 말했으면서……. 너를 우습게 봤어. 너무 대충 생각한 것 같아. 이렇게 되면 어느 정도 대미지를 주지 않으면 정령이 진정되지 않아……. 좀 아플 거야."

"!"

위날렌의 중얼거림이 들린 직후 눈앞에 그 모습이 있었다. 상처를 고치기 위해 거리를 벌리기는커녕 그대로 파고들었어!

신체 강화 계통 스킬이겠지. 혈류까지 강화된 탓에 하이 엘프의 옆구리에서는 대량의 피가 뿜어져 나왔다.

아니, 그것조차 위날렌의 목적인가! 흘러넘친 대량의 혈액이 무수한 덩굴이 되어 일제히 프란에게 달려들었다.

액체이기 때문일까, 자신의 혈액이기 때문일까. 아무튼 위날렌은 자신의 혈액을 조작할 수 있는 듯했다. 게다가 강한 마력을 띤 위날렌의 피는 일반 물과 비교해도 상당한 강도를 가지고 있는지 장벽으로는 그것을 뿌리칠 수 없었다. 덩굴의 엄청난 힘에 붙잡혀 프란의 팔이 삐걱거리는 소리를 내고 있었다.

살아 있는 것처럼 꿈틀거리는 피의 덩굴은 더 갈라져 이중 삼중으로 프란의 오른팔에 휘감겼다. 검을 쥐는 오른쪽을 중점적으로 노린 거겠지.

마력 방출을 써서 혈액을 날려버리려 한 프란이었지만 한발 늦었다. 그보다 빨리 위날렌이 지근거리에서 쏜 물덩어리가 프란의 명치에 박혔다.

"커윽!"

팔이 혈액의 덩굴에 눌린 탓에 날아가 위력을 죽일 수도 없었다. 프란의 몸이 크게 떠올라서 고정된 오른쪽 어깨가 빠진 것을 알 수 있었다.

뭐, 프란도 당하기만 하지는 않았다. 공격당하면서도 왼발을 들어 위날렌의 오른쪽 옆구리에 발차기를 꽂았다.

"성가시네!"

위날렌의 피부를 덮은 물 갑옷이 발차기를 막았지만 충격이 관통해 위날렌에게 닿은 모양이다. 입에서 피를 토하며 몸을 기역자로 구부리고 얼굴을 찌푸렸다. 게다가 프란의 공격은 이것만이 아니었다.

"받아, 라!"

프란을 휘감은 흑뢰가 발차기를 통해 위날렌에게 흘러갔다. 고드다르파조차 대미지를 받았던 흑뢰다.

그러나 흑뢰에 온몸이 둘러싸였는데도 불구하고 위날렌의 표정은 변하지 않았다. 자세히 보니 그녀가 두른 물 갑옷에 막혀 지면으로 흐른 듯했다.

마치 흑뢰를 본 적이 있는 듯한 완벽한 대응이다. 혹시 저 갑옷은 공격을 막기 위한 게 아니라 흑뢰를 무효화하기 위한 것이었나?

"이로써 끝이야."

"?"

위날렌이 그런 말을 하며 어째선지 프란의 팔을 풀었다. 황급히 거리를 벌리려 한 프란이었지만 그 다리가 움직이는 일은 없었다.

"물……!"

프란의 몸에 어느새 대량의 물이 달라붙어 움직임을 방해하고 있었던 것이다. 아까 본 물덩어리는 단지 공격하기 위해서만 쏟아진 게 아니었다. 물은 순식간에 프란의 다리와 몸을 뒤덮었다. 단지 프란을 붙잡기 위해서가 아니다.

"컥? 커헉……!"

프란의 몸이 갑자기 빛나더니 전기가 튀는 듯한 파직파직 하는 소리와 함께 스파크를 내기 시작했다. 마치 발전하는 듯했다. 아니, 아무래도 진짜 비슷한 현상이 일어나고 있는 듯했다. 프란이 몸에 두른 흑뢰가 단숨에 그 밀도를 잃고 생명력이 급속하게 떨어지기 시작했다.

"힘……이…….."

"흑천호를 본 건 오랜만이지만 대책은 만전이야."

위날렌은 이 현상을 노리고 한 건가! 오래 산 위날렌은 흑천호와 싸운 경험이 있는 모양이다. 흑뢰도 처음 보는 게 아니었던 것이다.

어떻게든 물의 포박에서 도망치려고 전이를 사용했지만 어째선지 발동하지 않았다.

『지금 느낌……. 뭔가에 방해받은 것 같은데?』

"전이를 썼어? 이 주위는 공간이 분단돼서 전이를 쓸 수 없어. 나조차도 못 써."

『프란! 지금 당장 섬화신뢰를 풀어! 이대로는 위험해!』

"……아앗!"

프란은 스킬을 해제하는 동시에 장벽을 두르면서 마력 방출을 전력으로 써서 몸에 달라붙은 물을 튕겼다.

"빠른 판단이야. 게다가 내 구속을 튕겨 내다니……. 완벽하게 붙잡았다고 생각한 뒤에 놓친 건 100년 만인가? 가능하면 평범하게 만나고 싶었어……."

자신의 상처를 고치면서 위날렌이 다시 한숨을 내쉬었다.

신 속성의 상처를 쉽게 고쳤어! 그 표정에는 피곤한 빛도 없으니 아직 싸울 수 있을 것이다.

반면에 이쪽은 만신창이다. 단순한 대미지 승부라면 천단을 맞힌 우리의 승리다. 하지만 체력 소모로 보면 압도적으로 패배했다.

"그쪽은 이제 체력이 얼마 안 남았는데 어떻게 할래? 이 이상은 서로 너무 힘을 쓰잖아? 가능하면 항복했으면 하는데. 더 할래?"

항복을 재촉하는 위날렌의 말. 여기서 손을 잡으면 피해가 적게 끝날 것이다. 그러나 프란은 순순히 동의하지 않았다.

"……할래!"

짧게 그렇게 외친 직후 프란이 자신의 뒤에 빛덩어리를 생성했다. 이건 공격 술법이 아니라 단순한 불빛용 술법이다.

빛덩어리, 프란, 위날렌이 일직선으로 서자 길게 뻗은 프란의 그림자가 위날렌을 집어삼키게 되었다. 이게 프란과 울시의 노림수. 그림자 속에서 갑자기 나타난 거대한 짐승의 입이 위날렌의 다리를 삼켰다.

최대 크기로 변한 울시가 그림자 속에서 기습한 것이다.

"크르르르릉!"

"큭…… 이렇게까지 숨어 있었을 줄이야!"

위날렌이 즉시 뛰어올라서 울시가 물어뜯은 건 무릎 아래뿐이었다. 게다가 아쿠에리어스에 의한 카운터에 즉시 울시의 입이 억지로 열렸다. 아무래도 입 안에서 대량의 물이 생성된 탓에 도저히 닫아둘 수 없게 된 듯했다.

"푸허억!"

입에서 대량의 물을 토하며 울시가 다시 그림자 속으로 도망쳤다. 하지만 충분히 임무를 완수해줬다.

물어뜯지는 못했지만 위날렌의 두 다리는 심하게 손상됐다. 이빨에 뚫린 구멍에서는 피가 흘러넘치고 두 다리 모두 뼈가 부러졌을 것이다.

진화해서 손에 넣은 차원아의 효과다. 방어 무시 공격이 아쿠에리어스에 의해 생성된 방어막을 관통해 대미지를 줬다.

물에 방해받지 않고 완전히 입을 닫았다면 물어뜯을 수도 있었겠지만……. 하지만 이건 기회다.

나와 프란은 여기서 마지막 공격을 시도하기로 했다.

"하아아압! 칸나카무이!"

『겹치기다!』

솔직히 말해서 내 내구도는 이제 아슬아슬하다. 검신화의 대미지와 신수와 맞부딪쳐 입은 대미지가 쌓였기 때문이다.

그걸 아는 프란이 선택한 건 마술이었다. 약한 분야이지만 이것도 수행으로 개선됐다.

바로 칸나카무이를 쏠 수 있을 정도는 아니지만 이전처럼 집중에 몇십 초나 걸릴 정도는 아니게 됐다. 그야말로 울시가 벌어준 시간으로 준비를 완료할 수 있을 정도다. 우리가 현 시점에서 쏠 수 있는 최강의 마술 공격이 쏟아졌다.

이미 위날렌의 다리는 완전히 회복됐지만 움직이지는 않았다.

하지만 회피하지 못한 건 아니다.

"신수창조! 야마타노오로치!"

위날렌은 마술의 대가. 전조를 감지했을 것이다. 쏟아지는 극뢰에 즉시 마술을 발동했다.

물로 형성된 여덟 마리의 용이 하늘을 향해 올라갔다. 각각이 엄청난 위력을 간직한 수룡은 상공에서 칸나카무이와 부딪쳐 무시무시한 방전을 일으켰다.

빠직 빠지직 빠지지지지직!

그리고 번개가 급격하게 가늘어지고, 대지에 닿기 전에 소멸했다.

폭발하지도, 어느 쪽이 일방적으로 밀어붙이지도 않았다. 수룡이 극뢰의 힘을 줄이고 흩어버려 소멸시켰다.

짐작이지만 위날렌은 노리고 했을 것이다. 최대한 주위에 피해가 가지 않도록 위력을 조정해 칸나카무이를 없앴다.

접근전에서는 좋은 승부를 벌일 수 있었지만 마술 승부에서는 저쪽이 이겼다는 뜻이다. 비교하는 것도 어리석을 만큼 압도적인 차이를 보고 말았다.

"전투감이 완전히 둔해졌네. 그건 그렇고 천단에 칸나카무이라니……. 이 나이에는 너무 강한 거 아닌가? 한 번 더 부탁하는데,

항복해주지 않을래?"

짐작이지만 프란의 자주적인 항복이 중요한가 보다. 위날렌은 어떤 강제력에 의해 전투를 해야 하는 상황이다. 그것을 멈추기 위해서는 상대의 항복이나 무력화가 필요한 듯했다.

"너 수준의 상대와 여기서 진심으로 싸우게 되면 피해도 너무 커져. 구속은 하지만 바로 풀어줄게. 거짓말 아냐."

'스승?'

『여기서는 저쪽이 하는 말을 들어야 해. 거짓말이 아니라고는 생각하는데…….』

허언의 이치는 그 말을 거짓말이라고 인식하지 않았다. 다만 감정이 전혀 통하지 않을 만큼 수준 높은 상대에게 허언의 이치가 정상적으로 작동했는지 알 수 없었다.

그래도 프란은 상대의 말을 믿기로 한 모양이다. 뭐, 요란하게 싸워서 분노가 조금은 발산된 점도 있을 것이다.

"아니면 나를 쓰러뜨리고 저걸 죽일래?"

"……."

위날렌과 프란의 시선이 동시에 제로스리드에게 향했다. 내게 베인 목에서 피가 흘러넘쳐 온몸이 피투성이 상태다. 안색이 나쁜 건 피를 너무 흘린 탓일 것이다.

하지만 제로스리드는 소란 피우지도 않고 그 자리에 무릎을 꿇고 가만히 있었다.

"인연이 있는 건 이해하지만 지금은 저게 죽으면 곤란해. 그리고 여기서 네가 저걸 죽이면 이번에야말로 힘을 조절할 수 없어. 부탁이니까 항복해줄래?"

위날렌이 그렇게 말하며 프란에게 호소했다. 입장이 역전된 것 같지만 위날렌이 진심으로 이 이상의 전투를 피하고 싶어 한다는 건 알 수 있었다. 프란도 이해했을 것이다.

그리고 이 이상 계속 싸워봐야 이길 수 있다는 전망이 없었다. 얼핏 좋은 승부를 벌였지만 위날렌은 전혀 제 실력을 내지 않은 것을 알 수 있었다.

"……알았어. 항복."

프란은 분함이 엿보이는 얼굴로 조용히 동의했다.

"고마워."

위날렌이 안심한 듯이 한숨을 토했다.

"흐음……. 베르투디가 아직 소란을 부리고 있어……?"

하지만 몇 초도 지나지 않아 다시 그 눈썹이 찌푸려졌다.

"어? 그 늑대? 할 수 없네."

누군가와 대화하고 있는 건가? 허공을 향해 고개를 끄덕인 위날렌이 다시 물덩어리를 생성했다.

"프란은 몰라도 늑대에 대한 제재가 불충분한 것 같아. 좀 거칠어지겠지만 미안해."

위날렌이 날린 덩어리가 프란의 발밑에 착탄했다. 프란을 구속할 생각인가 했지만 그런 느낌도 아니었다.

물덩어리는 그대로 지면을 핥듯이 얇게 퍼지기 시작했다. 얼핏 프란이 웅덩이의 중심에 서 있는 것처럼 보일 것이다. 뭘 하는 거지? 나와 프란이 의문스럽게 생각하며 지켜보고 있자 바로 물이 부글부글 거품을 내기 시작했다. 직후 물속에서 뭔가가 뛰쳐나왔다.

"어푸푸!"

"울시?"

입에서 물을 토하며 물에 빠진 듯이 앞다리로 허공을 긁는 울시였다. 아니, 진짜 물에 빠졌다. 아무래도 어떤 방법으로 울시가 숨어 있는 그림자 속에 물을 흘려 넣은 모양이다.

전이가 방해받는 이상 울시가 물고문에서 도망칠 방법은 없었다. 울시가 뛰쳐나온 순간을 노렸다는 듯이 머리 위에 놓여 있던 물덩어리가 다시 울시를 덮쳤다.

"워풋……!"

물덩어리가 단숨에 부풀어 오르자 그 안쪽에 울시가 갇혔다. 기껏 질식을 면했는데 바로 물속으로 되돌아간 울시는 한심한 얼굴로 신음했다.

그래도 울시는 포기하지 않았다. 몸을 단숨에 거대화시켰다. 그 기세로 물을 튕겨내자고 생각한 모양이다.

그러나 위날렌이 한 수 위였다.

"소용없어."

놀랍게도 거대화하는 울시에 맞춰 물덩어리가 부풀어 오른 것이다. 결국 울시는 물덩어리에 계속 갇힌 상태로, 괴로운 듯이 얼굴을 일그러뜨리게 됐다. 아무래도 강제로 입 안에 물을 흘려 넣고 있는 듯했다.

"워부부…… ."

위험해, 울시가 익사하겠어! 울시가 괴로운 듯이 얼굴을 일그러뜨린 직후 위날렌이 손가락을 딱, 하고 울렸다. 그러자 물덩어리가 모습을 바꿔 울시의 얼굴만이 밖으로 나왔다.

"이제 포기해."

"끄응."

물덩어리가 울시의 마력을 흡수하고 있는 것을 알 수 있었다. 날뛰어도 빠져나가기는 어려울 것이다.

"이로써 늑대 쪽은 괜찮아. 재판과 구속 완료. 다음은 너. 얌전히 있어."

"응."

위날렌이 손가락을 살짝 흔들자 프란의 발밑에서 물이 단숨에 솟아올라 둘러싸듯이 프란을 뒤덮었다. 얼핏 보면 푸른 슬라임에 공격받은 듯한 광경으로 보일 것이다.

그대로 물이 프란의 목에서 아래로 휘감겨 울시와 같은 상태가 됐다. 아무래도 절묘하게 수압이 조절되고 있는지 프란의 생명력에 대미지는 없었다. 그러나 움직일 수는 없는 듯했다.

물덩어리에서 얼굴만 내민 한심한 상태로 구속된 프란과 울시는 분한 듯이 고개를 숙였다.

그러나 위날렌의 얼굴은 아직 찌푸려진 상태였다.

"저항할 생각은 없는 것 같고 움직임도 구속했는데 베르투디가 아직 시끄러운 건 어째서야? 크루크루도 소란스럽고……. 어? 검? 적대 행위라니…… 검이?"

여전히 보이지 않는 누군가와 대화하고 있군. 염화 같은 마력의 흐름도 없는데……. 게다가 지금 검이라고 했나? 내가 한기 같은 감각을 느낀 직후 위날렌의 시선이 완전히 나를 봤다.

프란을 붙잡고 있는 물이 꿈틀거려 나만이 분리되는 듯한 형태로 프란과 떨어졌다.

"으음? 검 씨? 라고 하면 되려나? 저항할 생각은 있어?"

주위에는 들리지 않을 만큼 작은 목소리로 말을 거는 위날렌.

확실히 들통났다. 여기서는 더 이상 숨어 있어 봐야 소용없을 것이다.

"뭐, 의식이 있다고 해서 질문에 대답할 수 있을 리――."

『……아니, 없어.』

"어? 지금, 건……?"

『검이야. 일단 염화로 부탁해.』

'마, 말하는 검이라니……. 하아, 어떤 애들이야. 하나만 해도 충분히 전설급인데 그게 셋이 모였다니……. 뭐, 그것도 나중에 자세히 들을게. 얌전히 있어 줄래?'

『그래.』

"적대자에 대한 처리 완료. 이로써 방위 행동을 종료할게."

위날렌이 그렇게 선언하자 주위를 뒤덮고 있던 마력이 흩어졌다. 동시에 위날렌에게서 나오고 있던 공격적인 마력이 부드러워졌다. 압박감이 사라지고 학원의 소음이 들리기 시작했다. 언제부터 차단되고 있었지? 그것도 알아차리지 못할 만큼 몰려 있었나 보다.

"그럼……. 프란, 너는 저것과 어떤 인연이 있어. 그건 틀림없겠지?"

물덩어리에서 머리만 내민 상태의 프란에게 위날렌이 질문을 했다.

"응……."

"하아……. 사전에 알았다면 이번 일은 막을 수 있었을지도 모르지만 저것의 대응에 바쁜 탓에 네 자료를 훑어보지 못했어."

"자료?"

"응. 직원 면접을 하는 경우 사전에 조사실에서 그 인물의 자료가 나오게 돼 있어. 뭐, 네 경우에는 꽤 유명인인 것 같아서 처음부터 소문은 모여 있었던 것 같지만."

면접 전에 정보를 모은다고 했지. 그 전문 부서 같은 곳이 있을 것이다. 그래서 그때그때 필요할 것 같은 정보를 위날렌에게 건넨다는 건가.

"그저께부터 죽 저걸 찾고 있었어. 오늘 아침 겨우 붙잡아 줄곧 봉인 처리를 했지. 그게 겨우 끝나서 격리실로 데려가려 한 참이었는데……."

저거——제로스리드에게 대응하는 바람에 본래 사전에 얻어야 했던 프란의 정보를 머리에 넣지 않은 모양이다. 그 최악의 타이밍에 프란을 맞닥뜨린 거고 말이다.

"저걸 심문했더니 수인국에서 건너왔다던데, 저쪽에서 생긴 원한이야?"

"응."

프란은 고개를 끄덕이고 어두운 감정이 담긴 눈을 제로스리드에게 향했다.

키아라에게 복수하지 말라는 말을 들었지만 아무리 그래도 눈앞에 나타난 제로스리드를 무시할 만큼 속이 풀리지는 않았다.

살기를 받은 제로스리드는 도망치지도 않고 위날렌의 뒤에 서 있었다. 위날렌은 붙잡았다고 중얼거렸는데, 어떤 취급을 받고 있는 거지?

"아까도 말했지만 아직 저게 죽으면 곤란해. 그리고 저런 거라도 지금은 우리 임시 직원 취급을 받고 있으니까 지켜야 해. 그렇게 됐어. 뭐, 네가 납득할 수 없는 것도 이해하니까 지금 당장 이해하라고는 말 안 할게."

"……."

"다만 복수를 한다 해도 장소를 고르지 그랬어……."

"?"

"주위를 봐봐."

주위? 들은 대로 주위를 보는 프란과 나.

그리고 멀리서 이쪽을 보고 있던 학생들이 엉덩방아를 찧고 주저앉아 있는 모습이 눈에 들었다.

"도중부터는 내가 결계를 펴서 피해는 최소한에 그쳤지만……. 그 전. 네가 저거한테 달려들었을 때의 살기나 위압감을 학생들이 고스란히 받고 말았어."

위날렌은 바로 결계를 펴서 전투의 여파가 학생들에게 향하지 않도록 한 모양이다. 즉 학생들이 겁먹고 있는 건 결계가 펼쳐지기 전에 있었던 일, 다시 말해 프란이 방출한 마력과 살기 탓이다. 위날렌이 나타났을 때 마치 용을 앞에 둔 것 같다고 생각했는데, 학생들에게는 프란이 바로 그런 존재였던 거다.

갑자기 나타나 초마력과 극악한 살기를 뿌리는 의문의 존재. 그것을 앞에 두고 많은 학생들이 도망치지도 못하고 엉덩방아를 찧고 만 듯했다. 공포와 두려움이 뒤섞인 얼굴로 프란을 쳐다보고 있었다.

"아……."

"이번에는 숫자도 적고 조금이나마 거친 경험을 해본 우리 학생이어서 이 정도로 그쳤지만, 도시 안이었다면 큰 패닉이 일어났을 거야."

"……미안해."

자신에게 얼마나 주위가 보이지 않았는지 겨우 깨달았다. 프란이 힘없이 머리를 숙였다.

싸우는 사람이 아닌 학생들에게서 자신을 향한 노골적인 공포를 받고 충격을 받은 모양이다.

"어라? 여기서 사과하는 거야?"

"? 잘못했으니까……."

"솔직한 애네……. 뭐, 일단 저걸 어떻게든 해볼까."

위날렌은 머리를 숙인 프란에게서 시선을 떼고 뒤에 선 제로스리드에게 다가갔다.

막혔다고는 하나 내 칼날은 제로스리드의 목을 살짝 베었다. 그리고 그때는 검신화로 인해 신 속성을 두르고 있었다. 제로스리드는 목의 상처를 회복하지 못하고 쉴 새 없이 흘러나오는 피를 손으로 누르고만 있었다. 손가락 사이에서 붉은 피가 흘러 떨어졌다.

"잠시 가만히 있어……. 신수창조. 아쿠아 힐."

위날렌이 새로 물덩어리를 생성해 가볍게 손을 휘둘렀다. 작은 물덩어리가 제로스리드의 목에 난 상처를 덮고 옅게 빛나기 시작했다.

몇 초 후 베인 살의 단면이 부풀어 올라 그대로 고속으로 재생을 시작했다.

사인에게 신 속성은 상당히 치명적일 텐데……. 아니, 신수를 쓴 회복 마술이기 때문일까? 신 속성의 상처를 신 속성의 회복 마술로 치유한다. 말이 안 되지는 않을 것이다.

순식간에 제로스리드의 상처가 낫자 위날렌이 명령을 내렸다.

"일어나."

"알았다."

회복은 시켰지만 위날렌이 제로스리드를 보는 눈빛은 아주 차가웠다. 하지만 그런 취급에도 불평을 하지 않고 제로스리드는 조용히 고개를 끄덕였다. 그 시선이 아주 잠시 프란에게 향했다. 두려움도 분노도 없는 조용한 응시.

하지만 그게 애초에 말이 되지 않았다. 정말 이게 제로스리드인가? 그렇게 의심할 만큼 몸에 두른 분위기가 달라졌다. 이전에는 모든 것을 태워버리는 업화처럼 거칠고 흉악한 기세를 내고 있었는데, 지금은 잔잔한 바다처럼 조용하고 온화했다.

아까는 틀림없이 제로스리드라고 확신했지만 눈앞에 두자 자신이 없어지고 말았다. 아주 닮은 다른 사람인 건 아니겠지?

그런 생각을 할 만큼 제로스리드답지 않은 분위기다.

하지만 프란은 이 녀석이 제로스리드라고 확신하고 있다. 눈이 마주치자 프란이 다시 제로스리드를 노려보기 시작했다. 곤란하군, 이대로라면 다시 프란의 분노가 불타오를 것 같다. 그걸 본 위날렌이 입을 열었다.

"이게 있으면 제대로 이야기도 할 수 없겠네. 코르트, 삼번탑으로 데리고 가. 저쪽에는 이미 이야기를 해놨어."

그러고 보니 코르트를 잊고 있었다. 위날렌이 나타나고 줄곧 공기 상태였으니 말이다.

"이미 쐐기도 박았고 봉인도 해놨어. 베르투디네가 감시하고 있으니 괜찮아. 그리고 그 애가 아직 치료 중인 상태로 바보 같은 짓은 안 해. 그렇지?"

"그래."

위날렌의 말에 제로스리드가 순순히 동의했다.

"나는 이대로 프란과 이야기를 나눌게."

"알겠습니다."

자세히는 모르지만 마법적인 뭔가로 제로스리드를 구속한 듯했다. 코르트 혼자서도 제로스리드를 억제할 수 있다는 확신이 있는 모양이다.

"그리고 다른 직원을 불러 학생을 구호해. 심각한 학생은 없지만 오늘 수업은 쉬어도 돼."

위날렌과 코르트의 대화를 들으며 프란이 고개를 숙였다. 제로스리드를 증오해 상관없는 학생들에게 피해를 준 걸 이제 와서 후회하고 있는 듯하다.

"빨리 가."

"네. 제로스리드. 넌 이쪽으로 와."

"알았다."

저 제로스리드가 얌전히 코르트의 말에 따라 천천히 걷기 시작했다. 역시 변했어. 변모라고 해도 좋을지도 모른다. 위날렌의 마술 때문인가? 아니면──.

"프란, 일단 지금은 나와 이야기 좀 하자."

복잡한 표정으로 제로스리드의 등을 노려보고 있던 프란의 시선을 위날렌의 몸이 막았다.

"지금부터 너희의 구속을 풀게. 되도록 도망치지 않길 바라. 그리고 이것저것 알고 싶잖아?"

"괜찮아. 안 도망쳐."

"윙."

"고마워. 그럼 푼다?"

그렇게 말하고 위날렌이 손가락을 딱, 하고 울리자 프란과 울시를 붙잡고 있던 물덩어리가 사라졌다.

"내 뒤를 따라와."

둘이 착지한 것을 확인하고 위날렌이 등을 돌리고 걷기 시작했다. 차분하게 대화를 나눌 수 있는 장소로 향하는 것 같다.

프란은 땅에 꽂혀 있던 나를 뽑아 잰걸음으로 그 뒤를 쫓았다.

위날렌은 프란이 따라오는 것을 확실히 아는지 돌아보지도 않고 조용히 계속 걸었다. 그대로 3분 정도 걸어 안내받은 곳은 그녀의 집무실인 듯했다. 그 일각에 놓인 소파에 앉으라는 말을 들었다.

"다시 내 소개를 할게. 위날렌이야. 이 마술 학원의 장을 맡고 있어."

"랭크 B 모험가인 프란. 이쪽은 울시."

『나는 인텔리전스 웨폰인 스승이야.』

"스승? 그게 이름이야?"

『그래.』

"나도 학장이나 교장이나 학원장으로만 불리거든. 좀 친근감이 드네."

왠지 위날렌의 반응이 미지근하군. 아니, 딱히 놀라주지 않는 게 싫은 건 아니지만 지금까지 내 정체를 간파하거나 안 사람들에 비하면 꽤나 냉정하다.

하지만 그 이유는 바로 알 수 있었다.

"제대로 대화가 가능한 인텔리전스 웨폰을 만난 건 1000년 만이던가?"

『오, 나 이외에 인텔리전스 웨폰을 아는 거야?』

"그야 오래 사는걸. 한 손으로 꼽을 수 없을 정도로는 알아."

역시 하이 엘프! 놀랍게도 인텔리전스 웨폰을 몇 번이나 만난 적이 있는 모양이다. 그래서 나를 봐도 그다지 놀라지 않았던 건가 보다.

"하지만 대화가 가능하고 이렇게까지 인간다운 검은 네가 두 번째야. 대부분의 인텔리전스 웨폰은 미쳤으니까……."

"미쳐?"

"대화는 할 수 있어도 말이 통하지 않는 느낌? 정신이 검 속에서 변질된 거겠지."

『그런가…….』

파나틱스도 말했지만, 보통은 검의 몸에 사람의 의식이 들어간 상태라면 정신적으로 이상해질 가능성이 높은 모양이다. 위날렌의 이야기도 그 사실을 뒷받침하고 있었다. 나는 괜찮겠지? 미치지 않겠지……? 검인데 한기를 느낀 것 같았다.

아무튼 그녀에게 인텔리전스 웨폰이 처음 보는 존재가 아니라는 건 알았다. 오히려 위날렌의 흥미는 울시에게 향해 있는 듯했다. 소형화해 프란의 옆에 앉아 있는 울시와 위날렌이 서로를 빤히 바라보고 있다. 뭐, 울시는 격이 높은 상대가 쳐다봐서 긴장하고 있는 것뿐이지만.

"울시가 왜?"

"어? 아아, 처음 보는 종이라서. 완전히 처음 보는 마수는 오랜만이야. 뭐, 그런 것보다 알고 싶은 게 있지?"

"제로스리드는 코르트에게 맡겨도 괜찮아?"

"그건 괜찮아. 내 술법으로 사기를 봉인하고 행동을 속박한 데다 정령들이 감시를 하고 있으니까."

역시 제로스리드의 사기가 줄어든 건 위날렌이 뭔가를 한 결과인가 보다. 게다가 노예 계약 같은 것으로 속박하고 나아가 정령의 감시가 붙었나.

"말은 속박하지 않았지만 묘하게 얌전한 건 이쪽을 따르고 있다는 자세를 어필하고 있는 거겠지. 뭐, 네게 공격받았을 때는 순간 본성이 드러난 것 같았지만 반격은 안 했잖아? 그건 학원 안에서 전투 행위를 할 수 없게 됐기 때문이야."

확실히 제로스리드는 이쪽의 공격을 막으려고 손을 내미는 정도밖에 하지 않았다. 이쪽의 첫 공격이 실패한 뒤에는 얼마든지 반격의 기회가 있었을 텐데도 말이다.

『애초에 왜 제로스리드가 여기 있지?』

"계기는 그저께 일이야."

위날렌에게 위험한 범죄자가 자치구 안에 숨어 있다는 연락이 들어왔다고 한다.

이 나라에는 그다지 알려져 있지 않지만 타국에서는 현상금이 걸렸다는 소문. 국경 부근에서 모험가가 붙잡으려고 출격했지만 격퇴당했고, 사망자는 나오지 않아도 그 힘은 압도적으로 보였다.

그래서 이번에는 위날렌 자신이 출동하게 됐다고 한다. 그 화려하고 많은 무용담 때문에 어떤 때든 위날렌이 대응하는 줄 알았지만, 학교 밖 사건 중 그녀 이외에도 대처가 가능한 경우에는 맡기고 있다고 한다.

"그러지 않으면 후진도 양성할 수 없고 작은 사건에 일일이 대응할 수 없잖아?"

반대로 말하자면 위날렌이 대응하는 경우는 나름대로 큰일이라는 뜻이었다.

그 후 위날렌은 마법 등을 구사해 제로스리드를 찾아내 전투 끝에 붙잡았다. 하지만 거기서 제로스리드에게 일행이 있다는 것을 알았다.

"로미오라는 아이?"

"응, 그래. 로미오 매그놀리아. 나는 그 아이를 보호하기로 했어."

역시 아직 제로스리드가 데리고 다니고 있던 모양이다. 위날렌은 어린아이를 좋아한다는 이야기를 들었으니 로미오를 보호한다는 결단을 내리는 건 이해할 수 있었다. 마찬가지로 어린아이를 좋아하는 아만다라면 똑같이 행동할 것이다. 하지만 프란은 고개를 갸웃거리고 있었다.

"제로스리드를 죽여서는 안 되는 이유는?"

보호자를 죽이면 로미오가 충격을 받는다든가 하는 이유인가? 그러나 그렇게 단순한 이야기가 아니었다.

"그게 성가셔……. 로미오와 저것의 사이에는 주종 계약에 가까운 연결이 맺어져 있어. 게다가 어느 쪽이 다치면 다른 한쪽도 다치는 성가신 거야."

"제로스리드가 했어?"

"반대야. 로미오가 무의식중에 계약을 펼친 것 같아. 매그놀리 아의 피가 한 업보일까……."

『그런 게 가능한가? 아직 어린아이잖아? 그리고 매그놀리아 의 피?』

귀족이라는 건 알지만 뭔가 특별한 가문인가?

"골디시아 대륙은 알지?"

"트리스메기스트스가 만든 마수에 멸망한 대륙. 지금은 결계로 봉인되어 있어."

"그 골디시아 대륙에는 사신의 파편의 봉인을 지키는 특수한 가문이 있어. 매그놀리아, 위스텔리아, 카멜리아. 그 세 가문의 사람은 사신의 파편과 교신해 그 힘을 다룰 수 있는 특수한 핏줄 이었어. 그 특성을 살려 사신을 가라앉히는 의식을 했었는 데……. 용인에게 멸망당해 파편을 빼앗기고 말았어."

전설의 대죄인, 트리스메기스트스. 전설적인 연금술사이기도 한 트리스메기스트스가 대마수를 만드는 데 쓴 사신의 파편이 그 세 가문이 지키는 파편이었을 것이다.

그건 그렇고 매그놀리아?

"로미오라는 아이는 매그놀리아의 자손이야. 게다가 격세 유전 인지 그 피가 진하게 발현됐어."

혹시 뮤렐리아나 제로스리드가 로미오에게 묘하게 집착하는 것도 그 피 때문인가? 상위 사인들에게 무의식적으로 영향을 줄

213

정도면 상당한 강제력이지 않을까? 로미오는 그 몸속에 우리의 상상을 뛰어넘는 힘을 간직하고 있는 듯했다.

"아무튼 그 계약이 있는 한 저걸 죽이면 로미오도 멀쩡하지 않아. 게다가 그뿐만이 아니야."

제로스리드와 오랜 시간 함께해서 로미오의 어린 몸은 사기에 오염됐다고 한다. 강한 사기에 노출되어 일어나는 사기 취함이라는 현상이 있는데, 그게 더 악화된 상태라고 한다.

그걸 고치지 않고서는 목숨이 위태롭지만 계약 관계상 두 사람을 오랜 기간 떼어놓는 건 위험하다.

결국 로미오를 학원에서 보호해 치료하려면 제로스리드를 함께 데려올 필요가 있었다.

"그래서 내 힘으로 제로스리드의 힘을 대폭 봉인하고 로미오의 치료가 끝날 때까지 학원에 잡아두기로 한 거야……. 임시 직원 대우로. 왜 그런 일을 하는 건지도 설명할게."

"응."

"우선 이 마술 학원은 강력한 수호 정령과 그 권속 정령들에 의해 보호받고 있어. 그야말로 수백의 정령이 학원 안을 방위하며 감시하고 있는 상태야."

『혹시 프란의 공격을 처음에 막은 그 의문의 공격은…….』

"제로스리드의 감시를 담당하는 상급 정령이야. 그 경우 제로스리드를 지켰다기보다 외부인이 학원 안에서 한 폭력 행위를 막았다는 느낌이지만."

그래서 내게는 보이지 않았던 건가! 게다가 상급 정령쯤 되면 상당히 강할 것이다. 그 녀석에게 스텔스 상태로 느닷없이 공격을 받을 수도 있는 위험한 상태였던 거 아닌가?

다만 프란은 미묘하게 보였나 보다. 아니, 희미하게 느낀 정도였나? 숙소 때도 그렇고, 어쩌면 프란에게는 정령을 느끼는 능력이 있을지도 모른다.

『프란, 정령이 보였어?』

"……이상한 게 있었어."

"어머? 혹시 프란에게는 정령사의 재능이 있을지도 모르겠네."

역시 그런가!

"진짜?"

"가능성이 있다는 것뿐이지만. 예를 들어 이건 어때?"

위날렌이 손끝을 가볍게 천장으로 향했다. 미약하게 마력이 움직이는 것만은 알지만 내게는 뭔가가 일어나고 있는지 알 수 없었다. 그러나 프란에게는 확실히 뭔가가 보이는 듯했다.

"아른아른?"

"으음, 모습은 거의 보이지 않나. 하지만 느낄 수는 있는 것 같네."

역시 프란에게는 정령술사의 재능이 있을지도 모른다. 꼭 스킬이 필요한 참이로군.

"어떻게 하면 배울 수 있어?"

"흐음, 그러네……. 정령과 접촉하고 정령을 항상 의식해야 한다고밖에 말할 수 없어. 맑은 마음이 필요하다는 사람도 있지만, 정확히는 맑은 마음을 가진 사람을 좋아하는 정령도 있다는 뜻이야. 애초에 정령 중에는 인간의 선악은 상관없다는 애도 많고."

"그래?"

"응. 생각해봐. 인간이 멋대로 정한 가치관이나 죄과, 법률을 정령이 고려할 거 같아? 이 학원의 수호 정령도 그래. 그 방위 논리에 선악은 들어가지 않아. 우선 제일로 계약으로 정해진 학원 관계자의 안전. 다음으로 우선도가 높은 사람의 안전으로 정해져 있어. 어떤 이유가 있든 수호 정령은 적대자를 용서하지 않아."

게다가 이 방위 시스템은 정령의 감시망만 있는 게 아니었다.

"그리고 나 자신도 그 방위 시스템의 일부로 들어가 있어."

"?"

고개를 갸웃거리는 프란과 울시에게 위날렌이 더 설명했다.

"간단히 말하자면 수호 정령들이 적대자인가 아닌가를 판단하고 내가 제재해. 그런 식이야. 아까 프란에게 공격을 한 것도 그게 이유야."

학원 밖 사람이 학원에 공격을 가한 경우 등에 위날렌은 거기에 대처를 해야 한다고 한다. 정령과의 계약으로 강제력이 발동해서 정령이 제재가 충분하다고 판단할 때까지는 스스로도 멈출 수 없다고 한다.

"정령의 눈은 속일 수 없어서 경우에 따라서는 내 뜻에 반해 죽여야 하는 경우도 있어."

모든 행동을 정령들이 감시하고 있는 데다 정신 정령이 적대자의 감정을 읽어서 반성하고 있는지 아닌지나 거짓말을 하고 있는지 아닌지의 판별까지 한다고 한다.

즉 겉으로만 빌고 나중에 복수하겠다고 생각하는 사람은 오히려 제재의 정도가 강해진다는 뜻이었다.

또한 그 제재의 무거움도 상대의 입장이나 적대 정도로 상당히 달라진다.

적대 조직이 학원 내 학생을 다치게 하면 바로 파멸이다. 상대가 완전히 사라질 때까지 위날렌은 멈추지 않는다. 과거에는 범죄 조직이나 모험가 파티를 비롯해 귀족가나 대상회 등을 몰살시킨 적도 있었다.

그런 식으로 피의 비를 내리게 하는 경우도 있으면 놀랄 만큼 제재가 가벼운 경우도 있었다. 예를 들어 학원에 호의적인 졸업생이 학생과 싸움을 해 무심코 손을 든 정도라면 겉으로라도 사과하면 그것으로 끝이 난다.

경우에 따라서는 학원이 나쁜 경우도 있지만 제재 정도를 판단하는 정령에게 그런 건 상관없나 보다. 설령 상대가 성인이든 중죄인이든, 그야말로 국왕이어도 제재는 계약에 기초해 평등하게 발동한다는 뜻이었다.

"사인인 저걸 학원에 불러들이려면 직함이 없이는 무리였어. 정령들을 납득시키기 위해서는 로미오의 보호자라는 것으로는 부족해서 임시 직원 직함이 필요했던 거야."

"제로스리드라도 직원이 될 수 있어?"

"아아, 죄인이라도 상관없냐는 거야?"

"응."

"그러네. 아까도 말했지만, 그걸 판단하는 정령에게는 인간이 멋대로 만든 법률은 의미가 없어. 그리고 많은 사람의 목숨을 빼앗은 걸로 치면 내가 직접 해치운 인원은 저게 죽인 사람의 몇백 배는 될 거야."

그렇게 말하고 위날렌이 어깨를 으쓱거렸다.

"오랫동안 세계를 돌아다니며 전장에 나간 적도 있고 나라를 상대로 싸운 적도 있어. 아직 나를 대죄인으로 수배하고 있는 나라도 있어."

그러고 보니 학원에 참견한 타국의 귀족을 죽였다고 했던가? 그야 엄청난 숫자의 사람을 물리쳐왔을 것이다.

"그런 사람이 학원장을 하고 있는 거야. 새삼스럽지 않아? 뭐, 정령은 어떤 죄인이든 신경 쓰지 않는다는 거야."

그 결과 학교 관계자가 된 제로스리드에게 학원 외부 사람인 프란이 공격을 가한 게 되어 제재가 발동했다는 소리였다.

"거기서 한 가지 네게 사과해야 할 일이 있어."

"뭔데?"

"너에 대한 제재를 약화시키기 위해 네가 학원 관계자인 것으로 하고 수호 정령 베르투디를 속였어. 구체적으로는 '특별 직원 내정자 및 단기 편입 예정자'라는 게 됐어. 학원 외부 사람이 학원 관계자를 죽일 뻔했다는 취급이 아니라 말단 관계자가 말단 관계자와 다툼을 일으켰다는 것으로 한 거야."

그렇군. 그렇게 빠져나갈 길도 있는 건가. 아리스테아의 소개장을 가졌고 실제로 위날렌이 관계자라고 인정해서 그 자리에서 관계자로 대우하는 게 승인됐다고 한다.

특히 아리스테아의 소개장은 강력한 모양이다. 이걸 가지고 있는 것만으로도 웬만한 폭행 사건 정도라면 문제없다고 판단될 정도라는데. 그래서 살인 미수라는 나름대로 엄청난 사건을 일으킨 프란이라 해도 구속과 반성과 사죄로 끝났다고 한다.

순간 아리스테아가 왜 그런 정보를 가르쳐주지 않았나 했지만,

평범하게 생각하면 가르쳐줄 필요는 없을 것이다.

학원 안에서 날뛰면 안 된다든가 위날렌과 적대하지 말라든가 하는 건 당연한 일이니 말이다. 앞으로 고용될 상대에게 무례를 범하지 않는 건 주의 줄 필요도 없는 세상의 상식이다.

대기업 면접에 가는 지인에게 "회사에서 날뛰지 마"라든가 "상대인 회장을 모욕해 화나게 하지 마"와 같은 주의를 주는 사람이 없는 것과 마찬가지다.

면접에 합격하면 보통 당연히 듣는 이야기라고 하니 굳이 가르쳐줄 것도 없다고 생각했을 것이다. 일단 소개장이 있으면 다소의 장난은 허용되고. 이번에는 다소로 끝나지 않았지만.

아, 맞다. 그것도 의문이다.

『우리는 위날렌에게도 공격을 했는데……? 실제로 대미지도 줬잖아?』

천단으로 배를 가르고 울시도 부상을 입혔잖아? 그건 정령 입장에서 보면 제재 강화 대상이 되지 않는 건가? 실제로 대미지를 줘야 가라앉는다고 했지? 지금이라면 그 중얼거림의 의미도 이해한다.

"아아, 내가 저항해도 좋다고 처음에 말했지? 그래서 그건 내가 허가를 내린 취급을 받았어."

위날렌의 허가에 의해 모의전 같은 취급이 됐다는 건가? 즉 프란이 저항해도 되도록 먼저 예방선을 쳐줬다는 뜻일 것이다.

"하지만 그 뒤에 아차 싶었어. 프란이 상상 이상으로 강했으니까. 뭐, 스승의 지원이 계산에 들어가 있지 않은 탓이지만. 얼마든지 저항해도 좋다가 아니라 내게 부상을 입혀도 된다고 말해둘 걸 그랬어. 허가 이상의 저항을 하면 정령이 판단하거든. 미안해."

그렇게 말하고 머리를 숙이는 위날렌.

제로스리드에 대한 기습은 다소의 대미지를 받아 구속된 것으로 상쇄. 위날렌에 대한 공격은 그 뒤에 위날렌에게 받은 대미지로 상쇄. 학생에게 공포를 준 것도 그 뒤에 사과한 것으로 용서받았다. 그런 건가 보다. 하지만 문제가 남아 있었다.

『특별 직원 내정자 겸 단기 편입 예정자라고 했지? 이미 결정된 거야?』

"하아. 문제는 그거야. 애초에 프란이 이 학원에 온 뒤에 일어난 일을 생각하면 호감도가 올라갈 요소가 전무해. 나 역시 명예로운 학원의 일원으로 만들어줄 테니 몸을 떨며 감사해! 라고 말할 생각도 없어. 하지만 지금은 그 직함이 있기 때문에 프란은 베르투디에게 용서받았어."

『거부하면?』

"……이번에는 나뿐만이 아니라 정령들도 상대하게 될 거야."

그건 결국 거부권이 없다는 소리잖아!

"괜찮아. 아무리 그래도 바로 사퇴할 수는 없지만 2주 정도 일하면 정령도 납득할 거야. 단기 편입도 그 정도로 일단락 지을 수있고."

아니, 설명을 들으면 필요한 처리였다는 걸 알 수 있지만 왠지 개운치가 않은데……. 프란에 대해 멋대로 결정했기 때문일 것이다.

그건 그렇고 교사뿐만 아니라 편입생? 그건 즉 학생을 하라는 거잖아? 괜찮을까? 하지만 당사자인 프란은 쉽게 고개를 끄덕였다.

"알았어. 그 특별……?"

"특별 직원 내정자 겸 단기 편입 예정자."

"그거면 돼."

『프란, 괜찮겠어?』

"응? 원래 일할 생각이었어. 면접에 합격한 것과 같아."

아무래도 위날렌에 대해서도 특별히 생각하는 바는 없는 모양이다. 아무렇지 않게 위날렌의 이야기를 받아들였다.

"여기에 있으면 제로스리드도 감시할 수 있어."

『그건 확실히 그래.』

복수할 기회가 돌아올지 돌아오지 않을지는 몰라도 여기서 포기하고 놓칠 생각도 없다.

"그리고 이 학원에는 정령이 많이 있지?"

"응. 여기 이상으로 밀도가 높은 곳은 좀처럼 없어."

"그러면 여기에 있으면 정령 마술 수행도 돼. 그래서 좋아."

"하아……. 다행이야. 정말 고마워. 이로써 아짱에게도 혼나지 않고 해결됐어……. 아아, 적어도 사과라고 하기는 그렇지만 급료는 많이 줄게. 그 밖에 원하는 게 있어?"

"……위날렌이랑 모의전을 하고 싶어."

"뭐어? 나랑? 딱히 상관은 없는데……."

오히려 이 학원에 온 이유의 태반은 위날렌에 대한 흥미다. 세계 최강인 하이 엘프의 힘을 보고 싶었다. 그리고 그 힘은 실감할수 있었지만 아직 부족할 것이다. 애초에 프란과 울시를 붙잡았을 때는 아직 본 실력이 아니었다. 더 제 실력을 내는 세계 최강을 보고 싶은 모양이다.

아무래도 전투광이 아닌 듯한 위날렌이 쓴웃음을 지었다.

"귀여운 얼굴로 탐욕스럽네."

"?"

"뭐, 조만간 하자. 아무튼 앞으로 짧은 시간 동안 잘 부탁해."

"응. 잘 부탁해."

제4장 마술 학원

"그럼 일단 모두에게 소개할게."

"모두?"

"직원에게 얼굴을 익히게 해야지. 이상한 아이가 학원에 있다는 소문이 돌 것 같아서. 이쪽이야."

"응."

위날렌이 일어나 방 밖으로 걷기 시작했다. 이대로 그녀가 안내해주는 듯했다.

"지금 있는 곳은 교원의 방이 모인 교원탑이야. 교원용 개인실 이외에도 업무용 직원실도 있어."

위날렌이 걸으며 교사의 사정을 가볍게 설명해줬다.

직원 대부분은 개인실이나 연구실을 받았지만 전원이 모이기 위한 큰 방도 존재한다고 한다. 수업 전 준비나 간단한 회의에는 그쪽이 편리하기 때문이라고 한다. 진짜 일본의 교무실 같은 느낌이다.

"그건 그렇고 그 타이밍에 이만한 소동을 일으킨 건 창립 이래로 네가 처음이야."

"무슨 소리야?"

"보통 학원에 면접 보러 오는 사람은 나를 아니까 아주 긴장하고 있어. 그런 상태로 소동을 일으키는 사람은 보통은 없잖아?"

그건 그럴 것이다. 위날렌을 화나게 하면 그야말로 몸이 파멸해도 이상하지 않다. 그런 의미에서는 프란도 상당히 위험했다.

"그리고 내가 있는 곳에서 이상한 짓은 허용 안 하고."

"그렇구나."

"면접은 한 시간 정도 기다리게 하는데, 거기서 화가 나 돌아가는 사람이 있을 정도야."

"기다리게 해? 왜?"

"그 정도로 돌아갈 인내와 열의밖에 없는 인재는 필요가 없으니까."

지구의 면접에서도 자주 있는 거로군. 나도 취직 활동 중에는 자주 당했다. 대규모 면접이면 당연하다는 듯이 기다리게 했다. 오랜 시간 기다리게 한 다음 압박 면접이라는 최악의 콤보다.

뭐, 면접 시간이 오래 걸려서 기업 측이 의도하지 않게 기다리게 하는 경우도 있겠지만, 기업이 아주 우위인 시대를 경험한 사람이라면 알 것이다.

"거창한 직함을 자랑스럽게 말하는 귀족 중에는 인내심이 없는 사람도 있거든. 애초에 교관이나 교사는 힘들어. 고분고분하고 착한 아이만 있는 게 아니라 망할 꼬맹이들도 잔뜩 있으니까. 상대하려면 열의와 인내는 필수야. 아니면 넘어가는 마음이려나? 아무리 바보 같은 아이라도 때릴 수는 없으니까."

"응?"

위날렌의 말을 들은 프란이 고개를 갸웃거렸다. 나도 살짝 위화감이 있었다.

"왜 그래? 이상하다는 얼굴을 하고."

"어린아이 좋아하지 않아?"

『망할 꼬맹이라느니 때릴 수는 없다느니 하니까.』

위날렌의 말투에 위화감이 있었다. 마찬가지로 어린아이를 좋아하는 아만다라면 우선 하지 않을 말일 테고, 했다 해도 거기에는 친애의 정 같은 것이 담겨 있을 것이다. 그러나 위날렌의 말에서는 그게 느껴지지 않았다.

그러자 희미하게 쓴웃음을 지었다.

"학원장을 하고 있으면 어째선지 그렇게 생각하는 것 같은데⋯⋯. 뭐, 스스로 정령과 계약을 맺어 학원에 묶여 있는 것처럼 보이니 그것도 착각당할 포인트인가? 그야 고분고분하고 귀엽고 우수한 아이는 아주 좋아해. 너처럼."

위날렌은 그렇게 말하고 윙크를 했다. 다만 쓴웃음은 여전히 짓고 있었다.

"하지만 어린아이라고 해서 무조건 전원을 평등하게 사랑할 수 있을 리가 없잖아?"

『그런데 어떻게 학원장을 하고 있는 거야?』

"어른에게는 여러 사정이 있어. 아아, 그러고 보니 아만다와 아는 사이지?"

"응."

그러고 보니 아까 프란의 자료를 잠시 훑어봤었지. 거기에 적혀 있었을 것이다.

"그 애와 비교해봐야 소용없어."

"아는 사이야?"

"못 들었어?"

"응."

"후훗. 여전하네⋯⋯. 뭐, 그 아이의 조상이 내 자식이니까. 말하자면 내 자손이 되나?"

뭐? 혈연이야? 아만다는 그런 말은 한 마디도 안 했는데?

"그 애는 나를 싫어하니까."

"어째서?"

"대놓고 묻네. 뭐, 이것저것 있어. 이유 중 하나는 내가 아이를 좋아한다고 치켜세워지는 게 마음에 들지 않아서일 거야. 진짜 아이를 좋아하는 사람으로서는."

그것뿐인가? 깊이 추궁하지는 않겠지만 굳이 얼버무린다는 건 말하고 싶지 않다는 뜻이겠지.

그렇게 대화를 나누며 걷다가 엇갈리는 학생들이 프란을 응시하고 있다는 것을 알 수 있었다.

"어라, 누구지? 학장님이 스스로 안내하다니."

"어딘가의 귀족 아닐까?"

"저 학장님이 그 정도 이유로 배려할 리가 없잖아. 왕족을 때리는 사람이라고."

"그보다 저게 학장님이야? 처음 봤어."

"야, 입학식에서 인사받았잖아."

아까 사건이 이미 퍼진 줄 알았는데 단순히 위날렌이 안내하는 것에 놀라고 있는 듯했다. 학생들은 소곤소곤 이야기한다 생각하겠지만 우리에게도 위날렌에게도 다 들렸다. 그보다 위날렌의 얼굴을 잘 모르는 것 같은데.

"할 수 없어. 실무는 대부분 부하가 하고 있고. 내가 학생 앞에 나서는 건 상급생의 모의전이나 큰 행사의 인사 정도니까."

긴 역사가 있는 학교라서 방위뿐만 아니라 교육 시스템도 완전히 갖춰져 있을 것이다. 위날렌이 관여해야 하는 일은 이제 거의 없는 듯했다. 학원장쯤 되면 빈번하게 수업을 담당하지는 않을 테고 말이다.

나도 학생 시절 교장 선생님의 얼굴을 떠올려보라는 말을 들으면 미묘하다. 고등학교 시절 교장 선생님의 머리숱이 좀 적었던 건 기억하고 있지만. 여기 학생들도 학원장이 하이 엘프인 건 알고 있어도 그 얼굴을 인식하지는 못하는 사람도 꽤 있는 듯했다.

"그리고 평소에 수수한 차림으로 다니니까 학생은 인식하지 못할 거야."

지금도 확실히 그다지 권력자로는 보이지 않는 수수한 로브를 걸치고 있다. 좋은 소재를 쓴 고급품이지만 안목 있는 사람이 보지 않으면 모를 것이다.

게다가 일부러 오라를 억제하고 있는 것처럼 보였다. 소란을 피우고 싶지 않은 거겠지.

위날렌의 옷차림을 보고 프란도 납득한 듯이 고개를 끄덕였다.

"응. 위날렌은 수수해."

"잠깐, 그건 왠지 다른 의미로 들리지 않아?"

"?"

"……하아. 악의 없는 애가 실은 제일 성가실지도 모르겠네."

포기한 듯이 어깨를 으쓱거린 위날렌을 따라 더 걷기를 5분.

위날렌에 이어 들어간 그 방은 예상보다 상당히 넓었다. 직원실이라는 말로 상상하는 방의 다섯 배는 될 것이다.

꽤 큰 나무 책상이 그야말로 사무실이나 직원실처럼 마주하고 깔끔하게 늘어서 있고, 100명 가까운 사람이 일을 하고 있었다.

그래도 책상은 절반 정도밖에 차 있지 않아서 실제로는 200~250명 정도가 이 방을 이용하는 것 같았다.

위날렌과 함께 올라간 조례대 같은 것에 올라가지 않으면 안쪽까지 바라볼 수 있을 것 같지 않았다.

"자, 여러분 주목……!"

위날렌이 대 위에서 손뼉을 치면서 말을 걸자 바로 방 안의 시선이 이쪽으로 집중됐다.

"이 아이는 모험가인 프란. 특별 직원 내정자 및 단기 편입 예정자로 한동안 학원을 드나들 거야. 그리고 옆이 그 종마인 울시. 크기는 좀 달라지지만 머리가 좋은 아이야. 잘 부탁해."

"잘 부탁해."

"윙!"

프란과 울시가 머리를 꾸벅 숙이자 교사진의 반응은 깨끗하게 나뉘었다.

당황하는 자와 납득하는 자다. 당황하는 사람 쪽이 많으려나. 이쪽은 이른바 교사라는 느낌의 사람들이 많아 프란의 실력을 이해하지 못하나 보다. 반대로 납득한 기색의 교사들은 전직 모험가라는 느낌이 물씬 드는 사람이나 마술사풍 차림을 한 자들이었다.

뭐, 이론을 가르치는 교사에게 전투력은 필요 없을 테니 어쩔 수 없겠지만.

가장 가까이 있던 정장식 옷으로 몸을 감싼 남성이 대표로 입을 열었다. 외모는 쉰 살 정도에 운동이 부족해 보이는 아저씨라는 느낌이다. 마력도 대단치 않으니 지극히 일반적인 교육자일 것이다.

"단기 편입이라는 말은 이해합니다. 나이를 봐도 문제없겠죠. 다만 특별 직원이요? 어떤 대우를 받게 됩니까?"

프란을 무시하는 기색은 없지만 상당히 당황하고 있었다. 학생이자 교사라는 직위는 역시 이 학원에서도 드문가 보다.

"우선 프란의 담당은 상급반이나 특전반(特戰班)의 교관이야."

"네? 특전반에 입학하는 게 아니라요?"

"모의전 교관이야."

그 말에 미약한 웅성거림이 일어났다.

"모의전 교관이라니……."

"모험가 랭크 D 이상인 사람만 교관을 맡을 수 있는 게……."

"게다가 상급반이나 특전반의 모의전 교관은 낮아도 랭크 C여야 해."

아무래도 프란이 담당하는 반은 학생도 교사도 실력주의인 반인 듯했다. 일반 교사들의 눈에는 프란으로는 도저히 그 역할을 맡을 수 있는 것처럼 보이지 않을 것이다.

"괜찮아. 프란은 이래봬도 이명 소유자인 랭크 B 모험가. 전투력만 말하자면 틀림없이 랭크 A 이상이야."

"네? 아니, 학장님이 그렇게 말씀하신다면 정말이겠죠."

"후후. 무려 몇백 년 만에 학교 안에서 피를 흘린걸."

아까보다 큰 웅성거림이 일어났다. 위날렌이 피를 흘렸다는 말이 어지간히 충격이었을 것이다.

"하, 학장님은 이 학원을 지키기 위해 수호 정령과 계약을 맺으셨지?"

"어. 학원 안에서 싸울 때는 강화된다던데⋯⋯."

"그, 그 학장님에게 부상을 입혔다는 건가? 말도 안 돼."

그들에게는 상승불패의 전설적인 존재일 테고 고전했다는 이야기조차 들은 적이 없는 모양이다.

그중에는 농담이라고 생각한 사람도 있는 듯하지만 대부분의 사람은 믿는 듯했다. 하지만 그 탓에 이쪽을 노려보고 있는 사람도 있었다.

그것도 어쩔 수 없을 것이다. 위날렌은 세계 최강의 마술사이자 유구한 시간을 산 하이 엘프다. 그리고 마술 학원의 창조자이자 세계적으로 유명한 영웅이다. 신봉자도 많을 터다. 그런 신봉자들에게 위날렌이 부상을 당했다는 이야기는 불쾌할 게 틀림없었다.

무슨 일이 있었는지 이해하지 못하는 아저씨도 당황했다.

"그건 무슨 말씀이신지⋯⋯?"

"이런저런 일이 있었어. 뭐, 프란의 실력이 빼어난 건 내가 보증할게."

"아, 알겠습니다."

아저씨의 프란을 보는 눈이 바뀌었군. 방금까지는 의문의 미소녀를 확인하는 듯한 눈에 확실히 경외가 추가됐다. 공포가 아닌 건 위날렌이 인정한 상대이기 때문일 것이다.

"그러면 반은 어떻게 됩니까?"

"특전반이 될 거야."

"괜찮겠습니까?"

"교관을 하는 데는 그편이 편할 거야. 그리고 프란은 마술 실력도 일류니까 문제없어."

아무래도 특전반에 들어가려면 전투력뿐만 아니라 마술 실력
도 필요한 듯했다.

"특전 수업 편입이 문제없는 정도입니까?"

"오히려 프란 입장에서는 얻는 게 없지 않을까? 유감스럽게도.
프란의 마술 실력은 우리 학원에서 학과장을 맡길 수 있는 수준
이야."

"네? 그, 그건……. 대, 대단하군요."

이제는 웅성거리는 수준이 아니다. 모두가 와자지껄 대화를 나
누고 있다. 비명에 가까울지도 몰랐다. 아마 상당한 실력이 필요
한 직무인가 보다.

'스승.'

『왜? 주목받는 게 싫어?』

'응? 그런 건 아무래도 상관없어. 그보다 정령 마술을 배우고
싶어.'

교사들의 반응을 전혀 신경 쓰고 있지 않았다. 오히려 줄곧 편
입하는 곳에 대해 생각하고 있었던 모양이다. 일단 학생으로서
뭔가를 배울 마음은 있었구나.

『괜찮지 않을까? 그 계통의 수업이 있는지 물어봐.』

"응. 저기, 정령 마술을 배울 수 있는 반이 좋아."

"아아, 프란은 그걸 신경 썼지. 그럼 선택 수업으로 정령 마술
을 고르면 돼."

특전반의 커리큘럼과는 별도로 학생이 마음대로 수업을 선택
할 수 있는 선택 수업이라는 게 있다고 한다. 거기에 정령 마술

강좌가 있는 모양이다.

"특전반의 수업에는 정령 마술이 없어?"

"기본적인 지식은 그야말로 기초학과에 있을 때 배워. 이 학원에 있는 이상 그런 지식들은 절대적으로 필요하거든. 하지만 정령 마술의 습득이 되면 선택 수업으로 배울 수밖에 없어."

"흐음."

소질이 전제로 필요해지니 전원에게 가르치는 건 합리적이지 않다는 뜻인가?

"다만 정령 마술을 반드시 습득할 수 있는지는 알 수 없어. 프란에게 정령을 보는 재능은 있는 것 같지만 그것과 정령과 잘 어울릴 수 있는지는 전혀 다른 문제니까."

"그래?"

"응."

정령이라는 존재는 개체에 따라서 성격도, 좋아하는 상대도 다르기 때문에 획일적인 사역 방법도 계약 방법도 존재하지 않는다고 한다. 그래서 가르치기도 어렵다. 또한 엘프 이외에 정령 마술의 재능을 가진 자는 적고, 그 재능이 있어도 실력이 느는 자는 더 적다고 한다. 게다가 늘었다 해도 정령 마술은 아주 불안정해서 구사할 수 있을지 없을지도 알 수 없다.

그 탓에 정규 수업에 넣는 건 불가능하다고 한다. 프란처럼 정령을 느끼는 사람이 개별적으로 수업을 고르는 정도가 알맞은 모양이다.

참고로 엘프라면 학원에 다니지 않아도 마을이나 부모에게 정령 마술의 첫걸음을 뗀다. 다만 엘프는 개인주의자가 많아서 기초 이상의 단련은 개인적으로 하는 게 추천되고 있다고 한다. 그래서 이 학원에 다니는 엘프의 대부분은 수업에서 정령 마술을 고르지 않았다.

"하지만 그거라면 역시 특전반이 나오려나. 그 반의 담당 교사 중에는 정령 마술사가 있으니까. 이야기를 들어보면 좋을 거야."

"응. 거기가 좋아."

"그래그래. 그럼 얼른 수속을 밟아볼까."

자, 어떤 반이지?

위날렌이 여러 교사에게 어떤 마력이 담긴 서류를 건넸다. 편입 수속 같은 걸 이 자리에서 하는 건가? 살짝 들여다보니 프란의 학생 번호 같은 것과 각 수업에 일시적인 편입을 인정하는 내용이 적혀 있었다. 아마 이 서류로 인해 교사진뿐만 아니라 정령에게도 통지가 실시됐을 것이다.

"교관실도 안내해주고 싶지만……. 나는 업무가 남아 있어."

역시 학원장. 바쁜 모양이다. 애초에 일개 교관의 안내를 학원장이 한 시점에서 이상하지만 말이다. 그 후 위날렌은 한 여성을 불러 이 뒤에 할 일에 대한 지시를 이것저것 내렸다.

"그, 그러면! 제가 안내하겠습니다! 잘 부탁드립니다!"

"알았어."

그리하여 우리는 안내역으로 지명된 여성과 함께 직원실을 나섰다.

"그, 그러면 이쪽으로 오세요!"

"응."

"웡."

여성은 묘하게 벌벌 떨며 겁먹은 듯한 표정으로 뒤에 선 프란과 울시를 신경 쓰고 있었다. 안내역은 이네스라는, 프란과 같이 모의전을 담당하는 여성이다. 능력으로 말하자면 랭크 D 모험가 정도. 그러나 프란의 힘을 감지하는 좋은 감은 가지고 있었다. 그 탓에 긴장하고 있는 듯했다.

여기서는 오히려 전투력이 없는 사람이 더 좋았던 게 아닐까? 이미 어쩔 수 없지만.

"저, 저곳이 제8탑입니다. 상급반의 교실은 1층에 있습니다."

특전반은 학교 밖으로 실습하러 나가서 먼저 교관으로 담당하는 몇몇 반을 돌기로 했다.

아까까지 있던 교관탑을 나와 지금은 조금 떨어진 곳에 있는 학과탑 중 하나로 향하고 있다.

걸으며 이네스가 간단히 설명해줬는데, 탑에 따라 역할이 정해져 있다고 한다.

교원을 위한 연구탑이나 마도구의 보관탑, 직원의 생활탑 등 학생이 출입하지 않는 장소도 상당히 있다고 한다.

초거대 대학 같은 느낌인가? 다만 단순히 크기만 한 학교가 아니라 연구소 등도 겸하고 있는 모양이다. 이제부터 향하는 곳은 특히 전투 계통 실습이나 훈련으로 이용하는 탑이라고 한다.

"프, 프란 님이 편입할 예정인 특전반의 대기 교실도 여기에 있으니 이용할 기회는 많으실 거예요."

"알았어."

"처음에는 상급반을 소개할게요."

잠시 이야기를 나눠서 긴장도 풀렸는지 벌벌 떨지 않게 된 이네스가 이것저것 설명해줬다.

상급반은 그 이름대로 상급생이 배우는 반이라는 의미라고 한다. 이 학교는 몇 가지 학과가 있고 전문학과도 많다. 하지만 특별한 전문을 가지지 않은 일반과라는 모든 것을 배우는 과도 존재한다. 상급반은 그 일반과의 상급생이 소속된 반이다.

마술 학원의 경우 입학하러 오는 사람의 나이가 상당히 제각각이기 때문에 몇 학년이라는 구분은 하지 않았다.

"그럼 어른과 아이가 같이 공부해?"

"그런 경우도 있어요. 나이 제한도 있지만 열 살 정도 차이 나는 동급생은 흔히 있어요."

우선 처음에는 기초학과에서 마술을 배운다. 여기서 마술을 습득한 사람만이 다음 스텝으로 나아갈 수 있다. 기초학과에서 몇 년 수행해도 마술을 익히지 못하면 퇴학이다. 뭐, 마술 학원이니 그건 어쩔 수 없을 것이다.

그다음이 기본학과. 다만 학원 내에서는 하급생이라고 불리는 경우가 많은 모양이다. 이곳에서는 이론 등 마술과는 그다지 상관없는 수업과 마술을 쓰는 데 필요한 기본을 2년 동안 주입받는다.

여기서 문제가 없으면 정식으로 응용학과. 즉 상급생이 된다. 일반과의 상급반뿐만 아니라 모험가과, 마술사과, 특별전투과 등외에 불마술과나 물마술과처럼 상당히 세세한 전문학과도 존재했다.

학생은 이 중에서 소속 반을 결정하며 세미나나 특별 활동 같은 형태로 좋아하는 것을 배울 수 있다.

수업의 70퍼센트 정도가 학과에서 결정된 수업이고 나머지 30퍼센트는 스스로 마음대로 고를 수 있다.

그리고 응용학과를 졸업한 뒤에 다른 과에 다시 들어가는 것도 허가돼서 의욕만 있으면 좋아하는 것을 배울 수 있다고 한다. 그중에는 몇 번이고 졸업한 다음 전과를 반복해 10년 이상 학생으로 남는 학생도 있다니 놀랍다. 참고로 평균적으로 5년쯤이면 졸업한다고 한다.

"예전 특별 모의전 교관이 퇴직해 저희 일반 교관으로 어떻게든 보충하고 있는 상황이어서 아주 도움이 됩니다."

"특별 모의전 교관과 일반 교관은 달라?"

"그건 물론이에요. 특별 교관의 가장 중요한 업무는 압도적인 실력을 보이는 것. 저희는 불가능해서요."

세상에는 다소 강해진 정도로는 도저히 어떻게 할 수 없는 압도적인 강자가 존재한다. 그것을 직접 배우게 함과 동시에 강자를 앞에 뒀을 때 경직되지 않고 즉시 도망갈 수 있게 한다, 혹은 교섭을 할 수 있을 만한 담력을 기르게 한다. 그것이 특별 모의전 교관의 역할이라고 한다.

요컨대 학생과의 모의전에서 압도적인 힘으로 쓰러뜨리는 게 일이라는 거다. 거기에는 격이 다른 실력이 필요했다.

"그렇구나. 근데 위날렌은 안 돼?"

프란이 그렇게 물었다. 그렇지. 그 역할, 위날렌이라면 확실하다고 생각하는데.

"학장님은 힘을 잘 조절 못 하셔서요. 아니, 아니네요. 힘이 너무 강해서 힘을 조절해도 한계가 있을 거예요. 드래곤이 아무리 힘을 조절해도 그 발톱으로 강아지를 들 수 없는 것과 같아요."

잘못해 학생을 다치게 한 적은 없는 듯하지만 도둑을 상대로 지나치게 손을 쓴 적은 몇 번이나 있던 모양이다. 그 일 때문에 교사들도 최대한 위날렌이 학생의 모의전 상대를 하지 않도록 부탁했다고 한다.

그리고 요 몇 달 동안은 적당한 인재가 보이지 않아 교관 여럿을 상대로 하거나 방어를 굳힌 위날렌에게 공격을 날리는 형태로 특별 모의전을 했다고 한다.

"다만 그래서는 역시 효과가 미묘해서요. 짧은 기간이라도 프란 님 같은 강한 분이 와주셔서 정말 감사해요."

그런 이야기를 나누면서 탑 1층 안쪽에 있는 방으로 안내를 받았다. 그곳은 이론 수업을 하는 교실인지 스무 명 정도의 학생이 강의를 듣고 있었다.

"리듀아, 잠시 시간 좀 내줄래?"

"아, 네. 이네스 선생님, 이 아가씨는 누구인가요?"

"그건 지금 설명할게. 프란 님, 이 여성은 역사 담당인 리듀아예요. 그리고 지금 강의를 받고 있는 게 상급반 학생들입니다."

"응. 알았어."

학생들이 경악한 표정으로 이쪽을 보고 있다. 다만 그 놀란 감정은 프란이 아니라 이네스에게 향한 듯했다.

"저, 저 귀신 이네스 교관님이 어린아이에게……?"

"누, 누구야 저거. 진짜 이네스 교관님이야?"

"귀신이 이상해졌어!"

평소의 이네스와 지금의 이네스는 조금 다른가 보다. 학생들이 그것을 보고 경악한 듯했다.

"귀신? 사람인데?"

"아, 아니요. 신경 쓰지 마세요! 야! 지금 잡담한 사람! 나중에 기억해둘 거야!"

"히이익!"

과연 귀신 이네스 교관인가.

"아, 이쪽은 짧은 기간이기는 하지만 특별 모의전 교관으로 네 녀석들 애송이를 상대해주실 프란 님이다!"

"잘 부탁해."

"""'뭐어?!'"""

아까와는 또 다른 비명이 나왔지만 이네스가 다시 고함을 지르자 조용해졌다. 이게 그녀의 본성일 것이다.

"조용히 해!"

"""'......'"""

학생들도 입을 꾹 다물었다. 그런 면은 역시나다.

"네 녀석들은 모르겠지만 프란 님의 실력은 진짜다. 내일부터 가르쳐주시니 기대하고 있도록."

"응."

"웡!"

의기양양한 얼굴로 고개를 끄덕이는 프란과 소형견 크기의 울시를 보고 학생들이 다시 물음표를 띄웠다. 어떻게 봐도 이네스보다 강해 보이지는 않는다.

"이쪽은 프란 님의 종마인 울시다."

"잘 부탁해."

"윙윙!"

"""잘 부탁드립니다!"""

프란이 인사를 한 직후 학생들이 일제히 머리를 숙였다. 반신반의해도 여기서 어설픈 태도를 취하면 이네스의 벼락이 떨어지는 건 확실하니 말이다. 기회를 보는 능력, 분위기를 파악하는 능력은 갖춰져 있을 것이다. 그러나 이네스는 학생들이 자신의 말을 믿지 않는 게 불만인 모양이다.

"프란 님. 잠시 위협해주시지 않겠습니까?"

"……알았어."

아마 위압 스킬로 위협하라는 의미였을 것이다. 하지만 프란은 다른 방법을 골랐다. 아까 학생들에게 살기를 보내 위협했던 일이 마음에 걸렸을 것이다.

"응."

프란이 무영창으로 발동한 건 빛덩어리를 생성하는 술법이다. 학생들의 시선이 천장 근처의 빛덩어리에 집중됐다. 그리고 알아차렸을 때는 학생들의 시야에서 프란의 모습은 사라져 있었다.

순식간에 프란이 사라져서 학생들에게 술렁거림이 퍼졌다. 진짜 순식간이었으니 말이다.

똑똑.

교실 뒤에서 소리가 울리자 학생들 전원이 황급히 고개를 돌렸다. 그들이 목격한 것은 교실 가장 뒤에 조용히 서서 완전히 기척을 차단한 프란의 모습이었다. 거기에 있었지만 벽을 두드릴 때까지 전혀 눈치채지 못했을 것이다. 근처에 있는 학생이 의자에서 미끄러져 떨어질 기세로 놀라서 눈을 동그랗게 뜨고 있었다.

프란이 한 건 단순하다. 빛덩어리로 시선을 끌고 기척을 지워 고속 이동했을 뿐이다. 하지만 학생들은 뭐가 뭔지 알 수 없었을 게 틀림없다.

그러나 전원의 눈을 속이고 순식간에 이동해 보임으로써 그 실력은 충분히 보여줬다. 이게 전장이었다면 아무것도 못 하고 쓰러진 건 틀림없기 때문이다.

나아가 상급반의 학생은 무영창이나 기척 차단의 난이도를 알아차릴 수 있을 정도의 지식은 가지고 있었다. 이제 우습게 보는 표정을 짓는 학생은 한 명도 없었다.

"흐음. 네 녀석들 애송이라도 프란 님 실력의 일부분은 엿볼 수 있었을 것이다. 내일부터 기대해라. 그러면 가시죠."

"응."

"그럼 실례했다."

그 후 거의 같은 과정을 다섯 번 정도 반복하고 순회 인사는 종료됐다.

그런데 마지막에 안내된 교사 준비실에서도 같은 반응인 건 어떻게 된 일이지? 이네스는 교관 중에서도 리더인지 그런 그녀가 프란에게 존댓말을 쓰는 게 어지간히 신기한 모양이다.

모의전을 담당하는 교관은 몰라도 기초나 전술론 등을 담당하는 교사들은 그렇게까지 강하지 않아서 프란의 실력을 간파하지 못하는 듯했다.

특전반은 내일 과외 수업에서 돌아온다고 하니 편입 인사와 함께 하면 될 것이다.

이네스에 의한 안내가 끝난 후 다음으로 향한 곳은 부지 중앙

부근에 있는 이어진 세 탑, 삼련탑이었다. 세 탑이 연결 통로로 이어져서 기숙사로 쓰이고 있다고 한다.

"프란 님을 특전반에 소개하는 건 내일입니다. 아침에 아까 간 교관실까지 오셔야 하는데, 괜찮으시겠어요?"

"응. 알았어."

"아, 맞다. 그리고 기숙사 등의 방에 모시고 가라는 지시를 받았으니 이대로 안내해드리겠습니다."

기숙사까지 준비해줬나. 하지만——.

"기숙사? 지금 여관에 묵고 있어."

그렇다. 게다가 프란은 지금 묵고 있는 녹색 고목정을 마음에 들어 한다.

"기숙사라면 저렴합니다——아니, 프란 님께는 별로 상관없겠군요."

이네스도 프란이 고위 모험가라는 사실을 떠올렸을 것이다. 랭크 B 모험가쯤 되면 웬만한 상인보다 훨씬 소득이 높다. 그야말로 의뢰 한 번으로 이네스네가 받는 월급의 몇 배를 벌어도 이상하지 않았다.

"고급 여관인가요?"

"응? 그렇게까지는 안 비싸."

고급 여관은 아니지만 있기 편하고 정령을 가까이서 느낄 수 있다. 지금의 프란이 중요시하는 건 정령에 관한 일이다. 정령 마술 수행에는 여관이 더 적합할 가능성도 있다. 다만 마술 학원에는 정령이 잔뜩 있다. 그렇다면 여기에 묵는 게 더 나으려나?

"이네스, 기숙사에는 정령이 많이 있어?"

"네? 정령이요? 으음……. 있는 건 알지만 본 적은 없네요."

"한 번도?"

"정령술사가 일부러 보이게 하지 않으면 하급이나 중급 정령의 본체는 보이지 않으니까요. 대정령 같은 강대한 힘을 가진 존재라면 역시 저희에게도 보인다고 해요."

"그래?"

"들은 이야기지만요."

그야말로 클림트가 진정시켰다는 대정령. 그 모습은 많은 사람에게 목격됐다고 한다.

"뭐, 학원의 정령은 오히려 은밀성을 중시하고 있는 것 같으니까 정령 마술을 쓸 수 없는 사람에게는 다른 것보다도 보이기 어렵지 않을까요?"

그렇다면 정령 부리기의 수행이 별로 안 되려나? 아니, 오히려 수행이 되려나? 반드시 있는 건 확실하니까 그걸 느끼려 하면 좋은 수행이 될지도 모른다.

"으음."

"그리고 기숙사라면 직장까지 가까워서 편하기는 해요. 식사도 나오고요."

"식사?"

"욍?"

거기에 혹한 거냐. 뭐, 프란과 울시에게는 중요하겠지.

"네? 네, 매일 다른 식사가 나와요."

예상 이상의 반응에 이네스가 당황하고 있다. 지금까지는 무슨 이야기를 해도 담백한 반응이었는데 갑자기 눈을 빛내며 되물었으니 말이다. 프란과 울시의 눈빛을 받으면서 최근 메뉴를 가르쳐줬다.

"아침은 대개 같지만 점심, 밤은 매일 달라요. 양도 많고요."

"맛있어?"

"윙?"

"맛이요? 저, 저는 그런 건 별로 신경 쓰지 않아서……. 맛없지는 않아요."

적어도 엄청나게 맛있다고는 할 수 없는 듯했다. 기대는 할 수 없는 건가? 그러나 프란과 울시는 식당의 요리가 마음에 든 모양이다.

"먹고 싶어. 먹고 나서 정할래."

"식사로 결정하시는 건가요?"

"당연해."

"윙."

"그, 그러신가요……. 지금이라면 아직 점심을 먹을 수 있을 테니 식당으로 가보죠."

"응."

1000명 규모의 사람이 한 번에 들어갈 수 있는 엄청나게 넓은 식당이 있다고 한다. 다만 그쪽은 학생용이고 교사용 식당 쪽이 차분하게 식사를 할 수 있다고 했다. 나오는 메뉴는 똑같다고 하니 그쪽이 좋을 것이다.

"이게 좁아?"

"학생용은 여기의 열 배니까요."

교사용 식당도 100명은 식사를 할 수 있는 넓이였다. 청소가 빈틈없이 돼서 나름대로 깔끔하고 분위기는 나쁘지 않았다. 프란과 울시에게는 아무래도 좋은 일이지만. 둘에게 중요한 건 식사의 내용뿐이다.

"잠시 기다리세요."

"응."

이네스가 카운터로 잰걸음으로 갔다. 그리고 앞치마를 두른 아주머니와 뭔가 대화를 나눴다. 이쪽을 가리키고 있으니 프란과 울시의 이야기를 하고 있는 거겠지.

"오늘 메뉴는 콩과 간 고기 수프에 샐러드, 치즈 얹은 고구마, 피시 파이, 과일입니다. 못 드시는 건 있나요?"

"없어."

"그럼 잠시 기다리세요."

"많이."

"알겠습니다. 그리고 울시의 몫도 준비해준다고 하는데, 깊은 접시에 담으면 될까요?"

"응. 그렇게 해줘."

"웡."

그리고 이네스가 식사를 날라 왔다. 방금 들은 대로의 메뉴다. 많이 달라고 부탁했기 때문인지 수프와 고구마는 이네스의 두 배 가까운 양이었다.

"수프와 고구마는 더 먹을 수 있어요."

겉모습은 나쁘지 않다. 다만 요리의 냄새를 맡은 프란과 울시의 표정은 미묘했다.

사전 준비가 미흡하고 조미료도 그렇게까지 많이 쓰지는 않았을 것이다. 냄새를 맡은 것만으로 거기까지 이해한 모양이다. 둘의 좋은 후각을 어처구니없어하면 되는 걸까, 쉽게 알 수 있을 만큼 엉성한 요리를 한탄해야 할까.

양도 많고 야채류도 풍부해서 영양은 균형 있게 섭취할 수 있을 것 같은데…… . 학생들의 배를 채우는 게 우선이라 맛은 그럭저럭이어도 된다고 결론지었을지도 모른다.

"잘 먹겠습니다."

"윙."

"우물우물…… ."

"와구와구…… ."

한 입 먹은 것만으로 프란과 울시의 기분이 급강하했다. 기대를 배신당한 어린아이의 얼굴이란 이렇게까지 애처로운 거였나?

『어때?』

둘의 표정을 보면 맛도 상상할 수 있지만 일단 물어봤다.

'보통…… .'

'워후…… .'

맛없지는 않지만 엄청나게 맛있지도 않다. 양은 많지만 대량으로 먹고 싶지도 않다. 그런 느낌인가 보다. 역시 학원의 식사는 영양을 섭취하고 배를 채우는 게 우선일 것이다. 몇천 인분이나 만들 테니 어쩔 수 없다고는 생각하지만.

"왜 그러세요?"

"응. 기숙사에는 안 살래."

"윙!"

"여관에서 다닐게."

"아, 네에……."

진지한 얼굴로 여관을 쓰겠다고 하는 프란과 울시를 보고 이네스는 당황했다. 속으로는 '기껏해야 요리로?'라고 생각하고 있을 것이다. 하지만 프란에게는 가장 중요한 사항이다.

"아, 알겠습니다. 그러면 통행 허가를 내드릴게요."

"부탁해."

"윙."

그 후 이네스를 따라 간 서무과 같은 곳에서 학생 수첩과 교원 수첩을 받았다. 그곳에는 선명하게 프란의 이름이 인쇄되어 있었다. 마법을 쓰면 간단할지도 모르지만 지구의 당일 서비스 못지 않게 빠르지 않을까?

"이 뒤에는 어떻게 하실래요?"

오늘 가야 할 곳은 다 돌았는지 가고 싶은 곳이 있으면 안내해 주겠다고 했다.

그리하여 우리는 궁금했던 장소를 이네스의 안내로 돌아보기로 했다.

처음에 간 곳은 부지 안의 다양한 시설 중에서도 특히 이채로운 설산이다.

"오오."

"윙윙!"

흰 눈이 사방에 깔리고 그대로 중앙으로 가면서 점점 높아졌다. 설산이라기보다 겔렌데 같다고 해야 하나?

"설산 등산의 훈련이나 눈 위에서 하는 기초 전투 훈련에 쓰입니다."

"들어가도 돼?"

"지금이라면 상관없어요."

"울시, 가자."

"웡!"

이네스의 허가를 받은 직후 프란과 울시가 설원으로 달려나갔다.

프란도 울시도 눈을 처음 보는 건 아니다. 마랑의 평원에도 내렸다.

주위는 일반적인 풍경인데 여기만 눈이 쌓였다는 불가사의한 광경에 흥분한 거겠지.

프란의 다리가 무릎까지 푹푹 파묻히고 있군. 마치 막 내린 듯한 부드러움이다.

분명히 겨울 동안 내려 쌓인 눈을 모아 녹지 않도록 식히고 있는 줄 알았는데 아무래도 아닌가 보다. 내 상상대로의 방법이라면 특히 산이 된 부분은 압박되어 얼음처럼 딱딱해졌어야 했다. 제설 작업으로 한곳에 모은 눈이 완전히 단단해져 줄곧 남아 있는 그것이다.

눈투성이가 될 때까지 뛰어다녀 만족했는지 프란과 울시가 이네스에게 돌아왔다. 그리고 프란이 살짝 흥분한 기색으로 물었다.

"이건 어떻게 한 거야?"

"빙설 마술 등등을 써서 유지하고 있어요."

매일 마술로 눈을 생성하고 있다고 한다. 단단해진 눈은 녹여서 물로 되돌리고 그걸 다시 눈으로 만들고 있다는데, 마술사가 몇백 명이나 있는 마술 학원에서만 할 수 있는 방법일 것이다. 빙설 속성은 희귀하지만 학생도 포함하면 나름대로 숫자가 있다고 한다.

"그래도 이 시기뿐이지만요."

바깥 기온이 그렇게까지 높지 않은 지금 시기에만 만들 수 있
나 보다.

여름철에는 덤불 무성한 동산으로 산행 훈련 등에 쓰인다고
한다.

그 뒤에는 바위산이나 호수, 습지 등 주로 실습에 쓰는 연습장
을 보고 다녔다. 대부분 마술사나 정령들이 정비를 하고 유지하
고 있겠지.

"연습장은 대개 안내했습니다. 다음은 어떻게 하시겠어요? 슬
슬 해가 저무는데요."

"음……. 제로스리드는 어디에 있어?"

"죄송합니다. 오늘은 안내하지 말라고 지시를 받았어요. 다만
서로 진정되면 학장님과 함께하는 조건으로 면회할 수 있다고 합
니다."

"……알았어."

그야 그렇다. 제로스리드를 죽일 뻔했는데 오늘 안에 만나게
해줄 리도 없다. 프란도 밑져야 본전으로 물어봤는지 그렇게까지
실망하는 기색은 없었다.

"그럼 로미오는?"

"그쪽도 어려워요. 자고 있어서요."

그러고 보니 사기 때문에 건강이 나빠졌다고 했던가. 하지만
로미오가 자고 있는 이유는 그것뿐만이 아니었다.

"병문안은 못 해?"

"아…… 글쎄요……."

뭐지? 묘하게 이네스의 말이 모호하군.

"죄송합니다. 로미오라는 소년이 자고 있다는 건 거짓말이에요. 프란 님이 직원실에 왔을 무렵에는 이미 눈을 떴다고 해요."

"? 왜 그런 거짓말을 했어?"

"로미오 소년과 프란 님을 만나게 하지 말라는 지시를 받았습니다."

"무슨 소리야?"

"실은 프란 님을 무서워하고 있어서요……."

프란이 제로스리드에게 달려든 그 사건. 피해를 받은 건 목을 베일 뻔한 제로스리드와 프란의 살기를 받은 불운한 학생들뿐만이 아니었다.

큰 대미지를 입은 사람이 또 한 명 있었던 것이다. 그게 제로스리드와 특수한 힘으로 연결된 로미오였다. 위날렌도 말했다. 제로스리드와 로미오는 누군가가 다치면 상대도 다치는 성가신 상태에 있다고.

그리고 프란이 제로스리드에게 부상을 입혔다면──.

프란이 살짝 충격을 받은 모습으로 입을 열었다.

"로미오도, 다쳤어?"

"네……. 그, 완전히 같은 대미지가 아니라 기껏해야 10분의 1 정도 되는 상처라고 해요. 다만 세 살짜리 아이여서……."

살짝 다친 것만으로도 큰 상처일 것이다.

"로미오는 괜찮아?"

"상처는 바로 나았다고 해요. 다만 그 상처가 누구에 의해 생긴 건지 이해하고 있는 듯해서요."

그래서 프란을 무서워하고 있는 건가. 아무래도 간접적으로 로미오도 죽일 뻔했다는 게 알려지면 프란이 동요할 거라고 생각해 최대한 그 사실을 숨기려 한 모양이다.

로미오를 만나러 가겠다고 말을 꺼내서 진실을 이야기해 준 건가. 적당히 얼버무렸다간 나중에 가겠다는 말을 할 테니 말이다.

"……오늘은 돌아갈게."

"알겠습니다."

어깨를 늘어뜨리고 그렇게 중얼거린 프란을 이네스가 걱정스러운 얼굴로 정문까지 바래다줬다. 이런 얼굴을 하고 있으면 나이에 어울려 보이는 거겠지.

"사정은 들었습니다. 저기, 로미오에 관해서 예측하는 건 불가능하니 너무 신경 쓰시지 않는 편이 나을 것 같습니다."

"고마워."

그렇게 대답하면서도 프란의 얼굴은 펴지지 않았다. 머리로는 알아도 세 살짜리 아이를 죽일 뻔했다는 사실이 속절없이 프란의 마음을 침울하게 하고 있었다.

『뭐, 다행히 죽이지 않았어. 지금은 그걸 기뻐하자.』

"응……."

"윙."

"고마워, 울시."

울시가 손을 핥자 프란의 얼굴이 살짝 풀어졌다. 그러나 이로써 제로스리드에 대한 복수가 멀어졌다고 할까, 어려워졌다.

위날렌이 로미오네의 계약을 해제하지 않는 한 다치게 하는 것조차 할 수 없게 된 것이다. 프란이 다시 격앙해 때리기만 해도 로미오가 죽을지도 모른다.

위날렌이 불평했던 대로 성가신 계약이었다.

"우물우물……."

"와구…… 와구와구."

여관으로 돌아온 프란은 밤이 돼도 기운이 나지 않는 상태다.

눈에 보이게 침울한 건 아니지만 평소의 기세가 느껴지지 않는다. 놀랍게도 식사 중인데 기운이 없었다. 스푼을 움직이는 손의 움직임도 느리고 식사에 집중하지 못했다.

메뉴는 고기가 듬뿍 든 스튜와 걸쭉한 감자. 검은빵, 호밀빵, 버터롤까지 빵 세 종류. 생선 오일 절임이 든 샐러드에 집에서 만든 초절임 야채와 치즈 파스타라는 상당히 호화로운 것이다. 맛도 더할 나위 없다. 하지만 프란의 식사 속도는 학원 식당과 같을 정도였다.

이상 사태다. 평소의 프란이라면 맛있는 것을 먹으면 대부분의 고민거리는 잊기 때문이다.

옆에서 식사를 하는 울시도 프란을 신경 써서 평소의 기세가 없었다. 곁눈으로 프란을 힐끗거리며 밥을 먹고 있다.

『프란, 아직 로미오가 신경 쓰이는 거야?』

"응……."

이런. 로미오의 이름을 들은 순간 프란의 표정이 눈에 띄게 흐려졌다. 역시 로미오를 다치게 한 것을 마음에 담아두고 있는 모양이다. 내가 아무리 어쩔 수 없었다고 해도 딱 떼어버릴 수 없을 것이다. 마침내 스푼이 멈추고 말았다.

그런 프란에게 말을 건 것은 여관의 주인 할머니였다.

"아가씨, 오늘은 무슨 일 있었던 게냐?"

"응......."

"괜찮다면 들려주지 않겠니? 그런데 그건 여기서 고민해서 어떻게 될 일인가?"

"그건......."

"이건 엘프에게 전해지는 말인데....... 새싹은 깊은 숲의 잿더미에서 나온다는 말이 있단다."

"?"

엘프의 속담 같은 건가?

"설령 사는 숲이 불타도 언젠가 나무들은 다시 자라 새 숲이 탄생하지. 즉 살아 있는 한 뭐든 일어날 가능성은 있지만 중요한 건 그 뒤라는 의미야. 돌이킬 수 없는 일도 있어. 잃어버린 건 돌아오지 않을지도 몰라. 하지만 그 일을 자신의 양분으로 삼아 앞으로도 살아가는 수밖에 없는 거야."

긴 수명을 가진 엘프다운 인생관일지도 모르겠다. 인간보다 훨씬 오래 사는 그들의 인생은 분명 온갖 사건이나 고난의 연속일 것이다. 그것들을 전부 신경 쓰고 후회한다면 마음이 짓눌려버릴지도 모른다.

그래서 계속 마음에 두지 않고 경험을 양분 삼아 살아가는 편이 건설적이다. 그런 말을 하고 싶은 거구나.

"......응?"

프란도 그 말을 이해하려 했지만 바로 팔짱을 끼고 고개를 갸웃거리고 말았다. 나 역시 말의 의미는 알지만 진짜 이해했느냐고 묻는다면 솔직히 미묘하다.

아직 13년밖에 살지 않은 프란이 납득하기에는 조금 어려운 말일 것이다.

"흐음……. 아가씨는 아직 이해 못 하려나. 뭐, 우리 엘프 노인들이 이 나이가 되어 겨우 절절하게 느낀 말이니."

"……죄송합니다."

"나야말로 미안하구나. 강요가 심했어. 다만 한마디만 해도 되겠니?"

"응."

"맛있는 밥은 집중해서 먹는 게 더 맛있단다."

"! 그건 그래."

할머니가 위로하려고 여러 말을 해줬지만 결국 마지막 말이 가장 마음에 와닿은 모양이다.

하지만 그것으로 할머니와 프란은 서로 통한 듯했다. 순간 마주 보고 둘 다 고개를 끄덕였다.

"다른 일을 생각하며 먹는 건 밥에 실례야."

"그렇고말고."

"응."

프란이 일사불란하게 식사를 하기 시작했다. 완벽하지는 않지만 기력이 돌아왔나 보다. 그리고 그 얼굴에 희미하게 미소가 떠올랐다. 이로써 평소의 기운이 나와 주면 좋으련만…….

그렇게 생각하는데 다시 프란의 손이 멈췄다. 역시 허세였나? 그렇게 생각했지만 할머니의 움직임도 멈췄군. 그리고 두 사람의 시선이 같은 곳을 향했다.

"호오? 어떻게 된 거지?"

"……정령?"

아무래도 고목의 정령이 식당 입구 부근으로 내려온 모양이다. 프란과 할머니가 똑같은 한 점을 응시하고 있었다. 프란이 자신과 같은 곳을 보고 있는 것을 알아차린 할머니가 놀란 모습으로 프란에게 물었다.

"혹시 보이는 게냐?"

"뭔가, 있어?"

역시 보이지는 않나. 하지만 프란이 그렇게 대답하자 할머니가 순간 눈을 크게 뜨더니 바로 웃기 시작했다.

"홋홋홋. 정령님 마음에 꽤 들었나 보구나."

"무슨 소리야?"

"재능이 있어도 정령님이 싫어하면 느낄 수는 없어. 그렇고말고. 정령님은 아가씨를 보고 있구나. 기운이 없는 걸 걱정하고 있는 것 같네."

"!"

"마음에 들지 않는 상대라면 쫓아내는 경우도 있는데……. 정령님이 엘프 이외에 이렇게까지 마음을 허락한 건 몇십 년 만이지 않을까?"

"마음을 허락해줬어?"

"그래. 걱정하고 있어."

할머니의 말에 이번에는 프란이 눈을 동그랗게 떴다. 하지만 정령이 그렇게까지 프란을 마음에 들어 한 이유를 알 수가 없네.

고작 하룻밤 묵었을 뿐이잖아? 아니, 프란의 귀여움에 정령도 넘어간 걸지도 몰라. 정령마저 매료시키는 프란. 음, 말이 돼.

"하지만 난 아무것도 안 했어."

"정령님은 순수하고 다정한 상대를 좋아하시지."

귀여움이 아니었다. 하지만 프란의 순수함을 간파할 줄이야, 제법 안목이 있는 정령이다. 뭐, 내게는 보이지 않지만. 프란도 정령을 더 느끼려고 했는지 탐지 계통의 스킬을 기동시켰다. 그러나 바로 근심스러운 표정을 지었다.

『왜 그래?』

'스킬을 써도 전혀 모르겠어.'

아무래도 변화가 없나 보다. 그 모습을 본 할머니가 조언을 해줬다.

"일반적인 탐색 방법으로 정령님은 볼 수 없단다."

"그래?"

"드러나지 않는 정령님을 보려면 정령 마술의 스킬이나 정령안이 필요하지. 그중 한 쪽의 소질이 있는 사람은 미약하게 느낄 수 있다고 하던데."

나머지는 뭔가 계기를 붙잡아 스킬을 개화시키는 수밖에 없다고 한다. 느낄 수 있다는 건 뭔가를 거머쥘 뻔한 증거라고 한다. 다만 엘프는 철들기 전에 정령을 볼 수 있게 되기 때문에 어떻게 해야 좋으냐는 질문에는 대답하지 못했다.

"……정령님?"

"…… ."

프란이 정령이 있을 것 같은 곳으로 말을 걸었다. 당연하지만 아무런 반응도 없었다. 프란도 알 수 없을 것이다. 하지만 할머니는 눈을 가늘게 뜨고 미소 짓고 있었다.

"그래요. 정령님, 다행입니다."

"정령님이 왜?"

"기뻐하고 있어. 아가씨를 축복하고 계시는구먼."

"축복?"

"뭐, 잠시 동안 나쁜 것을 물리쳐주는 힘을 주셨다고 생각하면 돼."

"오, 고마워, 정령님."

"지금은 이미 나무로 돌아가셨어. 변덕스러운 분이시거든. 하지만 제대로 듣고 있어."

"그렇구나."

프란은 정령이 있었던 것으로 보이는 장소를 응시했다. 한순간 위화감을 느끼는 정도는 할 수 있는 듯하지만 이동하는 정령을 뒤쫓는 건 무리인 모양이다. 어쩌면 프란도 알 수 있도록 정령이 잠시 기척을 내줬을지도 모르겠다.

"뭐, 저 상태라면 또 나와 주실 게다."

"기대돼."

그건 그렇고 이 기세라면 이 여관에 묵는 동안 진짜 정령 마술을 습득할지도 모르는 거 아닐까?

마술 학원으로 등교하는 첫날.

프란과 울시는 마술 학원을 향해 걷고 있었다.

『어제는 그때 이후로 정령의 기척은 안 느껴졌어?』

"응."

식당에서 한 접촉으로 정령이 만족한 걸까. 프란은 정령의 기척에 깨는 일 없이 어젯밤에는 푹 잤다.

『그 차림, 움직이는 건 어때?』

"문제없어."

『으음. 그건 그렇고 파괴력이 위험하네……. 프란은 그 옷 마음에 들어?』

"응? 방어력은 낮지만 움직이기 편해. 하지만 파괴력은 올라가지 않았다고 생각해."

『아, 그게 아니라 귀여움이라든가 세련됨 같은 감상은?』

"?"

틀렸나. 뭐, 프란이 여자아이다운 옷을 입고 "귀여워~"라고 기뻐하는 모습은 상상할 수 없지만.

프란은 마술 학원의 교복을 입고 있었다. 전투 훈련 때 등은 별개지만 이론 수업 중에는 교복 착용이 의무이기 때문이다.

이렇게 큰 학교쯤 되면 학생의 수도 막대하니 겉모습으로 알 수 있는 편이 여러모로 편리할 것이다.

매머드 학교답게 매점에 모든 사이즈의 교복이 준비되어 있어서 그 자리에서 구입할 수 있었다. 안감에 고급 천을 쓴 초고급품은 귀족용이겠지.

프란의 경우에는 통상 버전을 공짜로 받았다. 교관용 비품 대우라고 한다.

특전반의 교복은 마술 학원의 엠블럼이 어깻죽지와 가슴에 달린 진남색 블레이저와 붉은 바탕에 흰 선이 들어간 넥타이. 그리고 남색과 흰색 체크스커트다.

그 외의 부분은 마음대로 선택해도 된다고 해서 흰 옷깃의 셔츠와 회색 조끼형 스웨터, 흰 양말에 검은 로퍼를 골랐다.

뭐냐고? 내 취향인데 왜? 외투나 위에 걸치는 로브도 있어서 판타지 느낌이 나는 모습도 할 수 있었지만……. 일부러 지구의 학생복에 가깝게 해봤다. 그 편이 프란의 프리티함이 두드러지니까!

그건 그렇고 이렇게까지 지구식이 될 줄은 몰랐다. 이세계에서도 교복이 되면 이렇게 되는 건가? 아니면 신이 전파한 문화인가? 뭐, 귀여우니까 상관없지만!

『트윈테일까지 높게 했으면 완벽했겠지만…….』

그러나 거기에는 큰 문제가 있었다. 놀랍게도 높은 위치에서 트윈테일을 하려 하자 고양이 귀가 방해를 한 것이다. 지고의 고양이 귀가 지고의 머리 스타일과 충돌할 줄이야! 할 수 없이 매듭을 낮춘 얌전한 트윈테일을 했다. 뭐, 이것도 근사하지만.

"스승."

『응? 왜, 프란.』

"스승은 왜 작아졌어?"

『그야 이 차림으로 나를 메면 이상하잖아?』

"?"

기껏 블레이저 차림을 했는데 투박한 검을 메면 분위기를 망치잖아! 나는 단검 크기로 변형해 블레이저 안쪽에 매달려 있다. 지금의 나라면 크기 변형 정도는 오랜 시간 유지할 수 있다. 적어도 학교에 있는 동안에는 문제없었다.

여기에 통학 가방이 있으면 완벽하지만 그건 어쩔 수 없을 것이다. 차원 수납이 있는 한 방해밖에 되지 않으니 말이다. 하지만 그게 있어야 완성형! 역시 프란에게 들게 할까? 아니, 하지만——.

"스승…… 또 이상해."

어제 매점에서 교복을 고를 때도 받았던 빤히 쳐다보는 시선을 받고 말았다. 내 속의 사념이 새어 나왔나?

『하, 하하하. 안 이상해. 어디가 이상하다는 거야?』

"역시 이상해."

『큭……. 자, 자자. 그보다 정문이 보이기 시작했어.』

"……응."

후우. 어떻게든 넘겼나?

"…….."

넘긴 걸로 치자.

『수첩을 보여줘.』

"알았어."

수위에게 교원 수첩을 보이면 안으로 들어갈 수 있을 터였지만…….

"잠깐만, 아가씨!"

"응?"

"웡?"

교원 수첩을 제시하고 그대로 정문을 지나가려 한 프란을 수위 아저씨가 세웠다.

뒷문에 있던 침착한 분위기의 사람이 아니라 그야말로 전직 모험가 같은 엄격한 용모의 남성이다. 그 얼굴에는 곤혹스러운 빛이 있었다.

"아一, 아가씨, 학생이지?"

"응."

"그런데 지금 제시한 건 교원 수첩이지?"

"응."

"어?"

"응?"

학생 차림의 프란이 교원 수첩을 제시한 것을 의심하고 있는 듯했다.

"하지만 정령은 반응하지 않아……. 아아, 혹시! 고양이 귀에 늑대를 데리고 다닌다……. 이름을 가르쳐주겠어?"

"프란."

"역시. 불러 세워 미안했다. 이야기는 들었지만 한번 확인하지 않으면 본인인지 아닌지 알 수 없어서."

"응."

"윙."

교원 수첩이나 학생 수첩을 보이면 문제없다고 들었지만 역시 처음에는 좀 더 제대로 보일 걸 그랬다. 아니, 학생 수첩으로 할 걸 그랬다.

"어제 고용됐다고 들었는데, 학원 안 지리는 아나?"

"괜찮아."

아무리 그래도 오늘 갈 교실의 위치는 확인을 마쳤다.

프란은 수위에게 작별을 고하고 다시 걷기 시작했다. 그러나 바로 고개를 갸웃거렸다.

"?"

『왜 그래, 프란.』

"왠지 쳐다보고 있어."

프란이 중얼거리는 대로 주위 학생들의 시선이 프란에게 집중되어 있었다. 혹시 어제 사건의 피해자인가 했지만 시선에 공포나 겁먹은 빛이 없었다. 악감정이 없는 건 아니지만 질투나 초조함이 주인 듯했다.

"저 미소녀는 누구야."

"귀, 귀여워……!"

"잠깐만, 헬렐레하지 마!"

수수께끼의 미소녀로서 주목을 모으고 있는 모양이다.

흐흥! 뭐, 당연하지! 안 그래도 귀여운 우리 프란이 교복을 통해 평소와는 또 다른 귀여움을 손에 넣었다. 학생들의 시선을 독점하는 건 어쩔 수 없을 것이다.

남학생들이여! 수수께끼의 미소녀 전학생이다. 기뻐해라! 좋아하는 건 어쩔 수 없지만 쉽게 프란과 사귈 수 있다고는 생각하지말도록. 온갖 시련을 넘고 나를 쓰러뜨리지 못하면 프란과의 교제는 허락 못 한다!

뭐어, 미소녀 전학생 겸 귀신 교관이기도 하니까 바로 현실을 깨달을 거라고는 생각하지만…….

모험가들이 보내는 적의나 모멸에는 이미 익숙해졌지만 이렇게 주목받는 일은 드물어서 프란도 신경 쓰이는 모양이다.

『지금은 무시해. 이 학원에 있는 한 줄곧 이 상태일지도 모르고 익숙해지면 신경 쓰이지 않게 될 거야.』

"알았어."

일단 지금 부끄러워하는 표정의 남자들, 얼굴은 기억해뒀다!

주위에서 보내는 시선을 견디며 움직인 프란은 그대로 잰걸음으로 학원 안을 걸었다. 향하는 곳은 어제도 안내받은 모의전 교관용 준비실이다.

도중에 시선에 담긴 감정이 미묘하게 변하기 시작했군. 어제 인사한 반의 학생이나 상급생이 많은 구역에 들어갔기 때문일 것이다. 단순한 호기심뿐만 아니라 두려움이나 관찰하는 빛도 섞여 있었다.

아까보다 훨씬 압력이 있다고 생각했는지 프란의 얼굴은 모르는 체하는 표정이었다. 호기심 어린 시선보다 이편이 신경 쓰이지 않나 보다. 모험가로 익숙하기 때문일 것이다.

시선의 집중 포화를 헤쳐나간 프란은 우려했던 문제도 없이 목적지에 도착했다.

아니, 착각한 귀족이 시비를 걸어 날려버린다든가, 프란을 인정하지 못하는 천재 학생이 시비를 걸어 날려버린다든가, 불쾌한 교사가 시비를 걸어 날려버린다든가 여러 가지를 상상했던 것이다.

그야 프란이니 말이다. 하지만 정령의 감시가 있는 이 학교에 이상한 학생이나 교사가 있을 리가 없었다.

드르르륵.

"안녕."

"안녕하십니까, 프란 님. 오오, 제대로 교복을 입고 오셨군요."

"응."

준비실은 직원실보다 꽤 좁다. 게다가 창문도 작아 공기가 자주 탁해질 듯한 방이다. 그런 방에 어른 열 명쯤이 있었다. 전원이 가죽 갑옷을 걸친 모험가풍 모습으로, 모의전 교관이다. 전투 준비를 마친 지금의 모습이야말로 그들의 정식 복장이라고 할 수 있었다.

근육이 울끈불끈한 전직 모험가가 좁은 방에 북적거리는 그 광경은 숨 막힐 듯한 더위가 가득했다. 뭐랄까. 코가 없는데 땀 냄새가 나는 것 같다. 체육 교관실을 상상하면 될 것이다.

이네스가 똑바로 서서 맞이해줬다. 다른 교관들에게는 어제 소개와 등급 평가가 끝났기 때문에 이쪽도 진지한 얼굴로 똑바로 서 있었다. 그게 무더위를 더 추가하고 있지만 말이다.

"그러면 이제부터 특전반 교실로 안내하겠습니다."

"알았어."

"이쪽으로 오시죠."

안내받은 곳은 삼련학과탑의 2층에 있는 교실 중 하나였다.

보기에는 다른 방과 다르지 않은 지극히 평범한 교실이다. 안쪽에서 느껴지는 기척도 특별히 다른 교실과 다르지 않았다. 살짝 긴장한 사람의 기척이 스물 정도.

긴장하고 있는 건 프란이 오는 것을 알고 있기 때문일 것이다. 조금이라도 소식이 빠른 사람이 있으면 교관 겸 학생인 미소녀가 온다는 건 들었을 테니 말이다.

긴장감 이외에 색다른 점은 없었다. 교실 앞에서 엄청난 위압감이 나오고 있다든가 이쪽을 놀라게 할 정도의 마력을 뿌리지도 않았다. 사람과는 다른 기척이 섞여 있지도, 사기가 느껴지지도 않았다. 지극히 평범한 소년 소녀들의 기적이었다.

특별 전투반이라고 들어서 얼마나 대단한가 했는데…….

생각해보면 당연한가. 아직 학생이라 프란이 압도적으로 강하니 말이다.

덧붙이자면 이네스가 여러 학생을 상대할 수 있다는 시점에서 그 실력은 짐작할 수 있었다. 학생 중에서 전투력이 높은 정도일 것이다. 내가 기대가 너무 지나쳤나 보다.

특전반이라는 거창한 이름은, 특수한 출생이나 아주 희귀한 스킬을 가진 소년 소녀들만을 모은 문제아 반이라는 게 라이트노벨의 정석이니까.

"이 뒤의 수업은 모의전이 예정되어 있습니다만, 그 전에 프란 님을 소개할 시간을 가지겠습니다. 질문도 받으실 수도 있겠지만 대답할 수 없는 질문은 무시하셔도 괜찮습니다."

"알았어."

"그럼 가시죠."

"응."

문에 달린 흐린 유리에 비친 그림자를 보고 이네스가 왔다는 걸 안 걸까. 학생들의 이야기 소리가 단숨에 그쳤다. 이네스에 이어 교실로 발을 들인 프란에게 전원의 시선이 향했다.

학생들의 얼굴에 업신여김은 없었다. 다만 있는 것은 강한 곤혹.

"진짜 어린애야……."

"미, 미소녀! 졌어!"

"그럼 캐로가 한 말은 진짜였던 거냐!"

어제 프란과 대면을 마친 다른 반에서 이야기를 들었나 싶었지만 아무래도 그뿐만이 아닌 듯했다.

"다, 당신은! 역시!"

소란에 둘러싸인 교실 속에서 갑자기 한 학생이 놀라는 표정으로 일어났다. 하지만 놀라는 건 우리도 마찬가지였다. 그 소녀는 낯이 익었기 때문이다.

"캐로나?"

"아, 네! 기억해주셨네요."

"응."

그렇다. 그곳에 있던 것은 금발 이마 드릴 씨, 즉 캐로나였다. 그녀는 특전반의 일원이었던 것 같다. 캐로나가 사전에 프란의 정보를 반 친구들에게 가르쳐준 모양이다.

아마 교관 겸 학생의 이야기를 다른 반에서 듣는다→그 정보를 들은 캐로나가 프란이라고 예상한다→캐로나가 반 친구에게 프란에 대해 이야기한다, 라는 흐름이었을 것이다.

다만 반 친구들도 반신반의했나 보다. 흑묘족 소녀인데 실은 초실력파 모험가에 길드 마스터와 친하게 대화를 나눈다니, 지나치게 황당무계해서 어쩔 수 없지만.

그러나 다른 반, 캐로나, 이네스가 공모해 자신들을 속이고 있지 않는 한 눈앞의 소녀가 새로운 특별 모의전 교관인 건 확실해졌다. 그것을 알고 프란이 강자라고 겨우 믿은 듯했다.

"프란 님, 저 학생과 아는 사이신가요?"

"응. 모험가 길드에서 잠시 대화를 나눴어."

"그러셨군요. 이봐! 조용히 해!"

""""……."""""

여전히 멋진 통제력이다. 학생들이 일제히 입을 다물었다.

"소개한다. 이분은 프란 님. 이번에 특별 모의전 교관으로 부임하셨다! 프란 님의 모험가 랭크는 B. 그러나 전투력은 랭크 A에 비견된다! 학원장님이 보증하셨어. 더욱이 이명도 가지고 계신다. 흑뢰희의 이름은 들은 적 있겠지?"

들은 적이 없다고는 할 수 없는 분위기였다. 반의 태반은 고개를 세로로 흔들고 있었다. 정말로 프란에 대해 아는 듯했다.

"정보 수집은 제대로 한 것 같군. 모른다는 녀석이 있으면 정보 수집의 중요함에 대해 적어도 한 시간 정도 설교를 해야 했던 참이다."

아무래도 모험가 교육의 일환인 듯했다. 캐로나가 처음에 프란을 알아보지 못한 것을 보면 그 배움을 살리고 있는지 없는지는 헷갈리지만, 그래도 이름과 종족, 이명 정도는 배웠겠지. 단지 그것만으로 상대를 파악하기엔 실력도 통찰력도 부족한 것이다.

이네스 역시 그건 알고 있겠지. 그럼에도 지금부터 그런 정보의 중요함을 가르치고 있는 거다.

"다음 수업은 모의전인데, 그 전에 프란 님께 뭔가 질문이 있는 사람은 있나?"

여기가 지구의 학교였다면 수수께끼의 미소녀 전학생에게 온갖 질문이 날아왔을 것이다. 남자친구의 유무나 출신지, 좋아하는 타입 등등, 그런 질문 공격이 끝이 없었을 터.

그러나 학생들은 아주 조용해졌다. 교관이자 수준 높은 모험가. 경솔한 질문을 해서 기분을 상하게 하는 것도 무섭고, 뭘 물어야 좋을지도 알 수 없는 듯했다. 다만 아무도 질문을 하지 않는

267

건 그것대로 실례라는 것도 알고 있었다.

학생끼리 서로 눈짓을 하자 묘한 긴장감이 교실을 둘러쌌다. 그런 분위기를 깬 건 역시 금발 드릴 씨였다.

"……네!"

"캐로나인가. 좋다."

"프란 님은 교관과 학생을 겸한다고 하셨는데, 무엇을 담당하시는 건가요?"

"그건 내가 대답하지. 기본은 특전반에서 학생으로 지내신다. 다만 특전, 상급, 나아가 다른 여러 반의 교관도 겸하고 계셔서 그 시간만큼은 자리를 비우실 거다."

"알겠습니다. 감사합니다."

이건 사전에 우리도 설명을 받았다. 특별 모의전 교관으로서의 업무 외에는 특전반의 학생이라고 했다.

다만 프란의 경우에는 학점을 취득할 필요가 없어서 수업을 좀 쉬어도 문제없다. 사전에 수업의 내용을 설명받았지만 절반 정도는 받을 필요가 없었다. 함정 해제나 고블린의 해부 수업이나 모험가로서 활동하기 위한 기능을 익히는 수업이 많은 듯했기 때문이다. 프란에게는 새삼스러운 것뿐이었다.

그 뒤에 나온 질문은 쓰는 무기나 잘하는 마술에 관한 것이 많았다. 모의전 전에 정보를 모으고 싶은 듯했다. 그걸 살릴 수 있을지 없을지는 미지수지만.

"그러면 슬슬 시간이 됐군. 제5 모의전장으로 이동해라! 나와 프란 님이 도착할 때까지 모든 준비를 마치도록!"

"""네!"""

"프란 님은 이쪽으로 와주시죠. 일단 교관용 탈의실을 쓰십시오. 내일 이후에는 학생용이든 교관용이든 마음대로 쓰셔도 상관없습니다."

"알았어."

교관용 탈의실에서 평소의 장비로 갈아입고 모의전장으로 향했다. 아쉽게도 머리 스타일도 평소대로다. 묶는 데 익숙하지 않은 탓에 위화감이 있는 모양이다. 정말로 짧은 트윈테일 모습이었습니다.

향한 곳은 삼련탑에서 좀 떨어진 곳에 있는 넓은 운동장이었다.

휑뎅그렁하고 아무것도 없는 흙 필드가 펼쳐져 있었다. 그야말로 도쿄돔 몇 개분이라는 말로 표현할 수 있는 규모다.

그 모의전장에서 특전반의 학생들이 옷을 갈아입고 기다리고 있었다. 본격적인 가죽 갑옷이나 금속 갑옷 위에 학원의 엠블럼이 달린 외투나 로브. 전에 모험가 길드에서 캐로나가 입고 있던 것과 비슷했다.

확실하게 짜인 대열이 수준 높게 단련했다는 것을 드러냈다. 잡담을 하지 않고 직립한 채 기다리고 있는 학생들의 모습을 보고 이네스가 만족스러운 듯이 고개를 끄덕였다.

"그러면 지금부터 프란 님이 네 녀석들에게 힘의 일부를 보여주시겠다!"

교관으로 부임한 사람은 처음에 실력을 보이기 위해 모범 연무 같은 것을 하는 게 관례라고 한다.

"보통은 뭘 해?"

"글쎄요. 대개는 연습용 인형 등에 마술이나 무기(武技)를 날리

269

는 경우가 많네요."

교관 중에서 사람을 선택해 싸워도 되고 이 넓은 운동장에서 마술 등을 날려도 된다고 한다.

"그렇구나."

학생들이 흥미진진한 표정으로 이쪽을 보고 있다. 평가 절반, 기대 절반이려나?

사전 정보로 기대치가 상당히 올라간 것 같으니 섣부른 모범 연무로는 실망을 줄지도 모른다.

"저는 흙 마술을 쓸 수 있으니 표적을 생성하는 것도 가능합니다."

'스승, 어떡해?'

『그러네.』

이런 건 처음이 중요하니 지나칠 정도로 하는 편이 임팩트가 있을 것이다. 여기서 얕보일 수는 없으니 말이다. 우리는 좀 화려하게 가기로 했다.

"그러면 프란 님, 부탁드립니다."

"""잘 부탁드립니다!"""

"알았어."

프란은 터벅터벅 운동장으로 나아갔다. 최대한 학생들의 간을 떨어지게 해줄까.

『그럼 우선 이것부터 하자.』

"응!"

처음에 우리가 한 건 표적 만들기다. 프란이 지면에 두 손을 찌르고 마술을 발동시켰다.

직후 학생들에게서 비명이 나왔다. 눈앞에서 지면이 급격하게 솟아올라 높이 15미터 정도의 첨탑이 생겼기 때문이다. 발치에서 전해지는 진동과 굉음에 저도 모르게 목소리가 나온 모양이다.

"저, 저거. 어떻게 봐도 대지 마술이지?"

"흐, 흑뢰희는 뇌명 마술을 쓰는 거 아냐?!"

"그보다 혹시 마술사인가? 검사가 아니라?"

프란을 뇌명 마술도 그럭저럭 쓸 수 있는 검사라고 믿고 있었을 것이다. 마력이 약한 수인족이고 검사 같은 차림을 하고 있으니 말이다.

그러나 대지 마술을 쓴 것으로 마술 실력도 엄청나다는 것을 알아차린 모양이다.

하지만 이건 아직 시작에 불과하다.

"각성. 섬화신뢰."

"저런 검은 번개는 처음 봤어!"

"히에엑!"

"이, 이런 엄청난 마력⋯⋯. 저, 저런 어린아이가⋯⋯!"

흑뢰를 두른 프란이 내는 마력을 느끼고 많은 학생들이 파랗게 질려 있었다. 말이 많은 건 자신들을 진정시키기 위해서일 것이다.

이미 실력을 보이기에는 충분한 것 같지만 지금부터가 진짜다.

'스승, 맞춰줘.'

『그래!』

"하아아압!"

『최대한 화려하게 간다!』

처음에 날린 뇌명 마술은 선더 볼트였다. 프란이 두 발, 내가 네 발. 총 여섯 발의 전격이 흙 첨탑을 덮쳐 굉음과 함께 큰 구멍을 뚫었다. 하지만 여기에 첨탑이 무너질 정도의 위력은 없다. 처음이어서 소리와 겉모습의 임팩트를 중시해봤다.

"다음!"

『그래!』

선더 볼트는 맛보기고 이쪽이 진짜다. 나와 프란은 뇌명 마술 토르 해머를 동시에 발동시켰다. 상공에 복수의 마법진이 겹쳐지듯이 그려지고 아주 두꺼운 번개가 쏟아졌다.

프란의 토르 해머에 내가 날린 두 방이 겹쳐져 흙 첨탑을 집어삼켰다.

학생들은 폭풍과 굉음, 섬광에 시달리면서 그 자리에 버티고 서서 비명을 질렀다.

십여 초 후. 눈을 뜬 학생들이 본 건 무참한 첨탑의 모습이었다.

"……하, 하하."

"하, 한 방에 저렇게?"

"그, 극대 마술 아냐?"

파괴되어 절반 이하 길이가 된 첨탑은 표면이 흐물흐물하게 녹아 김을 내고 있었다. 일부는 증발하고 일부는 산산이 부서졌을 것이다.

그건 학생들 입장에서 보면 믿기 어려운 수준의 마술일 게 틀림없었다. 핏기가 가시는 걸 넘어 이미 웃음밖에 나오지 않는 느낌이었다.

하지만 프란은 아직 멈추지 않았다.

프란의 모습이 보이지 않는 것을 깨달은 학생들이 주위를 둘러 봤다. 직후 상공에서 무시무시한 마력이 나오자 겨우 프란을 발견한 모양이다. 일제히 그 얼굴이 상공을 올려다봤다.

"여기서 마무리."

『그래. 날려줘.』

"응!"

프란이 펼친 것은 혼신의 공기 발도술이다. 마술뿐만 아니라 프란의 실력을 보여주려면 검기도 중요하기 때문이다.

학생의 눈으로 쫓을 수 있는 아슬아슬한 속도로 달리는 프란의 손에서 눈에도 담기지 않는 검섬이 날아갔다.

한순간 뒤에 절단면에서 주르륵 무너져 떨어지는 첨탑을 학생들은 멍하니 지켜보고 있었다.

실제로 너무나도 엄청나서 얼마나 대단한지조차 이해할 수 없을 것이다. 엄청나게 대단하다고밖에 말할 방법이 없다. 그런 느낌이었다.

"후우."

『수고했어.』

"응."

내 전이로 개시 위치로 돌아와 이것으로 종료. 그럴 생각이었지만 여기서 이의가 제기됐다.

"웡웡!"

"응? 울시도 하고 싶어?"

"웡!"

울시도 오랜만에 후련해지고 싶은 듯했다. 프란이 남긴 파괴

흔적을 본 울시의 꼬리가 축 늘어져 있었다.

"그럼 그거 할래?"

"웡!"

울시의 칭얼거림에 응해 프란이 다시 공중으로 날아올랐다. 공중 도약 정도의 높이를 유지하며 두 마술을 발동시켰다.

대지 마술로 직경 5미터 정도의 판자를 만들고 그 위쪽에 광원을 생성하는 빛 마술을 발동한 것이다. 그 결과 지면에 진한 그림자가 생겨났다.

"워워워워워워워엉!"

울시의 포효에 응해 프란이 생성한 그림자의 안쪽에 직경 10미터 정도 되는 칠흑의 원이 그려졌다. 울시가 발동한 것은 암흑 마술 보텀리스 섀도. 그림자 필드를 생성해 그 아래쪽 전체를 집어삼키는 흉악한 마술이다.

뭐, 결점도 많지만. 우선 그림자가 없으면 발동하지 않는다. 나아가 집어삼키는 속도가 느려서 의외로 간단히 놓치며, 제어가 상당히 어려운지 사용 중에는 울시가 움직일 수 없다. 보텀리스 섀도라는 이름이 붙었으면서 한 번에 삼킬 수 있는 질량에는 한계가 있다. 더 나아가 완전히 집어삼킨 것을 다시 꺼낼 수 없어서 소재나 마석도 회수가 불가능하다. 그럼에도 불구하고 마력의 소모가 현격히 높다.

보기에는 화려하지만 쓰기에는 좋지 않은 술법. 적어도 고속 전투 중에는 절대로 쓸 수 없다. 뭐, 상대의 움직임을 순간 방해하는 사용법은 가능할지도 모르지만.

둔한 상대나 밤중에 기습을 가하는 용도는 가능할지도 모른다.

또한 이번처럼 쓰레기 청소에도 적합한 듯했다.

운동장에 남아 있던 첨탑의 잔해가 바닥없는 늪에 삼켜지는 것처럼 천천히 그림자 속으로 가라앉아갔다. 그리고 1분 뒤에는 깨끗하게 사라졌다.

원래의 빈터로 돌아왔군.

프란뿐만 아니라 울시까지 규격 외라는 것을 깨달은 학생들은 입을 크게 벌리고 운동장을 바라보고 있었다. 짧은 정숙의 시간이 흐른 후 이네스가 전속력으로 달려왔다. 그 얼굴은 열이 있는 것처럼 새빨갰다.

"프, 프란 님! 훌륭한 마술과 검기! 감사합니다! 저만한 것을 보여주시다니! 울시의 마술도 대단했어!"

살짝 들뜬 목소리로 프란과 울시를 칭찬했다. 힘을 눈앞에서 보고 상당히 흥분한 모양이다.

사전에 프란의 실력을 어느 정도 이해했을 이네스조차 이렇다. 학생들은 아직 넋이 나가 있었다.

다만 오늘의 수업은 이걸로 끝이 아니란 말이지.

사전에 이네스에게 들은 바로는 처음에 프란의 연무로 임팩트를 주고 그대로 학생들과 실제로 모의전. 가능하면 여기서도 살짝 따끔한 맛을 보여준다. 그렇게 부탁받았다.

수호 정령의 감시는 현재의 프란에게는 문제없다. 정식으로 특별 모의전 교관으로 인정받아 수업 중의 전투 행위나 부상은 거의 불문에 부쳐진다고 한다. 악의를 가지고 학생을 살해하지 않는 한 문책받을 일도 없다. 물론 수업 이외의 상황이나 학생으로 취급받는 경우에는 적용이 되지 않지만.

학생들은 이대로 모의전에 임할 수 있을까? 쉬게 하는 편이 좋지 않을까? 놀라고 진이 빠져서 기진맥진한 느낌이다. 그러나 이네스는 역시 귀신 교관이라고 불리는 사람다웠다.

"예정대로 모의전을 하고 싶은데 괜찮으시겠습니까?"

이대로 예정대로 진행하려나 보다. 다만 약간 걱정스러운 표정으로 프란에게 물었다.

"휴식은 어느 정도 필요하십니까?"

"휴식?"

"네. 30분이면 어느 정도 회복하시나요? 스태미나 포션, 마나 포션도 있습니다만."

큰 마술을 날린 프란을 한동안 쉬게 해야 한다고 생각한 모양이다. 그만큼 성대하게 상급 마술을 날렸으니 그렇게 생각해도 어쩔 수 없을 것이다. 일반적인 마술사 몇 명분이나 되는 마력을 소비했으니까.

하지만 프란은 아무렇지 않은 얼굴로 고개를 가로저었다.

"아무렇지 않아."

"아, 아무렇지 않으신가요……. 확실히 이미 땀도 멎었네요. 역시 대단하십니다……."

이네스는 휴식이 필요 없다는 말을 듣고 진심으로 놀라고 있었다. 다시금 프란의 규격을 벗어난 실력을 깨닫고 존경의 마음을 품은 듯했다. 완전히 격이 높은 상대를 보는 눈. 당장이라도 '언니'라고 부를 것 같다.

"그, 그러면 이대로 모의전을 이행하겠습니다."

"알았어."

이네스는 학생들에게 다시 돌아서 아직 넋이 나간 모습의 그들에게 날카로운 목소리로 호령을 했다.

"지금부터 프란 님과 네 녀석들이 모의전을 한다!"

바로 비명이 나왔다. 학생들의 얼굴에는 강한 두려움의 빛이 있었다. 조금 지나쳤나 보다.

그러나 강자에 대한 두려움을 극복하는 게 특별 모의전 교관과 벌이는 전투의 주된 목적이다. 오히려 잘된 거 아닐까. 이네스는 냉철한 눈으로 학생들을 노려보며 말했다.

"전원 전투 준비!"

"저, 전원인가요?"

"나는 전원이라고 말했을 텐데? 안 들렸나?"

"아니요! 들렸습니다! 죄송합니다!"

무심코 되물은 남학생이 이네스에게 호된 야단을 맞았다. 그것을 본 학생들은 그 뒤에는 전혀 입을 벌리지 않고 운동장 중앙 부분으로 달려나가 그 자리에서 진형을 짰다. 프란에 대한 공포를 이네스에 대한 공포가 약화시킨 모양이다. 아직 얼굴이 창백하지만 어떻게든 움직이기 시작했다.

아무래도 대여섯 명이 한 조로 파티를 짜고 그 파티끼리 연계를 할 생각인 듯했다. 이것저것 학생끼리 대화를 나누고 있는 건 작전 회의겠지.

"좋다. 그러면 프란 님, 부탁드립니다. 회복에 관해서는 양호 교사인 데덴을 불렀으니 걱정하지 마십시오."

"자기소개하겠습니다! 데덴이라고 합니다! 치유 마술을 습득했으니 팔 두세 개는 맡겨주십시오. 바로 재생하겠습니다!"

"알았어."

세 개라니⋯⋯. 아니, 여러 사람이라는 의미인가? 그리고 프란도 거기서 고개 끄덕이지 마! 너희 얘기를 듣고 학생들 얼굴이 굳어졌잖아!

그들에게는 자신들의 팔다리가 잘려 날아가는 미래가 보였을지도 모른다. 그 위험성이 낮지 않기 때문이다.

"그러면 모의전을 시작한다!"

이네스의 구호로 조용히 모의전이 시작됐다.

전위인 학생들은 무기와 방패를 들고 그 자리에서 움직이려 하지 않았다. 반격할 생각인가 했더니 후위의 보조 마술을 기다리고 있는 듯했다. 마술 내성을 올리는 주문과 방어력을 올리는 주문을 받아 프란의 마술에 대항할 생각인가 보다.

방어력을 올리는 건 일격에 쓰러지는 것을 막기 위해서인가? 다만 시작하고 저만큼 오래 굳어 있으면 광범위 섬멸 계통 마술에 전멸하지 않을까? 그리고 방어를 상승시켰다 해도 프란의 움직임에 반응할 수 있을까?

속도에서 압도적으로 우세한 상대와 싸울 때 방어력을 올리는 건 나쁘지 않은 선택지다. 하지만 그것도 상대의 움직임이 가까스로 보이는 경우에 한할 것이다. 애초에 보일 수도 감지할 수도 없는 상대인 경우 다소 방어를 올려봐야 의미는 없다.

고드다르파 못지않은 철벽의 방어력을 얻을 수 있다면 카운터를 노릴 수도 있다. 그러나 그들 수준의 마술로는 거의 의미가 없을 것 같았다.

아니, 이게 모의전이라는 전제로 보면 나쁘지는 않을지도.

아까 보인 마술이나 검기는 애초에 모의전에서 쓸 수 없다. 맞히면 즉사시키고 만다. 그렇다. 회피나 보조는 얼마든지 제 실력을 낼 수 있지만 공격에 관해서는 상당히 힘을 조절할 필요가 있었다.

학생들이 그 점을 고려했다면, 방어만 굳히면 어떻게든 될 거라 생각해도 이상하지는 않았다.

다만 그래도 되나? 이 모의전은 실전을 상정해 하는 거 아닌가? 모의전에서 상대가 힘을 조절하는 걸 전제로 작전을 세워도 되나? 뭐, 사전에 정보를 모아 분석하고 상황을 살폈다고 할 수도 있겠지만…….

"……."

이네스는 화난 얼굴이다. 역시 아닌 모양이다.

"프란 님. 녀석들에게 절망을 주십시오. 그야말로 마음을 꺾으셔도 상관없습니다."

"알았어."

살짝 제어하며 가려고도 생각했지만 이네스의 요청은 그 반대였다. 프란은 이네스의 말에 고개를 끄덕이며 운동장에 발을 내디뎠다.

그러나 학생들은 아직 움직이지 않았다. 역시 광역 섬멸 마술은 무시하고 수비를 굳혀 대처할 생각인 듯했다. 진부하지만 전위가 움직임을 멈추고 후위가 공격하는 계획.

천천히 걷는 프란을 관찰하는 학생들. 일거수일투족을 놓치지 않겠다며 눈을 접시처럼 뜨고 프란을 지켜보고 있었다.

이미 마술의 영창은 끝났고 화살도 메기고 있다. 프란이 어떤 행동을 취해도 대처할 생각일 것이다.

천천히 걸어 다가오는 프란을 보는 학생들의 얼굴에는 강한 두려움과 아주 약간의 의욕이 있었다.

이 수업은 학생들에게 압도적인 강자와 맞서는 일에 익숙해져 여차할 때 도망칠 수 있도록 하기 위해서 한다고 들었다.

본래라면 항복하는 것 이외에 선택지가 없는 상대와 억지로 싸우고 있으니 좀 가엽기도 하군. 다만 이 수업에서 절망을 맛보고 나중에 할 모험에서 같은 상황에 사고가 정지되지 않게 되면, 그게 언젠가 그들의 목숨을 구할지도 모른다. 지금 여기서 확실하게 깨지는 게 그들을 위한 일이 될 것이다.

그건 학생들도 이해하고 있는 듯했다. 애초에 승산이 없는 건 프란의 힘을 본 그들도 알고 있었다. 게다가 짓궂게도 이 모의전에는 승리 조건이 제시되어 있지 않았다.

프란에게 일격을 먹이면. 10분 동안 버티면. 특정 장소까지 도망치면. 그런 조건이 아무것도 없는 것이다. 즉 그들에게 남은 건 프란에게 깨지는 미래뿐이었다.

그래도 쓰러지기 전에 적어도 반격 한 번은 하려고 생각하고 있는 게 감탄스럽다.

'어떡해?'

『프란은 어쩌고 싶어? 마음대로 하면 돼.』

마술로 일망타진해도 되고 달려들어 전원을 쓰러뜨려도 될 것이다. 프란이 하고 싶은 대로 하면 된다.

"……응."

어째선지 얼굴을 살짝 찌푸리고 생각에 잠겼다. 학생들의 행동이 불만인가? 잠시 생각 후 작전을 떠올렸는지, 프란은 멈추지 않고 느긋한 발걸음 그대로 학생에게 다가갔다.

'스승은 방어만 해.'

『어쩔 생각이야?』

'응? 정면 돌파.'

서로의 거리가 30미터 정도로 가까워진 순간 학생들이 움직이기 시작했다. 다가오는 프란의 압력에 지지 않고 잘 끌어당겼다고 할 수 있을 것이다.

전위인 학생이 만드는 벽의 저편에서 무수한 화살과 온갖 종류의 마술이 일제히 쏟아졌다.

속성도 제각각인 건 각각의 특기인 술법을 썼기 때문인 듯했다.

이렇게 가까운데 겨냥은 조잡했다. 프란을 직격하는 궤도에 오른 건 전체의 절반 정도일 것이다. 아니, 일부러 그런 걸지도 모른다. 약간 피한 정도로는 도망칠 수 없도록 넓게 펼친 것이다. 꽤나 궁리했네.

평소라면 그 자리에서 뛰어 물러나거나 장벽으로 막을 터. 그러나 프란은 어느 행동도 취하지 않았다.

느긋한 발걸음을 멈추지 않고 쏟아지는 탄막을 응시한 것이다.

이대로 가면 맞는다. 학생들은 그렇게 생각했을 것이다. 기뻐하기는커녕 오히려 동요하고 있는 것을 알 수 있었다. 그들에게 이 공격은 견제일 뿐이고, 고위 모험가의 다리를 조금이나마 묶을 수 있다면 감지덕지. 그 정도로 생각했을 텐데.

예상 밖으로 성공할 것처럼 보인 탓에 놀라고 있는 거겠지.

뭐, 착각이지만.

"홋!"

프란이 나를 대충 휘둘러 화살을 쳐서 떨어뜨렸다. 그 뒤에도 마술을 베고 튕겨내고 탄막 속을 유유히 걸어갔다.

"화살을 벴어?"

"바보! 저 정도는 이네스 교관님도 해! 그 뒤가 더 중요해!"

"마, 마술을 벴어!"

"그보다 눈이야! 정확히 자신에게 영향이 있는 마술만 간파했다고!"

학생들이 놀라는 사이에도 프란은 변함없는 속도로 천천히 다가갔다. 그럴 때가 아니라는 걸 깨달았는지, 학생들이 다시 영창을 개시하고 화살을 쏘기 시작했다.

프란과 학생들의 거리가 15미터 정도로 줄어든 차에 두 번째 마술이 쏘아졌다. 이번에는 바람 마술이나 물 마술이 많았다. 확인하기 어려운 술법을 골랐을 것이다.

게다가 그 일제 사격에 맞춰 전위가 움직이기 시작했다. 프란이 원거리 공격을 막는 동안 접근해 공격하려 하는 것이다.

아까보다 정확하고 착탄 시간이 살짝 다르게 잇달아 쏘아지는 원거리 공격. 방어를 계속 시켜서 프란이 전위에게 반격할 틈을 주지 않을 생각인가?

마술을 벤 직후의 프란에게 전위 학생들이 일제히 달려들었다.

검사 네 명이 사방에서 달려들고 그 사이에서 창잡이들이 창끝을 내질렀다. 나아가 그 포위의 후방에는 제2진이 공격할 틈을 노리고 있었다.

전원이 제대로 동시에 공격하는 데다 겨냥도 정확하다. 파티

등의 대인원으로 몬스터 한 마리 등과 싸우는 훈련을 쌓은 덕택일 것이다.

그러나 지금 상대는 마수가 아니라 실력이 뛰어난 검사다.

"아니! 뭐야!"

"말도 안 돼!

"바, 반사?"

프란은 걸음을 멈추지 않았다. 그런데도 모든 검이 동시에 튕겨 나갔다. 뭐, 학생들에게는 그렇게 보였을 뿐 프란이 나를 초고속으로 휘둘러 검사들의 공격을 연속으로 튕겨냈을 뿐이지만.

정신을 차리고 보니 자신이 펼친 공격이 튕겨 나갔기 때문에 반사 마술에 막혔다고 착각한 학생까지 있는 모양이다.

창의 찌르기도 마찬가지다. 창끝이 튕겨 나가고, 공격의 벡터가 위로 어긋난 탓에 검사든 창사든 전원이 만세 상태로 프란 앞에 큰 빈틈을 드러내게 됐다.

"응. 일단 네 명."

"커헉!"

"쿠엑!"

배에 펀치 한 방씩 먹고 그 자리에 쓰러진 앞쪽 두 명은 그나마 낫나? 뒤쪽 두 명은 뒤차기를 명치에 맞고 몇 미터를 날아갔다. 게다가 의식을 잃지 않을 정도의 공격이어서 기절하지도 못하고 위액을 토하며 괴로워하고 있었다.

기절시키지 않은 건 회복시킬지 시키지 않을지 다른 학생에게 고민하게 만들어 한순간이라도 판단을 둔하게 만들기 위해서다. 그리고 고통에 몸부림치는 동료의 모습을 보여서 공포를 심겠다는 노림수도 있었다. 뭐, 그 밖에도 목적은 있지만 그건 지금은 아직 상관없다.

생각대로 제2진으로 뒤에 대기하고 있던 학생들의 출수가 둔해졌다. 그사이에 프란은 창잡이들의 처리를 끝냈다.

프란이 사용한 건 마력 방출 스킬이다. 지금의 프란이라면 마력을 총알처럼 날려 복수의 적을 동시에 공격할 수 있었다. 힘을 조절했다고는 하나 마력탄에 배를 공격당한 창사들은 검사들과 마찬가지로 눈물을 흘리며 몸부림치는 상태다.

학생들에게는 몇 초 사이에 전위의 절반 이상이 쓰러진 셈이 된다. 그 경악이 학생의 생각을 막고 더 큰 빈틈을 노출하게 했다. 전위 전원이 프란의 마력 방출 스킬에 공격당해 무력화됐다. 결국 공격을 시도하고 10초도 못 버텼군.

"쏴, 쏴!"

"이, 이대로 공격을 계속한들……."

"그래도 할 수밖에 없잖아!"

"기다려! 쓸데없이 쏘지 마!"

후위 학생들도 크게 혼란스러워하고 있다. 마구 마술을 쏘려고 하는 사람. 도망칠까 말까 고민하는 사람. 작전을 다시 짜려는 사람. 제각각이었다.

결국 산발적인 공격에 프란이 막힐 리도 없어서 피아의 거리가 10미터를 밑돈 시점에 절반 정도가 거리를 벌리기 위해 후퇴를 시작했다.

그러나 프란이 그걸 놓치지는 않았다.

프란은 갑자기 기어를 올려 단숨에 학생들과의 거리를 좁혔다.

그 뒤에는 일방적이었다. 후위라도 근접 전투에 대한 소양은 있겠지만 전위의 학생들에 비하면 역시 떨어졌다. 결국 아무것도 하지 못하고 전원이 보디블로를 먹고 쓰러지게 됐다.

하지만 전위 후위를 합쳐도 기절한 학생은 누구 하나 없었다. 우리의 목표대로다.

"……저기. 이대로 누워 있으면 일방적으로 공격할 건데?"

"?"

"어?"

프란의 말을 들은 학생들의 얼굴에 물음표가 떠올랐다. 고민하는 표정을 지으며 그 말의 의미를 필사적으로 생각하고 있을 것이다.

그리고 깨달았다.

"이, 일어나! 다들 일어나! 아직 모의전은 안 끝났어!"

"10초 뒤에 다시 공격을 개시할게."

"일어나!"

"젠자아아앙!"

프란은 전원에게 한 방씩 공격을 맞췄을 뿐이다. 학생들은 요란하게 날아갔지만 생명력은 크게 줄지 않았고 의식을 잃지도 않았다.

즉 모의전은 아직 끝나지 않았다.

음. 좀 가엽지만 이네스의 주문대로 절망을 줄 수 있을 듯했다.

그리고 이네스가 귀신 교관이라고 불리는 의미를 알았다.

"너희가 아주 빨리 끝내준 덕분에 시간이 아직 남았다! 기뻐해라! 2회전도 할 수 있다!"

데덴에게 간호를 받아 의식을 막 되찾은 학생들에게 그렇게 쏘아붙였던 것이다. 그때의 절망적인 얼굴을 말하자면 가엾을 정도였다. 나도 프란도 힘은 조절하지 않았지만 말이다.

그로부터 한 시간 후.

특별전투과의 모의전 수업 첫날이 끝났다.

엉망이 된 학생들이 비장한 얼굴로 정렬해 있었다. 일방적으로 유린당하고 한 번도 제대로 반격 못 했기 때문일 것이다.

그 얼굴에는 어딘지 모르게 분한 감정도 배어 있는 듯했다.

압도적인 힘의 차이를 봤으면서 이런 얼굴을 할 수 있을 줄이야……. 학생들은 내 상상 이상으로 근성이 있는 모양이다.

"그러면 오늘 모의전 수업을 종료한다! 장비 정비를 제대로 하도록!"

""""네!""""

"그리고 캐로나."

"네, 왜 그러세요?"

"프란 님을 학생용 탈의실로 안내해드려라."

"알겠습니다."

캐로나가 이 반에 있어서 다행이다. 다른 학생은 확실히 겁을 먹고 있으니.

물론 캐로나 역시 조금 주눅 들었다. 다른 학생과 마찬가지로 보디블로를 당하고 검기에 날아갔으니 말이다. 다만 조금이라도 대화를 나눈 적이 있고 전투 때가 아니라면 이야기가 통할 상대라는 걸 아는 점이 큰가 보다.

"그러면 안내하겠습니다."

"응. 고마워."

캐로나의 안내를 받아 프란이 걷기 시작했다. 그러나 양쪽 사이에 대화는 없고 침묵이 이어지고 있었다. 프란은 평소대로지만 캐로나는 긴장하고 있기 때문이다.

"저기…… 프란 님."

"응? 왜?"

"저기, 저희는 어땠나요?"

대범한 질문이로군. 아마 침묵을 견디지 못하고 무심코 입에 담은 질문이었을 것이다. 프란도 고개를 갸웃거리고 있었다.

"어떠냐니?"

"프란 님께 미치지 못하는 건 알고 있습니다만——."

"저기."

"아, 네?"

"님, 필요 없어."

"네?"

"프란 님이 아니라 프란이면 돼."

프란에게 말을 가로막혀 불안해 보이는 표정을 지은 캐로나였지만 바로 안도한 모습이 됐다. 그 대신 곤혹스러워했지만.

"하지만 프란 님은——."

"같은 반이니까 대등해. 위날렌이 말했어. 귀족도 유민도, 강자도 약자도 같은 반이라면 상관없다고."

실은 위날렌에게 학원에 대한 설명을 가볍게 받았을 때 들은 말이다.

이 학원은 상당히 특수한 곳이다. 외부의 지위나 명예는 상관없이 학생들은 정령 아래에서 평등하다. 귀족이 권력을 등에 업고 횡포를 휘두르는 일도, 강자라고 폭력을 가지고 다른 이를 협박하는 일도 허용되지 않는다.

반대로 약자가 입장이나 약함을 이유로 게으름을 피우는 일이나 평민이 귀족에게 평소의 울분을 푸는 일도 허용되지 않지만.

자주 라이트노벨 등에서 등장하는 설정인데, 나는 살짝 의문스럽게 생각하고 있었다. 학원 안에서 평등했다 해도 졸업 뒤에는 결국 신분 차가 생긴다. 그렇다면 신분 차가 있는 상대에게 어떻게 행동할지를 가르치는 편이 도움이 되지 않을까?

그런 의문을 던지자 위날렌이 쓴웃음을 지으며 가르쳐줬다.

실제로 학원 개교 당초에 성가신 귀족이 입학하지 않도록 만든 학칙이었다고 한다. 좋든 나쁘든 제대로 된 귀족이라면 평민과 평등하게 대접받는 학원에 자식을 넣으려고는 생각하지 않기 때문이다.

그러나 학원의 평판이 높아짐에 따라 평민과의 장벽을 없애고 싶은 귀족이나 자기 영지에 마술사를 영입하고 싶은 귀족 등이 그래도 상관없다며 자식을 입학시키기 시작했다. 그 흐름은 점점 가속화되어 지금은 전체의 30퍼센트 정도가 귀족 관계자라고 한다. 평등주의라고도 부를 수 있는 그 교풍은 지금은 당연하게 침투해 수업에서 평민이 귀족을 이기는 일은 예사고, 부상을 입혀도 아무런 문제가 없는 교풍이 만들어졌다.

학원의 전통은 베리오스 왕국 안에 뿌리내려 졸업 뒤에도 평민에게 관용적인 귀족이 많다고 한다. 귀족주의자가 적대시한다고 하지만 학원장인 위날렌은 최강 종족인 하이 엘프. 새삼 불평을 떠들 수 있는 사람은 없을 것이다.

즉 프란과 캐로나는 서로의 힘도 입장도 상관없이 지금은 대등하다는 뜻이었다.

프란으로서 교관일 때는 높다. 학생일 때는 학생과 같은 입장이다. 그런 인식이겠지.

"그, 그러면, 프란?"

"응."

"저희는 약한가요?"

어려운 질문이로군. 프란의 입장에서 보면 약하다. 하지만 상식적으로는 강하다고 할 수 있을 것이다. 각각이 랭크 E 모험가 못지않은 실력이 있고 연계도 일단 할 수 있었다.

오우거 정도라면 문제없이 이길 수 있을 거고, 이번에는 상대가 너무 나빴다. 하지만 캐로나는 그렇게 생각하지 않나 보다. 약간이나마 가지고 있던 자신감이 산산조각 난 듯했다.

"저희는 싸움을 생업으로 삼는 것을 목표로 특전반을 지망했어요. 저는 모험가를 목표하고 있어요. 그 밖에도 기사나 용병, 특수병 등 전투력이 중시되는 직업을 목표하는 사람뿐이에요."

"응."

"하지만 프란에게는 꼼짝도 못 했어요. 이길 수 있다고는 생각하지 않았지만 결국 한 번도 반격조차 못 하고……. 이런 꼴로 진짜 모험가가 될 수 있을까요?"

자신들의 실력이 어느 정도인지 알 수 없어진 모양이다. 불안한 듯이 고개를 숙이는 캐로나에게 프란이 입을 열었다.

"응. 약했어."

"그, 그런가요……. 그러네요."

가차 없는 말에 박살이 났는지 캐로나의 어깨가 축 쳐졌다. 알고 있어도 상대가 긍정하면 충격이 있을 것이다.

"마술을 쓰는 데 시간이 너무 걸려. 판단도 느렸어. 레벨도 낮아."

"네……."

"캐로나는 마술사인데 앞으로 너무 나와."

"네……."

"체술에 자신이 있을지는 몰라도 그걸로 쓰러뜨릴 수 있는 건 고블린 정도야. 강한 모험가가 되고 싶으면 더 단련해야 해."

"으으……."

이봐. 캐로나가 눈물을 글썽이고 있어. 하지만 사실이니 말이야. 그러나 프란의 말은 아직 끝나지 않았다.

"그러면 강한 마수에게 도망칠 수도 없어."

"……큭. 확실히 그럴지도 몰라요. 저희는…… 약하네요."

"응."

"역시 저희 따위는——."

"하지만 누구든 처음에는 약해. 이제부터 강해지면 돼."

캐로나는 무심코 걸음을 멈추고 프란의 얼굴을 응시했다.

"응?"

"……저희라도 강해질 수 있을까요?"

"당연하지. 단련하면 강해질 수 있어. 그건 누구든 똑같아."

"저, 정말로요……?"

"응."

프란의 말이 위로가 아닌 걸 이해한 걸까. 캐로나의 눈에 강한 빛이 깃든 것을 알 수 있었다. 흑묘족인 프란이 이렇게 강해졌다는 사실도 아주 크다. 최약 종족이라도 단련에 따라서는 이렇게 강해질 수 있다는 사실이 최고의 증명이기 때문이다.

"저 노력할게요. 더더욱 단련할게요."

"응. 열심히 해."

"네."

아직 어색하지만 겨우 웃게 된 캐로나를 보고 프란도 미소 지었다.

그 뒤에는 놀랄 만큼 대화가 늘어났다. 거리가 좁혀진 거다. 학생 식당의 식사가 미묘하다든가 어디 식당이 맛있다든가 하는 이야기뿐이었지만.

즐겁게 담소를 나누니 순식간에 탈의실에 도착했다. 여자 탈의실이라는 간판이 달려 있다.

그렇다, 여자 탈의실이다.

『프, 프란! 위험해! 나는 여기에 두고 가!』

'왜?'

『아, 아~…….』

들어가고 말았습니다! 비밀의 화원에 속이 아저씨인 내가! 안 봤어요! 안 봤다고요! 눈은 없지만 눈 감았어요! 저는 무해하고 신사적인 젠틀 웨폰이에요!

"어머, 엉덩이에 멍들었어."

"또 가슴 커졌어?"

"잠깐, 만지지 마~."

아, 안 봤다고요! 정말로! 하지만 소리만은 어쩔 수 없어요! 귀를 막을 수 없는 걸요! 마술을 써서 차단하는 방법은 있지만 여기서 그런 짓을 하면 수상하게 보일 테고. 할 수 없이! 그래요, 할 수 없이 소리는 듣고 있어요!

"너, 그런 데 점이 있네. 왠지 야해~."

"꺄아! 보지 마!"

『…….』

'스승? 왜 부들부들 떨고 있어?'

『아무것도 아냐. 빨리 옷 갈아입고 여기서 나갈래?』

'?'

전국의 남자 제군. 정말 미안하다! 불가항력이었어!

'……스승, 이상해.'

『으윽!』

안 돼! 이대로는 프란이 수상하게 생각해!

어떻게든 떨림을 참은 내게 고개를 갸웃거리면서 프란은 캐로나와 함께 탈의실 안을 나아갔다.

안은 피트니스 클럽이나 수영장 같은 대형 시설의 탈의실과 비슷한 구조로, 상당히 넓은 듯했다. 다른 반도 있는지 100명 이상의 여학생이 옷을 갈아입고 있었다.

아니, 바닥밖에 안 봤어요! 기척을 감지할 수 있을 뿐이에요! 바닥에 흩어져 있는 옷이 눈에 들어오는 건 불가항력이라고요!

그런 가운데 캐로나가 작게 소리를 냈다.

"앗."

"왜 그래?"

"저기, 탈의실에 안내하기는 했지만 갈아입을 옷이 없지 않으신가요?"

아아, 프란이 수업 전에 갈아입은 건 교관용 탈의실이니까. 일반적으로 생각하면 갈아입을 옷은 그쪽에 뒀을 것이다.

"괜찮아. 가지고 있어."

"어머, 시공 마술까지? 굉장해."

옷은 차원 수납에 넣어뒀다. 허공에서 교복을 꺼낸 프란을 보고 캐로나가 눈을 동그랗게 뜨고 있었다. 캐로나 앞에서는 상당한 숫자의 마술을 보였지. 그녀가 아는 것만 해도 불, 바람, 흙, 뇌명, 빛, 시공의 여섯 종류이니 그 다재다능함에 놀란 감정을 숨길 수 없는 모양이다. 물론 이미 많이 놀라서인지 그 반응은 흐릿했지만 말이다.

"캐로나?"

"아, 죄송해요. 프란은 로커 사용법은 알죠?"

"응. 이네스한테 들었어."

"프란의 경우에는 시공 마술이 있으니 별로 쓰지 않을지도 모르겠네요."

다음 수업은 마수학이라는 마수의 해체 등에 관한 강의라고 한다. 교관으로의 업무는 이 수업 뒤에 상급반을 상대하게 되어 있었다.

"그러면 교실까지 안내할 테니 옷을 갈아입죠."

"알았어."

프란과 캐로나가 옷을 갈아입기 시작했다. 으음, 옷을 스치는 소리가 묘하게 귀에 들어온다. 들어서는 안 되는 소리를 듣는 느낌? 살짝 두근거리며 프란네가 옷을 다 갈아입기를 기다리고 있는데 캐로나가 다시 소리를 냈다.

"어머."

"응?"

"아니요, 고랭크 모험가인데 피부가 아주 깨끗하네요?"

아, 일반적으로 역전의 모험가라면 어느 정도는 흉터 따위가 남아 있을 것이다. 다만 프란의 경우에는 내가 회복 마술로 고쳐서 흉터가 남기 힘들다.

전혀는 아니라도 눈에 띄는 흉터는 없다.

"뭔가 관리를 하고 계시나요?"

"관리?"

"네. 이 매끄러운 피부는 나이 때문만으로는 생각할 수 없어요."

"응?"

"뭔가 미용액 등을 쓰시는 건가요?"

관리라. 실은 하지 않는 건 아니다. 울무토의 여장 남자, 엘자 (본명 바르디슈)에게 받은 특제 미백 미용액을 들은 대로 피부에 바르고 있다. 노출하는 얼굴이나 팔다리는 특히 신경 써서.

프란은 처음에는 귀찮아했지만 익숙해지자 무조건 싫어하지는 않게 됐다. 뭐, 마랑의 평원에서 수행할 때는 빼먹었지만 지금은 매일 밤 스킨케어를 빼놓지 않는다. 받은 미용액이 떨어지면 또 받아야 하지만.

"미용액이라면 이걸 발라."

"어머! 이건!"

프란이 차원 수납에서 꺼낸 미용액을 건네자 캐로나가 눈을 크게 뜨고 소리를 높였다. 차원 수납을 봤을 때보다 훨씬 놀랐을 것이다.

"왜 그래?"

"이, 이건 엘자표 미백 미용액이잖아요! 유통량이 적어서 환상이라는 말까지 듣는 일품이에요!"

엘자표라는 말은 병에 그려진 도끼와 여자 그림인가? 브랜드화한 모양이다.

캐로나가 엄청나게 흥분했다. 게다가 캐로나의 외침을 듣고 주위 여학생들의 눈빛이 바뀌었다. 다른 반 학생도, 프란에게 겁먹어 상관하지 않으려 했던 특전반의 학생도 전원의 시선이 프란이든 작은 병으로 쏟아지고 있었다.

엘자의 수제라고 해서 직접 만든 화장품을 나눠준 정도의 이미지였는데……. 상상 이상의 귀중품이었나 보다. 그러나 주인인 프란 자신은 미용액에 흥미가 없다. 영혼 없는 대답을 할 뿐이었다.

"흐음."

"그, 그걸 어디서……? 귀족이라 해도 손에 넣은 사람이 없어요. 시장에 유통되는 얼마 안 되는 물건도 고위 귀족의 부인들이 사재기하고 있고요……. 소문으로는 왕비님도 애용하고 계시다고 해요."

그런 말을 들어도 프란에게는 귀찮은 작업의 근원밖에 되지 않았다. 딱히 감명을 받지는 않은 모양이다.

"이건 울무토의 지인에게 받았어."

"아아, 그렇군요. 울무토는 이 미용액의 생산지이자 프란이 비약한 도시. 그러면 그런 연고가 있을지도 모르겠네요."

역시 원한다고는 하지 않았다. 비싸서라기보다 프란에게 조를 수가 없는 거겠지. 특히 실력을 본 뒤에는.

주위의 여학생들도 딱히 말을 거는 모습은 없었다. 아무래도 캐로나에게 주눅이 든 듯했다. 귀족이라서? 아니, 특전반이라서 일지도 모르겠군. 아무튼 이 이상 소란스러워지지 않는다면 충분하다. 그렇게 생각했지만 소란을 일으킨 건 다름 아닌 프란 본인이었다.

"이거 써도 돼."

"네에?"

"자."

무려 미용액이 든 병을 캐로나에게 준 것이다.

"그, 그래도 되나요?"

"응. 다른 사람도 쓰고 싶으면 써도 돼."

""""———!""""

그 순간 탈의실이 흔들렸다. 프란네의 주위뿐만 아니라 이야기를 듣던 멀리 있는 학생들까지도 달려와 모인 것이다. 겁을 먹었던 반 친구들도 순식간에 프란의 주위에 모여 있었다. 사람의 벽이 몇 겹이나 생겼다. 그 압력을 말하자면……. 고블린 무리에 둘러싸였을 때보다 훨씬 무섭지 않았을까?

"이, 이거 한 병에 몇천 골드나 하는 거예요. 아니, 괜찮은 곳에 내놓으면 만을 넘을지도…….'

"받은 거야."

"핫! 그러고 보니 프란은 이래 봬도 이명 소유자……! 이 정도는 푼돈이라는 건가요! 가난뱅이 남작가인 저희 집과는 다르네요!"

사양하던 캐로나도 결국은 고급 미용액에 대한 유혹과 주위에서 보내는 '얼른 쓰고 이쪽으로 넘겨!'라는 시선에는 이기지 못한 모양이다. 조심스레 그 미용액을 손에 따르고 신중하게 피부에 바르기 시작했다.

그 뒤에는 주위의 여학생들이 꺅꺅거리며 미용액 병을 돌리기 시작해서 순식간에 한 병이 사라졌다.

그래도 도저히 전원에게는 돌아가지 않아 소망을 담은 시선이 프란에게 집중됐다. 그러자 프란은 새 병을 꺼내 여학생들에게 건넸다.

"써도 돼."

"꺄악! 고마워!"

이대로라면 한 병 더 주게 될 것 같은데…….

『야, 프란. 자기 몫은 남겨둬야지.』

'…….'

『프란?』

'다들 기뻐하고 있어.'

『아! 너 밤에 이걸 바르는 게 귀찮아서 여기서 없앨 셈이구나!』

'…….'

그렇게까지 귀찮았을 줄이야……. 뭐, 준 걸 뺏으면 원망을 받을 것 같으니 꺼낸 건 어쩔 수 없다. 하지만 이 이상은 이제 못 줘.

『잠깐, 프란! 왜 또 한 병을 꺼낸 거야!』

"이것도 써도 돼."

"와아! 감사합니다!"

"이거 엄청 촉촉해!"

"아하하! 고마워!"

"응."

모두가 웃으며 프란에게 감사 인사를 했다. 반 친구들도 프란의 손을 잡고 흥분하고 있군. 거기에는 더 이상 겁도 벽도 없었다. 완전히 받아들여졌다.

할 수 없다. 여학생들에게 받아들여지기 위한 선행 투자였다고 생각할까…….

결국 단 10분도 지나지 않아서 세 병이 텅 비고 말았다.

『엘자한테 또 얻어야겠네.』

실은 고급품이었던 것 같으니 역시 다음에는 돈을 내야 할 것이다. 귀중품이라 쉽게 손에 넣을 수 있을지도 알 수 없지만.

'으…….'

프란은 싫은 듯한 표정이다.

『프란?』

'……'

얼굴을 휙 돌렸어! 바, 반항기? 반항기인가? 그건 아니지, 알림?

〈육식계 수인에게 반항기는 존재하지 않습니다〉

『어? 그래?』

오히려 수인의 반항기는 엄청날 것 같은데. 이빨과 발톱으로 뜯어버릴 이미지다.

〈반항기. 스트레스가 타인에 대한 공격성이나 비사회적 행동이 되어 발로하는 성장기 특유의 흥분 상태. 육체적 성장과 정신적 성장의 균형이 무너지는 것이 최대 원인이라고 고찰됩니다〉

『뭐, 그런 느낌이지.』

보호자가 하는 말을 듣지 않게 되거나 가족을 무시하게 되거나 훔친 오토바이로 질주하거나 하는 나이다.

〈수인은 인간 이상으로 성장이 빠르고 인간이나 엘프에 비해 흥분하기 쉬운 종족입니다. 수인족——특히 육식 동물의 인자를 계승한 종족에 인간족의 반항기를 적용시키는 경우 다섯 살부터 마흔 살 정도의 기간이 해당되어 생애의 절반 이상이 반항기가 됩니다〉

『즉?』

〈그 상태가 수인에게 일반적이기 때문에 반항기라는 정의가 맞지 않습니다〉

연중무휴로 반항기라는 건가! 수왕은 그야말로 그런 느낌이었지만.

"음?"

아직 미용액의 흥분이 가라앉지 않은 탈의실에서 혼자 냉정하게 옷을 다 갈아입은 프란이었지만 왠지 신음 소리를 냈다.

"왜, 왜 그러세요?"

"이거, 어떻게 해?"

프란은 그렇게 말하고 흐물거리는 긴 천을 들어 보였다. 이런! 그러고 보니 프란은 넥타이를 자력으로는 못 맸지! 아침에도 내가 매줬는데, 이게 꽤나 성가신 작업이었다. 살아 있을 때는 스스로 맸지만 남을 매어주는 건 사정이 다르단 말이지.

연애물에서 젊은 부인이 남편에게 넥타이를 매어주는 달달한 장면이 나오는데, 그건 상당한 연습을 하지 않으면 무리라고 생각한다. 아침에는 최종적으로 프란의 뒤로 돌아가 내게 매는 감각으로 어떻게든 했는데……. 지금은 남의 눈이 있어서 같은 짓은 할 수 없다.

넥타이를 완전히 풀지 말고 살짝 느슨하게 해 목에서 빼둘 걸 그랬다. 그러자 캐로나가 프란에게서 넥타이를 들었다.

"잠시 줘보세요."

"응."

"후후. 막 입학했을 때 다른 아이들에게 해주며 익혔어요."

캐로나는 서 있는 프란의 앞에 서서 솜씨 좋게 넥타이를 매며, 옷깃이나 옷자락까지 재빨리 고쳐줬다. 능력 있는 여자였구나.

"자, 이제 됐어요."

"고마워."

그렇게 캐로나가 넥타이를 매어준 직후. 성큼성큼 다가와 말을 거는 사람이 있었다.

"너! 모험가라면서!"

"응?"

"그 미용액. 내게 바쳐라! 너 같은 평민이 써봐야 소용없는 것이다!"

우와, 마술 학원에 온 뒤로 이런 뻔한 귀족은 처음 본 것 같다.

"너도 쓸래?"

"그런 의미가 아니야! 전부 넘겨! 나도 거친 짓은 하고 싶지 않아. 얼른 주고 사라져."

살짝 츤데레여서 자신도 쓰고 싶다고 말을 꺼내지 못하고 고압적인 태도가 된 줄 알았는데 평범하게 악덕 귀족이었다. 이건 완전히 협박인데, 정령의 제재 대상이 안 되는 건가?

어떻게 대처해야 할지 고민하고 있는데 캐로나가 엄격한 표정으로 앞으로 나섰다.

"당신. 이 학원에서는 신분을 등에 업은 폭거는 용납되지 않아요."

"뭐어? 그런 겉치레를 진심으로 받는 거예요?"

여학생이 무시하는 태도로 대꾸했다. 그런 상대를 동정마저 담긴 눈으로 바라보며 캐로나가 더 강하게 말했다.

"겉치레가 아니에요. 입학 때 주의 안 받았나요? 학원 재학 중에는 어떤 사람이든 신분은 의미를 갖지 않는다고."

"흥! 다소 규모는 크다 해도 고작해야 학원의 학칙 정도로 우리 후작가의 위광을 어떻게 할 수 있을 것 같아요? 오히려 나처럼 고귀한 신분을 가진 자가 편입한 것을 기뻐해야 해요!"

후작가의 딸인가. 고위 귀족인 데다 영지에서는 여왕님처럼 행동할 수 있었겠지. 그런 사람이라서 설마 자기 가문의 작위가 의미를 가지지 않는 곳이 있다고는 생각하지 않는 모양이다. 하지만 이 학원을 수호하는 정령에게 작위는 정말 무의미하다.

"그 언동은…… 이 나라 출신이 아니군요?"

"영광스러운 바사 왕국의 중신, 렌게 후작가의——."

거기까지 열띠게 말한 차에 맹렬하게 뛰어온 여학생이 렌게 후작의 딸에게 달려들었다. 그대로 목을 조르며 입을 막으려 했다.

"뭐, 뭐 하는 거예요!"

"그건 제가 할 말이에요! 무슨 짓을 하시는 거예요, 크루더 아가씨!"

"놔요! 무례해요! 살타!"

날뛰는 아가씨를 누르면서 살타라고 불린 여학생이 타이르듯이 외쳤다.

"아버님께도 이 학원에서는 얌전히 지내고 학칙을 지키라는 말씀을 듣지 않았습니까! 잊으셨나요!"

"그러니까! 학원 직원이나 이 나라의 상급 귀족의 자식은 따르고 있잖아요!"

"아시겠습니까? 아버님이 하신 말씀은 이 학원의 학칙을 전혀 어기지 말고 모든 것에 따르라는 의미입니다!"

"후작가의 장녀인 이 내게 평민을 배려하라는 건가요? 말도 안 돼!"

살타는 아가씨의 수행원 같은 존재일 것이다. 시녀를 데리고 들어올 수는 없지만 같이 입학해 같은 방에서 지낼 수는 있다고 한다. 금이야 옥이야 자란 아가씨가 갑자기 혼자 사는 건 불가능하니 그 정도는 인정되는 것이다.

"정말입니다! 아무튼 이 이상은 정말 위험해요! 가문의 진퇴에도 연관됩니다! 가시죠!"

"잠깐, 놔요! 뭐가 가문의 진퇴예요! 오히려 이런 거지 같은 학원은——."

"아! 그 이상은 진짜 안 됩니다! 정령님! 거짓말입니다! 그러니 하이 엘프 님께 말하지는 마세요!"

"우읍! 우으읍!"

살타는 그럭저럭 실력이 있군. 감시역 겸 호위이기도 한 건지 적어도 특전반의 학생보다는 강하다. 그런 살타에게 붙잡힌 귀족 아가씨가 빠져나올 수는 없었다. 입을 막혀 소리도 봉인당했다.

숨 쉴 수 있나? 얼굴이 새빨개졌는데?

그런 아가씨를 제압하며 살타는 진심으로 곤란한 얼굴로 프란과 캐로나에게 머리를 숙였다. 그녀는 이 학원에서 소동을 일으키는 일의 위험함을 이해하고 있는 듯했다.

"저기, 정말 죄송합니다. 두 번 다시 접근하지 않을 테니 부디 넘어가 주시겠습니까?"

"살타! 무슨 소리를——우읍!"

"가만히 계세요! 진짜! 정말 기절시킵니다!"

"우읍!"

"하아. 어쩔까요, 프란?"

"응?"

"이 사람들을 못 본 척해도 될까요?"

처음에 시비가 걸린 건 프란이라 캐로나가 프란의 의견을 물었다. 하지만 프란은 이런 녀석들에게 전혀 흥미가 없었다.

"마음대로 해."

"감사합니다."

"그보다 이제 치마 입어도 돼?"

프란, 아직 치마 안 입었구나! 하지만 이전의 프란이라면 완전히 무시하고 옷을 갈아입은 후 그대로 떠나려 했을 것이다. 작업을 멈추고 이야기를 들으려 한 것만으로도 큰 진보다.

"네, 네에. 그러세요. 당신들, 이제 가도 좋아요. 뭐, 더 이상 만날 일은 없을지도 모르지만요."

"그러네요……. 그렇게 될지도 모르겠어요……."

퇴학 처분을 받는다는 건가? 뭐, 미수이니 어느 정도 처분이 될지는 모르겠지만.

떠나가는 두 사람을 보며 캐로나가 어깨를 으쓱거렸다.

"이 나라 밖 귀족이라도 이 학원의 졸업생이 되면 평가가 높아지니까 가끔 저런 사람이 있어요."

"흐음."

"뭐, 조금만 기다리면 바로 정령에게 불린 교관님들이 찾아와요. 그러니 저런 때는 잠시 참으면 됩니다."

캐로나는 귀족의 폭거에 고분고분 따를 필요는 없다고 충고해 줬지만……

"알았어. 날려버리는 건 좀 참을게."

프란의 말을 들은 캐로나가 쓴웃음을 지었다. 눈앞의 소녀가 국가마저도 배려해야 하는 이명 소유자인 강자라는 사실을 떠올린 거겠지.

"……프란에게는 다른 걱정이 필요했네요."

"?"

"아무것도 아니에요. 가죠."

"응."

탈의실에서 교실로 돌아가니 이미 다른 학생들은 교실로 돌아와 있었다.

교복 차림의 프란을 보고 남학생들이 굳고 말았다. 프란이 귀엽기 때문──은 아닌 것 같군. 아무래도 모의전 트라우마 때문인가 보다.

여학생은 아까 탈의실에서 다소나마 거리가 좁혀져서 그렇게까지 노골적이지는 않았다. 개중에는 손을 흔들어주는 사람도 있었다.

그러나 남녀 비율로 압도적으로 남학생이 많은 교실 안은 단숨에 조용해졌다.

실례되는 녀석들. 프란을 겁먹은 눈으로 보다니! 반쯤 죽은 것뿐이잖아! 오히려 미소녀에게 터진 걸 상으로 생각할 정도의 배짱이 없으면 모험가로서 활약할 수 없다고!

"……."

"…………."

"응?"

"프란, 이쪽으로."

전혀 입을 열지 않고 프란을 조용히 응시하는 남학생들의 사이를 지나 캐로나가 자리로 안내해줬다.

교실이라 해도 대학의 강의실처럼 사발 모양이다. 아무래도 특정 장소가 정해져 있는 게 아니라 각각이 좋아하는 곳에 앉는 시스템인 듯했다.

캐로나가 굳이 마지막 줄에 앉은 건 모두의 시선이 프란에게 집중되는 것을 조금이라도 완화하기 위해서라는 걸 깨달았을 것이다.

"……."

"……."

프란네가 앉아도 교실을 지배하는 건 정숙이었다. 남학생들은 누구나 맹수를 앞에 둔 것처럼 숨을 죽이고 프란의 기척에 집중하고 있었다.

여학생들은 쓴웃음을 짓고 있군. 어쩔 수 없다는 생각 절반, 꼴

사납다는 생각 절반인 듯했다.

"어라? 꽤나 조용한데, 왜 그러지?"

그 정숙을 깬 건 교실에 들어온 한 노인이었다. 다음 수업의 강사인가.

"아, 아니요, 아무것도 아닙니다……."

"그런가? 그러면 수업을 시작하지. 아아, 그러고 보니 편입생이 있다던데?"

"나."

"오오, 네가 소문의 교관 겸 편입생인가. 우리 학원에서 수인은 희귀하구먼."

손을 번쩍 든 프란을 노교사가 흥미롭게 응시했다. 소개 때 직원실에 없었나 보다.

"그러면 마수학 수업을 시작한다."

마수학이란 그 이름대로 마수의 생태나 구조, 소재의 가치 등을 배우는 수업인 모양이다. 실습으로는 해부 등도 하고 경우에 따라서는 대형 마수를 모두가 해체하는 일도 있다고 한다.

노교사는 프란의 프로필이 적힌 종이를 보며 뭔가를 생각하고 있었다.

"편입생인 자네는 모험가라고 하던데, 해체도 여러 번 경험해 봤겠지?"

"응."

"어떤가? 오늘은 방향을 바꿔서 그 이야기를 들어볼까? 현역 모험가에게 실제 이야기를 들을 기회는 귀중하니 말이야."

"딱히 상관없어."

"오오, 그거 다행이로군! 고위 모험가의 해체 경험담은 자주 들을 수 있는 게 아니야!"

학생들보다 노교사가 더 흥분하고 있다. 교사이자 연구자이기도 한지 호기심 가득한 눈으로 기쁜 목소리를 냈다.

"뭐부터 물어볼까? 그렇지…… 예를 들어 지금까지 해체한 것 중에서 가장 거대한 마수는 뭐였지?"

"크기?"

"그래!"

"으음……?"

"왜 그러지? 거물을 해체한 경험은 별로 없나?"

"너무 많아서 어느 게 제일인지 모르겠어."

"오, 오오. 그랬군. 그러면 최근에 가장 컸던 녀석은 어떤가?"

"그럼 그거. 마랑의 평원에서 쓰러뜨린 녀석."

"호오? 소문으로는 다양한 종류의 마수가 출몰한다던데? 그럼 뭘 쓰러뜨렸지?"

엄청나게 적극적으로 나서는 노교사. 이 교실 안에서 가장 진지할 것이다.

"인비저블 데스."

"뭐, 뭐라! 이, 이, 인비저블 데스라면 위협도 B의 마수야! 그, 그걸 해치웠다는 겐가!"

이미 학생들은 완전히 내버려 두는 상태? 노교사의 흥분과는 반대로 학생들은 입을 떡 벌린 표정이다. 노교사는 그걸 보고 위험하다고 생각했는지, 자기 본분을 어떻게든 떠올렸다.

"으흠. 아, 그렇군. 인비저들 데스라는 마수에 대해 먼저 해설을 하지."

교과서는 없기 때문에 칠판에 글씨를 쓰며 노교사가 인비저블 데스의 설명을 하기 시작했다.

마수 전문답게 노인의 설명은 아주 자세했다.

예를 들어 광학 미채. 빛을 굴절시켜 모습을 감추는 건 알고 있었지만 그게 어느 정도 은밀성을 가지고 있고 얼마나 위협적인지 구체적인 정보는 몰랐다.

그리하여 프란과 노교사의 대화로 수업은 진행되어갔다. 학생들은 이해하려고 노력하고 있지만 꽤나 어려운 모양이다.

너무나도 강해서 현실감이 생기지 않는 데다 그 능력이 다양해서 상상도 하기 어려웠다. 일단 노교사가 칠판에 그림을 그려 설명하고 있지만 이미지가 잘 떠오르지 않는 듯했다.

"저기, 모라이 선생님."

"캐로나 군, 뭔가?"

"말씀하시는 마수의 모습을 상상하기 어려우니 지금이라도 마수도감을 가지러 가면 안 될까요? 15분만 주시면 갔다 오겠습니다."

평소에는 도서관에 소장되어 있는 마수도감을 가지고 와서 그 페이지를 보며 수업을 진행하는 모양이다. 오늘은 갑자기 수업 내용이 바뀌었기 때문에 준비가 되지 않은 듯했다.

"대략적인 크기 등은 어떻게든 이해했지만 비늘의 특수한 구조를 말씀하셔도 저희는 좀처럼 상상이 가지 않습니다만……."

"흐음. 그렇겠군. 확실히 판서만으로는 좀 어려운가."

노교사도 이해했는지 생각에 잠겼다. 귀중한 수업 시간을 줄여도감을 가지러 가게 할까 말까 고민하고 있는 것이다.

그러자 프란이 차원 수납에서 손바닥 크기의 수정 같은 것을 꺼내 교탁 위에 놓았다.

"이거."

"호, 혹시! 인비저블 데스의 비늘인가?"

"응."

캐로나가 비늘의 구조를 이해할 수 없다고 말했기 때문이겠지. 교탁에 놓인 것은 인비저블 데스에게서 발사된 비늘 중 하나였다. 수납으로 막아서 꽤 많은 수가 들어 있다.

"또, 또 있나?"

"전부 넣어놨어."

"저, 전부? 혹시 인비저블 데스를 통째로 한 마리를 넣어놨다는 건가!"

"응? 두 마리 있는데?"

프란이 고개를 끄덕인 순간 노교사가 발광한 듯한 고함을 질렀다.

"우햐호오오! 그, 그걸 보여주겠나? 응? 젊은이의 면학을 위해 꼭!"

아무리 봐도 자신을 위해서인데?

"여기는 좁아."

"이동하지! 바로 간다! 자! 다들 이동 준비를 해! 해부실로 간다!"

그 후 전원이 해부실로 이동했다. 도중에도 노교사에게 질문 공세를 받았다.

그리고 도착한 해부실은 상상 이상으로 넓고 천장도 높았다.

대형 마수라도 해부할 수 있도록 크게 지어진 모양이다. 게다가 바닥에는 보조용 마법진이 여러 개 그려져 있었다. 해부 때 마수의 혈액 등을 놓치지 않도록 하는 보존 효과가 있는 마법진이다.

그 방 중앙에 프란이 인비저블 데스의 사체를 꺼냈다. 이 녀석은 해체하지 않은, 수행 전에 해치운 한 마리다.

기둥처럼 두꺼운 수정을 온몸에 두른 10미터가 넘는 거대 짐승의 사체는 압도적인 존재감으로 전원의 눈길을 사로잡았다.

교사도 학생도 격한 전투의 흔적이 생생하게 남은 거대 짐승을 앞에 두고 할 말을 잃고 있었다. 지식으로 알고 있어도 눈앞에서 보니 박력이 달랐기 때문이다.

등딱지의 일부가 부서진 인비저블 데스의 사체에서는 체액과 내장의 일부가 흘러나와 이상한 냄새를 풍기고 있었다. 그 냄새가 이 마수의 사체에 현실감을 줘서 더한 박력을 보였다.

컨디션이 나빠지거나 냄새에 얼굴을 찌푸리는 학생이 없는 건 역시 대단하다. 평소부터 해부나 해체를 하던 성과가 나오고 있는 듯했다.

"꺼냈어."

"오, 오오……. 훌륭해……. 다들 꼼꼼하게 관찰하도록! 위협도 B의 마수를 이렇게 가까이서 볼 기회는 두 번 다시 없을지도 몰라!"

그렇게 외친 노교사는 자신이 솔선해 마수의 사체를 관찰하기 시작했다. 그것을 보고 학생들도 주위에 흩어져 스케치를 하기 시작했다.

"프란. 이 마수에 대해 가르쳐줄래요?"

"저희도 괜찮을까요?"

다가온 것은 캐로나를 선두에 둔 여학생들이었다.

"응. 알았어."

"감사합니다."

"그럼 가장 싫었던 것부터. 이 꼬리. 여기에 구멍이 있어. 여기서——."

"과연——."

"그리고 이거——."

"어머, 그런 능력이——."

프란의 담담한 설명을 들으며 캐로나 일행이 일일이 크게 반응해줬다. 그 반응에 프란도 신이 난 듯했다. 프란으로서는 말수 많게 해설을 계속했다.

그런 모습을 보고 있던 남학생들도 점점 프란에게 다가왔다. 어느새 질문을 하는 학생도 나왔다. 실제로 접해보고 프란을 필요 이상으로 무서워할 필요는 없다는 사실을 깨달았나 보다.

프란이 이야기하는 인비저블 데스와의 전투 양상이나 해치울 때의 고생 등을 모두가 진지한 얼굴로 듣고 있었다.

수업은 탈선한 셈이 됐지만, 이로써 반 친구들과의 거리는 더 좁혀졌겠지?

제5장 표적이 된 제로스리드

『그럼 오늘은 모의전이 오후에만 있는 날이니까 아침에는 평범하게 수업을 받자.』

"응!"

"윙!"

『오? 꽤 의욕이 있는데? 혹시 수업이 즐거웠어?』

하지만 프란은 몰라도 울시가 의욕을 보이는 건 왜지?

"오늘은 조리 실습!"

아아, 그런 거구나…….

『저기, 프란.』

"응?"

『그 외에 어떤 수업이 있었는지 기억해?』

"응……?"

내 질문에 프란은 어리둥절한 얼굴로 고개를 갸웃거렸다. '그게 왜?'라는 느낌이다. 기가 죽지 않았다──기보다 기억할 필요성을 전혀 느끼지 않는 듯했다.

『조리 실습이 있는 걸 기억하고 있으니까 일단 받은 시간표를 훑어봤을 거잖아? 다른 건 진짜 기억 못 해?』

"응."

뭐, 프란이니까……. 다만 조리 실습은 스스로 요리를 만드는 수업인데 학생의 요리로 만족할 수 있겠어? 게다가 특전반의 경우에는 전장이나 야외에서 빨리 만드는 간이 조리를 배울 터다.

프란의 입맛에 맞는 요리가 나온다고는 생각할 수 없었다.

『프란, 조리 실습은 어떤 수업인지 알아?』

"분명 밥을 먹을 거야."

납작한 가슴을 기대로 부풀리는 프란에게 나는 조리 실습에 대해 진실을 가르쳐줬다.

그러자 프란의 표정이 순식간에 그늘져갔다. 역시 상상과는 달랐던 모양이다.

울시의 꼬리도 축 쳐져 있었다. 맛있는 요리를 얻어먹을 생각이었겠지만 아마추어의 요리는 제대로 먹을 수 있을지 없을지도 미심쩍은 법이다. 그걸 안 프란과 울시는 기운이 빠진 채 정문을 지났다.

"안녕!"

"……안녕."

오늘은 수위도 막지 않았군. 활짝 웃으며 인사해줬다.

학원 안에서는 아직 아는 사람이 적어서 대부분 말을 걸지 않았다. 다만 어제 탈의실 사건으로 프란의 얼굴을 기억한 학생도 있는지 몇 번인가 인사를 받았다.

"프란, 안녕하세요."

"안녕."

교실에 들어가자 바로 캐로나가 말을 걸어줬다. 프란도 자연스러운 흐름으로 그녀의 옆에 앉았다. 아직 친구라고는 할 수 없을지도 모르지만 사이가 좋아지기 시작했군.

오늘의 울시는 소형견 크기로 프란이 앉은 의자 옆에 쪼그려 앉아 있다. 강력한 마수라는 사실이 드러났어도 귀여운 모습이라서 여학생들의 눈빛이 부드러웠다. 캐로나의 얼굴도 풀어져 있었다.

"……울시, 귀엽네요."

"그래?"

"네. 이 모습이라면 무섭지 않아요."

뭐, 울시는 아직 조리 실습에 한 가닥 희망을 걸고 있어서 밥을 얻어먹기 쉬운 소형견 크기가 됐을 뿐이지만.

아침 첫 수업은 조리 실습이 아니다. 이 세계에는 다양한 종족이 있기 때문에 그것들에 관해 자세히 배우기 위한 수업이었다.

"이것 참, 설마 이런 곳에서 흑뢰희님을 뵙게 될 줄이야, 영광입니다. 정말 진화를 하셨군요."

강사는 홀리알이라는 이름의 사슴 수인 남성이다. 홀리알은 프란의 앞에서 정중하게 머리를 숙이고 허물없는 태도로 악수를 청했다. 다만 그 눈에는 진짜 감동이 떠올라 있어서 진화한 흑묘족을 직접 본 것에 감격하고 있다는 사실을 알 수 있었다.

"프란 님도 계시니 오늘은 진화에 대해 이야기해볼까. 작년까지는 수인에서 유일하게 진화하지 못한 건 흑묘족이라고 가르쳐왔지만 그 설이 틀렸다고 판명됐다. 그 사실을 세상에 알린 것이, 무엇을 숨기랴, 이 프란 님이다!"

위날렌은 흑천호의 존재를 알았던 것 같은데, 진화할 수 없다고 가르쳤던 건가?

그 의문을 던져보자 진화하기 위한 방법도 모르고 몇백 년이나 존재가 확인되지 않아서 진화할 수 없다고 판단했다는 대답이 돌아왔다. 그래도 흑천호의 정보를 전혀 가르치지 않은 건 위화감이 드는데…….

신벌의 영향인가? 수인국에서도 부자연스러울 만큼 깨끗하게 흑천호의 정보가 사라져 있었다. 신벌에 의해 흑묘족이 진화할 수 있다는 기억이나 정보가 돌아다니지 않도록 제한이 걸렸을지도 모른다. 신이라면 전 세계 사람에게 영향을 미칠 수 있을 테니 말이다.

하지만 올해부터 일부 수업 내용이 변경되어 흑묘족은 조건을 채우면 진화 가능한 십시족 중 하나라고 가르치고 있다고 한다. 그 말을 들은 프란이 기쁜 듯이 웃었다. 흑묘족이 재평가된 게 기쁜 것이다.

"그야말로 역사를 바꾼 존재라고 해도 좋다! 그런 분과 같이 앉을 수 있는 너희는 정말 운이 좋아! 이 학원에는 수인이 적은 데다 진화한 사람은 없으니 말이야. 너희는 이미 진화한 모습을 본 거구나?"

캐로나네가 쓴웃음을 짓고 있었다. 그녀들에게 프란은 귀중한 존재라기보다 무서운 교관 중 한 명이다. 운이 좋다는 말에는 아직 동의하기 어려운 부분도 있을 것이다. 게다가 진화한 모습의 프란에게 엉망으로 당했으니 말이다.

다만 프란만은 다른 말이 신경 쓰였나 보다.

"이 학교에는 수인이 적어?"

"네. 거의 없습니다."

이런 규모의 학원인데 수인이 거의 없다는 게 말이 되나? 하지만 돌이켜보면 확실히 모습을 보지 못했다. 혹시 이 나라나 학원에선 수인이 차별받고 있는 건가?

"왜?"

"간단히 말하자면 이곳이 마술 학원이고 수인은 마술에 약하기 때문이겠죠."

차별이 아니었다. 그러고 보니 수인은 마술이 특기인 종족이 아니었다.

"흑뢰희님처럼 마술을 특기로 하는 수인은 아주 귀중합니다. 이렇게 말하는 저도 마술은 잘 못 합니다."

"선생님인데?"

"학문을 익히고 가르치는 것뿐이라면 마술 실력은 필요 없으니까요."

그런가. 마술과 상관없는 수업의 경우 가르치는 능력만 있으면 문제없는 건가.

"자세히 설명하자면, 우선 수인은 마력이 낮은 개체가 많습니다. 이건 종족적인 경향이라 인간이나 드워프에 비하면 현저합니다."

드워프 역시 마술이 특기인 인상은 없지만 수인은 그 이하인가 보다.

이 세계에는 다양한 종족이 존재하지만 마술이 특기인 건 엘프나 마족. 상위 종족에는 뒤지지만 예사로 쓸 수 있는 게 인간이나 드워프, 어인과 귀인. 약한 게 수인이나 충인, 조인이라고 한다.

"더욱이 성격적인 문제도 있죠……. 아니, 이쪽 문제가 더 클지도 모릅니다."

"성격?"

"네."

프란은 고개를 갸웃거리고 있지만 나는 왠지 모르게 이해했다.

"마술의 수행은 아주 수수합니다. 게다가 지루하고 매일 쌓은 노력도 눈으로 봐도 알 수 없습니다."

"응."

"즉 성질 급한 수인 중에는 그 수행을 견디지 못하는 자가 많습니다."

수인 전부가 성격 급한 건 아니지만 전체적으로 그런 경향이 있는 건 확실하다.

그런 와중에도 마술을 쓸 수 있는 수인들은 단순히 재능이 엄청난 것이다. 아마 약간의 수행으로 순식간에 마술을 습득하고 감각적으로 다룰 수 있는 사람들이겠지. 야생의 감이 예리하다고도 할 수 있을 것이다.

수왕이나 메아는 그 타입으로 보였다.

"게다가 수인 대부분은 전투 직업을 목표로 합니다. 대여섯 살쯤부터 단련을 시작해 열 살을 기다리지 않고 견습으로 일하기 시작하는 사람도 많아요. 늦어도 열다섯 살쯤에 현장에 나가죠. 그래서 학교라는 곳과 인연이 적어집니다. 공부를 할 바에야 현장에서 수행을 쌓는다는 사고방식이 일반적입니다."

장래에 모험가나 병사가 될 생각이라면 어릴 때부터 단련을 하는 편이 확실히 효율적이기는 할지도 모른다.

"그리고 지리적인 문제도 있습니다. 이 베리오스 왕국에서는 마술사의 지위가 높고 이웃 나라에서는 모험가의 지위가 높아요. 그 결과 특히 차별이 있는 것은 아니지만 수인 대부분은 크란젤 왕국으로 갑니다."

모험가를 극진하게 대우하는 나라라는 걸 알아서 처음부터 그쪽으로 가는 듯했다.

그러나 수인이 절대적으로 마술사에 적성이 없냐면 꼭 그렇지도 않은 모양이다. 큰 이점으로는 종족마다 쓸 수 있는 마술의 적성이 어느 정도 정해져 있다는 점이 있다.

모든 마술에 적성이 있을지도 모르는 인간과 달리 수인은 각 종족마다 특성이 치우친 경우가 많다. 예를 들어 홀리알이 속한 청록족은 물과 흙, 수목 마술의 적성이 거의 틀림없이 있기에 수행 시간을 상당히 단축할 수 있다고 한다.

"마력이 낮아서 마술사로 대성하기는 어렵지만 마법전사로서 양쪽을 단련하기는 어렵지 않습니다."

하지만 역시 수인들에게 마술 수행을 시키기는 꽤 어려울 것이다. 프란이나 수왕이 재미없는 수행을 몇 년이나 계속할 수 있을 것 같아? 절대로 무리일 것이다.

홀리알의 수업은 계속됐다. 잠시 엇나가 수인의 마법 적성 이야기를 했지만 내용이 진화 수업으로 돌아왔다.

"그러면 캐로나 군. 이 세상에서 유일하게 진화하지 않는 종족은 뭐지?"

"네. 저희 인간족입니다."

"그 말대로야——."

아마 프란을 위해서라고 생각하는데, 홀리알이 이전의 복습이라며 지금까지 배운 수업 내용을 간단히 되짚어줬다.

자연인류학과 문화인류학에 신화학과 민속학을 융합한 듯한 신기한 이야기지만 이 세계에서는 사실로 인정받고 있었다.

간단히 말하자면 신들이 이 세상을 만들고 자연을 생성한 후 대신들이 협력해 인간을 만들었다. 그 후 인간을 바탕으로 각 신들이 각각의 권속을 생성했다.

수충의 신의 권속이라면 수인, 충인. 삼수(森樹)의 신이라면 엘프. 대지의 신이라면 드워프나 귀인. 그런 식이다. 신이 만든 종족은 각각의 신들에게 받은 특별한 힘을 가지고 진화라는 가능성을 손에 넣었다.

얼핏 보기에 인간만 힘을 받지 못한 것 같지만, 십대신의 힘을 균형 좋게 받은 인간은 약점도 없고 번식력도 높은 데다 아주 안정된 능력을 가진 우량 종족이라고 한다. 진화할 수 없는 게 아니라 진화할 필요가 없는 것이다.

뭐, 이 부분의 해석은 종족에 따라 크게 다른 모양이지만. 아무리 그래도 인간의 왕족이 지배하는 이 베리오스 왕국에서 "인간은 특별히 장점이 없이 잔재주만 많은 종족입니다"라고는 가르칠 수 없을 것이다.

수인국에 가면 수인은 마법이라는 자잘한 것에는 의지하지 않는다, 가장 강하고 고상한 종족이다, 라고 가르치고 있다고 한다. 홀리알은 쓴웃음을 지으며 각 종족이 자신들이야말로 제일이라고 가르치고 있다고 이야기했다.

"그럼 이어서 진화에 대해 설명한다. 우선 인간 이외의 종족은 레벨을 올려 조건을 채우면 자연히 진화할 수 있다. 변이하는 경우도 있는데, 여기서는 진화 속에 변이를 포함시키겠다."

귀인은 진화가 아니라 변이를 한다고 했지. 진화는 레벨이 최대에 오르면 찾아오는 큰 변화. 변이는 레벨에 상관없이 조건만 채우면 가능한 작은 변화, 였던가?

"수인이든 엘프든 드워프든 용인이든 진화할 수 있는 건 변함 없다."

다만 진화나 변이하는 종족 중에는 때때로 특수한 진화를 달성하는 개체가 있다고 한다.

수인족 중 십시족도 그 특수한 진화에 들어가며, 다른 종족에도 특수한 진화가 존재하는 모양이다.

아스라스의 종족인 재앙귀도 실존하는 게 의문시됐던 환상의 종족이다. 절대라고 한정할 수는 없지만 특수한 진화를 달성하면 일반적인 경우보다 강해지는 것일지도 모른다.

"그 특수한 진화 중에도 특히 드문 진화가 있다. 그게 신회귀나 격세유전이라고 불리는 진화다. 신대종(神代種)이라고 하는 연구자도 있어."

신이라는 글자를 쓰다니, 거창한 호칭이다.

"그 말대로 신이 친히 만든 원초적인 종족에 가까운 종족으로 돌아갔다고 생각하고 있지. 뭐, 진화라기보다 회귀라고 해야 할지도 모르지만 여기서는 진화의 한 형태로 이야기하겠다. 내가 아는 한 하이 엘프는 신회귀에 해당할 거야."

신회귀와 일반적인 진화를 구분하는 큰 차이는 종족의 변화에 있다고 한다.

예를 들어 엘프. 우드 엘프나 리프 엘프, 그래스 엘프 등이 존재하지만 아무리 진화해도 엘프는 엘프다. 스테이터스가 조금 강화될 뿐 신회귀라고 불리는 건 아니다.

그러나 위날렌의 경우 조금 다르다고 한다. 그녀는 하이 엘프에다 아신(亞神)이라는 종족이기도 하는 듯했다.

'대단해. 신이래.'

『뭐야, 진짜로? 즉 위날렌은 신이라는 건가?』

나도 프란도 그렇게 놀랐지만 단순히 신이 된 건 아니라고 한다. 아신은 정식 신이 아니라 힘을 받아 신에 버금가는 존재라는 인정인 듯하다.

"하지만 역사상 그렇게까지는 많이는 없어서 어디까지나 자료나 학장님의 이야기를 듣고 내린 내 견해지만 말이야."

"신회귀에는 하이 엘프 이외에 뭐가 있나요?"

프란의 존재에 대한 긴장이 완전히 사라졌는지 다른 학생들도 적극적으로 질문을 하기 시작했다.

"좋은 질문이야. 내가 아는 한 드워프의 신회귀인 엘더 드워프. 마족의 신회귀인 신마인이 확실히 있다고 인정받고 있지. 둘 다 지금도 존재한다는 얘기는 없지만. 다만 실제로 만난 사람의 증언도 있기 때문에 있었던 건 틀림없을 거야."

"그러면 미확인으로는 어느 종족이 알려져 있나요?"

"그렇군. 우선 신룡인. 이건 용인의 신회귀라고 인정받고 있지만 골디시아 대륙이 멸망한 탓에 자료가 사라졌어. 다만 지금도 용인들 사이에는 그 존재가 확실한 것으로 전해지고 있으니 실재할 가능성은 높겠지."

신룡인. 나는 그 존재에 짚이는 것이 있었다. 왕도에서 싸울 때 광신검 파나틱스에게 지배당해 폭주한 베르메리아가 신룡화라는 스킬을 가지고 있었을 터다.

실제로 그 스킬로 엄청난 힘을 발휘하는 것도 목격했다.

그게 신룡인이 아닐까?

"또한 우리 수인. 그중에서도 특히 역사가 오래된 부족에는 신수인이라고 불리는 존재가 있다는 구전이 남아 있다고 하더군."

"신수인?"

자신과 관계가 있을 법한 이야기여서 프란도 흥미를 가진 듯했다. 홀리알에게 되물었다.

"네. 십시족을 넘어서는 힘을 가진 초월자라고 합니다. 그 구전 속에서는 맨손으로 신검에 이겼다고 하더군요."

"네?"

"그건 아무리 그래도……."

홀리알의 말을 들은 학생들은 일제히 부정적인 웅성거림을 냈다. 이 학교에는 신검에 관한 수업도 있어서 그 엄청난 힘이 전해지고 있는 듯했다.

아마 수인인 홀리알이 수인의 신회귀에 대해 과장되게 전하고 있다고 생각했을 것이다.

하지만 나나 프란의 생각은 달랐다. 실제로 베르메리아가 신검 사용자인 아스라스와 호각으로 싸운 장면을 봤으니 말이다. 위날렌도 아직 모든 힘을 본 건 아니지만 신검과 싸울 정도의 힘을 가지고 있을 것 같았다.

『만약 그 신수인이 위날렌이나 폭주한 베르메리아 급의 힘을 가지고 있다면…….』

"응. 신검에 이길 가능성은 있어."

프란의 중얼거림은 의외로 많은 학생의 귀에 들어간 모양이다. 홀리알도 흥미롭게 되물었다.

"흑뢰희님은 뭔가 짐작이 가는 부분이 있으신가요?"

"응. 위날렌과 좀 싸웠는데 신검과 싸울 수 있을 정도로 강한 건 확실해."

"……신검을 본 적이 있으십니까?"

"아스라스가 신검을 써서 싸운 걸 본 적 있어."

"과연. 신검과 신회귀, 양쪽을 본 적이 있는 건가요!"

교실의 웅성거림이 더 커졌다. 아무래도 개방 상태의 신검을 봤다는 이야기가 충격적이었는지 주위 학생에게서 질문 공세에 시달렸다.

이야기가 탈선해 홀리알이 화를 낼 줄 알았지만 그 자신도 신검에 대해 질문을 하는 형편이었다.

이쪽 세계에서는 전설적인 존재이니 어쩔 수 없을지도 모르지만.

결국 수업 종료 때까지 아스라스와 신검에 대해 이야기하게 됐다.

홀리알의 수업이 끝나면 다음은 드디어 조리 실습이다.

다만 장소는 조리실습실도 식당도 아니라 어째선지 바깥이었다. 잔디가 난 운동장에 교복을 입은 채 집합했다.

그 운동장에는 모험가 길드에서도 본 적 있는 슬라임제 블루 시트가 깔려 있고, 그 위에 열 마리 정도 되는 마수의 사체가 늘어서 있었다. 보기에는 몸길이 1미터 정도 되는 너구리 같은 느낌이다. 모피는 말랐는지 부스스해서 빈말로도 청결하다고 할 수 없었다.

게다가 냄새가 났다. 희미하기는 하지만 계란이 썩은 듯한 냄새. 스컹크 라쿤이라는 마수다. 이 녀석은 고기가 아주 냄새나서 제대로 요리해도 도저히 먹을 수 없다. 오히려 일반적인 모험가라면 마석과 독선을 회수하고 다른 건 버렸을 것이다. 모피도 품질이 낮아서 팔 물건이 되지 않는다.

맛있게 먹으려 한다면 상당히 열심히 요리해야 하는데, 설마 이걸 조리하는 건가?

푸른 시트 앞에는 덩치 큰 여성이 서 있었다. 야피라고 이름을 밝힌 전직 모험가 교사다.

"오늘 실습은 야외에서 해치운 마수를 그 자리에서 처리해 조리하는 수업이 될 거야!"

단순히 조리하는 게 아니라 해체도 스스로 하는 듯했다.

"지금까지 배운 걸 떠올리며 이 스컹크 라쿤을 해체하고 조리할 것! 만드는 요리는 뭐든지 좋아!"

역시 스컹크 라쿤은 조리용이었던 건가. 또 얄궂은 사냥감을 준비했군.

"각 조로 나뉘어 한 마리를 처리할 것! 반드시 인원수대로 식사를 만들어!"

아마 식재료를 잃어버렸을 때를 대비한 수업일 것이다. 맛없는 사냥감을 조리해 억지로라도 먹는 수업이다. 울시는 그걸 알자 가만히 그림자 속으로 사라져갔다. 도망쳤군.

"프란이었지? 너는 어떻게 할까⋯⋯. 마수 해체나 요리를 한 경험은?"

"둘 다 있어."

"어머? 그래?"

"응."

"역시 솔로 고랭크 모험가. 그러면 어디로 들어가면 될까?"

"그러면 저희 조는 어떨까요?"

목소리를 낸 건 캐로나였다. 다른 멤버도 미묘한 얼굴이지만 거절하지는 않는 듯했다.

"그러네. 그럼 프란은 저 조에 들어갈래?"

"알았어."

"아, 힘을 뺄 필요는 없어. 가지고 있는 조미료도 써도 돼."

"그래?"

"생각도 못 한 동행자가 파티에 가세하는 건 모험가가 되면 흔히 있는 일이야. 그 상대에게 자기들 몫이 줄어드니까 조절하라고 할 수 있어?"

"과연."

"오히려 그런 불규칙한 동행자의 힘을 제대로 이끌어 내 협조하지 못하면 일류라고는 할 수 없어."

그것도 그럴지도 모른다. 여러 파티가 합동으로 받는 의뢰도 있을 테고 특정 지역에 밝은 솔로 모험가를 일시적으로 파티에 넣는 경우도 있을 테니 말이다.

"뭐, 나도 한 조 정도는 맛있는 걸 먹고 싶고."

그게 본심이냐! 하지만 나는 아무것도 안 할 건데. 해체는 몰라도 요리에 내가 참견하면 당연히 맛있어진다. 프란이 스스로 다양하게 경험하기를 바란다. 이번에는 프란이 자력으로 노력하게 하자.

"잘 부탁해요. 프란."

"응. 잘 부탁해."

"그리고 조리 실습 조원들을 소개할게요."

"레, 레르스예요. 잘 부탁합니다."

"마체스예요."

"오스레스야. 잘 부탁해."

기가 약해 보이는 길쭉이가 레르스. 마족 마술사인 듯했다. 특전반 학생으로는 드물게 순수한 마술사 타입이다.

성실해 보이는 마초가 마체스. 레루스와는 반대로 방패 역할을 맡는 전사일 것이다. 마술을 쓸 수 있다는 걸 믿을 수 없을 만큼 근육뇌 타입의 외모였다. 상대를 혼란시키기 위해 일부러 마술과 인연이 없어 보이는 모습을 하고 있는 걸지도 모른다.

마지막으로 손을 들고 인사한 경박해 보이는 훈남이 오스레스. 한 명만 나이가 조금 위다. 20대 초반쯤일까? 마술 학원에는 나이로 입학 제한이 없기 때문에 개중에는 다른 사람보다 많은 나이에 입학하는 사람도 있을 것이다. 혹은 진급하는 데 시간이 걸렸거나 중 하나인가?

이 세 사람에 캐로나를 더한 네 명이 조리 실습조인 모양이다. 모험가 길드에서 파티를 짰던 동료인 줄 알았는데 그렇지는 않다고 한다.

"저희가 모험가 길드에서 퀘스트를 받을 때 고정 파티를 짜는 경우는 없어요."

"졸업 뒤에도 반 친구와 파티를 짤 가능성은 낮으니까요."

익숙한 반 친구들과만 파티를 짜면 여차할 때 유연하게 대응할 수 없게 된다. 그걸 막기 위해 특전반 학생이 외부에서 퀘스트를 받을 때는 로테이션으로 조합을 바꾸는 모양이다.

"프란이 해체 스킬을 가지고 있는 건 수업으로 알지만 요리 쪽은 어떤가요?"

"음…… 그럭저럭? 스승에 비하면 못 하지만."

"어머? 프란의 스승님? 어떤 분인가요?"

"스승은 최강이야. 뭐든 할 수 있어."

"그, 그건……. 아니, 프란의 스승님이 되는 인물이니까 분명 진짜겠죠."

터무니없는 프란의 스승=더 터무니없을 게 틀림없다. 그렇게 생각한 듯했다. 능력은 몰라도 나는 프란보다는 상식인이니까! 전혀 터무니없지 않아!

"그래서 어떻게 할까요? 저희는 지시를 받아도 상관없는데요."

"알았어."

요리 실력을 아직 모르는 프란에게 지시를 받다니……. 캐로나, 상당히 도박꾼이구나. 아니, 고랭크 모험가를 따른다는, 어떤 의미에서 모험가로서 당연한 행동을 했을 뿐인가? 조원들도 특별히 이론은 없는 듯했다. 기쁜 듯이 동의하고 있었다. 특히 오스레스가 기뻐했다.

"와, 살았어. 우리 조는 다 요리를 못하는 녀석뿐이거든."

"그래?"

"그래. 나 이외의 녀석들은 파멸적이거든~. 뭐, 셋 다 귀족이니까 어쩔 수 없지만."

오스레스 이외의 세 명 모두 영세 귀족가의 자녀라고 한다. 가난하다고는 하나 역시 시종 한두 사람은 있었을 테니, 이 학원에 들어오고 나서 다소 노력은 했지만 요리가 특기라고 할 정도는 되지 못했을 것이다.

반면 오스레스는 병사장의 아들로 평민 출신이다. 그래서 당연히 어릴 때부터 어머니를 도와 부엌에 드나들어서 요리에도 저항은 없는 듯했다.

"빈말로도 특기라고는 하기 힘들지만 이 녀석들보다는 나아. 일단 스킬도 가지고 있으니까."

그리하여 리더는 프란. 보좌는 오스레스. 다른 세 사람은 심부름을 하게 됐다.

"이 조 소지품에 조미료는 있어?"

"네. 조마다 보관하는 게 있어요."

"그럼 그걸 전부 가져와. 그리고 조리 도구도."

"알겠습니다."

야피에게 가진 조미료를 써도 된다는 말을 들었지만 되도록 캐로나네가 가진 조미료만으로 어떻게든 하려고 생각한 모양이다.

"우리는 어떻게 하지?"

"우선 사냥감을 확보해. 가장 좋은 녀석을 가져와."

"가장 좋은 녀석이라 해도 전부 같은 마수인데? 크기도 비슷한데 그렇게 차이가 있나?"

"확연하게 신선도에 차이가 있어. 아마 며칠에 걸쳐 준비해서 일부러 차이를 만들었을 거야."

"그런 걸 용케 알아봤네."

"냄새와 털과 눈의 탁함. 그리고 혀의 색."

"그렇구나."

캐로나네를 데리고 스컹크 라쿤을 검사한 프란은 그중에서도 가장 나은 개체를 골랐다. 신선도도 좋고 젊은 개체여서 냄새가 나았다. 육질도 부드러울 것이다.

다른 조는 일단 큰 개체를 고르거나 냄새를 맡아서 냄새가 나지 않는 개체를 고르고 있었다.

하지만 큰 녀석은 나이가 많은 개체라서 냄새도 맛도 나쁘고 고기는 딱딱하다. 냄새가 없는 개체는 실은 가장 함정이었다. 학교 측이 씻은 녀석인 것이다. 즉 스컹크라는 이름의 유래인 독연을 사용해서 심한 냄새가 모피에 배어 있었다는 뜻. 독을 사용하면 고기에도 냄새가 배기 때문에 지금은 얼핏 냄새가 나지 않아도 해체하면 상당히 지독할 것이다. 삼가 명복을 빕니다.

프란은 스컹크 라쿤을 처리하기 전에 우선 조미료를 확인해 어떤 요리를 만들지 의논부터 시작하는 듯했다. 조미료를 앞에 두고 생각에 잠겼다.

"저기, 프란? 조를 나눠 해체를 시작하지 않아도 괜찮나요?"

"다른 조는 이미 해체를 시작했는데……?"

"괜찮아. 저 정도 마수라면 바로 해체할 수 있어."

"역시 대단하네."

"의지가 돼."

프란이 제 실력을 보이면 3분도 걸리지 않을 것이다. 그러나 그건 프란이기 때문이다.

몰래 다른 조의 실력을 들여다보니 상당히 심했다. 느리고 사냥감의 구조를 이해하지 못해서 전체적인 솜씨가 나빴다. 아마 해체만으로 30분 이상은 걸릴 것이다.

아니, 우리가 해체 스킬의 은혜로 초인적으로 빠를 뿐이지만.

생각해보면 저 애들도 이 세계에 막 왔을 무렵의 나에 비하면 충분히 잘하네. 대충 해체해보려고 하다가 소재를 엉망으로 만들었던 시절이 그립군.

"조미료는 이것뿐이야?"

"네? 그런데요……."

"음."

캐로나네가 준비한 조미료를 보고 프란이 드물게 난처한 신음 소리를 냈다.

뭐, 기분은 이해하지 못하는 것도 아니다. 테이블 위에 놓여 있는 것은 암염, 산초, 향초가 두 종류. 나머지는 썬 버섯과 기름을 소금에 섞은 조미소금. 그것뿐이었기 때문이다.

조미소금은 아마추어가 만든 것 같고 향초는 향기가 약한 타입의 것이라 맛도 그다지 좋지 않은 것뿐이었다. 아무래도 이 부근 야산에서 채취할 수 있는 것밖에 없는 모양이다. 이야기를 들어보니 지금까지 받은 수업에서 채취하거나 만든 조미료라고 한다.

"……실습 전에 사면 안 돼?"

"허가는 됐지만 저희는 조미료를 잘 몰라서요……."

지금까지는 조미소금이나 향초를 뿌려 열을 가하면 어떻게든 먹을 수 있게 되는 식재료뿐이었던 모양이다.

다만 이번 스컹크 라쿤은 만만치 않다. 가열한 정도로는 냄새를 지울 수 없을 것이다.

"알았어. 조미료는 어떻게든 할게."

결국 프란이 가지고 있는 조미료를 써야 하나.

"뭔가 가지고 계세요?"

"응. 여러 가지 있어."

"아아, 프란은 시공 마술을 쓸 수 있었죠."

그리하여 프란네 조는 우선 해체를 진행하기로 한 모양이다.

프란이 전력으로 하면 바로 끝나지만 다른 조원에게 해설하며 해체를 하는 듯했다. 이게 수업의 일환이기 때문일 것이다. 아무리 프란이라 해도 자신이 뭐든 해서는 안 되는 건 이해하고 있었다. 하지만 프란네가 해체에 들어가기 전에 다른 조 학생에게서 큰 비명이 나왔다. 이어서 다른 조도 눈과 코를 누르며 고함을 지르기 시작했다.

"우웩!"

"이 냄새는 뭐야……!"

"구려! 구려구려구려!"

"까악!"

아무래도 어딘가의 조가 해체 중에 독선을 건드린 모양이다. 스컹크 라쿤의 독은 미독이지만 냄새가 엄청났다.

고기의 냄새도 그걸 원인으로 보는 경향이 있지만 사실은 아니다. 스컹크 라쿤의 피 속에는 자신의 독을 견디기 위한 성분이 포함되어 있다. 그 성분을 가진 화학 약품 같은 향기가 피의 냄새의 정체다.

반면 독이 가진 냄새는 강렬한 유황 냄새. 다른 조가 독선을 건드린 탓에 그 냄새가 주위에 일제히 퍼진 듯했다. 어느 조나 눈물을 글썽이며 괴로워하고 있었다.

캐로나네도 토하고 있군. 남자 세 명은 그렇다 치고 귀족 영애인 캐로나가 그런 얼굴을 하는 건 좀 그렇지 않나?

프란도 순간 가스를 들이마셨는지 얼굴을 찌푸렸지만, 바로 바람 마술로 주위의 공기를 날려버리고 결계를 쳐서 냄새를 차단했다.

"사, 살았어요."

"고, 고마워."

"아비규환이네⋯⋯."

"우와, 다들 엄청난 얼굴이야."

주위는 반은 패닉 상태지만 프란은 딱히 신경 쓰지 않았다. 자신들 주위에서 냄새가 나지 않게 된 것을 확인하자 해체 설명으로 돌아갔다.

"그럼 우선 여기에 칼을 넣어."

"네? 아, 네."

캐로나네도 자신들의 작업이 뒤처졌다는 것을 떠올렸는지 바로 프란의 손에 집중했다. 냄새뿐만 아니라 비명도 차단해두자.

주위의 잡음에 혼란스러워하는 일 없이 작업을 진행하기를 10분. 프란네 조는 거의 모든 해체를 끝냈다. 물론 독선을 건드려 냄새 소동을 일으키는 실수는 하지 않았다.

"멋진 솜씨예요."

"여, 역시 대단하네요."

"익숙해지면 누구든 할 수 있어. 그보다 이건 어떡해?"

"마석을 잘 채취하면 나중에 선생님께 드리는 식이에요."

마석은 교사가 모험가 길드에 가져가서 수업을 하기 위한 비용을 조금이라도 조달한다고 한다. 매번 해체용 사냥감을 준비하면 그야 돈이 들 것이다.

"고기가 꽤 나왔는데, 어떤 요리를 하실 건가요?"

"왜, 왠지 이상한 냄새가 나요……."

"색도 나빠."

"힘줄도 꽤 많네. 맛은 어떠려나?"

먹기 전부터 그다지 맛있어 보이지 않는 얼굴을 하는 캐로나네. 프란이 그 말에 크게 고개를 끄덕였다.

"응. 아주 냄새나고 맛없어. 굽는 정도로는 안 돼."

"우와, 그건…… 그럼 어쩌지?"

"할 수 없어. 이걸 쓰자."

프란이 차원 수납에서 꺼낸 건 내가 배합한 카레 파우더들이었다. 식재료나 조리법에 따라 향기나 맵기를 조절한 것이다.

곤란할 때는 카레지. 들은 이야기로 지구의 특수부대도 카레 가루를 휴대한다고 했다. 어떤 형편없는 식재료도 카레 가루를 뿌리면 간신히 먹을 수 있게 되기 때문이라고 한다.

"이건?"

"스승이 만든 카레 가루. 이게 있으면 어떤 식재료든 궁극의 맛이 돼. 지고의 조미료야."

"아, 카레는 조미료의 이름인가요?"

"응. 최강의 요리."

"그거 대단해 보이네. 하지만 신기한 냄새야. 향신료를 조합한 거야?"

카레 가루에 관심을 보인 건 오스레스뿐이었다. 요리에 흥미가 없으면 희귀하기만 한 조미료이니 말이다. 하지만 바로 캐로나가 목소리를 높였다.

"잠깐만요. 카레라면 크란젤 왕국에서 최근 유행하기 시작했다는 새로운 요리 아닌가요?"

"스승이 만들었어."

"그러면 혹시 프란의 스승님이란 소문의 카레 스승? 그 사람은 엄청난 실력의 요리사라고 들었는데요⋯⋯. 모험가 스승이 아닌 건가요?"

"스승은 모든 게 완벽해. 요리도 전투도 마술도 전부 일류야. 내 모든 것의 스승이야."

"어머, 그렇군요. 고명한 모험가인가요?"

"모험가가 아냐. 스승은 스승이야."

"네에⋯⋯."

이런 이야기를 하는 사이에 오스레스가 카레 가루의 확인을 마쳤다.

"나는 쓰는 법을 모르겠네. 뿌려서 구우면 돼?"

"그래도 되지만 이번에는 다른 방법을 쓸 거야."

프란네는 만들 요리를 결정하고 조리를 시작했지만 다른 조와는 모든 면에서 달랐다.

다른 조가 모닥불에 프라이팬을 올리고 조리하고 있는 데 비해 흙 마술로 만든 즉석 풍로를 쓴 것이다.

게다가 식칼이나 프라이팬은 프란의 차원 수납에 들어 있던 일급품이다. 드워프 장인이 만든 초고급품. 가격뿐만 아니라 기능도 일급이다. 지구라면 전문점 쇼케이스에 장식되어 있는 수준의 기구들일 것이다.

밑준비에 쓰는 향신료나 냄새 제거용 우유도 호화롭게 사용했다.

더욱이 흙 마술, 불 마술, 바람 마술, 물 마술을 병용한 유사 압력솥으로 고기를 흐물흐물해질 때까지 삶기도 했다. 유사 압력솥은 얼핏 보면 간단한 것 같지만 실은 마술의 병용과 유지, 조절이 아주 어려운 고등 기술이 필요한 기구다. 뭐, 아무도 알아차리지 못했지만. 마술과의 교사가 보면 기술 낭비에 놀랄 것이다.

그 뒤에는 프란이 지시를 내리며 전원이 요리를 진행해갔다.

그 프란이 남에게 지시를 내리고 협력해 요리를 하다니……. 예전이었다면 전부 스스로 끝내고 혼자서 요리를 먹었을 것이다. 프란의 약간의 성장을 실감할 수 있어서 눈물이 나올 뻔했다. 눈물샘은 없지만!

그렇게 완성된 요리를 교사에게 제출했다. 프란네 조가 눈앞에 늘어놓은 요리들을 보고 조리 실습 담당 교사인 야피가 감탄의 소리를 냈다.

"호오? 독특한 자극적인 냄새가 전혀 없어. 스컹크 라쿤의 고기를 썼다는 게 믿기질 않네."

백자 식기부터가 야외 요리에 썼다고는 생각할 수 없을 만큼 보기가 좋았다. 다른 조도 야피와 마찬가지로 놀라고 있었다.

"저거 무슨 요리지?"

"글쎄?"

"하지만 맛있어 보여……. 게다가 이런 짧은 시간에 네 개나……."

학생들이 감탄하는 건 요리뿐만이 아니었다.

"해체 속도 봤어? 엄청나더라."

"해설을 들어봤는데 엄청 도움 됐어."

"역시 현역 모험가야……."

"그보다 마술로 저렇게 요리를 할 수 있다니."

"나도 언젠가……."

단순히 야외 요리를 한 것만으로도 그 실력 차이를 느낀 건가. 지친 모습으로 프란에게 선망의 눈빛을 보내고 있었다.

아, 학생들이 지친 건 몇 번이나 일어난 냄새 소동으로 심신이 모두 닳았기 때문이다. 아마 절반 정도 조가 해체에 실패해 독선을 못 쓰게 만들었을 것이다. 기절할 정도의 악취를 몇 번이나 맡으면 그야 피로가 장난 아닐 게 틀림없다.

"이건 맛있어 보이네."

야피의 "이건"이라는 말에서 그녀의 심정이 잘 드러났다. 지금까지 변변한 요리가 나오지 않았기 때문이다. 향초 범벅 소금구이나 소금맛 수프 같은 것만 나온 데다, 절반은 독선 냄새가 고기에 배어 맛 이전의 문제였던 모양이다.

심사를 위해서라고는 하나 그걸 먹어야 하다니……. 프란이 살짝 존경의 눈빛을 보내고 있을 정도였다.

유일하게 나아 보였던 게 매번 이 수업에서 좋은 평가를 받는다는 조의 요리였다. 다른 대륙 출신인 갈색 피부에 백금발의 산뜻한 미남이 조장으로 조리를 담당하고 있었다.

아젤리아 왕국이라는 사막의 나라에는 향신료를 잔뜩 쓴 요리가 유명하다고 한다. 이 수업에서도 아젤리아 수프와 구운 고기를 밀가루 생지에 끼운 토르티야풍 요리를 만들었다.

수프 쪽은 얼핏 수프 카레라고 생각했지만 굳이 따지자면 향신료를 넣은 스튜 같은 듯했다. 토르티야의 속은 저민 고기를 겹쳐 구운 것을 베어 썬 이른바 케밥 같은 느낌이었다.

둘 다 향신료와 코코넛 밀크로 냄새를 상당히 없앤 듯했지만, 피빼기 등의 밑준비가 어설픈 탓에 와 닿지는 않았나 보다. 야피의 평가는 "그럭저럭이네"였다.

그럼 프란네가 만든 요리는 어떤 평가를 받을까.

"그럼 먹어볼게."

"응."

"이건 스컹크 라쿤의 고기를 두드려 다진 건가? 위에는 치즈?"

"갈빗살의 지방을 최대한 제거하고 잘게 으깬 다음 특제 조미료를 섞어 둥글게 구웠어."

뭐, 간단히 말하자면 카레 가루를 섞어 구운, 치즈 얹은 햄버그다.

"맛은——."

야피는 포크를 써서 햄버그를 잘라 천천히 입으로 가져갔다.

"으음으음······!"

한두 번 씹은 직후 그녀의 눈이 커졌다.

"맛있어! 뭐, 뭐야 이건! 팔아도 될 맛이야! 게다가 먹은 적 없는 복잡한 맛······. 아젤리아 요리보다 맵지만······. 그리고 이 매운맛의 정체는——."

의외일 만큼 정확하게 맛을 분석해가는 야피. 모험가 출신의, 야외 요리를 가르치기 위한 교사라고 생각했지만 제대로 식사와 요리에 정통한 모양이다.

"이건 육포? 짧은 시간에 용케 만들었네."

"마술로 만든 생육포야."

"마술 실력도 대단하네……. 흐음…… 조미액과 향신료를 써서 독특한 맛으로 완성됐어. 아, 술 마시고 싶어."

"그리고 이거. 다진고기를 섞은 된장으로 만들었어. 이 밀가루 크레이프로 싸서 먹어."

"또 신기한 요리네. 오물오물──이것도 맛있어. 믿을 수 없어……."

향신료나 된장으로 냄새와 맛을 지웠지만 그건 요리 스킬이 만렙인 프란이기 때문이다. 지금까지 내가 만들어온 수많은 요리 중에서 이 자리에서 만들 수 있는 요리를 골라 재현했다.

"그리고 마지막이 이상한 수프네……. 수프인가? 묘하게 끈적한데."

"그건 카레. 이 세상에서 제일 맛있는 음식이야."

"그, 그것참 크게 나왔네. 그럼 먹어볼까…… 오물오물."

프란이 준비한 또 하나의 요리는 건더기를 듬뿍 넣은 카레다. 밥은 없지만 수프 대용일 것이다. 유사 압력솥에서 흐물흐물해진 고기와 야채가 들어가고 매운맛이 살짝 강한 빨간 카레다. 그 카레를 먹은 야피가 아까보다 더 놀란 표정을 지었다.

"이, 이건! 맛이 어쩜 이리 복잡해! 맵지만 얼마든지 먹을 수 있어……."

지금까지 나온 요리는 '배가 차면 심사를 제대로 할 수 없다'라고 변명하며 몇 입밖에 먹지 않았던 야피가 프란네 요리에는 걸신이 들려 있었다. 이건 틀림없이 고평가일 것이다.

"우, 우리도 먹죠."

우선 야피에게 심사를 받기 위해 가벼운 시식만 하고 참았던 캐로나네도 기다릴 수 없게 된 모양이다.

"응."

"드, 드디어 먹을 수 있어."

"맛있겠다."

"잘 먹겠습니다!"

"윙윙!"

울시도 약삭빠르게 나와 카레를 받았지만 그 반응은 좋지 않았다. 만든 프란을 배려해 맛있다는 듯이 먹고는 있지만 꼬리를 휘두르는 방식으로 얼마나 기뻐하고 있는지 알 수 있었다. 하지만 프란은 화내지 않았다. 프란 자신도 미묘한 표정이기 때문이다. 카레를 사랑하는 프란에게 만족스러운 맛은 아닐 것이다.

그래도 조원들의 평판은 아주 좋았다. 프란은 내 요리와 비교해서 엄격한 평가를 내린 거지만, 웬만한 요리에 비하면 상당히 맛있을 테니 말이다.

맛있다는 말을 연발하며 카레를 먹는 캐로나네를 부러운 듯이 보고 있는 건 다른 반 친구들이었다. 만든 건 전부 먹는다는 규칙이어서 어느 조나 억지로 요리를 집어넣고 있었기 때문이다.

"……저, 저기. 그 요리, 남았으면 한 입 줄래?"

처음에 말을 걸어온 건 아젤리아 요리를 만든 미남 군이었다. 요리가 특기답게 흥미가 있는 모양이다.

"좋아."

"진짜?! 고마워!"

"어?! 그럼 나도 줘!"

"나도 나도!"

결국 전원이 손을 들었다. 하지만 희망자 모두에게 갈 정도의 양은 없었다.

뭐라 해야 하나. 가위바위보에 진 학생들이여, 다음에 힘내라!

프란네 이외에는 온갖 시련도 있었던 조리 실습이지만 프란의 조는 고평가를 받았다. 있는 것을 최대한 이용해 맛있는 음식을 만들었다는 평가다.

그런 조리 실습 후 프란은 점심을 먹기 위해 식당에 있었다.

캐로나네도 함께였다. 조리 실습에서 먹은 정도의 양으로는 운동부 계열 소년 소녀들에게는 부족했을 것이다. 다른 반 친구들에게는 입가심의 의미도 있는 듯했다.

모두가 식당에서 나온 요리를 맛있게 먹는 가운데 프란만은 다른 것을 먹고 있었다. 여기는 외부에서 식사를 가져오는 것도 허용되기 때문이다. 뭐, 학생 식당이니 말이다.

특히 기숙사에 살지 않고 도시에서 다니는 학생들은 밖에서 식사를 조달해오는 모양이다.

프란이 먹고 있는 건 당연히 카레. 자신들이 만든 스컹크 라쿤 카레는 프란에게는 전혀 만족스러운 것이 아니었을 것이다. 하지만 카레의 입가심으로 또 카레라니……

『마, 맛있냐?』

"응. 역시 이거야."

"웡!"

프란은 몇 번이고 고개를 끄덕이며 카레를 입으로 가져갔다. 울시도 강아지 모드로 카레를 먹고 있었다. 입 주위가 엉망이네.

그런 프란네를 캐로나가 흥미롭게 보고 있었다.

"그건 아까 조리 실습에서 만든 카레라는 요리죠?"

"응? 맞지만 달라."

"네……? 카레가 아닌가요?"

"카레. 하지만 아까 것과는 전혀 달라. 이게 진짜야. 아까 건 전혀 못 써."

"그게요? 아주 맛있었는데요?"

"응. 자."

프란이 내민 스푼에 캐로나가 조심스레 입을 댔다.

"이, 이건……! 마, 맛있어요! 확실히 아까 것과는 비교가 안 돼요!"

오늘 몇 번째인지 모를 경악스러운 표정이다.

뭐, 조리 실습에서 만든 것도 맛있겠지만 재료도 좋지 않고 카레 가루도 거기에 맞춰 조합한 게 아니다. 그에 비해 지금 프란이 먹여준 건 내가 실력을 발휘해 만든 최고의 카레다. 비교할 것도 없이 이쪽이 맛있을 터였다.

감동하는 캐로나를 보고 프란이 의기양양한 얼굴을 했다.

"흐흥."

"이걸 프란의 스승님이?"

"응!"

"정말 모험가인가요? 요리사가 아니라?"

카레를 칭찬받은 게 아주 기뻤을 것이다. 프란이 차원 수납에서 접시에 담긴 카레를 꺼내 캐로나의 앞에 가만히 놓았다.

"괘, 괜찮나요?"

"응."

"감사합니다!"

캐로나가 반짝반짝 빛나게 웃으며 감사 인사를 했다. 이미 식당에서 제공된 점심을 배에 넣었지만 아직 먹을 수 있나 보다.

"잘 먹겠습니다."

스푼을 움직이는 동작은 귀족답게 상당히 기품 있지만 그 기세는 무시무시했다. 스푼을 움직이는 손은 전혀 멈추는 일 없이 접시 위의 카레가 줄어갔다.

"그, 그렇게 맛있어? 이, 이봐, 우리한테도⋯⋯."

조리 실습이 끝나고 같이 식당에 왔기에, 같은 테이블에 오스레스를 비롯한 남학생도 같이 앉아 있었다. 너무나도 맛있게 카레를 먹는 캐로나를 보고 참을 수 없어졌는지 자신들도 먹고 싶다고 말을 꺼냈다.

평소의 프란이었다면 카레를 나눠줄 때 상당히 고민했을 터다. 하지만 잠시라도 함께 조리 실습을 해서 동료 의식이 싹튼 걸까? 프란은 흔쾌히 카레를 꺼내줬다. 반찬도 딸려 있었다.

"맛있어요!"

"와! 맛있어!"

"우걱우걱!"

다만 여기서 오스레스네에게 카레를 주면——.

"⋯⋯꿀꺽."

"⋯⋯후릅."

한창 먹을 나이의 소년 소녀들은 굶주린 야수 같은 존재다. 주위에 있는 모든 반 친구들이 살기마저 느껴지는 반짝거리는 눈으로 프란네 테이블을 보고 있었다. 캐로나네 이상으로 지독한 요리를 먹었으니 맛있는 요리를 원하는 마음은 상당할 것이다.

아니, 반 친구 이외의 학생도 카레 냄새에 이끌려 이쪽으로 시선을 보내고 있었다.

"으음……."

"끄응."

마수 무리에 둘러싸여도 웃을 수 있는 프란과 울시가 학생들에게 압도당하고 있었다. 그만큼 굶주린 학생들이 내는 압력은 무시무시했다.

"……이거 먹어도 돼."

『아! 그건 악수──.』

""""우오오오오오오오오오오오오!""""

프란이 차원 수납에서 들통을 하나 꺼낸 순간 땅울림 같은 환성이 울렸다. 마치 고함 같았다.

『패, 패닉 사태가 된다고!』

프란이 정확한 배식을 할 수 있을 리도 없다. 이대로는 카레를 둘러싸고 대폭동이 일어날지도 몰라! 최악의 경우 냄비를 넣어야 할 필요가 있을지도 모른다. 나는 그렇게 생각하고 대비했지만 오스레스, 마체스, 레루스 세 사람이 자주적으로 배식과 줄의 정리를 담당해줬다.

"우리 탓 같네……. 이 정도는 하게 해줘."

"그래."

"내, 내버려 두면 어떻게 될지 모르고요."

특전반은 인정을 받고 있는지 다른 과 학생들도 얌전히 따랐다.

그 덕분에 폭동으로 발전되는 일 없이 순조롭게 카레를 나눠줄 수 있었다.

"식당 밥보다 몇 단계 맛있어!"

"몇 단계 정도가 아냐."

"확실히! 백 배 맛있지!"

텅 빈 들통을 슬프게 바라보는 프란을 내버려 두고 식당 각지에서는 기쁨의 목소리가 솟아나고 있었다. 카레는 받아들여진 모양이다. 다만 그 상황을 단순히 기뻐하지 않는 사람이 프란 이외에도 있었다. 캐로나네가 아니다.

"너. 거기 수인 아가씨. 잠깐 얘기 좀 할까?"

"응?"

"우리한테 말도 없이 무슨 짓을 한 거지?"

말만 들으면 마치 도시의 양아치가 시비를 건 것 같지만 그것도 어쩔 수 없을 것이다. 이마에 푸른 핏줄을 띄우고 프란을 노려보고 있던 건 흰 조리복을 걸친 한 장년 남성이었다.

"나는 여기의 조리를 담당하고 있는 노리츠야. 잠깐 얘기 좀 할까?"

『이런. 엄청 화난 거 아냐?』

완전히 임전태세로 나타난 요리사 노리츠였지만 자세히 이야기를 들어보니 카레에 흥미가 있다는 것을 알았다. 말투는 화가 나 있었지만 그 내용은 에둘러 카레를 먹어보고 싶다는 것이었다. 아저씨 츤데레. 전혀 모에하지 않아!

사실은 자신도 카레를 먹고 싶지만 소동을 일으킨 데는 화가 났다. 하지만 냄새는 맛있을 것 같다. 학생들의 언동에는 상처를 받았지만 새로운 요리에는 흥미가 있다.

그런 다양한 감정이 뒤섞여서 결과적으로 츤데레 대응을 한 모양이다.

"크…… 맛있잖아. 역시 대량의 향신료가 쓰였어……."

노리츠는 프란이 건네준 카레를 먹으며 여러모로 분석했다.

"역시 개발자. 파는 레시피의 두세 걸음이나 앞서가고 있어."

"카레 레시피를 알아?"

"그래. 루실 상회에서 취급하는 것뿐이지만. 골드가 아니라 실버 랭크의 요리사가 개발했다고 해서 흥미를 가졌거든."

놀랍게도 노리츠도 요리 길드의 회원이라고 한다. 그렇게까지 큰 조직은 아니지만 큰 레스토랑의 셰프라면 대개는 회원이라고 한다. 그리고 카레의 개발자가 요리 길드의 실버 랭크 회원이라는 사실을 알고 구입을 결정했다고 한다.

"충격이었어. 하지만 레시피대로 만들면 원가가 말이야……."

노리츠가 요리를 만들 때 가장 신경 쓰는 점이 영양 균형이다. 다음으로 양. 마지막이 맛이다. 물론 맛없는 요리를 제공할 리는 없다. 그러나 예산 범위 내에서 궁리하는 데는 한계가 있었다.

가정이라면 얼마든지 방법이 있을지도 모르지만, 몇천 인분을 적은 인원으로 만들어야 한다. 작은 궁리를 거듭하려 해도 시간이나 노동력이 부족했다.

"참고로 이것의 원가는 얼마나 되지?"

"그건——."

대략적인 원가와 사용한 재료를 가르쳐주자 노리츠가 머리를 감쌌다. 마수의 뼈로 육수를 내고 마수 고기를 대량으로 쓴 데다 마법 식물 등도 아낌없이 사용했다. 뭐, 학교 식당에서 제공할 수 있는 수준이 아닐 것이다.

노리츠도 여러모로 궁리해 싸고 맛있는 카레를 만들려고 하고 있다고 하지만 아무래도 잘 되지 않는 모양이다. 비싼 향신료를 줄이면 고유의 맛이 달라지든가 향신료가 약간 들어간 수프처럼 되기 때문이다.

애초에 이 나라는 향신료가 비싸다. 아니, 항구 도시인 바르보라가 특별히 싼 것이었다. 그런 향신료를 레시피대로 쓰면 아무래도 가격은 올라간다.

그렇게 고민하는 노리츠의 모습을 보고 프란은 감동한 듯했다. 그가 진심으로 학생들에게 최대한 맛있는 음식을 먹이고 싶어 한다고 생각하는 걸 알았기 때문일 것이다.

'스승, 뭔가 없어?'

『으음…….』

노리츠의 실패는 바르보라에서 판매된 레시피를 바탕으로 그 맛의 재현을 지향한 점일 것이다. 카레라는 음식은 이런 것이라는 고정관념이 있기 때문일 텐데…….

"내게 생각이 있어."

"뭐? 혹시 도움을 주겠다는 건가?"

"응."

"오오! 고마워! 그래서 어떻게 하지?"

"주방을 빌려줘."

"알았다!"

『프란, 생각이라니?』

'스승이라면 분명 여기의 조미료로도 맛있는 카레를 만들 수 있을 거야!'

내게 떠넘길 생각이었습니다!

『아니, 그래도 말이야. 어떤 조미료가 있는지 모르니 잘 안 될 수도 있는데…….』

'괜찮아! 스승이라면 할 수 있어!'

프란의 신뢰가 무거워! 하지만 프란을 실망시켜서는 안 된다.

나는 주방의 식재료를 확인한 직후 프란에게 지시를 내려 요리를 개시했다.

즉흥적이었지만 꽤 잘 만들어지지 않았나? 먼저 맛을 본 건 당연히 프란과 울시다. 맛있게 먹는다. 그에 이어 노리츠도 그 요리를 먹었다.

"이건……. 카레지만 카레가 아냐. 하지만 싸고 맛있어……."

"그건 카레 마파덮밥."

"마파? 재미있는 이름이로군."

"카레와는 좀 다르지만 맛있어."

우리가 만든 건 외국산 향신료를 줄이고 산초를 많이 쓴 카레 마파다. 이 나라는 사실 각종 산초를 싸게 입수할 수 있다. 근처에 자생하기 때문이다.

하지만 노리츠를 비롯한 조리사들은 카레에 쓸 수 있는 것이라고는 생각하지 않았다. 생각의 차이일 것이다. 평소부터 대량으로 쓰고 있는 저렴한 산초가 고급 양념류를 대신할 수 있다고 생각하지 않았던 것이다. 냄새도 꽤 다르고 말이다.

나는 거기에 주목해 원래 이 땅에 존재했던 산초와 간장, 설탕으로 맛을 낸 마파와 비슷한 요리를 카레풍으로 어레인지했다. 카레와는 또 다른 매콤함에 중독되는 토속적인 맛을 지향해 본 것이다. 새롭기도 하고, 학생들도 기뻐할 것이다.

"양념이나 점도를 바꾸면 찐빵에 넣거나 롤빵에 끼울 수도 있어."

"그렇군! 게다가 건더기는 얼마든지 바꿀 수 있어! 아주 좋은 걸 가르쳐줬어!"

이것 외에도 카레 볶음밥 등 기존 요리의 어레인지 방법도 가르쳐줬다. 노리츠의 실력이라면 지금 이상으로 학교 식당의 맛을 향상시킬 수 있을 것이다.

"고마워. 이로써 애들한테 맛있는 밥을 먹일 수 있어. 그래서 사례 말인데……."

"응? 딱히 필요 없어."

프란은 사례를 거절했다. 뭐, 이건 절반은 소란을 피운 사과라는 의미도 있고 다른 학생을 위해서이기도 하기 때문이다. 그리고 재료비를 절약하기 위해 눈물겨운 노력을 하고 있는 노리츠와 조리사들을 봤으니 말이다. 이런데 레시피의 사례를 받으면 기껏 싸게 만들기 위한 레시피를 가르친 의미도 사라진다.

그렇게 말하자 노리츠가 공짜로는 받을 수 없다며 사비로 내겠다고 말을 꺼냈다.

그리고 짧은 대화를 나눈 결과 학원과 거래를 하는 상회의 소개장을 받는 것으로 타결했다. 이후를 위해서도 산초가 대량으로 필요했기 때문에 마침 잘됐다.

그런 식으로 학교 식당에서 한 가지 일을 끝낸 우리였지만 거기서 불의의 만남을 가졌다. 그건 학교 식당을 뒤로하려고 출구로 향하고 있을 때였다.

"……!"

"?"

그건 아직 서너 살로 보이는 갈색머리 소년이었다. 상당히 식사가 기대됐는지 웃으며 식당으로 달려온 소년은 프란을 본 순간 움직임을 멈췄다.

""…….""

서로 바라보는 프란과 소년. 웃는 얼굴에서 백팔십도 바뀌어 소년은 프란을 노려보았다. 그 눈에는 강한 분노와 희미한 공포가 있었다. 이런 소년에게 그런 시선을 받을 일은——있었군.

몇 초 정도 대립을 하고 있자 같이 있던 여성이 소년의 어깨에 살며시 손을 얹었다.

"로미오 군, 여기서 멈추면 다른 사람에게 폐가 돼요."

"……죄, 죄송합니다."

"가자. 응?"

"응."

엇갈리며 여성이 미안하다는 듯이 머리를 숙였다. 소년——로미오는 이쪽을 여전히 노려보고 있었다. 양육 담당일 것이다.

『역시 저게 로미오인가.』

"……."

『프란? 너무 신경 쓰지 마.』

'저 눈…… 어디서 본 적이 있는 것 같아.'

『어? 로미오를 말하는 거야?』

"응."

로미오가 노려봐서 침울해진 줄 알았는데 다른 것을 신경 쓰고 있던 듯했다.

『어디서인지 생각 안 나?』

"응……."

우리는 로미오와는 초면이다. 이쪽에 대한 적의와 공포가 담긴 눈이 과거에 싸운 상대와 겹쳐 보인 건가?

"어디서지……?"

학교에 온 지 며칠.

프란은 교관으로 두려움을 받으면서도 학생으로서는 학원이나 반에 녹아들고 있었다.

학생들과 엇갈리면 인사를 주고받고 그날 모의전 예정이 있으면 살살 해달라는 간청을 받았다. 맛이 약간은 개선된 식당에서 식사도 함께하고 수업 중에는 서로에게 부족한 부분을 서로 가르쳤다.

프란도 학원 생활을 그럭저럭 즐기고 있는 듯했다.

수업에서도 졸기만 하지 않았다. 정령에 관한 수업이나 마술에 관한 수업 등 프란의 흥미를 끄는 수업이 몇 개 있었던 것이다. 뭐, 흥미가 없으면 졸았지만.

나 역시 처음에는 프란을 깨우려고 했지만 프란은 내 부름을 무시하고 계속 자는 방법까지 고안해내기 시작했다. 그 집념에 나는 프란을 깨우는 걸 포기했다. 너무 시끄럽게 굴면 학원을 싫어하게 될 것 같고 말이다.

그리고 재미없는 수업 외에도 불만이 있는 듯했다.

『여기는 학원이니 원래 실력으로 날뛸 수 없는 건 어쩔 수 없잖아?』

"……응."

"……웡."

요 며칠 동안 대부분 제 실력을 발휘하지 못해서 프란도 울시도 상당히 불만이 쌓인 듯했다.

『좀 더 있으면 학원 밖에서 서바이벌 실습을 해. 마수 같은 걸 쓰러뜨릴 기회도 있을 거야.』

"진짜?"

『……100프로는 아니겠지만. 그리고 도시 밖으로 나가면 울시와 모의전을 해도 돼.』

"오오, 과연."

"웡웡!"

『그러니까 다음 모의전에서 힘을 잘못 조절하지 마.』

"응!"

"웡!"

실은 특전반 등의 몇 반은 매년 이 시기에 학원 밖으로 나가 훈련을 하는 게 연례행사가 되어 있다.

장소는 비비안호의 호숫가로 예정되어 있었다. 수련도 할 수 있다고 한다.

이 나라에 사는 이상 한 번은 방문하는 게 좋을 테고, 저 거대한 호수를 찾아가는 건 국외에서 온 입학자에게도 희귀한 경험이 될 것이다.

프란은 인솔 교관으로 참가하게 됐다.

'기대돼.'

『호위도 겸하는 거야.』

뭐, 비비안호 주변의 모험가도 고용된다고 하니까 학생이 위험한 일을 당하는 경우는 그리 없을 것이다. 학생 자신도 나름대로 강하고 말이다.

이동에는 마차를 이용해서 가는 데 사흘. 머무는 데 사흘. 귀환에 사흘로 예정되어 있다.

『그게 끝나면 교관 일도 끝이야.』

"응…….."

끝이라는 말을 듣고 프란의 얼굴이 살짝 흐려졌다. 이러니저러니 해도 학원 생활에는 즐거운 일도 많았다. 빨리 끝내고 싶은 마음과 함께 쓸쓸하게 느끼는 부분도 있을 것이다.

『저기.』

"왜?"

『프란이 남고 싶으면 학원에 정식으로 고용되는 방법도 있어. 아니, 학생으로 입학해도 돼.』

프란에게는 처음 갖는 학원 생활이다. 그뿐 아니라 이렇게 많은 또래와 접하는 일도 처음일 것이다. 만약 프란이 학원에 있기 편하다고 느끼고 있다면 남는 것 역시 선택지 중 하나였다.

하지만 프란은 고개를 가로저었다.

"……됐어."

『진짜 괜찮아?』

"응. 여기는 즐겁지만 모험가가 더 즐거워. 그리고 여기 있으면 강해질 수 없어."

『하지만 지식은 얻을 수 있어. 멀리 돌아갈지도 모르지만 그건 강해지는 데 도움이 될 거야.』

"그래도 괜찮아. 진화 얘기를 듣고 생각했어."

『수업 말이야?』

"응. 홀리알 얘기. 그걸 듣고 모두도 진화할 수 있게 되면 좋겠다고 생각했어."

이 모두란 자신 이외의 흑묘족을 말한다. 지금까지도 프란은 흑묘족을 생각해 싸워왔다. 자신뿐만 아니라 흑묘족 전체에 걸린 저주를 푼다. 아무래도 홀리알의 수업을 듣고 다시금 그 생각을 확인하고 강하게 다짐한 모양이다.

『각오는 됐겠지?』

"물론."

흑묘족의 저주를 푸는 건 가시밭길이라는 말이 우스울 만큼 고난의 길이 될 것이다. 흑묘족의 힘만으로 위협도 S 이상의 사인, 혹은 사신의 권속을 쓰러뜨린다. 그게 조건이다.

그러나 현 상태로는 프란 이외에 싸움에 참가할 수 있을 만한 흑묘족은 없었다.

수인국의 흑묘족들은 이미 단련을 개시해 사인들을 사냥하기 시작했겠지만, 그게 결실을 맺을 때까지는 상당한 시간이 걸릴 터였다.

게다가 위협도 S 이상의 사인과 싸우려면 파워 레벨링으로 얻은 실속 없는 힘으로는 부족하다. 경험을 피로, 수련을 살로, 모든 것을 스스로 거머쥔 심지 있는 힘이어야 한다. 흑묘족들이 그 영역에 도달하려면 얼마나 시간이 걸릴까.

그렇다면 프란 혼자서 하거나 동료를 찾는 수밖에 없다. 가장 약하다는 소리를 듣고 진화가 봉인된 흑묘족. 그러나 키아라라는 예외가 존재했다. 그녀는 투신의 총애라는 엑스트라 스킬 덕분에 그만한 힘을 얻었다고 한다. 그와 비슷한 일이 다른 흑묘족에게 일어나지 않으란 법은 없다.

하지만 있을지 없을지도 알 수 없는 상대니 결국 거기에만 의존할 수 있을 리가 없다.

"더 강해져야 해."

『응, 그렇지.』

결국 동료와 함께 도전하든 혼자서 도전하든 프란이 지금 이상으로 강해지는 건 시련의 달성에는 필수였다.

『뭐, 일단 오늘은 장을 보러 가자. 산초를 사고 싶어.』

"응."

마음을 다잡고 학원 밖으로 향하는 프란. 그 옆을 학생도 교사도 아닌 여러 어른들이 지나쳐갔다. 모두 나름대로 깔끔한 옷을 입고 있었다. 제각기 정장일 것이다.

오늘은 마술 학원의 분위기가 아침부터 달랐다. 실은 신입생의 입학식이 있었던 거다. 하지만 성대한 행사는 아니었다.

이 학원에서는 네 달에 한 번 신입생이 들어와서 입학은 그렇게까지 기념할 만한 행사가 아닌 듯했다. 출석하는 건 신입생과 교사 몇 명뿐. 위날렌조차 참가하지 않으니까 진짜 특별한 일은 아닐 것이다.

프란도 출석하지 않아도 된다는 말을 들었다. 희망하면 참가할 수 있다고 했지만 당연히 참가하지 않았다. 자신의 입학식에서조차 줄 게 확실하니 남의 입학식에서는 분명히 잔다. 신입생들의 영광스러운 추억을 굳이 더럽힐 필요는 없을 것이다.

이미 입학식은 끝났고 지금은 인솔 교사에게 이끌려 학원을 안내받고 있는 차였다.

기대로 가슴이 부푼 신입생들의 웅성거림이 학원을 밝히고 있는 듯했다.

『어느 세계든 신입생이 왁자지껄 떠드는 건 똑같네.』

'스승의 세계도?'

『그래. 비슷한 느낌이었어. 뭐, 저렇게 나이가 제각각인 경우는 드물지만.』

신입생들의 나이는 제각각이었다. 아래로는 열 살 정도부터 위로는 스무 살 이상도 있었다. 가장 많은 건 12~14살 정도 연령층이려나. 프란 또래다.

야간학교 같은 곳이라면 이 정도 나이 차는 당연하겠지만, 그럼에도 어린이와 성인이 섞이는 일은 없을 터다. 초등학생과 대학생이 같은 교실에서 공부를 하는 셈이니 말이다. 그러나 이 세계에서는 그리 드문 일이 아닌지 어린아이에 섞여 있는 성인 신입생들에게 부끄러워하는 기색은 없었고, 어린아이들이 이상한 눈으로 보는 일도 없는 듯했다.

물론 또래끼리 몰려다니는 건 어쩔 수 없다. 그건 지구와 똑같았다.

마술 학원의 시설을 보고 눈을 빛내고 있는 신입생들. 그들을 곁눈질하며 걷고 있는데 그들 중에서 누군가 말을 걸었다.

"프란 씨?"

355

"응?"

"역시!"

돌아본 프란은 말을 걸어온 상대의 얼굴을 보고 드물게 놀란 표정을 지었다.

"카나? 왜 여기 있어?"

"그건 제가 할 말이에요."

프란의 시선 끝에 있던 것은 크란젤 왕국에서 고개를 넘을 때 함께 했던 소녀, 카나였다.

놀랍게도 신입생인 모양이다. 이 학원 교복을 걸치고 있었다.

"프란 씨는 입학식에 안 왔던 건가요?"

"응? 무슨 소리야?"

"아니, 입학식장에 없어서요. 하지만 여기 있다는 건 입학했다는 뜻이죠?"

"응. 입학했어."

입학이라기보다 임시로 학생 대우를 받고 있을 뿐이지만.

"하지만 입학식은 나오지 않아도 된다고 했어."

"어머, 그래요?"

"응."

"하지만 다행이에요. 또 만날 수 있어서요. 모습이 보이지 않아서 갑자기 입학을 취소했나 했어요. 프란 씨의 실력으로 입학하지 못할 리는 없고요."

프란과 카나의 대화가 미묘하게 맞물리지 않는 것 같았는데 그 이유를 알았다. 카나는 프란이 자신과 같은 신입생이라고 생각한 모양이다.

생각해보면 카나에게는 프란의 목적지가 마술 학원이라는 것 밖에 가르쳐주지 않았다. 프란의 나이를 보면 마침 입학하기에 적합하니 카나가 착각을 해도 무리는 아닐 것이다.

"같은 신입생끼리 잘 부탁해요."

역시 그렇다. 착각하고 있다.

"어머? 하지만 그 교복은……? 저희와는 꽤 다르네요."

"이건 특전반의 교복이야."

"네? 특전반? 그건 상급생 반이 아닌가요……?"

"응."

"기초학과가 아닌가요? 월반했다 해도 응용학과 전에 기본학과가 있을 텐데……."

이제야 카나도 겨우 이상하다고 눈치챈 모양이다.

서로 정보를 교환하고 프란이 신입생이 아니라는 것을 이해했다.

"그런가요. 설마 교관 대우라니. 프란 씨의 실력이라면 그것도 당연할지도 모르겠네요."

"카나는 처음부터 여기를 목표로 했어?"

"네? 뭐, 그런데요……."

여행의 목적이 마술 학원 입학이라고 밝히지 않았던 건 확실히 입학할 수 있을지 없을지 알 수 없었기 때문이라고 한다. 거부당할 가능성도 있었다나.

"여기는 누구든 입학할 수 있다던데?"

"뭐, 제게도 여러 사정이 있어서요……."

사연이 있다는 건 미묘하게 느꼈지만 입학을 거부당할지도 모르는 사정은 대체 뭐지? 뭐, 물어도 가르쳐주지 않겠지만. 프란도 그런 데는 그다지 흥미가 없을 것이다. 다른 질문을 했다.

"저기, 나머지 두 사람은 어디 있어?"

"디안과 쉐러 말인가요?"

"응. 그거."

프란, 카나의 수행원 이름을 완전히 잊어버렸구나. 뭐, 늘 있는 일이다.

"쉐러는 도시에서 여기 머무르는 동안 가질 직업을 찾고 있어요. 제가 무사히 졸업하면 그 뒤에는 저와 함께 본가로 돌아가게 되겠죠."

카나의 졸업까지는 연 단위로 시간이 걸릴 것이다. 그걸 기다리게 되면 숙소에 계속 묵기만 해도 막대한 비용이 든다. 그 체재비를 조금이라도 보충하기 위해 레이디 블루에서 취직할 생각인 모양이다.

"그 기사는?"

"디안은 어떻게 할지 몰라요. 원래 그녀의 임무는 저를 이곳에 데려다주는 것이었으니까요. 다만 한동안은 레이디 블루에 머문다고 했어요."

"그렇구나."

"무사 수행을 한다고 했지만 아직 어디로 갈지는 정하지 않은 듯해요. 오늘은 어디에 가 있는지……. 뭔가 볼일이 있다며 회장에는 오지 않았어요."

여기에 없다면 상관없다. 오히려 없어서 다행이다.

"아아, 이제 가야겠네요. 불러 세워서 죄송했어요."

신입생을 인솔하는 교사가 불러서 카나가 황급히 돌아갔다.

"저기!"

"응?"

마지막에 고개를 돌린 카나가 어딘가 결심한 표정으로 입을 열었다.

"또 만나주시겠어요?"

"응. 또 봐."

"네! 또 봐요!"

고개를 끄덕이며 손을 흔드는 프란의 말을 듣고 안심한 기색으로 미소 짓는 카나. 대화 중에 조금도 웃지 않는 프란을 보고 폐를 끼쳤다고 생각한 모양이다. 프란으로서는 카나와 재회해서 꽤 기뻤을 테지만.

『아는 사람이 늘어서 다행이야.』

"응."

최근 살짝 뒤틀린 프란의 마음도 조금은 환해지려나?

가끔. 정말 사소한 순간 프란은 묘하게 공격적으로 변한다. 모의전 수업에서 좀 지나쳐 학생들을 울리거나 도시에서 다른 곳에서 온 모험가라고 시비가 붙어 반죽음을 만들어놓거나. 너무 날뛴다고 생각하는 경우가 많다. 이것 역시 불만이 지나치게 쌓인 게 원인일 것이다. 과외 수업으로 발산할 수 있으면 좋겠는데.

『오늘은 수업도 없으니 시내에서 맛있는 거라도 먹자. 응?』

"응."

"웡웡!"

이런 때 앞뒤 없이 "맛있는 거다. 와아!"라며 기세를 올릴 수 있는 울시의 존재가 고맙다. 울시의 신나는 기분이 전염됐는지 프란의 발걸음도 점점 가벼워져 갔다.

그리고 시내로 나갈 무렵에는 완전히 군것질 모드가 되어 있었다.

"오늘은 서쪽으로 가볼래!"

"윙!"

아직 가본 적이 없는 시내 서쪽 지구로 갈 모양이다.

즐겁고 기운차게 미아가 되면서 한 사람과 한 마리는 복잡한 길을 망설임 없이 나아갔다. 이 도시에서는 미아가 되는 건 당연하다고 학습했을 것이다. 오히려 적극적으로 모르는 길로 들어가 미아가 되려고까지 했다.

길을 잃은 곳에 맛있는 가게가 있다는 것도 경험으로 배운 것이다. 돌아갈 때 고생하지만 그 점은 생각하지 않기로 한 모양이다. 노리는 대로 맛있는 와플 가게를 발견해 만족스러운 프란네였지만 갑자기 그 발걸음을 멈췄다.

"왠지 이상한 마력이 있어."

"크릉!"

조금 떨어진 시가지에 거대하고 공격적인 마력이 갑자기 나타났다. 하늘을 올려다보니 검붉은 마력이 분수처럼 솟아오르고 있는 모습이 어렴풋이 보였다. 다만 좁은 골목에 있어서 전모는 제대로 알 수 없었다.

프란과 울시는 공중 도약으로 건물 위로 달려 올라가 이변이 일어난 방향을 응시했다.

희미하게 비명이 들려왔다. 어떻게 생각해도 평온한 상황은 아니었다.

"가자!

"윙!"

프란과 울시가 의문의 마력을 목표로 달려갔다. 완전히 성가신 일이지만 달리기 시작한 프란을 막기는 어려울 것이다. 눈을 빛내며 아주 의욕이 가득하다. 역시 불만이 쌓인 듯했다.

울시를 데리고 지붕을 건너갔다. 이변을 느끼고 창문으로 얼굴을 내밀고 있던 주민들을 놀라게 하면서 프란은 순식간에 현장에 도착했다. 레이디 블루에 잔뜩 있는 소광장 중 하나다.

허공에서 직경 20미터 정도 되는 광장을 내려다보며 프란이 당황한 표정을 짓고 있었다.

"저건 뭐야……."

"윙."

나도 같은 마음이다.

광장에 있던 것은 비명을 지르며 도망치는 사람들과 그 중심에 선 마수들의 모습이었다. 숫자는 세 마리. 어느 것이나 이족보행의 인간형에 가까운 외모였다. 물론 사람에 섞여 마을로 들어올 수 있지는 못할 것이다. 머리는 짐승이고, 근육질의 몸은 키가 3미터가 넘으니까. 게다가 온몸은 털이 수북했다. 이런 마수들이 도시 중심부에 어떻게 침입했지?

우리에게서 가장 가까운 위치에 선 것은 검은 깃털에 싸인, 새인간이라고밖에 말할 방법이 없는 외모의 마수다. 머리는 닭과 비슷한 새의 형상이고 두 팔도 날개 모양으로 변화한 데다 다리도 앙상한 새의 것이었다. 몸통의 형태는 인간이지만 온몸은 깃털에 싸여 있었다. 근육질 닭 인간이다.

이 세계에는 조인이라는 종족이 있다. 수인의 새 버전이라고 할 수 있는 종족으로, 각성 때는 새와 비슷한 특징을 가질 수 있다고 한다. 하지만 눈앞의 새인간은 명백하게 마수였다. 몸속에서 마석의 기척이 났다.

새인간의 오른쪽에 있는 건 새인간과 같은 크기의 소인간이다. 소의 머리에 1미터 가까운 칠흑 뿔. 붉고 빳빳한 털이 온몸을 뒤덮고 두 발로 걷는 소였다. 사인에는 소머리에 몸이 사람인 미노타우로스가 있지만 녀석들은 손발이 인간의 형태다. 반면 이쪽 마수의 손발은 발굽이었다. 사기도 느껴지지 않으니 다른 존재일 것이다.

나아가 그 안쪽에는 털빛이 다른 마수가 서 있었다. 아니, 털빛이라 해도 털은 나 있지 않았다. 여성의 모습을 본뜬 것으로밖에 보이지 않는, 갑옷을 입은 여기사 조각상이다. 하지만 천천히 움직이고 있고 다른 두 마리를 능가할 정도의 마력을 내고 있었다.

골렘 계통 마수 같은데. 하지만 전에 본 클레이 골렘은 겉모습도 안쪽도 전혀 달랐다. 비슷하지만 다른──압도적으로 상위 존재다. 진짜 어디서 나타난 거지?

"……?"

『왜 그래, 프란?』

프란도 뭔가를 의문스럽게 느끼고 있는 듯하지만 나와는 신경 쓰는 부분이 다른 것 같았다. 프란은 골렘의 얼굴 부분을 응시하고 있었다.

"저 얼굴, 어딘가에서 본 적이 있──는 것 같아."

『뭐?』

다시 골렘의 얼굴을 봤다. 여성의 얼굴. 엄청나게 특징적이지는 않지만 듣고 보니 어디선가 본 기억이 있는 것 같았다. 근데 어디서지? 애초에 여성이라는 건 알겠지만 절묘하게 대강 만들어져서 정확히 특징을 파악할 수 없었다. 그 탓에 누구와도 닮았다고 할 수 있을 듯했다.

아니, 지금은 고민하고 있을 때가 아니지.

"저 사람 구할래!"

마수들 바로 옆에, 미처 도망치지 못한 듯한 남성이 공포에 일그러진 얼굴로 우두커니 서 있었다.

안전할 시내에 갑자기 마수가 나타나 공포스러운 나머지 몸이 움직이지 않는다──그렇게 보이지만 뭔가 이상하다.

『프란, 잠깐만! 뭔가 이상해!』

명확하게 뭐가 이상하냐고 물으면 곤란하지만 남성의 공포심이 마수들에게만 향해 있지 않은 것 같았다. 귀를 기울이니 그 입에서 흘러나오는 중얼거림을 들을 수 있었다.

"아아, 왜 이런……. 싫어. 저런 괴물에게……. 하지만 하지 않으면…… 배신당한 걸로 보여……. 아아아아아아! 젠장…… 어째서야!"

뭐지? 배신? 남성은 원망 담긴 목소리로 누군가에 대한 저주를 토하고 있었다. 마지막으로 큰 목소리로 "젠장!"이라고 외친 남성이 그 손을 자신의 명치에 눌렀다.

손바닥에는 희미하게 마력이 담겨 있었다.

그 마력이 마중물이 된 걸까? 남성에게 놀라운 이변이 일어났다. 놀랍게도 남성의 옷을 찢고 결정 같은 게 얼굴을 내민 것이다. 명치에서 나온 손바닥보다 큰 마석에는 붉은 피가 흠뻑 묻어 있었다.

"끄아아아아아!"

격통으로 소리를 내는 남성을 아랑곳하지 않고 마석에서는 대량의 마력이 흘러넘쳤다. 우리가 이곳의 이변을 감지했을 때도 목격한 검붉은 마력이다.

불길한 마력 때문일까? 남성의 육체는 급속도로 귀에 거슬리는 소리를 내며 엄청난 속도로 비대화와 변형을 반복했다. 걸치고 있던 장비품이 튕겨 날아가고 옷은 안쪽에서 찢어졌다.

그 시간은 불과 10초.

그 짧은 시간에 새로운 마수가 탄생했다.

"찌이이이이이이이이이이익!"

"사람이 마수가 됐어!"

"워, 웡!"

흰 증기를 온몸에서 내면서 떠는 쥐인간. 다른 마수들도 똑같이 나타난 건가? 이거 그 밖에도 똑같은 녀석들이 도시 안에 섞여 있는 거 아닐까? 그렇다면 위험할 것 같은데…….

『감정은——뭐?』

적어도 정보를 얻으려고 감정을 썼지만 실패했다. 이름이 깨져 있었던 것이다. 게다가 스테이터스도 읽을 수 없었다. 이 현상은 겪은 기억이 있다.

크란젤 왕국의 왕도에서 파나틱스를 감정했을 때에 같은 일이 있었다. 그렇다면 이 녀석들은 살아남은 유사 광신검인가? 하지만 외모는 이상한 마수로밖에 보이지 않는다. 유사 광신검의 기분 나쁜 기척도 느껴지지 않았다.

깨진 건 쥐인간뿐만 아니라 다른 마수들도 마찬가지였다. 새인간, 소인간, 그리고 골렘. 어느 녀석이든 이름이 깨져 있었다.

"스승, 왜 그래?"

『아, 그게 말이야…….』

어쩌지? 공격해야 하나? 하지만 느긋하게 생각하고 있을 여유는 없을 듯했다.

"꼬끼오오오오!"

"히이이이이익!"

새인간이 미처 못 도망친 주민을 포착했는지, 시선을 힐끗 향하고 부리 끝에서 침을 흘리며 소리쳤다. 그 눈에 강렬한 살육 본능이 깃들어 있는 것을 알 수 있었다. 원래 인간이었어도 이성은 전혀 느껴지지 않았다.

"위험해!"

"꼬끼오오!"

프란은 즉시 달려나가 낙하하며 새인간과 남성의 사이에 끼어들었다.

"꼬끼오오오오!"

"핫!"

그리고 새인간의 나이프 같은 발톱을 나로 튕겨냈다. 감탄할 만큼 날카롭고 깔끔한 발차기. 아무래도 축각술을 가진 듯했다. 새인간은 공격이 실패했음에도 날개를 펄럭여 자세를 가다듬고 발차기를 다시 날렸다. 마수로서의 능력과 격투가로서의 능력을 조합한 흉악한 연속 공격이다.

프란은 땅에 엉거주춤하게 있는 남성의 목덜미를 잡으며, 살짝 목이 조이는 것도 상관하지 않고 공중으로 물러났다.

프란이 피하자 그 발차기는 뒤에 있던 가로수를 직격했다. 앞 차기로 내밀어진 그 발톱이 단단한 줄기에 뿌리까지 박혔다. 관통력이 상당해 보이는 데다 그뿐만이 아니다. 상처 주변이 연한 묵색으로 변색되기 시작했다. 아무래도 석화하고 있는 듯했다.

『프란! 저 녀석 평범한 닭인간이 아냐! 조심해!』

"응."

어째선지 기쁜 듯이 고개를 끄덕이는 프란. 강적이라는 걸 알고 신이 난 건가? 수행을 거쳐 전투광 같은 모습이 발전했어!

"울시! 이 사람을 어딘가에 버려──도망치게 해!"

"웡!"

버리라고 할 뻔했어! 이미 눈앞의 마수들과의 싸움에만 흥미가 있는 거네!

프란은 기침을 마구 하고 있는 남성을 울시에게 던지고 다시 자세를 잡았다. 그런 프란의 투지를 받았는지 새인간이 더 맹렬하게 포효했다.

"꼬끼오오오오오오오!"

새인간이 눈에 핏발을 세우면서 허공에 있는 프란을 향해 달려들었다. 몸을 띄울 만큼 커 보이지는 않는 날개지만 마력으로 비행이 가능한 모양인지 일직선으로 오는 속도가 상당했다. 하지만, 프란을 잡을 정도는 아니다.

"꼬끼오오오오!"

"느려."

"꼬, 꼬꼬?"

새인간이 '피, 피할 줄이야!' 같은 표정을 하고 있군. 필승을 확신했던 거겠지.

프란은 발톱을 나로 튕겨내면서 자세가 무너진 새인간을 후려쳤다. 위에서 감싸듯이 쏟아진 내려치기는 새인간의 왼쪽 쇄골을 정확히 포착했다. 프란은 이 공격으로 끝낼 생각이었던 것 같지만 새인간은 스스로 낙하해 충격을 아슬아슬하게 흘린 모양이다.

뼈를 부수는 소리는 났지만 안까지 충격을 보내지는 못한 듯했다. 새인간이 엄청난 속도로 지면으로 추락해 충격과 함께 돌바닥에 박혔다. 피를 토한 채 살아 있는 새인간.

그래도 이미 끝난 몸이다. 숨통을 끊으려고 프란이 나를 들었다. 그러나 거기로 간섭이 들어왔다.

"음메에에에!" "찌이익!"

『녀석들! 근육뇌로밖에 안 보이는데 마술을 쓰는 건가!』

소인간이 날린 바람 마술과 쥐 인간이 날린 뇌명 마술이 프란을 향해 날아왔던 것이다. 위협적이지는 않지만 명확하게 연계가 짜여 있었다. 그 점이 성가시다면 성가실 것이다. 다만 그렇다면 골렘은 어디로 갔지? 어느새 모습이 안 보이는데——.

"까아아아아아악!"

"우와아아아아앗!"

콰앙, 하는 파쇄음과 함께 사람들의 비명이 울려 퍼졌다.

놀랍게도 골렘이 어느새 이동해 광장에 접한 가게 앞에 있었다. 평범한 잡화점으로 보이는데 골렘의 주의를 끄는 게 있는 건가?

기척을 찾아보니 잡화점 안에는 사람이 남아 있는 듯했다. 도망칠 타이밍을 놓쳤나. 게다가 묘한 기척도 느껴진다. 사람이 있는 듯하지만 또 아무것도 없는 듯한……. 마도구인가 뭔가로 기척을 지운 사람이 있는 것 같다. 잠행 중인 귀족이나 뭔가인가?

"크오오오오!"

『위험해!』

골렘은 머리를 숙이고 입구로 억지로 가게 안으로 들어가려 했다. 이대로는 안에 있는 사람들이 어떻게 될지 알 수 없었다.

"스승! 갈게!"

『그래! 전이한다!』

여기에서 공격하면 잡화점 안에 있는 사람들까지 휘말릴지도 모른다. 우선 가게 안 사람들의 구조가 먼저였다. 전이를 써서 가게 안으로 들어가니 가게 안쪽에서 어깨를 맞대고 떨고 있는 남녀의 모습이 있었다. 그보다 낯익은 아이가 있는데!

"로미오?"

"!"

놀랍게도 로미오가 있었다. 그뿐 아니라 제로스리드의 모습도 있는 게 아닌가. 다만 본인인지 아닌지 의심스러울 만큼 느껴지는 힘이 적었다. 온몸에 두른 마도구에 의해 힘이 거의 봉인당한 모양이다. 제로스리드의 기척이 이상했던 것도 마도구 탓일 것이다.

제로스리드가 학원에서 외출할 때 필요한 조치겠지. 제로스리드는 몰라도 로미오는 죄인이 아니니 위날렌이 허가한다면 외출하는 것 역시 문제는 없다. 그때 제로스리드와 떨어질 수 없다면 이렇게 데리고 나갈 수밖에 없을 것이다.

　그 탓에 몸을 지키는 힘마저 잃은 듯했지만.

　"……."

　"……."

　프란과 로미오가 서로를 노려봤다. 식당에서 만났을 때와 마찬가지다. 시선이 부딪쳐 묘한 긴장감이 감돌았다. 그러나 지금은 그런 짓을 하고 있을 때가 아니었다. 뒤에서는 골렘이 잡화점 입구를 파괴하는 소리가 울리고 있었다.

　『프란. 지금은 움직여!』

　"그랬지!"

　다만 이 뒤에 어떻게 할지가 문제다. 아무래도 이 건물에는 뒷문 같은 게 없는지 도망치려면 골렘이 막고 있는 입구를 쓰는 수밖에 없는 듯했다. 거기를 로미오, 제로스리드, 남성 점주, 손님으로 보이는 여성 두 사람 총 다섯 명을 데리고 지나갈 수 있을까? 무리일 것이다.

　『그렇다면…… 안쪽이다!』

　미안하지만 이것도 도망치기 위해서다. 나는 벽 저편에 인기척이 없는 것을 확인하고 오러 블레이드로 벽을 갈랐다. 내가 한 일이지만 정사각형으로 잘 도려내지 않았나? 염동으로 밀면 이 건물과 그 뒤 건물의 벽이 쓰러져 피난 경로가 완성된다.

　이 앞은 민가 같았다. 가옥 파손에 불법 침입이지만 지금은 긴급 사태다. 최악의 경우 나중에 변상할 테니 용서해주세요!

　"다들. 거길 지나 도망쳐!"

　"어, 어어!"

"가요!"

갑자기 소녀가 나타났다 싶더니 느닷없이 벽이 갈라져 구멍이 뚫렸다. 넋이 나가는 것도 무리는 아니다. 하지만 골렘의 압력과 프란의 긴박한 목소리에 지금이 긴급 사태라는 걸 떠올렸는지, 일단 도망치기로 한 모양이다.

점주와 손님은 아무 말 없이 벽을 향해 달리기 시작했다.

문제는 로미오다. 아직 프란을 노려보고 있다. 프란의 신세를 지는 건 싫다는 건가?

하지만 그런 로미오를 복잡한 표정의 제로스리드가 짊어졌다.

"……미안하다."

"흥. 얼른 가."

"그래."

제로스리드는 머리를 숙이고 그대로 달려나갔다. 남은 일은 골렘을 쓰러뜨리는 것뿐이다.

그럴 터였지만——.

"그오오오오오오!"

"어?"

『이게 정신을 차리고 보니 이동한 원인인가!』

놀랍게도 골렘이 갑자기 자취를 감췄나 싶더니 제로스리드 일행의 앞을 가로막고 있었다. 전이 능력을 가지고 있는 듯했다. 골렘이 그대로 손을 뻗어 둘을 노린다. 이 녀석의 목적은 제로스리드나 로미오인 건가? 다른 마수는 프란을 노렸는데!

"큭!"

프란은 즉시 제로스리드에게 달려가 그 팔을 잡고 전력으로 뒤로 끌어당겼다. 원래라면 부상을 입힐 기세로 억지로 끌어당겨 뒤로 내던지고 싶은 심정이다. 골렘에게 붙잡히는 것보다는 나을 테니까. 그러나 지금은 불가능하다.

제로스리드가 다치면 로미오에게도 영향이 가기 때문이다.

프란은 힘을 조절하며 제로스리드를 뒤로 끌어당기고 자리를 바꿨다. 몸을 바쳐서라도 제로스리드를——아니, 로미오를 지킬 생각일 것이다.

프란은 로미오를 다치게 한 걸 후회하고 있었다. 본인에게 속죄한다는 생각은 없겠지만 거기에 가까운 마음을 무의식적으로 가지고 있는 듯했다.

"그오오오!"

"하아아압!"

골렘의 주먹과 프란의 돌려차기가 부딪쳤다. 울려 퍼진 콰앙, 하는 둔탁한 소리는 골렘의 팔이 부서진 소리일까 프란의 다리뼈가 부서진 소리일까.

충격으로 인해 골렘의 몸이 밀려나고 프란이 크게 날아갔다. 잡화점 선반을 쓰러뜨리며 벽에 등을 부딪쳤다.

"콜록……!"

『프란! 괜찮아?! 그레이터 힐!』

'괜찮아!'

장벽 덕분에 대미지는 의외로 적은 모양이다. 기침한 건 숨이 막힌 탓일 것이다. 막 치료한 다리를 내디뎌 일어서자 프란은 즉시 마술을 날렸다.

"스턴 볼트!"

"그오오오!"

주의를 끄는 게 목적이었겠지만 골렘의 움직임은 전혀 달라지지 않았다. 프란에게 시선을 향하는 일조차 없이 제로스리드를 향해 다시 손을 뻗으려 했다. 진짜 제로스리드 일행만을 노리고 있는 듯했다.

나는 즉시 염동을 발동해 제로스리드를 들어 올렸다.

"아, 아저씨!"

"로미오, 괜찮아. 날 잡고 있어."

"으, 응."

갑자기 자신의 몸이 떠올라서 로미오가 겁먹은 듯이 날카로운 소리를 질렀다. 세 살짜리 아이에게는 좀 스릴이 있었나? 하지만 제로스리드가 안심시키듯이 말을 걸자 그것만으로 진정됐나 보다. 제로스리드의 옷을 꽉 붙잡고 있긴 하지만 떨림이 멈췄다.

마치 진짜 부모 같았다. 역시 저게 제로스리드라고 생각하면 위화감이 드는군.

일단 제로스리드 일행을 잡화점 앞으로 내팽개쳤다. 땅에 엉덩방아를 찧는 정도는 참아라. 프란은 너희 때문에 대미지를 더 입었으니까!

'스승, 마석은?'

『찾고 있는데 모르겠어!』

"……그러면!"

프란은 나를 들고 뒤에서 골렘을 세로로 내리쳤다. 정수리에서 아래까지 일직선으로 선이 퍼졌다. 날카로운 칼날은 거기서 멈추지 않았다.

두 동강이 난 단면이 재생하기 전에 이번에는 몸통이 상하로 나뉘었다. 그 뒤에는 난도질이다. 초당 열 방이 넘을 듯한 속도로 참격이 펼쳐져 골렘은 점점 잘게 나뉘어갔다. 불과 10초 사이에 온몸이 조각조각 나뉘었을 것이다.

그래도 골렘을 쓰러뜨리지는 못했다. 상처를 즉시 재생시키며 앞으로 계속 걸어갔다. 전투력보다 그 불사성이 더 성가신 타입인가! 게다가 위협은 이 녀석뿐만이 아니었다.

"꼬끼오!"

"꺄아아악!"

새인간의 고함과 로미오의 비명이 겹쳤다. 조금 늦게 다른 마수의 목소리도 들렸다.

전이로 골렘을 피해서 황급히 밖으로 다가니 로미오를 안고 달리는 제로스리드에게 새인간들이 따라붙고 있었다.

『젠장!』

녀석들이 제로스리드 일행과 너무 가까워서 마술은 쓸 수 없고 전이도 늦어!

프란이 전속력으로 달렸지만 선두를 달리는 새인간의 다리는 이미 내리쳐지려 하고 있었다.

"그렇게 안 돼!"

프란은 그래도 멈추지 않았다. 죽지만 않으면 어떻게든 된다. 지금의 제로스리드로는 새인간의 공격에 견딜 수 있을지 알 수 없다. 그래도 얼마 안 되는 가능성을 믿고 행동할 수밖에 없다.

하지만 예상 밖의 사태가 우리 눈앞에서 일어났다.

"꼬끼오오──."

"크하하하하하하! 이 몸 등장!"

위에서 내려온 무언가에 의해 순식간에 새인간이 고깃덩이로 변했다.

뼈와 살이 부서져 짓이겨지는 생생한 소리와 함께 대량의 피와 고기조각이 주위에 퍼졌다.

"어?"

『엥?』

나와 프란은 무심코 얼빠진 소리를 내고 말았다. 그만큼 충격적이었기 때문이다.

그야 갑자기 정체를 알 수 없는 게 하늘에서 내려와 새인간을 지면의 얼룩으로 바꿨다고. 게다가 인간형의 검은 그것은 주먹을 더 휘둘러 소인간을 산산조각 내고 쥐인간의 목을 잡아 들어올렸다. 그 녀석의 키가 더 작은데도 쥐인간은 도망치지도 못하고 팔다리를 버둥거릴 뿐이었다.

쥐인간이 그 몸에서 희푸른 전격을 쏘아 응전해도 전혀 통하는 기색이 없었다. 고통스러워하는 몸짓도 없고 마비도 통하지 않는 듯했다.

그것은 인간의 형태를 하고 있었다. 외모만은 새인간들보다 훨씬 인간에 가깝다.

하지만 인간은 아니었다.

인종 차이로는 있을 수 없는, 숯을 인간 형태로 만들었나 싶은 새까만 피부. 머리에는 귀신 같은 뿔이 나고 날카로운 이빨이 입가에 보였다. 2미터 정도 되는 몸은 알몸이지만 생식기는 보이지 않았다. 숨겨져 있는 게 아니라 처음부터 없었다.

"언데드······?"

"호오? 알아차린 거냐, 계집!"

『틀림없어. 이 녀석, 사령마수야.』

와이즈 오우거 · 드라우그라고 적혀 있었다. 상위 사령——아니, 그 이상의 존재였다. 말을 하고 대화도 가능하기 때문이다. 이 특징은 기억이 있었다.

"······흑해병단."

"오오! 오오! 그 이름을 알 줄이야! 계집, 정체가 뭐냐!"

"프란. 모험가. 네 동료와 싸운 적이 있어."

"거기서 살아남았을 줄이야, 제법이구나! 그건 그렇고 계집 한 명한테 죽을 줄이야, 영광스러운 최강의 병단에 어울리지 않게 무능하군. 어느 놈이냐?"

"아이스맨."

프란이 그 이름을 말한 순간 칠흑의 언데드의 표정이 놀랄 만큼 변화했다.

이쪽을 깔보는 듯한 히죽거리는 웃음이 갑자기 진지한 얼굴이 됐다.

"호오? 행방불명됐던 아이스맨의 이름을 여기서 들을 줄이야······. 네놈이 살아남았다는 건 아이스맨에게 이겼다는 건가?"

"응."

"크하하하하하하! 이거 실례했군! 평범한 계집이 아니구나!"

그 얼굴에서는 언데드답지 않은 복잡한 감정이 보였다. 동료가 쓰러진 분노와 강자를 앞에 둔 고양감. 그리고 강렬한 기쁨.

"좋다! 아이스맨을 쓰러뜨릴 정도의 강자를 먹어치우면 나는 더 높은 곳으로 올라갈 수 있다! 그 피를 빨고 목숨을 빼앗아주마!"

아무래도 이 언데드에게는 상대의 힘을 감지하는 힘이 빠진 모양이다. 확실히 신체 능력을 강화하는 스킬은 가지고 있지만 무기나 무술의 레벨은 그다지 높지 않았다. 근육뇌 중에서도 신체 능력으로 밀어붙이는 근육뇌 오브 근육뇌인 모양이다. 감지 계통 능력도 낮고 상대의 힘을 살피기 위해 필요한 스킬은 모두 레벨이 낮았다. 그 대신 재생이나 신체 강화는 충실했다.

"네놈에게는 특별히 이름을 가르쳐주마! 이 몸의 이름은 '채드먼'! 흑해병단 제8석! 아니, 지금은 하나 올라가서 제7석인가!"

채드먼의 몸이 부풀어갔다. 울시 정도는 아니지만 크기를 변경하는 능력이 있는지 1미터 가까이 키가 커져서 그 키는 3미터를 넘었을 것이다. 이미 잡아 들고 있는 쥐인간보다 커졌다. 그보다 쥐인간은 숨을 쉴 수 없어서 축 늘어져 있는데, 이미 죽은 건가?

감정에서 채드먼은 크기 변경 계통의 스킬을 가지고 있지 않은데……. 사령 조작 등을 응용한 건가? 아무튼 내 감정으로도 알수 없는 특수한 스킬 운용 방식을 썼을 가능성이 있었다.

그건 그렇고 은밀 언데드가 있을지도 모른다고 농담 섞어 생각했는데 진짜 흑해병단이 이 도시에 있을 줄이야! 아무리 생각해도 소문의 검은 괴인은 채드먼일 것이다. 몸의 크기도 그렇고 외모의 특징도 그렇고 의외로 그 소문에 해당하는 것뿐이었다.

"……왜 여기 있어."

"하이 엘프의 정찰이다! 그건 위험하니까! 우리라도 절대로 적대할 수 없어."

위날렌의 정보를 모아 충돌하지 않도록 하고 있다는 뜻인가?

"그럼 떠들지만 말고 싸워보자——고 말하고 싶지만 놓치지 않는다."

"!"

채드먼이 조금씩 뒤로 물러나고 있던 제로스리드를 봤다. 기척을 죽이고 있었지만 알고 있었나 보다. 그 시선을 받고 제로스리드는 발걸음을 멈췄다. 그 이상 움직이면 위험한 상황이 된다고 본능적으로 이해한 거겠지.

"네놈들도 시끄럽다!"

"크오오오오오오!"

전이로 제로스리드의 정면에 나타난 골렘이 채드먼의 주먹 한 방에 날아갔다. 골렘은 얻어맞은 몸통에 커다란 구멍이 뚫린 채 무시무시한 기세로 잡화점 벽에 충돌했다. 입구도 벽도 엉망이다. 역시 이 언데드는 아이스맨의 동료답게 강하다.

"제로스리드지? 뽑은 칼날처럼 위험한 남자라고 들었는데 꽤나 얌전해졌는데?"

"……나를 아나?"

"소문 정도는! 뭐, 제라이세도 너를 노리고 있는 것 같으니까 내가 붙잡으면 제라이세 녀석을 분하게 만들어줄 수 있겠지? 크하하하!"

"제라이세?"

"그래, 이 머저리 마수들은 제라이세의 부하라고."

채드먼이 머리를 움켜쥔 채 들고 있던 쥐인간을 흔들었다.

마석에 의해 마수로 변모한 점에서 제라이세의 존재를 의심한

377

건 분명하다. 하지만 진짜로 제라이세 녀석의 짓이었을 줄이야!

채드먼은 레이도스 왕국의 흑해병단 소속. 마수들은 연금술사 제라이세의 부하. 둘 다 제로스리드를 노리고 있다. 궁금한 건 채드먼과 제라이세의 관계다.

"제라이세는 레이도스 왕국에 있어?"

"글쎄? 드나드는 건 확실하겠지만 지금은 어디 있는지 모르겠군."

외부 협력자 같은 위치인가? 레이도스 왕국의 가신은 아닌 듯했다.

"……동료 아냐?"

프란이 소인간이었던 것의 잔해를 보며 고개를 갸웃거렸다. 하지만 채드먼은 그 말에 코웃음을 쳤다.

"핫! 연약한 연금술사 따위와 동료일 리가 없잖아! 오히려 언젠가 없애주고 싶다고 생각하고 있다!"

레이도스 왕국도 조직이 단단하지 않은 모양이다. 뭐, 각 공작이 권력을 가지고 멋대로 행동하고 있다니 말이다. 각각에게 구역이 있어서 쉽게 적과 아군으로 구분하기 힘든 거겠지.

"그런 거니 싸워보자! 이긴 녀석이 그 남자를 손에 넣는 거다! 크하하하하! 공주님이 아니면 흥이 안 나지만 어쩔 수 없지!"

"울시! 골렘을 견제해!"

"윙!"

채드먼은 명백하게 프란을 목표로 삼고 있다. 제로스리드를 납치해 도주하는 짓은 하지 않을 것이다. 반면 제라이세의 마수들은 방심할 수 없다. 특히 골렘이 그렇다. 프란이 온몸을 갈랐는데 쓰러뜨리지 못한 데다 전이 능력까지 있으니, 제로스리드를 옆에서 가로챌 가능성이 있었다.

"윙!"

'우리는 채드먼.'

『감정한 바로는 접근 물리 타입이야. 방심하지 마.』

'알았어.'

고개를 끄덕이며 웃는 프란. 그 호전적인 미소를 보고 채드먼도 기쁜 듯이 웃었다. 전투광끼리 통한 건가?

"흥!"

"찌이이이이익!"

갑자기 채드먼이 쥐인간을 프란을 향해 던졌다. 쥐인간은 아직 살아 있는지 한심한 비명과 함께 나선형으로 돌며 날아왔다. 견제할 생각이겠지만 프란은 냉정하게 쥐인간을 베어버렸다.

몸통이 상하로 분리되어 몸의 내용물을 뿌리며 쥐인간이 돌바닥을 굴러갔다.

그러나 채드먼으로서는 쥐인간의 생사는 아무래도 좋았다. 프란에게 한순간이라도 틈을 만들 수 있으면 그것으로 충분했던 것이다. 채드먼이 어디선가 꺼낸 작은 병을 높이 들고 주저 없이 쥐어 부었다. 안에 들어 있던 액체가 팔과 몸을 적셨다.

"크하하하! 왔다 왔다 왔다아아아아!"

"저거 아이스맨 것과 똑같아!"

마랑의 평원에서 싸운 흑해병단의 언데드, 아이스맨. 녀석은 작은 병에 든 액체를 뿌려서 절대적인 파워업을 이뤘다. 그야말로 위협도가 한 단계 변할 정도의 강화. 그건 채드먼도 마찬가지였다. 역시 아이스맨과 같은 약인지, 프란의 중얼거림을 들은 채 드먼이 미친 듯이 웃었다.

"크하하! 크하하하하하하하! 역시 아이스맨도 진화약을 썼던 거냐!"

육체적으로 큰 변화는 보이지 않는다. 하지만 그 몸에서 발산되는 위압감이 두려울 만큼 늘어나고 새어 나오는 마력이 폭풍을 동반해 휘몰아쳤다.

지금까지도 충분히 강했다. 하지만 지금은 이제 단순히 강적이라고 부를 수 있는 미적지근한 상대가 아니었다. 삶을 살아가는 모든 존재에게 절망을 주는 듯한, 흉악한 기척을 뿌리는 죽음의 사신.

저 약의 성가신 점은 사용 뒤에 거의 틈이 없다는 점일 것이다. 게임에서도 애니메이션에서도 적 캐릭터의 파워업에는 시간이 걸리는 법이다. 이쪽 세계에도 그런 녀석은 많이 있다. 하지만 흑해병단이 쓰는 진화약이라는 약은 쓰면 거의 순식간에 강화된다. 어떤 의미에서 강화 아이템의 완성형이라고 할 수 있을 것이다.

그 흉악한 얼굴을 더 극악하게 일그러뜨리고 채드먼이 자세를 잡았다.

"이만한 위압을 받는데 멀쩡한 얼굴을 하고 있구나!"

"더 무서운 상대와 싸운 적도 있어."

"크하하하하! 그렇군! 좋다! 더더욱 죽이는 보람이 있겠어!"

"죽는 건 그쪽이야."

"해봐라!"

그리고 양쪽이 동시에 움직였다.

"하아아아아압!"

"으랴아아아압!"

나와 채드먼의 망치 같은 거대 주먹이 맞부딪쳤다.

치이이이이잉!

마치 금속끼리 부딪친 듯한 소리가 울려 퍼지고 서로가 반발하듯이 튕겨 나갔다. 원래 단단한 주먹에 막대한 마력을 두르고 있어서, 아마──그야말로 검과 정면으로 맞부딪쳐도 상처 하나 나지 않을 것이다. 망치 같다고 했는데, 이미 망치 그 자체라고 해도 좋을지도 모른다.

"크하하!"

"치이!"

몇 차례 참격과 주먹이 더 맞부딪치고 프란과 채드먼이 짠 듯이 거리를 벌렸다.

"그 검! 평범한 검이 아니구나!"

"최고의 검이야."

"억지로 거짓말하는 것도 아닌 것 같군! 하지만 이러면 어떠냐!"

소리친 채드먼의 주먹이 홍염에 둘러싸였다. 속성검처럼 화염을 두르는 게 가능한 모양이다. 채드먼이 가볍게 두 주먹을 맞부딪치자 그 사이로 퍼펑, 하는 소리를 내며 폭발이 일어났다. 단순한 화염 속성이 아니라 폭발을 동반하는 듯했다.

게다가 폭발을 쓰는 건 공격 때만이 아니었다.

"간다아!"

채드먼의 뒤에서 폭발이 일어나 그 몸이 갑자기 가속했다. 폭발의 위력을 이용해 가속한 듯했다. 심지어 폭음이 잇달아 울려 퍼지자 채드먼의 모습이 갑자기 사라졌다.

"으랴아아아압!"

"!"

『이 녀석! 갑자기 옆에서!』

아무래도 폭발을 연속으로 일으켜 몸을 억지로 이동시켜서 급커브를 그리며 옆으로 이동한 모양이다. 몸의 옆에서 폭발을 일으켜 몸을 슬라이드시키며 배후의 폭발로 앞으로도 나간다. 더욱이 자잘한 폭발을 이용해 예리한 스핀이나 턴도 구사하는 듯했다.

너무나도 갑작스러운 움직임에 순간 채드먼의 모습을 놓치고 말았다. 그리고 알아차렸을 때는 그 주먹이 프란의 눈앞에 다가와 있었다.

하지만 프란 역시 보고만 있지는 않았다.

채드먼의 주먹에 맞추듯이 나를 내질렀다. 맞부딪친 충격을 이용해 거리를 벌릴 생각일 것이다. 프란의 노림대로 그 몸이 크게 튕겨 날아갔다. 하지만 그것만으로 끝나지 않았다. 나와 맞부딪친 순간 채드먼의 주먹에서 폭발적인 불꽃이 방출됐다.

프란의 몸이 격한 진홍색 불꽃에 둘러싸였다.

『프란!』

'괜찮, 아!'

프란은 공중 도약을 써서 자세를 바로 하고 어떻게든 착지했다.

"지금 걸 그 정도 부상으로 넘어갈 줄이야! 제법이야!"

프란의 두 팔이 애처롭게 불탔지만 바로 내가 고쳤다. 그걸 보고 채드먼은 기쁜 듯이 웃고 있었다.

"그쪽도 그렇게 빨리 움직일 수 있을 줄은 몰랐어."

"쉽게 피하고는 잘도 말하는군."

어깨를 으쓱거리는 채드먼의 몸 표면에서 검은 연기가 솟아오르고 있는 걸 알 수 있었다. 폭발을 써서 가속과 진로 변경을 일으키는 기술은 그 성질 때문에 몸이 멀쩡할 수 없는 모양이다. 그만한 급가속을 얻을 수 있을 정도의 폭발이다. 몸 근처에서 쓰고멀쩡할 리가 없지. 자세히 보니 옆구리가 크게 파여 있었다. 재생력이 높은 언데드이기 때문에 가능한, 자폭을 각오한 양날의 검이라고 할 수 있을 것이다.

"다음에는 없애주마! 간다아아아!"

"해봐!"

서로 기어를 더 올려 초고속의 싸움이 시작됐다. 평범한 인간은 잔상조차 포착하기도 어려울 것이다.

흑뢰와 화염이 광장을 밝히고 무시무시한 충격이 날뛰었다.

본래라면 근접 전투는 프란이 유리할 터다. 채드먼은 움직이면 움직일수록 그 몸이 자신의 폭발에 상해간다. 오래 끌면 오래 끌수록 그 대미지는 쌓여갈 터였다. 게다가 오래 끌면 프란은 상대의 움직임에 익숙해질 수 있을 것이다.

하지만 싸움은 팽팽했다. 결정타가 없는 채 양쪽은 다시 거리를 벌렸다.

"꽤나 그 녀석이 중요한가 보군."

"딱히."

"크하하하하!"

프란도 채드먼도 제로스리드를 죽여서는 안 된다. 최종적으로 그들을 확보하기 위해 싸우고 있다. 그러나 양쪽에는 무시할 수 없는 차이가 있었다. 로미오를 생각해 제로스리드를 털끝 하나 건드릴 수 없는 프란. 아무것도 모르기 때문에 반쯤 죽여도 상관없다고 생각하고 있는 채드먼. 그게 전투에도 영향을 주고 있었다.

제로스리드가 옆에 있는 바람에 프란은 힘껏 공격할 수 없는 것이다.

하지만 슬슬 한계다. 제로스리드에게 큰 부상이라고 할 만한 상처는 없어도 충격이나 파편 탓에 온몸에 자잘한 상처가 나기 시작했다. 당연히 로미오에게도 영향이 있을 것이다. 그리고 채드먼이 날리는 화염에 주위의 가로수 등이 불타기 시작했다. 이대로 오래 싸우면 어떤 대재해로 발전할지도 알 수 없었다.

결국 약간의 무모함을 무릅써서라도 채드먼을 해치울 수밖에 없다.

'스승. 전력으로 갈게.'

『알았어.』

"하아압──섬화신뢰! 검신화!"

검의 신을 강림한 프란이 채드먼을 향해 달렸다. 여전히 조용하고 매끄러운 움직임이다.

순식간에 눈앞에 나타난 프란에게 채드먼은 반응하지 못했다. 이쪽이 본 실력을 발휘한 공격을 날리지 못하는 걸 알고 여유를 부린 탓일 것이다.

"아니! 젠장!"

"훗."

바로 주먹을 내질렀지만 프란은 여유 있게 피한 뒤 옆으로 뻗은 왼팔을 잘라 떨어뜨렸다. 마력 때문에 무시무시하게 단단했을 팔이 마치 두부처럼 간단히 베였다. 게다가 검신화에 의해 나는 신 속성을 두르고 있었다.

"갑자기 움직임이 달라졌군! 재생도 안 돼!"

채드먼은 거리를 벌리려 했지만 그 전에 다리가 잘려 날아갔다. 검신화로 상대의 움직임을 완전히 읽고 있는 것이다.

"크오오오오오!"

"이걸로 끝."

쓰러진 채드먼에게 나를 치켜드는 프란. 냉정한 그 눈은 채드먼을 쓰러뜨려야 하는 사냥감으로밖에 인식하고 있지 않았다. 열기도 광기도 없이 그저 숨통을 끊기 위해 참격을 날렸다.

그러나 채드먼은 체념하지 않았다.

"으으으으으으으으!"

놀랍게도 조금씩 광장 끝 쪽으로 이동하던 제로스리드 일행을 향해 폭발하는 불꽃을 날린 것이다. 속도는 대단하지 않았지만 실린 마력은 엄청났다. 저게 폭발하면 제로스리드와 로미오는 흔적도 남지 않을 것이다.

그걸 깨달은 프란은 즉시 검신화를 해제했다. 검의 신은 적을 쓰러뜨리기 위해 최적화된 행동을 할 뿐이다. 이대로 몸을 맡기고 있으면 제로스리드 일행을 버리게 된다. 프란은 순간적으로 그렇게 판단했다.

그리고 프란은 검은 번개로 변했다.

흑뢰전동을 써서 순식간에 사선으로 끼어들어 장벽으로 폭염을 받아내려 했다.

385

"으아아아아아아아아아!"

『빌어먹으으을!』

나도 장벽과 염동을 전력으로 발동했지만 완전히 폭발을 억제하지는 못할 것이다. 하지만 그래도 프란을 지켜 보이겠어! 제로스리드도!

대폭발과 함께 폭풍과 열파가 밀어닥쳤다. 위험해, 상상 이상의 위력이야! 순식간에 염동이 날아가고 장벽이 깎여갔다. 이대로는——.

"우오오오오오오오오!"

뒤에서 남자의 땀내 나는 포효가 들렸다.

제로스리드? 하지만 지금의 녀석이 뭘 할 수 있지?

"사기 현현!"

『이거…… 제로스리드가 뭘 한 거지?』

뒤에서 한순간 강렬한 사기가 끓어올랐다 싶더니 화염의 위력이 단숨에 약해졌다. 완전히 무효화된 건 아니지만 이거라면 장벽으로 막을 수 있어!

결국 나도 프란도 거의 별 탈 없이 채드먼의 마탄을 막을 수 있었다.

뒤에서 제로스리드가 쓰러진 모습이 보였다. 역시 제로스리드가 억지로 사기를 사용해 우리를 도운 모양이다.

"아저씨."

울상인 로미오가 제로스리드의 팔 안에서 날카로운 비명을 질렀다.

"괜찮, 아. 하지만 이 이상은……."

힘이 봉인된 상태로는 지금 게 한계였을 것이다. 거친 숨을 토하는 제로스리드는 한동안 움직일 수도 없을 듯했다. 그래도 웃음을 지으려 하는 건 로미오를 안심시키기 위해서일 것이다.

"……고마워."

"……로미오를, 위해서다."

"흥."

채드먼은 자신의 공격이 아무런 성과도 얻지 못하자 놀란 얼굴을 하고 있었다.

"뭐야……! 젠장! 그렇다면 이거다!"

"! 그만둬!"

"못 그만두지!"

땅바닥에 쓰러진 채드먼의 주위에 무수한 불덩어리가 생성됐다. 각각 폭발이 담긴 흉악한 마탄이었다. 아무런 망설임도 없이 주위로 마탄을 뿌리는 채드먼. 모든 방향을 향해 날아가는 마탄은 속도가 느렸지만, 하나라도 폭발하면 큰 피해가 발생할 건 틀림없었다.

『저 자식, 무차별적으로……!』

"전부 떨어뜨릴래!"

『늦지 말아라아아아!』

마음이 꺾여도 이상하지 않은 광경을 앞에 두고 프란은 포기하지 않았다. 흑뢰전동으로 돌아다니며 마탄을 잇달아 베어 떨어뜨려 갔다. 나도 염동과 마술로 어떻게든 먼 곳에 있는 마탄을 공격해갔다.

그래도 수단이 부족한 것을 깨닫고 프란은 참격을 날리며 마술도 쓰기 시작했다. 마술을 동시에 날리기 위해 병렬 사고를 지나치게 썼는지, 프란의 코에서 붉은 줄기가 흘러 떨어졌다.

코피를 흘리며 계속 무리한 프란의 노력으로 모든 마탄이 떨어졌다.

"크으……."

『잘했어! 프란!』

병렬 사고를 지나치게 써서 엄청난 두통이 덮친 듯했다. 그리고 마력도 너무 많이 썼다. 내가 없었다면 진즉에 마력 고갈로 움직일 수 없게 됐을 것이다.

프란의 노력으로 주위에 피해는 적었다. 그러나 그건 절망의 도래를 조금 늦춘 것에 지나지 않았다.

"크하하하하! 그럼 이건 어떠냐!"

『저 자식!』

채드먼이 다시 마탄을 생성한 것이다. 게다가 아까의 두 배는 되어 보인다.

"자! 열심히 막아 보시지!"

이제 무리다. 전체를 떨어뜨리는 건——.

"그렇게는 못 해! 아아아아아아아!"

내가 포기할 뻔한 그때 프란의 포효가 울렸다.

생각이 흘러들어 왔다. 프란의 절망과, 그것을 뛰어넘으려 하는 포기하지 않는 마음. 그리고 반드시 모두를 구하겠다는 결의.

아, 프란이 이렇게 애쓰고 있는데 나는 뭘 멋대로 절망하려 했지?

나는 검이다. 프란의 검이다.

사용자가 포기하지 않는데 내가 포기해도 될 리가 없잖아!

『오오오오오오오오오오!』

이 감각은 뭐지? 내 몸을 이상할 만큼 훤하게 파악할 수 있었다. 사람으로서의 감각이 흐려지고 검인 자신이 강하게 느껴졌다. 마치 태어났을 태부터 검이었나 싶을 만큼 지금의 몸이 꼭 맞았다.

『형태 변형.』

내 날밑이 순식간에 수백 가닥의 실로 변형해 초고속으로 쏘아져 나갔다. 마력을 두르고 허공을 달리는 무수한 강철의 실, 강사(鋼絲)가 마치 유성군처럼 반짝였다. 나는 실 한 가닥 한 가닥을 완벽하게 파악하고 놀랄 만큼 냉정하게 제어하고 있었다. 알림의 힘도 빌리지 않고 이 정도 공격을 펼친 건 검이 되고 처음 있는 일이다.

게다가 무리가 없다. 이전에는 무리하게 스킬을 사용하면 이상한 통증을 느꼈다. 그게 없다는 거다.

정말로, 이 중요한 순간에 검으로서 높은 곳에 오른 모양이다.

"말도 안 돼……."

무수한 강사에 모든 마탄이 떨어진 채드먼이 믿을 수 없다는 얼굴로 이쪽을 보고 있었다. 꼴좋다!

"그렇다면──."

"이제 끝이야! 하아아아압!"

"크아아아아악! 계, 지이이입!"

프란이 채드먼에게 달려가 그 심장에 나를 꽂았다. 나아가 모든 마력을 쓸 각오로 흑뢰를 계속 흘려 넣었다. 무리를 한 탓에 프란의 생명력과 마력이 무서운 기세로 줄어갔다. 하지만 프란은 결코 그만두려 하지 않았다.

"아아아아아아아!"

하지만 내 마음 한구석에 일말의 불안이 솟아올랐다. 정말 채드먼을 해치울 수 있을까?

신 속성이 담겨 있지 않은 흑뢰는 언데드인 채드먼에게 효율이 나쁘다. 채드먼의 마력이 줄어들어 가는 건 알지만 이대로는 나와 프란의 마력이 떨어지는 게 더 빠르지 않을까?

내가 그런 걱정을 품은 직후 갑자기 프란의 몸이 녹색 빛에 둘러싸였다.

놀랐지만 바로 경계심은 사라졌다. 그 빛에서 적의나 악의를 느낄 수 없었기 때문이다.

오히려 청결한 분위기마저 있었다.

빛은 내 도신을 타고 그대로 채드먼의 안으로 흘러들어갔다.

"으, 억! 크아아아아아아아아아아아아아아아아아아아아아악!"

갑자기 결착이 찾아왔다.

채드먼의 비명이 끊기고 그 몸이 재로 변해 무너진 것이다. 죽은 신체가 흑뢰에 대한 저항력을 잃은 거겠지.

프란은 바로 섬화신뢰를 멈췄지만 한순간에 채드먼이었던 것은 무너져 흩어져서 흔적도 없이 사라졌다. 검은 재가 흩날리는 가운데 프란이 멍하니 서 있었다. 나도 영문을 모른 채 멍하니 있는데 프란이 중얼거렸다.

'정령님?'

『정령? 지금 거 정령이 뭔가 한 거야?』

'정령님의 기척이 났어.'

〈정령의 축복의 효과로 추측됩니다〉

알림의 말에 떠올랐다. 큰 나무의 정령의 축복이다. 나쁜 것으로부터 몸을 지켜준다고 했는데, 설마 이 정도 효험이 있을 줄이야⋯⋯. 채드먼은 죽었지만 울시의 울음소리를 듣고 프란은 아직 완전히 끝나지 않은 것을 떠올렸다.

"울시!"

"크르릉!"

나는 알고 있었다. 강사를 썼을 때 지원도 했으니까. 골렘의 다리에 실을 묶어 당겨서 쓰러뜨려 줬고, 그 결과 울시는 골렘의 완전한 구속에 성공했다. 사지를 두 다리로 누르며 그림자로 그 몸을 붙잡고 있었다.

『울시! 지원할게!』

"크릉!"

『어? 괜찮아? 마지막까지 혼자서 하고 싶은 거야?』

"크응."

울시는 이대로 혼자서 골렘을 쓰러뜨릴 생각인가 보다. 하지만 온몸이 다져져도 계속 재생하는 골렘을 어떻게 쓰러뜨릴 셈이지?

보고 있으니 울시가 새로 마술을 발동했다. 보텀리스 섀도다. 놀랍게도 상대 위에 올라탄 상태로 자기 몸의 그림자를 매개로 술법을 발동시켰다. 그렇군, 이러면 자신의 몸 아래에 있는 상대를 확실하게 그림자로 가라앉힐 수 있을 것이다. 날뛰는 골렘은 구속당한 채 등부터 보텀리스 섀도에 먹혀갔다. 그대로 수십 초.

거대한 인간형 흙덩어리는 그림자 속으로 천천히 모습을 감췄다. 아무리 단단하고 재생력이 높아도 그림자 세계로 추방되면 의미가 없다. 새삼 빠지면 무서운 술법이로군.

"이겼어."

『그래!』

"크릉!"

〈주변에 적성 반응은 없습니다〉

장소도 적도 그저 성가시고 귀찮은 싸움이었다. 큰 나무의 정령의 지원이 없었다면 프란도 도시도 그냥 넘어가지는 못했을 것이다. 정말로 종이 한 장 차이의 싸움이었다.

"울시, 괜찮아?"

"웡!"

다가와 프란에게 이상이 없는지 냄새를 맡는 모습에서 격전의 피로는 느껴지지 않았다. 성가신 상대였지만 울시 입장에서 보면 튼튼하기만 한 한 수 아래였을 것이다.

"……제로스리드는?"

"웡!"

울시가 코를 향한 쪽을 보니 제로스리드와 로미오가 어색하게 서 있었다.

프란은 제로스리드 일행에게 다가가 미묘한 거리에서 발을 멈췄다. 그대로 미묘하게 몸을 꿈지럭댔다. 제로스리드의 검의 간격을 재고 있다든가, 상대를 경계하게 만들지 않기 위해서 같은 명확한 이유가 있는 건 아니다.

단순히 어느 정도 거리에서 대화를 하면 좋을지 알 수 없는 것이다.

미묘한 침묵이 광장에 내려앉았다. 아까까지 격한 굉음이 울리고 있었다고는 생각할 수 없는, 귀가 아플 듯한 정숙이었다.

그런 가운데 프란이 퉁명스러운 태도로 입을 열었다.

"······상처는?"

"없어. 고맙다."

"흥. 나도······ 고마웠어."

"그래."

뭐랄까. 낯가리는 사람끼리 억지로 나누는 대화 같은 느낌? 둘다 상대에게 어떤 태도를 취하면 좋을지 알 수 없나 보다.

"그쪽······ 애는?"

"······괜찮아."

"그래."

아직 노려보는 로미오였지만 그 중얼거림을 들은 프란의 표정이 조금 펴졌다. 로미오를 무사히 지킴으로써 멋대로 짊어지고 있던 부담이 가벼워졌을 것이다.

"학교로 돌아가는 게 좋겠어."

"아아, 그렇지. 하지만 여기를 내버려 두는 건······."

"으음."

어떻게 하면 좋지? 제라이세의 마수나 채드먼의 동료가 오지 않는다고도 할 수 없다. 그걸 내버려 둔 채 도망쳐도 되나? 일단 주변에 수상한 인물이 없는지 경계하고 있자 로미오의 양육 담당이 돌아왔다. 근처 노점으로 식사를 사러 떠난 차에 이변이 일어난 모양이다. 프란이 양육 담당에게 사정을 설명하는 옆에서 제로스리드가 울시에게 머리를 숙였다.

"고맙다."

"윙."

"로미오도 인사해."

"응. 고마워. 늑대야."

"윙!"

제로스리드에게는 냉담한 태도의 울시지만 아이를 내칠 만큼 유치하지는 않았던 모양이다. 애교 가득한 얼굴로 로미오를 올려다봤다. 꼬리를 살랑살랑 흔들어 로미오를 가볍게 쓰다듬어줬다.

겨우 그 얼굴에 미소가 돌아왔군. 여러모로 무섭게 만든 것 같지만 어린아이는 웃는 게 제일이다.

『프란. 잘됐다.』

'응.'

로미오를 바라보는 프란의 눈은 아주 부드러웠다. 제로스리드를 아직 용서하지는 못했겠지만 로미오는 보호 대상이라 여기는 듯했다. 안심하고 겨우 주위로 시선을 돌릴 여유가 생긴 걸까.

"다친 사람이 없는지 걱정이야."

확실히 집뿐만 아니라 사람에게 어떤 영향이 생겼어도 이상하지 않다. 우리는 프란의 말에 따라 구조가 필요한 사람을 찾았다. 역시 부상을 입은 사람이 나름대로 있어서 우리는 집집을 돌며 회복 마술을 걸었다.

이래저래 하는 사이에 도시의 경비병이 달려왔다. 거기서부터가 또 길었다. 제로스리드 일행이 도움을 받았다고 해도 우리가 광장에서 전투를 펼치고 주변에 피해를 준 건 확실했기 때문이다. 광장의 징검돌은 움푹 파이고 주변 가옥의 유리는 무사한 게 더 적을 것이다.

곤란한 얼굴의 경비병은 프란을 구속할지 말지 고민하고 있는 듯했다.

다만 여기서 프란의 신분이 효력을 발휘했다. 학원의 모의전 교관이란 신용도가 엄청난 직함이었던 것이다. 갑자기 대단히 정중한 태도가 되더니 프란의 증언이 전혀 의심받지 않고 받아들여지기 시작했다. 의자가 있다면 분명 권유를 받았을 것이다.

그리고 인간형 마수의 사체가 남아 있고 잡화점에서 도망친 사람들이나 로미오의 양육 담당의 증언도 있었다. 또한 안내역 여성은 사실 학원에서 꽤 중요한 위치에 있는지 학원이 수리비를 변상하겠다는 보증도 있었다. 화가 난 모습의 주민들도 그것으로 태도를 누그러뜨렸다.

결국 한 시간쯤 지나 풀려났나? 변상 문제는 학원의 사무원이 인수해준다고 한다. 어쩌면 오늘은 못 돌아간다고 생각했기 때문에 정말 살았다.

뭐, 우리가 쓰러뜨린 마수는 학원에서 검사가 실시되는 것 같으니 거기에는 입회해야 하겠지만. 그것도 내일 이후에 하면 된다.

불타는 듯한 저녁놀 속에서 프란과 울시는 걸어서 학원으로 돌아왔다. 얼굴을 비추는 석양 때문인가? 프란의 얼굴이 묘하게 덧없어 보였다.

『프란.』

'응? 왜?'

『나는…….』

뭔가에 자극을 받은 듯이 싸움을 원하고 몸을 던져 로미오를 지킨 프란. 처음에는 그저 전투광의 피가 좀이 쑤신 거라고 생각했다. 수행을 마친 프란이 지금까지 이상으로 강한 상대를 원하고 있는 것도 확실했기 때문이다.

하지만 그뿐만이 아니지 않을까? 프란 자신이 이해하고 있는지는 알 수 없지만 뭔가 마음 안쪽에 품은 게 있지 않을까? 그런 생각이 들었다.

『저기…… 뭔가 있으면 나한테 말하는 거다?』

'……스승.'

『왜?』

프란이 뭔가를 말하려는 듯 입을 움찔움찔 움직였다. 그러나 결국 뭔가를 말하는 일은 없었다.

'……아무것도 아냐.'

『……그래?』

'응. 고마워.'

어렴풋이 중얼거리며 미소 짓는 프란의 얼굴은 어째선지 쓸쓸해 보였다.

습격 소동으로부터 며칠.

"자. 오늘 밤이 마지막이라고 해서 호사스럽게 해봤다."

"오오."

"윙윙!"

녹색 고목정, 마지막 밤.

내일부터는 학원 밖 서바이벌이고, 그것으로 교관 일은 끝이

난다. 이 숙소에서는 나가게 될 것이다.

그렇게 전하자 할머니는 지금까지 이상으로 호화로운 요리를 프란과 울시를 위해 만들어줬다.

프란과 울시는 파스타 곱빼기와 구운 고기를 초스피드로 계속 먹고 있다. 이미 10인분은 위에 들어간 것 같지만 그 속도가 떨어지는 일은 없었다.

그보다 너무 먹는 거 아닌가? 내일이 걱정이다. 아니, 그 전에 숙소 경영이 걱정된다.

"우물우물우물우물!"

"우걱우걱우걱우걱!"

"잘 먹는구나."

할머니는 프란네가 먹는 모습을 보고 여전히 싱글싱글 웃고 있었다.

그런 가운데 할머니가 갑자기 천장을 올려다봤다. 나도 울시도 시선 끝을 쫓아가 봤지만 평범한 천장이 있을 뿐이었다.

그러나 할머니에게는 그렇지 않았다.

"이것 참. 정령님이 슬퍼하시는구나."

"거기 있어?"

"그래."

할머니의 말에 반응한 프란이 같은 곳을 응시했다. 프란은 잠시 그대로 천장으로 눈을 향한 채 때때로 눈을 가늘게 떴다.

"보이게 된 게냐?"

"안 보여."

프란이 할머니의 말에 고개를 저었다. 하지만 프란의 말에는 뒷말이 있었다.

"하지만 알 수 있어."

"호오? 느낄 수 있다는 게냐?"

"응."

프란은 앉은 자세를 바로 하고 온몸의 힘을 뺐다. 나아가 보통은 무의식적으로 사용하는 다양한 스킬의 사용을 멈췄다. 특히 감지 계통 스킬을 끊어서 들어오는 정보량이 대폭 줄었을 것이다.

오감 전체를 눈에만 집중시킬 생각이다. 눈을 크게 뜨는 그 모습은 아무것도 없는 허공을 바라보는 고양이를 연상시켰다. 페렌겔슈타덴 현상*이라는 것이다. 뭐, 그런 현상은 사실 없는 것 같지만.

그런 프란을 지켜보며 나는 며칠 전 받은 정령학 수업을 떠올렸다.

마술 학원의 특별 강의에는 정령에 관한 수업이 두 종류 있었다.

하나가 정령 마술 강의. 그 이름대로 정령 마술에 대한 강의와 단련을 하기 위한 수업이다.

또 하나가 정령학. 이쪽은 정령 마술을 쓸 수 없지만 정령의 존재를 감지할 수 있는 학생들이 정령 마술 습득을 목표하기 위한 수업이다. 기초적인 지식이나 눈으로 보기 위한 단련을 한다.

프란이 수강한 건 정령학 쪽이었다.

드물게 프란도 진지하게 수업을 받았지. 꽤나 흥미가 있었나 보다. 수업에 의하면 정령 마술은 상당히 특수한 술법이라고 한다.

---

*일본의 게시판에서 유래한, 고양이가 허공을 빤히 바라보면 거기에 유령이 있다는 식의 이야기. 새빨간 거짓말이다.

알기는 했지만 그 특수성은 상상 이상이었다.

우선 스킬 레벨과 다룰 수 있는 정령의 힘이 비례하지 않는다. 정령 마술의 스킬 레벨은 정령과의 커뮤니케이션 능력을 나타내는 것이라고 한다.

정령 마술의 스킬 레벨이 높으면 정령을 확실하게 보고 그 목소리를 구분하고 많은 마력을 정령에게 나눠줄 수 있다. 하지만 정령은 의사를 가진 변덕스러운 존재다. 아무리 그들의 이야기를 듣고 목소리 전달을 잘해도 마지막에 힘을 발휘하는 건 상성이었다.

정령 마술의 스킬 레벨이 1이라도 대정령의 마음에 들어 계약을 맺으면 아주 큰 힘을 손에 넣는 것도 가능하다. 반대로 정령 마술이 특기라도 정령에게 미움받는 체질이라면 강한 정령과는 계약을 맺을 수 없다. 그리고 상성이 좋은 상위 정령과 만날 수 있느냐 없느냐는 운에 달렸다.

강한 정령 마술사에 엘프가 많은 것도 실은 이 부분이 깊게 영향을 주고 있었다. 사실 엘프는 종족 특성으로 정령의 사랑을 받는 이가 많다고 한다.

나아가 엘프족은 오랫동안 축적된 경험과 지식으로 정령이 많이 모이는 곳을 알고 있다. 거기서 자신과 상성이 좋은 정령을 찾아 계약을 맺는 것도 그들이 우수한 정령사가 될 수 있는 요인 중 하나라고 한다. 다만 자신과 상성이 좋은 정령을 찾는 건 아주 시간이 걸린다. 엘프의 격언에 '정령과의 만남은 백 년에 한 번'이 있다고 한다.

즉 엘프 못지않은 수명이 없으면 정령 마술을 극한까지 익힐 수 없다는 뜻일 것이다. 다만 정령과 계약을 맺는 것뿐이라면 인간이어도 불가능하지 않다.

프란의 경우 감지하는 능력은 있으니 정령과의 연결만 찾으면 정령 마술을 배울 수 있을 것이라고 한다. 수업에서는 학원에 있는 정령들의 협력을 받아 그 존재를 느끼는 훈련을 해보기도 했다. 다만 그 수업을 거쳐도 정령 마술의 획득에 필수인 시인까지는 이르지 못했다.

"……역시 안 보여……."

『그래?』

"끄응."

5분쯤 정령님이 있을 곳을 응시했지만 프란은 어깨를 늘어뜨리고 고개를 숙였다.

숙소에서는 거의 매일 정령의 존재를 감지했던 프란이지만 결국 그 모습을 보지는 못한 듯했다.

하지만 실망하는 프란에게 할머니가 부드럽게 말을 걸었다.

"괜찮아. 아가씨라면 분명 정령님과 통할 수 있어. 큰 나무의 정령님이 이렇게까지 좋아하는 아가씨라면 반드시."

"진짜?"

"그래. 틀림없어. 보증하마. 그리고 처음에는 전혀 느끼지 못했던 정령님을 알 수 있게 됐지?"

"응."

"이렇게 성장이 빠른 인간은 본 적이 없단다."

그렇지. 애초에 프란이 정령 마술을 의식한 지는 고작 열흘 됐다. 벌써 쓰게 되면 이 세상에는 정령사가 넘쳐날 것이다.

오히려 내 능력에 의지하지 않고 자력으로 정령의 존재를 감지하게 된 게 대단하다.

"고마워. 정령님 덕분에 이길 수 있었어."

『그렇지. 채드먼에게 결정타를 날릴 수 있었던 건 정령님 덕분이야.』

"응."

프란이 깊이 머리를 숙였다.

『감사합니다.』

내 말이 통할지는 알 수 없지만 나도 확실하게 인사를 해두자.

"나도 정령님도 이렇게 즐거웠던 건 오랜만이야. 또 오려무나."

"응."

할머니의 말에 상당히 위로를 받은 모양이다. 프란이 고개를 살짝 끄덕이고 웃었다.

'지금은 안 돼도 언젠가 반드시 정령과 얘기할 거야!'

『그러네. 그렇게 되면 좋겠다.』

'응!'

에필로그 예전의 제라이세×지금의 제라이세

"아아, 디안이 당했어!"

"그녀에게는 가장 강한 걸 심었는데. 하지만 생각했던 것보다 약했나? 다른 세 명도 잔챙이였잖아?"

"하지만 상대가 프란 씨가 아니었다면 잘 풀리지 않았을까? 잔챙이 세 마리는 폭주했지만 디안은 일단 제로스리드 씨를 확보하려 했고."

"일단 명령은 기억한 것 같지만 단순 행동밖에 못 했고 사고력도 미묘한 느낌? 위협도 C인 어스 타이탄에 여러 가지를 섞은 마인석인데. 좀 더 애써주기를 바랐단 말이지."

"원래부터 낙오 기사야."

"네가 데려왔잖아? 말이 심하다! 아하하하하!"

"이번 일로 공을 세우면 적기기사단으로 돌아가게 해준다고 했더니 뭐든 한댔어! 원래 몸으로 돌아갈 수 없는 것도 모르고!"

"적기사였어? 그런 것치고는 약했는데."

"설마. 적기기사단 간부의 딸로 심부름을 하고 있었을 뿐이야. 그러면서 기사인 척 한 것뿐이지. 그리고 문제를 일으켜 쫓겨난 걸 내가 주워 몰리에 잠입시킨 거야."

"쫓겨났다니, 뭘 했는데?"

"적기기사단의 내부 정보를 남정공(南征公)에게 흘렸어."

"우와. 적기기사단은 남정공과 사이가 안 좋지 않나?"

"응. 견원지간이야. 레이도스 왕국에서도 유명한 이야기일 거야. 그 바보 같은 디안은 조국을 위해서라는 말을 듣고 술술 떠들었지만."

"아하하하! 그 나라는 진짜 이제 끝났네! 세뇌 교육이 너무 진행돼서 사고 능력이 결여된 인간이 기사가 될 정도니까!"

"베이스가 저러면 아무리 강한 마인석을 줘도 저런 법이야. 상대도 나빴고."

"학원 도시에 프란 씨가 있어서 놀랐어. 흑해의 죽다 만 녀석이 끼어드는 것도 예상 밖이었고. 전에도 그랬어?"

"흑해는 전에는 없었어. 프란 씨는 있었지만. 위날렌과 함께였어."

"그보다 도중에 디안과 프란이 접촉한 것도 놀라웠어!"

"그건 나도 몰랐어."

"전에는 달랐어?"

"응. 전에 디안은 프란 씨와 한 번도 접촉하지 않고 끝났어. 애초에 전에는 마인석이 아니라 마검 제조의 제물로 썼으니까."

"전과는 역사의 흐름이 달라진 건가. 하아, 덕분에 말이 줄어들었어."

"자자, 또 보내면 되잖아."

"그야 그렇지만. 하지만 다음에 보낼 거면 삽입하는 마인석을 나은 걸로 개량해야지."

"마인석의 질보다 시술 방법과 계약의 개량이 필요하다고 생각하는데?"

"역시 대충 구슬려서 아무것도 모르는 채 마인석을 삽입하는 걸론 약한가?"

"응. 계약의 힘이 예상을 크게 밑돌았어."

"본인의 동의가 있어도 계약 내용을 파악하지 못하면 계약 마술의 효과가 내려간다는 건가."

"아마도. 그 탓에 마인석과의 연결이 약해져서 마수화를 해도 예상 이하의 힘밖에 발휘하지 못한 거야. 애초에 마인화하지 않고 마수화하는 것도 계약 미비가 문제라고 생각하고."

"어떡하지? 역시 해방을 미끼로 삼아 죄인이라도 쓸까?"

"죄인이라면 말을 듣게 하기 어렵지 않을까? 인질도 의미가 없을 것 같아서 분명히 명령을 위반할 거야."

"마인석의 개량은 조만간 하기로 하고 이번에는 우리가 직접 나서는 게 빠를 것 같은데."

"비비안호에서의 계획은 이미 막바지야. 무리야 무리!"

"으음. 할 수 없네."

"계획을 우선하자."

"그러네. 지금은 대마수에 전념하자."

"그래그래. 분명 재미있는 일이 될 거야. 그리고 우리의 소원 역시!"

"그러네! 이 계획이 성공하면 우리의——연금술사 제라이세의 이름은 역사에 새겨질 거야! 아아, 기대돼서 못 참겠어!"

"아하하하하! 그러네! 우리의 이름을 역사에 새기자! 나라를 멸망시킨 대악당으로!"

작가의 말

책을 사주셔서 감사합니다.

페이지 정리에 실패해 이번에도 작가의 말을 쓰게 된 작가입니다.

평소라면 끙끙 앓았겠지만 이번의 저는 좀 다르답니다!

평소에는 상황극으로 페이지를 때우지만 이번에는 소재가 있습니다!

그래요! 애니메이션화가 되니까요!

놀랍게도 후시 녹음 현장에 입회해서 성우님과 잠시 대화를 나눴습니다.

스승에게 목소리를 불어넣어주신 것은 미키 신이치로 님.

제가 젊을 때부터 제일선에서 활약하신 정말 좋아하는 성우님입니다. 그렇지만 현장에서는 아주 상냥하고 부드러우며 겸허한 분이었습니다. 저 목소리로 살짝 인사해주신 것만으로 남자인 저조차 '심쿵'했습니다!

프란의 성우님은 카쿠마 아이 님.

소설가가 되자 원작 작품의 목소리도 잔뜩 담당하고 계시는 인기 급상승 중인 성우님이죠. 아니, 저는 이전부터 팬이었습니다만. 쿨한 프란과는 달리 아주 귀엽고 부드러운 분위기를 가진 분이었습니다. 인사를 드릴 때 '아, 카쿠마시다'라고 생각했습니다!

그 밖에도 많은 성우님들과 스태프 여러분이 집결해 애니메이션 〈전생했더니 검이었습니다〉를 만들어주셨습니다. 정말 감사하는 마음밖에 없습니다.

오타쿠로 살아온 작가에게 인생 최대 경사라고 해도 좋을 겁니다.
다시금 감사드립니다.

편집자인 I 씨. 이번에도 여러모로 감사합니다. 정말 도움 많이 받았습니다.
Llo 님. 이번 일러스트도 너무 멋있어서 마음이 싱숭생숭해 혼났습니다!
마루야먀 토모오 선생님. 코미컬라이즈의 캐릭터가 너무 멋있어서 원작이 끌려가고 있습니다!
이노우에 히나코 선생님. 스핀오프의 프란이 너무 귀엽습니다. 탱글거림이 신! 위험해!
친구와 지인과 가족들. 그리고 이 작품의 출판에 관련된 모든 분들과 응원해주신 독자 여러분. 애니메이션화에 도달할 수 있었던 것은 여러분의 응원 덕분입니다. 정말 감사합니다.

특별기고
원안/타나카 유
만화/마루야마 토모오

프란 in Animation?

전생해 시간이 꽤 지났지만 가끔 라이트 노벨이나 만화, 애니메이션이 그리워진다….

그야 오타쿠니까.

애니 보고 싶어!

안녕하세요. 망상가 스승입니다.

아니…?! 새삼 들으니 프란의 목소리… 누구랑 비슷한데?!

프란과 나의 모험담을 언젠가 애니메이션으로 만들고 싶군.

그렇지. 그러면 프란의 목소리는….

스승?

그래, 이 목소리…. 카쿠마 아이 씨….

'카쿠마시'와 똑같아!

스킬 '절대 성우 음감' 발동!!

스승? 왜 그래? 끝났어

!?

TENSEI SITARA KEN DESITA Vol. 14
©2022 by Yuu Tanaka / Llo
All rights reserved.
First published in Japan in 2022 by MICRO MAGAZINE, INC.
Korean translation rights reserved by Somy Media, Inc.

전생했더니 검이었습니다 14

2023년 9월 15일 1판 1쇄 발행

저　　　자	타나카 유
일 러 스 트	Llo
옮 긴 이	신동민
발 행 인	유재옥
본 부 장	조병권
담당편집자	박치우
편집 1팀	김준균 김혜연
편집 2팀	정영길 조찬희 박치우 정지원
편집 3팀	오준영 이해빈 이소의
편집 4팀	전태영 박소연
미　　　술	김보라 박민솔
라이츠담당	김정미 맹미영 이윤서
디 지 털	박상섭 김지연 윤희진
발 행 처	㈜소미미디어
등　　　록	제2015-000008호
주　　　소	서울시 마포구 토정로 222, 403호 (신수동, 한국출판콘텐츠센터)
판　　　매	㈜소미미디어
제 작 처	코리아피앤피
영　　　업	박종욱
마 케 팅	최원석 박수진 최정연
물　　　류	허석용 백철기
전　　　화	(02)567-3388, Fax (02)322-7665

ISBN 979-11-384-7993-6 04830
ISBN 979-11-5710-608-0 (세트)